W0355891

Annette Mertens

ANNAS BLUT

oder

Mit dem Wind segeln kann doch jeder

2021

Simon Verlag für Bibliothekswissen

Bibliografische Informationen der Deutschen Bibliothek

Die Deutsche Bibliothek verzeichnet diese Publikation in der Deutschen Nationalbibliografie.

Copyright©2021 Simon Verlag für Bibliothekswissen, Berlin
Alle Rechte vorbehalten

Umschlag-Foto: Martina Hellmich
Redaktionelle Überarbeitung. Martina Hellmich
Cover, Layout und Satz: Maria Aroseva

Dieses Werk einschließlich aller seiner Teile ist urheberrechtlich geschützt. Jede Verwertung außerhalb der engen Grenzen des Urhebergesetzes ist ohne Zustimmung des Verlages unzulässig und strafbar. Dies gilt insbesondere für Vervielfältigungen, Übersetzungen, Mikroverfilmung und die Einspeicherung und Verarbeitung in elektronischen Systemen.

No part of this book may be used or reproduced in any manner whatsoever without written permission except in the case of brief quotations embodied in critical articles or reviews.

Gesamtherstellung:
Simon Verlag für Bibliothekswissen
Riehlstr. 13
14057 Berlin
www.simon-bw.de

Druck und buchbinderische Verarbeitung
Sowa Sp. z o.o.
Piaseczno Business Park
ul. Raszynska 13
05-500 Piaseczno

ISBN 978-3-945610-63-3

Inhaltsverzeichnis

Teil I

Kapitel 1

Anna mochte Krankenhäuser. Sie wirkten beruhigend auf sie, mit dem sterilen Geruch ihrer frisch gebohnerten Böden. Sie schätzte die Experten in den weißen Kitteln, die geschäftig durch die Gänge eilten. Gerade heute wollte sie ihnen besonders vertrauen. Schließlich sollten sie ihre Schulter retten, die bei jeder Bewegung schmerzte.
„Guten Morgen", rief sie fröhlich in den Warteraum der Orthopädie. Es kam nur leises Gemurmel zurück. Offensichtlich sagte man sich in diesem Krankenhaus nicht guten Morgen. So freundlich die Stimmung auf dem Gang war, so ernst kam sie ihr in dem Wartezimmer vor. Vielleicht fehlte nur ein wenig Musik. So etwas wie „We are the Champions" von Queen. Wir sind Superhelden, dachte Anna, wusste aber nicht so genau, ob sie dabei die Patienten meinte oder den grauhaarigen Chefarzt, der soeben mit einem Gefolge von mindestens zehn eifrig nickenden Studenten über den Gang marschierte.
Sie setzte sich vorn an den Ausgang und öffnete ihre Handtasche. Blitzschnell hatte sie per Handy ihre E-Mails erfasst, ihrem Chef einen Gruß und ihrer Tochter einen Einkaufszettel geschickt. Ein Blatt Papier mit den Wetterdaten von 10 Uhr fiel ihr in die Hände, und sie verschaffte sich einen kurzen Eindruck des Tiefdruckgebietes über der Biscaya - wichtig für ihre Vorhersage am kommenden Wochenende.
Eine Schwester in weißem Kittel steckte den Kopf herein: „Frau Wunderle, kommen Sie bitte. Ich brauche noch ein paar Daten von Ihnen, dann ist Dr. Conrad für Sie da."
Anna nahm ihre vollgepackte Reisetasche und folgte ihr in das Behandlungszimmer.
„Name, Vorname, Geburtsdatum." Die Schwester hackte alle Angaben in Windeseile in den Computer. „Beruf?"
„Meteorologin."

Die Angestellte sah erstaunt auf. Ein Lächeln zog sich über ihr Gesicht. „Stimmt – ich kenne Sie aus dem Fernsehen! Na, und wird es morgen regnen, was meinen Sie?“ Anna grinste in sich hinein. Wie oft schon hatte sie das gehört.
„Verheiratet? Kinder? Adresse?“
Anna bejahte die erste Frage, erwähnte Ronja und ihren Wohnsitz in der Eifel.
„Dr. Conrad kommt sofort.“ Damit ließ die Schwester sie allein.
Es war ein warmer Apriltag, und erste Sonnenstrahlen fielen durch das Fenster. Thermisches Bodenhoch, wahrscheinlich für drei bis vier Tage. Ungewöhnlich für die Jahreszeit, aber passend für den Tag, an dem sie ins Krankenhaus ging. Alle würden das schöne Wetter genießen, und sie konnte an die Krankenhausdecke starren.
Ein hochgewachsener Mann mit schütterem Haar trat ein, er musste ungefähr in Annas Alter sein.
„Ah, die Dame mit der Oberarmkopffraktur“, begann er. „Sie sind auf die Schulter gefallen?“
Anna nickte und strich sich über den rechten Arm. Es war dumm gewesen, die nasse Straße mit dem Fahrrad in der Dämmerung hinunterzurasen, um vor Ladenschluss ein Ostergeschenk für Ronja zu besorgen. Noch dümmer, kein Licht am Fahrrad zu haben und nicht mit dem von rechts kommenden Auto zu rechnen.
Dr. Conrad bewegte Annas Arm langsam nach oben und schaute danach auf ein Röntgenbild, das an dem Leuchtbildschirm an der Wand hing. Sie verzog das Gesicht und unterdrückte einen leisen Schrei.
„Aha, Sie sind mit dem außenrotierten Arm auf die Schulter gestürzt. Das Röntgenbild zeigt deutlich eine Tuberculum-majus-Fraktur.“
Was auch immer das sein mag, dachte Anna. Sie wusste zwar genau, wie der Pascal‘sche Druck bei einer Westwetterlage berechnet wurde, doch medizinische Fachausdrücke waren ihr fremd. Ihr war lediglich bewusst, dass heute Nachmittag ihre rechte Schulter operiert würde. Der gebrochene Knochenvorsprung, der durch den Sturz verschoben war, würde mit einer Platte und Bohrdrähten wieder stabilisiert werden. Anna hatte wegen ihrer Schmerzen schon mehrere

Orthopäden aufgesucht, von denen der erste ihr eine konservative Therapie empfahl, bei der die Schulter von selbst heilen sollte. Der zweite riet jedoch zur operativen Korrektur, da ihm der Bruch zu kompliziert erschien.

Nach mittlerweile zwei Wochen konnte Anna nicht mehr schlafen, weil sie als Seitenschläferin genau auf der kaputten Schulter lag. Sie musste sich beim Fernsehsender für die nächsten Wettervorhersagen krankmelden, denn die typische Anna-Wunderle-Armbewegung für den nordatlantischen Tiefausläufer konnte sie auf keinen Fall ausführen. So hatte sie sich endlich doch für eine Operation entschieden und war heute in der Eifelklinik in Simmerath gelandet.

„Ein Routineeingriff", hatte man ihr dort gesagt, „bei Dr. Conrad sind Sie in besten Händen!"

Nun war es also so weit. Sie hatte ein bisschen Angst. Wer lässt sich schon gerne Platten in die Schulter einsetzen.

„Wie lange wird die Operation dauern? Wird es schmerzhaft sein? Wann kann ich wieder nach Hause?"

Anstatt Annas Fragen zu beantworten, rief Dr. Conrad eine Krankenschwester und zog eine lange Spritze aus der sterilen Verpackung. Er desinfizierte Annas Arm und pikte mit der Nadel in die Vene hinein. Anna sah aus dem Fenster. Immer noch Sonne.

„So wenig, wie Sie das hier gemerkt haben, so wenig bekommen Sie von der Operation mit. Und hinterher gibt es natürlich Schmerzmittel. Genaues erklärt Ihnen die Schwester. Wir bereiten dann alles vor, Sie können bis dahin auf Ihr Zimmer."

„Werden Sie mich operieren?", fragte Anna charmant. Der Arzt war sympathisch, sie wollte noch nicht in ihr Zimmer. Er sollte doch bitte ein wenig weiter mit ihr plaudern.

Dr. Conrad schien ihre Frage nicht gehört zu haben. „Zwei Monate, dann sind sie schmerzfrei!" Mit diesen Worten gab er ihr zum Abschied die Hand.

Ein Routine-Eingriff, dachte Anna, während sie der Schwester auf die Station folgte, fix erledigt. Knochen heilen schnell, das hatte Oliver gestern überzeugt gesagt, mit der medizinischen Halbbildung eines Juristen, der nie länger als einen halben Tag im Krankenhaus hatte

verbringen müssen. „Im Sommer bist du wieder auf den Beinen, Engelchen, dann können wir die Segel hissen.“
Der Segeltörn. Seit Jahren sprachen sie davon. Diesen September sollte es wahr werden. Einmal über den Atlantik segeln. Einmal im Leben frei von Verpflichtungen, nur mit den weißen Wellen unter sich, auf ihrem Segelboot, der GRACE, die mit 42 Fuß Länge viel Komfort für die lange Reise bot. Ein halbes Jahr lang das Wetter nicht beschreiben, sondern fühlen, auf der Haut, in den Haaren, die Nase angefüllt mit salziger Luft. Sie würden nicht allein sein, nein, sie planten, sich der ARC, der „Atlantic Rally for Cruisers“, einer großen Gruppe an Seglern anzuschließen, die gleichzeitig in Gran Canaria starten und gemeinsam im Laufe der folgenden vier Wochen in der Karibik ankommen wollten. Anna gefiel die Idee sehr, neue Menschen kennenzulernen, die genauso abenteuerlustig waren wie sie. Doch erst musste die Schulter wieder funktionieren. Nur noch diese kleine Hürde, dachte sie und betrat mit der Schwester ihr Zimmer.
Nur ein einzelnes, in Plastikfolie verpacktes Bett. Enttäuscht blickte Anna sich in dem großen, kahlen Raum um.
„Kommt noch jemand?“, fragte sie. „Ich fände das schön, wissen Sie. Bei meiner Blinddarm-OP vor zwei Jahren hatte ich so eine nette Studentin im Zimmer, da ist es nie langweilig geworden. Und ein andermal, da war ich mit einer Perserin zusammen. Können Sie sich vorstellen, dass jemand morgens um 5 Uhr einen Teppich gen Osten ausrollt und betet?“
„Kann ich“, brummte die Schwester und entfernte die Plastikfolie. „Sie sind aber allein. Die meisten Patienten wünschen das so.“
Die Aussicht, mehrere Tage hier in der Eifelklinik allein zu verbringen, machte Anna nervös. Sie musste unbedingt ihre Freundinnen anrufen. Und Oliver sollte am besten noch heute Abend mit Ronja vorbeikommen. Sie warf ihre Handtasche auf das Bett und setzte sich dazu. Die Tasche kippte um und entleerte ihren Inhalt auf die Bettdecke. Portemonnaie, Lesebrille, Kalender, ihr Handy, das Kabel: Alles purzelte von der Bettdecke auf den Boden. Anna seufzte, hob die Einzelteile auf, um sie auf die Kommode, auf das Bett oder den Tisch zu schieben. In null Komma nichts hatte sie das sterile

Krankenzimmer in ein typisches Anna-Zimmer verwandelt mit ihren persönlichen Dingen in jeder Ecke.
Nachdem die Schwester ihr den rechten Oberarm mit einer orangeroten Paste eingestrichen hatte, war es so weit: Anna zog das grün gestreifte OP-Hemdchen an und nahm ihre Beruhigungstabletten.
Durch das halb geöffnete Fenster hörte sie das erste Vogelgezwitscher in diesem Jahr. An der weißen Wand gegenüber ihrem Bett hingen Bilder mit Sommerlandschaften, grünen Wiesen und glücklichen Kühen.
Ein letzter Blick auf den Arm, noch einmal heben, einmal senken, schon die geringste Bewegung tat weh. Anna wurde schwindelig, und sie legte sich flach auf das Bett. Dieser blöde Sturz … Operation … Sie würde es nicht mehr schaffen, Oliver eine Nachricht zu schreiben. Die Wand mit den vielen Bildern gegenüber begann zu schwanken, die pechschwarze Kuh drehte sich nach rechts, und dann nach links…
„Frau Wunderle, hören Sie mich?“ In Annas Ohren piepste es. Natürlich hörte sie das, es war ja ziemlich laut. Doch ihre Lippen verweigerten ihr ihren Dienst. Weitere Stimmen schwirrten um sie herum, irgendwelche Geräte gaben Töne ab. Das Piepsen wurde lauter, höher. Anna wollte, dass es aufhörte, versuchte die Augen zu öffnen. Vergeblich. Ihre Lider waren bleischwer.
„Wie fühlen Sie sich?“
Anna erkannte Dr. Conrads Stimme. Ach ja, die Operation… Sie fröstelte, konnte nicht antworten. Wo war sie? Warum war das so laut hier? Mit aller Macht öffnete sie die Augen einen kleinen Spalt und identifizierte einen Infusionsständer neben dem Bett, auf dem sie immer noch in ihrem OP-Hemdchen lag.
Großartig, sie hatte es überstanden … Anna hob die Hand und spürte die Nadel in ihrer Armbeuge. Sie langte nach oben, doch anstelle eines dicken Verbandes war da – nichts.
„Wwwwwas ist passssssiert“, die Artikulation klarer Worte gelang ihr noch nicht.
„Frau Wunderle, wir haben Sie nicht operiert. Ihre Blutwerte sind nicht in Ordnung. Genauer gesagt, katastrophal. Sie haben zu wenig Leukozyten, und die Erythrozytenzahl weist auf eine Zytopenie hin.“

Anna konnte den Fachausdrücken nicht mehr folgen. „Aber die Schulter…“

„Vergessen Sie die Operation. Mit diesen Blutwerten ist sie zu gefährlich. Wegen der Narkose müssen wir Sie über Nacht hierbehalten. Bitte besorgen Sie sich bald einen Termin bei diesem Hämatologen, der soll sich ihre Werte in Ruhe anschauen. Alles Gute!“ Er legte den Zettel mit den Blutwerten sowie eine Visitenkarte auf den Nachttisch und war verschwunden.

Anna sank erschöpft zurück. Sie drehte den Kopf umher und schaute sich nach ihren Habseligkeiten um; wo war nur das verfluchte Handy. Auch der Zettel, den der Arzt ihr gezeigt hatte, war nicht zu sehen. Sie vermutete, dass er in ihre Handtasche gerutscht war, die sie auf dem Stuhl neben sich sah. Doch das weiße Blatt, das sie dann griff, war der Bericht mit den Wetterdaten, nicht die Erythrozyten-Zahl. Anna runzelte die Stirn. So groß war ihr das Tiefdruck-Gebiet vor der Operation gar nicht vorgekommen.

Kapitel 2

Oliver fuhr wie üblich zu schnell. Die Leitplanken sausten vorüber, und Anna versuchte, nicht auf die aufblinkenden Rücklichter des Renaults vor ihr zu achten. Sie senkte ihren Blick wieder in den Kalender. Zwischen seinen Seiten klemmten Rezepte für Schmerzmittel und Physiotherapie. Bis auf weiteres ihr Plan B.

„Jetzt kann ich am ersten Maifeiertag doch beim Chorkonzert mitsingen!", freute sie sich. „Vielleicht kann mich Mike sogar Montag wieder für die Wettervorhersage einteilen. Bis klar ist, wie es weitergeht."

Oliver räusperte sich und schaute kurz zu ihr herüber. „Wie stellst du dir das vor? Du hast mir doch eben erzählt, dass du den rechten Arm kaum bewegen kannst."

„Da habe ich mir etwas überlegt", grinste Anna. „Ich stelle mich einfach auf die andere Seite. Sozusagen vor England. Dann kann ich die hohen Luftströmungen mit dem linken Arm zeigen, und der rechte kann unten bleiben." Wie immer – es gab für alles eine Lösung.

„Deine Schulter hat jetzt nur zweite Priorität. Du solltest die Geschichte mit deinen Blutwerten klären. Wer weiß, was dahintersteckt."

„Ach, ich kann doch nächste Woche noch zum Arzt. Erstmal wieder unter Leute!"

Im Radio lief Ed Sheerans „Photograph", und Anna summte leise mit. Sie blätterte weiter in ihrem hellblauen Kalender, auf dem kleine weiße Wölkchen aufgedruckt waren. „In zwei Wochen ist Ostern. Jetzt können wir doch noch zum Boot fahren!"

Oliver war zu sehr mit einem Überholmanöver beschäftigt, um direkt zu antworten. Der Mercedes, den er dabei schnitt, hupte wütend hinter ihm her.

„Was willst du denn auf dem Boot? Du gehst so bald wie möglich zum Arzt, Anna. Ich möchte wissen, warum du nicht operiert worden bist. Denk an unseren Segeltörn." Oliver, der seit der Kindheit segelte, hatte sich in den letzten drei Jahren in seiner Freizeit mit nichts anderem mehr beschäftigt.

Sonne, Wind und Meer – das Segeln hatte sich im Laufe ihrer langen Beziehung als große gemeinsame Leidenschaft herausgebildet. Das Boot hatte Oliver vor 15 Jahren gekauft, und Anna mit Tränen in den Augen vorgestellt. „Einmal mit dir über den Atlantik segeln, Anna, das wünsche ich mir", hatte er ihr ins Ohr geflüstert. Anna, damals 34 Jahre alt, hatte große Lust auf Abenteuer gehabt. Die folgenden Jahre verbrachten sie ihren Urlaub nur noch auf der GRACE, und Anna zahlte viel Lehrgeld bis sie von Olivers Gehilfin zur gleichberechtigten Segelpartnerin wurde. Dann kam Ronja. Als diese erwachsen war, griff Oliver die Idee wieder auf.
Während er von der Landstraße in Richtung Roetgen abfuhr, blätterte Anna weiter in ihrem Kalender. Sie hatte vor Weihnachten ein kleines Segelboot hinein gemalt, da war es jetzt zu sehen, am 16. September. Der Start der Tour! Die Reise würde mit der Überführung des Bootes von der niederländischen Küste nach Gran Canaria beginnen, ein Trip von mehreren Wochen um Europa herum. Viereinhalb Monate, nachdem Ronja in die USA flöge – der Beginn ihrer neuen Zweisamkeit mit Oliver. Anna hoffte insgeheim, dass es ihr mit ihrem Mann allein an Bord nicht zu langweilig werden würde.
Sie würde Ronja vermissen. Ihr Stipendium überschnitt sich leider um mehrere Wochen mit den Segeldaten. Ronja wollte das dritte und vierte Semester ihres Mikrobiologie-Studiums in Arizona verbringen. Anna war sehr stolz auf ihre Tochter.
Doch jetzt musste Anna als erstes fit und mobil werden. Morgen melde ich mich bei der Arbeit zurück, danach gehe ich zur Physiotherapie, und dann kommen die Ärzte dran, dachte sie, während sie weiter in ihrem Kalender blätterte. Für ihre Schulter wollte sie der konventionellen Therapie noch eine Chance geben. Kein Grund zur Aufregung.
Nach einer halben Stunde bogen sie in die Auffahrt ihres Einfamilienhauses in Roetgen ein. Roetgen, ein kleiner Ort am Rande der Eifel, dicht an Aachen, und vor allem nah zur Natur. Anna hatte nach dem Studium Oliver dazu überredete, in die Gemeinde zu ziehen, in der sie ihre Kindheit verbracht hatte, die überwiegend von wohlhabenden Pendlern bewohnt war. Hier fühlte sie sich wohl, immer ein paar Höhenmeter über den Städten des Rheinlandes, in der idyl-

lischen Umgebung einer Neubausiedlung mit lauter individuell gestalteten Einfamilienhäusern. Ihr Haus lag unmittelbar am Waldrand und hatte einen kleinen, verwilderten Vorgarten, den Anna als ihr Projekt für später – wenn sie mal in Rente war – deklariert hatte. Die ersten wilden Chrysanthemen schossen in die Höhe und verdeckten das Unkraut in der Einfahrt.

Anna schloss die Haustür auf und stellte ihre Krankenhaustasche in den Flur, da kam Ronja die Treppe herunter und stürmte aus dem Haus, nicht ohne ihre Mutter kurz in den Arm zu nehmen.

„Hallo Mama, toll, dass das mit der Operation so schnell gegangen ist. Ruh dich schön aus. Ich muss zur Uni, wartet nicht auf mich …“.

„Ronja …?“ Zu spät, da war nur noch ein rotblonder Haarschopf zu sehen, der ihrer Tochter hinterher wehte, während sie mit dem Fahrrad um die Ecke bog.

Sie sah Oliver fassungslos an: „Hast du nicht mit ihr gesprochen? Kann man von einer Neunzehnjährigen nicht erwarten, dass sie einen Moment für ihre Mutter übrighat, wenn sie aus dem Krankenhaus kommt?“

„Lass sie doch. Ich hatte gestern Abend keine Gelegenheit, und sie hat mit ihrer Gastfamilie in den USA gechattet. Du weißt schon …“

Wie schön, wieder zuhause zu sein. Anna liebte ihr großes Haus, denn sie war ihr Leben lang großzügigen Wohnraum gewohnt. So hatte sie ihr Familiendomizil ähnlich weiträumig eingerichtet wie ihr Elternhaus. Als wenn sie eine Ewigkeit fort gewesen wäre, ging sie durch das Wohnzimmer, strich gedankenverloren mit der Hand über die Oberfläche der Kommode ihrer Eltern, das einzige antike Einrichtungsstück, und setzte sich auf die helle Couch. Ihr Lieblingsplatz, von hier überblickte sie den ganzen Garten, der direkt an ein großes Feld grenzte. Jetzt war es ein unbepflanzter, roher Acker, aber im Sommer würde der Bauer Mais aussäen, der ihnen wenig später die Aussicht zum nahegelegenen Wald versperren würde wie ein grünes Meer. Das Grundstück war nicht groß und die Nachbarhäuser standen dicht beieinander. Der freie Ausblick vermittelte Anna jedoch das Gefühl, sie wohne unmittelbar in der Natur.

„Bitte pack deine Tasche sofort aus. Am besten gleich im Waschkeller. Ich werfe heute Nachmittag die Waschmaschine an“, hörte sie Oliver aus der Küche.
Anna verdrehte die Augen. Der Alltag und Olivers Häuslichkeit hatten sie wieder eingeholt.
„Ich habe eine Flasche Wein kaltgestellt. Vielleicht bleibst du heute Abend ja mal zuhause.“
Anna zuckte zusammen. Eigentlich wollte sie bei ihrer Freundin Doris auf einen Sprung vorbei.
Oliver stand in der Tür und bemerkte ihr Zögern. „Aha, anscheinend nicht. Ich geh` arbeiten.“ Damit verschwand er in sein Arbeitszimmer. Auf dem Treppenabsatz drehte er sich noch einmal zu ihr um: „Du gehst nicht auf Sendung, bevor dein Gesundheitszustand nicht geklärt ist! Vergiss‘ nicht, dass du gerade aus dem Krankenhaus kommst!“
„Bin ich todkrank, oder was? Ich habe eine lädierte Schulter, das ist alles!“ Das wäre doch gelacht, wenn ihr Mann ihr verböte, zur Arbeit zu gehen. Die Tasche ins Schlafzimmer in die obere Etage zu schleppen, war nicht leicht mit der Schulter, sie hätte sich jedoch lieber auf die Zunge gebissen, als Oliver um Hilfe zu fragen. Sie warf die Schlafanzüge, Wäsche und Socken auf das Bett. Das meiste musste gar nicht gewaschen werden.
Sie hatte keine Lust, aufzuräumen, und beschloss, alles so liegen zu lassen. Oliver hasste Unordnung, doch das war ihr egal. Sie ging die Treppe wieder hinunter und streifte durch den Garten, um Ronjas Meerschweinchen zu begrüßen. Die zwei Pelzbälle saßen in ihrem Gehege auf der Wiese und knabberten an ihrem Heu.
„Na, ihr zwei Süßen, ihr habt mich bestimmt vermisst?“
Schrabb, schrabb, schrabb. Pippin, der Kleine und Otto, der Große nagten friedlich am Heu. Das Geräusch beruhigte Anna. Sie kraulte das flauschigere der beiden im Nacken. Das gelang ihr nicht so gut – kleine Meerschweinchen haben halt kleine Nacken. Anna liebte sie trotzdem. Für Hund oder Katze, von denen sie und Ronja eigentlich träumten, war in ihrem turbulenten Alltag keine Zeit.
Durch das Fenster im Erdgeschoss sah sie Oliver am Schreibtisch sitzen. Wie konzentriert er war, richtig vertieft in eine Akte. Oliver

liebte seinen Beruf als Teilhaber einer Wirtschaftskanzlei. Ein normaler Angestelltenjob wäre der Horror für ihn. Er war es nicht mehr gewohnt, sich unterzuordnen, und genoss die Anerkennung für sein überlegtes, souveränes Auftreten vor Gericht.

Er könnte sich einmal neu einkleiden, dachte Anna, während sie, Meerschweinchenhaare kraulend, ihren Mann unbemerkt beobachtete. Immer nur helle Stoffhosen und dunkelblaue Sweatshirts oder grauer Anzug und Krawatte. Die auffällige Drahtbrille sollte auch einmal ausgetauscht werden, fand sie jetzt, doch sein markantes schmales Gesicht mit dem Dreitagebart und der hohen Stirn gefiel ihr immer noch. Anna sah, ohne es zu hören, dass er leise vor sich hin pfiff, während er mit dynamischen Bewegungen die Papiere von links nach rechts schob – er räumte seinen Schreibtisch auf, eine Lieblingsbeschäftigung von ihm. Vor fast zwanzig Jahren hatte sie den ordnungsliebenden Rechts-Referendar bei einem Stipendiatentreffen kennengelernt. Sie war von seiner äußeren Erscheinung mit dem schlaksigen Gang und der großen, schlanken Gestalt so angetan gewesen, dass sie sich gleich auf ein langes Gespräch eingelassen hatte. Es war der Anfang einer gefühlvollen Beziehung. Damals.

Anna seufzte, gab Pippin eine Möhre, und ging ins Haus. Es war Zeit, sich um den Job zu kümmern, und sie griff nach dem Telefon, das im gleichen Moment klingelte. Ihr Bruder Wolfgang war am Apparat.

„Anna, was ist passiert, warum bist du zuhause?“

„Habe ich dir doch per SMS geschrieben. Nichts passiert. Rein in den OP – raus aus dem OP.“ Anna ging in die Küche, um sich eine Tasse Tee aufzubrühen. Wolfgang war der ältere ihrer zwei Brüder, und Telefonate mit ihm dauerten nicht selten lange. Er wohnte auch in Roetgen und seit dem Tod ihrer Eltern traf er sich oft mit seiner Schwester.

„Warum das? Stimmt etwas nicht? Du hast etwas von Blutwerten geschrieben, was heißt das?“

„Weiß ich auch nicht. Auf jeden Fall kann die Schulter im Moment nicht operiert werden. Die Ärzte hoffen jetzt auf Selbstheilung. Ich auch.“ Anna verdrehte die Augen beim Telefonieren.

„Wolltest du nicht im September auf das Segelboot? Wie stellst du dir das vor?“

Anna verzog das Gesicht. Wolfgang hasste Wasser und wäre eher wochenlang durch Sibirien gewandert, als sich auf ein schaukelndes Segelboot zu begeben. „Bis dahin ist das wieder gut. Und ich habe jetzt Zeit gewonnen. Stell dir vor, alle Termine waren abgesagt – mein Terminkalender sieht aus wie in den Ferien! Ich habe gedacht, nächste Woche gehe ich wieder arbeiten."
„Du spinnst doch! Ich verstehe, dass du nicht schon wieder zum Arzt willst. Aber du solltest so was nicht einfach ignorieren."
„Warum? Ich fühle mich nicht krank. Da ist irgendwas mit Thrombodingens – für eine Operation zu gefährlich, aber für das normale Leben völlig bedeutungslos." Das Wasser kochte, sie goss den Tee auf. Wolfgang schnaubte am anderen Ende der Leitung. „Bist du dir sicher? Was sagt Oliver denn dazu?"
Über Olivers Meinung wollte sie jetzt nicht diskutieren. „Wir können jetzt nächste Woche ins Konzert gehen", versuchte sie das Gespräch in ruhigere Gefilde zu lenken.
„Ja, dann sprechen wir weiter über die verkorkste OP. Ich hole dich ab."
Anna hatte plötzlich keine Lust mehr zu telefonieren. Ständig machte ihr jemand Vorschriften, was sie mit ihrer Gesundheit zu tun hatte. „Ich muss Schluss machen, meinen Chef anrufen, möchte mich beim Chor melden, und die Wäsche steht auch noch hier."
„Du bist wie immer nicht zu bremsen. Ich würde mich an deiner Stelle nicht schon wieder zur Arbeit melden, Anna. Mach es dir doch erst mal zuhause gemütlich und …" Anna hatte schon aufgelegt. Sollten andere auf dem Sofa sitzen bleiben und rumchillen. Ihr war das zu langweilig. Sie nahm ihre Tasse Tee und suchte nach der Telefonliste, die sie im Krankenhaus angelegt hatte, um ihre Freundinnen anzurufen.

Am Abend öffneten sie die Flasche Wein und schauten zusammen einen Film. Anna hatte ihren Abstecher bei Doris kurzgehalten. Danach blieb Oliver vor den Nachrichten hängen, während Anna Mails aus der Wetterredaktion las.
„Das ist nicht zu fassen, was die Engländer unserer europäischen Wirtschaft antun!" Er stellte sein Weinglas mit einem lauten Knall auf dem Glastisch ab.

Anna zuckte nicht einmal zusammen. Wenn Oliver politische Sendungen sah, verlor er immer die Fassung. Die britische Separation aus der EU trieb ihn seit Wochen zu Wutausbrüchen.
„Das gesamte Bruttosozialprodukt von England kommt einem Erdrutsch gleich. Kannst du dir vorstellen, wie viele Kunden wir durch den Austritt verlieren?"
Anna klappte den Computer zu und beschloss, ins Bett zu gehen.
„Du hast Recht, Schatz." Erst danach merkte sie, dass ihre Antwort überhaupt keinen Sinn ergab. Oliver war es nicht aufgefallen.
Als sie schon fast eingeschlafen war, kam Oliver ins Bett. Sie kuschelte sich in seinen Arm. Er roch nach einer Mischung aus After Shave und Zahnpasta.
„Musst du morgen verreisen?"
„Nein, diese Woche nicht mehr. Ich werde den Wasseraufbereiter zum Boot bringen. Es ist nicht mehr viel Zeit bis Oktober …" Er strich Anna über die Haare.
Anna dachte an die ganze Arbeit, die noch zu erledigen wäre, bis sie endlich in See stechen würden. Fast konnte einem schwindelig werden vor Vorfreude. Vorher mussten sie unbedingt noch eine große Party geben und alle Freunde zum Abschied einladen.
„Ich freue mich auf den Törn", sagte Oliver und blickte ihr tief in die Augen. „Endlich einmal wieder nur wir zwei auf unserem Boot."
„Ich freue mich auch", sagte sie ehrlich und meinte dabei die Weite, die Wellen und das Wetter über ihr. An lauschige Abende mit Rotwein und neuen Freunden an Bord, lange Gespräche über Großsegel, Spinnaker und die Freiheit des Lebens dachte sie. Das sagte sie ihm aber nicht.
Oliver drückte ihr einen Kuss auf die Lippen. „Aber du musst das mit deinen Blutwerten klären!"
Anna verschränkte ihre Arme unter der Bettdecke. Soweit kam das noch, dass ihre Thrombodingens ihren großen Traum durchkreuzten.
„He, das ist kein Witz, Engelchen", sagte er. „Bitte kümmere dich darum."

Kapitel 3

Anna hastete die drei Stufen zur Tür des Fernsehsenders empor. Sie freute sich auf die Kollegen. Bestimmt würden alle Augen machen, dass sie so schnell ihren Dienst wieder antrat. In der Eingangshalle schlug sie den Weg zum Treppenhaus ein – vierter Stock, ihr persönlicher Frühsport, sie wollte doch fit bleiben.

Auf der zweiten Treppe hielt sie inne und fasste sich an die Hüfte. Ein wenig tat sie immer noch weh. Kein Wunder, nach dem, was sie am Montag bei Dr. Tümmler erlebt hatte, dem Arztes, dessen Adresse sie auf der Visitenkarte des Orthopäden gefunden hatte.

Oliver hatte keine Ruhe gegeben, bis sie letzte Woche endlich in der Hämatologie, der medizinischen Fachabteilung für Blut, in der Uniklinik Aachen angerufen hatte. Gleich am Freitag, drei Tage später, sollte sie kommen. Anna sah den Arzt noch vor sich, groß, souverän, mit dunklem Bart, nicht unattraktiv. Dr. Tümmler konnte sich keinen Reim aus den entgleisten Blutwerten machen. „Das kann so gut wie alles sein, Frau Wunderle“, hatte er gesagt. „Für eine genaue Diagnose müssen wir ihr Knochenmark punktieren.“ Mit diesen Worten war er mit einer länglichen Nadel und Desinfektionsspray in Richtung ihrer Hüfte verschwunden. Was dann passiert war, würde Anna ihr Leben lang nicht vergessen. Es war kein Schmerz gewesen, wie sie ihn vom Zahnarzt oder von ihrem Fahrradunfall her kannte. Es war ein Druck, der tief in ihrem Körper begann und in ein starkes Stechen überging. Da half es auch nicht, dass die Arzthelferin ihr beschwichtigend zuredete, sie möge bitte einfach aushalten und abwarten.

Mittlerweile hatte Anna die dritte Etage erreicht und schnappte nach Luft. Ihre Kondition hatte anscheinend nachgelassen. Sie wollte die Ergebnisse der Punktion abwarten, die Dr. Tümmler ihr in einer Woche vorlegen sollte. Dann musste sie dringend ihr Jogging-Training wieder aufnehmen.

Auf den letzten Stufen lächelte sie. Gleich würde es hektisch und laut werden. Im Studio fühlte sie sich einfach zuhause. Sie liebte die

Geschäftigkeit der Techniker, und sie war fasziniert davon, die Wetterdaten zusammenzustellen, zu relevanten Nachrichten zu formulieren und dann zu präsentieren. Schon ein Privileg, so einen aufregenden Beruf zu haben.

Sie ging an der langen Glaswand des Schnittraumes vorbei und winkte den beiden Cutterinnen hinter der Scheibe fröhlich zu. In der Redaktion wollte sie unbedingt auch noch vorbeischauen, hoffentlich blieb genug Zeit dafür. Die Aufzeichnung der heutigen Wettervorhersage von Wetter-TV war in einer Stunde angesetzt.

„Anna, was machst du denn hier?“ Stuart, der Trickmischer kam im Eilschritt durch den Gang gelaufen, legte seinen Arm um ihre Taille und zog sie freundschaftlich neben sich her. Keine Antwort abwartend, bog er unmittelbar danach links in den Technikraum der Sendezentrale und ließ die Tür hinter sich zufallen.

„Ich gehe auf Sendung, Stuey“, murmelte Anna lächelnd und ging weiter den Gang entlang. Ein wenig holprig, ihre Schuhe waren zu hoch für lange Wege, und sie schonte die Schulter bei jeder Bewegung. Sie hatte heute Morgen zu einer extra Dosis Ibuprofen gegriffen, um den Tag zu überstehen.

Im Vorbeigehen bemerkte sie ihr Spiegelbild in der Glasscheibe und strich sich zufrieden über den engen Rock. In ihrer Rolle als Moderatorin musste sie vor der Kamera perfekt gekleidet sein, ohne Falte und Fussel. Die gab es schon genug in ihren Jeans und Pullis. Im Studio trug sie nur Markenkleidung bester Qualität, die sie in einem Extra-Schrank Bügel für Bügel nebeneinander aufhängte. Sie hatte vieles neu anschaffen müssen, als ihr Chef ihr zu Beginn eröffnete, dass sie frei in der Wahl ihrer Kleidung wäre, jedoch nie, wirklich niemals etwas Blaues tragen dürfte. Stuart, der für die Mischung aus digitalen Daten und Filmmaterial zuständig war, machte eines Tages spaßeshalber mit Anna eine Aufnahme in einem blauweiß gestreiften T-Shirt vor dem Blue Screen. Das Resultat konnte sich sehen lassen, allerdings nicht in der Öffentlichkeit.

Heute hatte sie sich für ihr hellgraues Calvin Klein Kostüm entschieden, das ihre schlanke Figur besonders betonte. Oliver hatte die Augenbrauen hochgezogen, als sie ihren rechten Arm stöhnend in den engen Blazer quälte.

„Muss das wirklich sein, Anna? Warum bleibst du nicht zuhause? Du kannst prima die Segelsachen vorbereiten oder Ronjas letzte Tage in Deutschland mit ihr verbringen. Kein Mensch wird dich beim Sender vermissen."

Und ob, hatte Anna gedacht und wortlos das Haus verlassen. Alle würden sie vermissen, Stuart, Steffi, die Dame in der Cafeteria, ihr Chef Mike, … .Vielleicht war es aber auch umgekehrt, schoss es ihr für einen kurzen Augenblick durch den Kopf.

In dem großen Studio wurden die schweren Kameras bereits ausgerichtet und ein letztes Mal von den Technikern geprüft. Anna musste unwillkürlich lächeln, als sie die blau ausgeleuchtete Leinwand erblickte. Das Scheinwerferlicht, das Summen der Geräte, der Geruch von heißen Leuchten, schwitzenden Redakteuren und staubigem Linoleum hatte ihr in der letzten Woche gefehlt.

Anna war ein alter Hase im Job und genoss die völlige Abwesenheit von Lampenfieber. Die Daten der verschiedenen Wettermodelle wurden ihr vor jedem Sendetag morgens nach Hause geschickt, sodass sie sich einlesen konnte; die Redakteure standen online mit ihr in Verbindung, und die fertigen Texte bekam sie zwei Stunden vor der Sendung zugeschickt. Auch heute hatte sie sich am Tag zuvor mit dem Tief, das von der Biskaya über Frankreich nach Süddeutschland heranzog, schon intensiv angefreundet.

„Der Soundcheck, Anna, bitte, jetzt", ordnete Mike, ihr Chef an. Er tauchte immer unversehens auf, aus dem Nichts, mit einem Luftzug um ihn herum, ähnlich dem des Tiefdruckausläufers in der Vorhersage.

Anna positionierte sich in gewohntem Abstand vor dem Blue Screen, Blue Box unter Fernsehleuten genannt, und griff das Ansteckmikrofon, das ihre Assistentin Steffi ihr reichte.

„Danke", sagte sie kurz – und dann: „Check one, two, three."

Mike nickte und verschwand aus Annas Sichtweite. Noch schnell in die Maske, dann war es so weit. Anna begrüßte Aimee, ihre Stylistin.

„Anna, ich dachte, du bist erst in vier Wochen wieder da?" Aimee musterte Annas Schulter.

„Klasse, was? Ging schneller, als die Polizei erlaubt", flachste Anna und zog die Papiere mit dem Redaktionstext aus der Tasche. Sie hatte keine Lust, zwanzig Minuten vor der Sendung über ihre Blutwerte zu sprechen. Aimee würde genauso wenig damit anfangen können wie sie selbst.

Aimee begann, pfirsichfarbenen Puder aufzutragen, zuerst mit dem Pinsel, anschließend mit den Fingern. „Mach` keinen Quatsch, was war mit deiner OP?"

„Verschoben", murmelte Anna und vertiefte sich in ihre Papiere.

Das Make-up wurde zügig aufgetragen, ein verdichtender Lidstrich auf der Höhe der Lidfalte gezeichnet und dichte Wimpern getuscht; dann griff Aimee nach der Bürste und ging mit großzügigen Strichen durch Annas blonden Pagenkopf. „Gut siehst du heute aus. Ausgeschlafener als beim letzten Mal." Schnell schnitt sie die Konturen der Frisur nach, zupfte ein, zwei Ponysträhnen in Annas Stirn, etwas Haarspray und fertig.

„Wow", rutschte es Anna heraus, als sie wieder von den Papieren aufsah. Die Farbe des Lippenstiftes war ein toller Kontrast zum Grau ihres Kostüms.

„Dich schminke ich immer am liebsten. Klein, aber oho", lachte Aimee, bevor Anna grinsend den Raum verließ. Sie spielte auf Annas 1,65 Meter Körpergröße an, die für eine Moderatorin eigentlich zu wenig waren. Dieses Manko machte Anna locker mit ihrer Vorliebe für hohe Schuhe wett – und mit ihrer Ausstrahlung, so hatte zumindest Stuart es ihr bei einer Betriebsfeier einmal gesteckt.

Zügig begab sich Anna in den Senderaum. Sie schritt vor die Leinwand, suchte die markierte Stelle am Boden und stellte sich eine Handbreit daneben. Wie zuhause antrainiert, hob sie dieses Mal den linken Arm nach oben, wo sie England in der fiktiven Wetterkarte auf dem Screen vermutete.

„Du stehst verkehrt herum, Anna!", kam die Stimme aus der Regie.

„Heute einmal anders – Abwechslung tut gut!" Hoffentlich kamen nicht noch mehr Fragen …

Die erste Kamera drehte sich um neunzig Grad, warf dabei fast einen Scheinwerfer um, und vom Backstage hörte man lautes Fluchen.

„Kannst du das nicht vorher sagen!" Rob, der Kameramann war sonst die Gelassenheit in Person.
„Zeit …! Licht und Ton ab", kam die Stimme aus der Regie.
Anna strahlte in die Kamera, ihre Augen wurden groß und sie begann zu sprechen. „Guten Abend, meine Damen und Herren. Heute habe ich schlechte Nachrichten für Sie, es wird stürmisch bei uns …" Die Wetterlinien schienen aus dem Blue Screen herauszugleiten und Anna zu umgarnen. Obwohl sie sie nicht sehen konnte, wusste sie genau, wo sie waren. Sie schwebte wie auf einer Welle in Blau vor der Leinwand, beschrieb mit Worten, Mimik und langsamen Handbewegungen die Richtung des Unwetters. Sie redete sich in Fahrt, und trotz der schlechten Vorhersage fühlte sie, wie ein Strahlen von ihr ausging und ihr nicht nur vom Scheinwerferlicht warm wurde.
„Der große Regen folgt zum Glück erst nach dem Wochenende. Sie können zwar nicht auf ein erstes Samstagabend-Grillen hoffen, doch den Sonntags-Spaziergang an diesem leicht stürmischen Frühlingstag verwehre ich Ihnen nicht." Sie senkte langsam die Arme und konnte nicht aufhören, zu strahlen. „Ich wünsche Ihnen noch einen schönen Abend, machen Sie es gut!"
„Erstklassig, Anna, wie immer", kam die Rückmeldung aus der Technik. Stuart aus dem Redaktionsraum hob grinsend den Daumen. Mike kam aus dem Dunkel und drückte ihr anerkennend den Arm. Autsch.
Etwas atemlos schritt sie aus dem Scheinwerferlicht, wischte sich den Schweiß von der Stirn. Das war es, was sie wollte. Das war ihr Leben. Kameras, Wetterfronten, Gewittermeldungen und Menschen, die sie anlachten. Erfolg. Nichts sollte ihr einen Strich dadurch machen.

Kapitel 4

Anna kam mit der Handtasche voller Medikamente, die sie in der Apotheke besorgt hatte, nach Hause und stolperte im Hausflur über einen riesigen Pappkarton mit Kleidung. „Ronja, komm' runter", rief sie ins Obergeschoss.

„Kann nicht, muss noch den Biochemie–Bericht schreiben", tönte es aus Ronjas Zimmer.

Im Flur gab es kein Durchkommen. Neben dem Karton stapelten sich Holzkisten, die zum Boot gebracht werden mussten. Plastikgeschirr, Besteck – die Kombüse sollte neu eingerichtet werden. Es war acht Tage her, dass sie aus der Klinik nach Hause gekommen war, und Anna hatte Oliver überredet, die Vorbereitungen für die Reise wieder aufzunehmen. Mit Physiotherapie und Schmerzmitteln glaubte sie, ihre Schulter so unter Kontrolle zu bekommen, dass sie mithelfen konnte. Bis September waren es nur noch vier Monate.

Anna warf einen kurzen Blick in Olivers Arbeitszimmer. Es war das einzige Zimmer im Haus, das vor Ordnung nur so glänzte. In den Regalen standen gleich aussehende Aktenordner auf exakt gleicher Höhe, peinlichst genau mit Schablonenstift beschrieben, sodass selbst ein Erstklässler schnellstmöglich die Akten aus dem Jahr 2010 oder 2014 finden könnte. Der Schreibtisch blitzte, nichts unterbrach die weiße Fläche.

Anna ging die Treppe hoch und klopfte an Ronjas Tür. „Was ist das für eine Kiste im Flur?"

„Winterklamotten." Ronja zeigte auf den Kleiderschrank, der aufgeräumt schien. „Schau, Mama, ich habe meinen Schrank sortiert!"

Anna war nur wenig beeindruckt, denn ihren Kleiderschrank räumte Ronja alle drei Monate um. „Und was, meine Süße, stellst du dir vor, soll mit der Kiste im Flur passieren?"

„Die schickst du mir bitte im Herbst nach, ja?" Ronja legte den Kopf schief und lächelte ihr reizendstes Lächeln, was sie immer auflegte, wenn sie ihre Mutter um den Finger wickelte. Als Einzelkind

hatte sie viel Erfahrung damit. Mit der Haarfarbe war sie schon im Kindergarten aufgefallen, und das rötliche Blond korrespondierte die ganze Schulzeit mit Ronjas Eigenwillen. Besonders schlimm war die Pubertät gewesen, in der ein Streit mit Anna in einem autonomen Friseurbesuch der Vierzehnjährigen endete, die anschließend mit dunklen Rasta-Locken nach Hause kam. Anna musste grinsen.
Ronja sah sie plötzlich auffordernd an. „Habe dich übrigens im Fernsehen gesehen vorgestern. Was hast du denn mit deinem linken Arm gemacht? Sah ganz anders aus als sonst …"
Anna zuckte zusammen. Da musste sie sich die Sendung unbedingt selbst noch einmal ansehen. „Ich gehe jetzt zum Chor. Über die Wintersachen sprechen wir noch." Sie schloss die Tür und holte ihre Jacke. „Mach den Meerschweinchen bitte etwas zu fressen", fiel ihr an der Haustür ein, und sie ärgerte sich darüber, dass sie eine Neunzehnjährige an ihre Pflichten erinnern musste.
Es wurde Zeit, dass Ronja auf eigenen Füßen stand. Zu dumm, dass die Meerschweine dann nahtlos in Annas To-do-Liste übergehen würden.

Vor dem Haus sah Anna wie gewohnt zum Himmel. Nach der Wettervorhersage war vor der Wettervorhersage. Immer in Vorbereitung auf die nächste Sendung. In der Dämmerung sah man dunkle Regenwolken über das Voreifel-Dorf ziehen, es war windig. Besser nicht das Fahrrad, dachte sie und schloss ihren Polo auf. Da klingelte ihr Handy.
„Hi, hier ist Doris. Wollte nur wissen, ob du zum Singen kommst?"
„Klar komme ich. Hast du meine Nachricht nicht bekommen?", fragte Anna und startete den Wagen.
«Barambambi", sang Doris am anderen Ende der Leitung.
„Barambambu", echote Anna und lachte. „Deshalb hast du mich angerufen?"
Beide kicherten noch eine Weile herum, bevor Anna auflegte. Was war Doris doch ein albernes Huhn. Anna freute sich, sie gleich zu sehen, um ihr nach der Probe weiter von ihren irritierenden Arztbesuchen zu erzählen. Doris hatte die drohende Schulter-OP mit einer großen

Zahl an erschrockenen Emojis per SMS begleitet, aber Annas Besuch bei ihr in der letzten Woche war viel zu kurz ausgefallen.
Im Pfarrsaal waren zwanzig Stühle aufgestellt, und nach und nach trudelten ihre Mitsänger mit großem Hallo ein. Seit vier Jahren sang Anna in dem 30-Mann-Frau-Chor „Harmony“, der moderne Popsongs, aber auch jazzige Stücke aufführte. In der kleinen Stadt waren sie ein bekannter Garant für gute Chormusik mit Showeinlagen und Choreographien.
„Hallo Petra! Schicke Jacke!“ Küsschen links, Küsschen rechts. Ihre Nachbarin im Alt saß schon auf ihrem Platz.
„Hi Barambambu“, und Schmatz, hauchte sie einen Kuss auf Doris’ Wange.
„Der Robert, heute mal nicht zu spät!“ Großes Gejohle im Tenor. Man drückte sich, reihum wurde auf die Schulter geklopft und begrüßt.
„Hey, Anna, wird es morgen regnen?“ Anna hatte Angst um ihre Schulter, als sie herumgewirbelt wurde und Thomas aus dem Bass erkannte. Mal wieder diese Wetterfrage …
„Es kommt ein Anti-Zyklonen-Hoch mit Rekordtemperaturen von 28 Grad von den britischen Inseln rüber“, fabulierte sie. Thomas zog die Augenbrauen hoch und lächelte verlegen. Schnell wandte er sich der nächsten Dame zu.
„Bling-Bling!“ ertönte es laut von vorne. Tabea, eine schlanke, dunkelhaarige, junge Frau rief mit ihrer auffallend tiefen Stimme alle Herumstehenden zusammen.
„Ich lese Euch aus der Zeitung vor: Der Auftritt kam sehr gut an! Das Publikum war begeistert von Harmony‘s Auftritt im Seniorenheim. Das habt ihr gut gemacht!“
Anna grinste fröhlich zu Doris rüber. „Alles klar?“, fragte sie kurz, konnte Doris’ Antwort jedoch nicht mehr hören, da ein lautes Lalala in C-Dur Dreiklängen alles übertönte. Nach weiteren Stimmübungen gab es eine Percussion-Session. Rhythmisches Klatschen, Stampfen und Prusten war zu hören, bis ein Tenor dem benachbarten Bass zur Belustigung aller ins Gesicht klatschte. Da geriet der Rhythmus aus den Fugen.

In der kurzen Pause, in der Tabea die Noten für das nächste Stück heraussuchte, sah Anna, wie Doris von Petra herzlich gedrückt wurde. Auch Sabine aus der hintersten Reihe gratulierte ihr. Merkwürdig, die beiden waren gar nicht so gut befreundet. Sollte Doris etwa Geburtstag …?
Sie suchte Doris' Blickkontakt, doch die sah stur nach vorn. Anna fragte trotzdem: „Hattest du Geburtstag?"
„Klar. Gestern", sagte Doris kurz. So ein Mist. Das hatte Anna nicht gewusst. Oder doch? Sie kramte in ihrem Gedächtnis, aber nichts dergleichen fiel ihr ein.
„Das Intro von `Slow me down` bitte, aber sauber!" Tabea trieb die Sänger zusammen in einen Halbkreis, und Anna konnte Doris hinter den Männern nicht mehr sehen. Eins, zwei, drei, dududu, dumm dumm, ertönte es, der Rhythmus ergriff Anna, und sie schaute schnell in ihre Noten. Die Melodie pulsierte in einer Endlosschleife und erfüllte weich den Raum.
Das nächste Stück war besonders schwierig, und Anna wurde nach vorn gerufen, um die Solostimme zu singen. Immer noch hatte sie mit Doris nicht sprechen können – unruhig sang sie die erste Zeile, ihre Stimme zitterte.
„Anna, das ging auch schon mal besser." Tabeas Einwand traf sie hart.
„Sorry. Bin ein wenig raus." Leider fiel ihr keine passende Entschuldigung ein.
Das Stück wurde noch einmal angesungen, und Tabea haute in die Tasten, während die Soprane eine neue Choreographie mit Regenschirmen übten, die synchron durch die Luft gewirbelt werden sollten, was nicht allen gelang.
„Let it rain, let it clear, I don't care as long you're near."
Anna schaute erst auf, als das Lied zu Ende war. Gott sei Dank hatte ihre Stimme sich wieder gefangen. Tabea lehnte sich auf ihrem Klavierstuhl zurück und verschränkte die Hände hinter dem Kopf.
„Ich habe dich unterschätzt, Anna. Und wenn die Choreo dann auch klappt, wird das sehr gut! Wir machen zwei Sonderproben bis zum Auftritt in vier Wochen. Bis dahin muss alles sitzen. Auswendig!" Sie warf einen aufmunternden Blick in die Runde.

Anna zog den Kopf ein und nickte. Da war ein komisches Gefühl im Magen. Auftritt in vier Wochen. Da wäre Ronja schon 14 Tage weg. Ihre Wangen fühlten sich heiß an, und sie ging an ihren Platz zu Doris zurück. Doris sah auf den Boden, als Anna sich neben sie stellte. Anna war es nicht wohl in ihrer Haut. Sollte sie wirklich Doris Geburtstag vergessen haben? Sie erinnerte sich noch genau an den Tag vor vier Jahren, an dem sie Doris das erste Mal gesehen hatte. Sie fand die junge Frau mit der auffälligen Brille und dem Kurzhaarschnitt sofort sympathisch und mochte ihren trockenen Humor. Kein anderer konnte so lustige Bemerkungen über die Männer im Tenor machen, die sich so mit den hohen Tönen abmühten.

Doch Tabea ließ ihnen keine Atempause. Sie spielte einen D-Moll Akkord an, und Anna bekam weiche Knie, weil es das Paradestück von Harmony, ihr Lieblingsstück war. „Calm after the Storm" von den Common Limits. Tenor- und Sopranstimmen stimmten an, im zweiten Teil legte sich der Bass darunter, zuletzt setzte die Altstimme ein. Ein weicher Klangteppich entstand, wurde stärker, wärmer, und der Raum schien zu schweben in dem Refrain, der Anna durch Mark und Bein ging. Sie sah ihre Chorfreunde entspannt die Lippen bewegen, viele lächelten. Die Musik drang laut bis auf die Straße, und die Luft flimmerte im Takt. Wie bei einem Azorenhoch, dachte Anna und war für einen Moment glücklich.

Mit dem Schlussakkord verschwand der letzte Klang wie in der Unendlichkeit.

„Fertig für heute! Wir sehen uns nächste Woche!" Die Probe war endlich zu Ende.

„Anna, wann geht deine Reise los? Nach unserem Auftritt?" Petra hatte einen Stuhl in der Hand, um ihn wegzuräumen.

„Im September erst…"

„Ich bin neidisch! Das Abenteuer beginnt! Mensch Anna, ich freue mich für dich! Dass du keine Angst hast vor der langen Reise! Und lass dich nicht von Piraten kapern!"

Anna spürte eine schnelle Umarmung und sah Petra davonhuschen. Ihre Augen suchten Doris. Die stand in der Tür und winkte. „Tschüss, ich bin weg!" Dabei machte sie zu Anna eine Handbewegung wie beim

Telefonieren, und rief: „Ich melde mich. Du musst mir erzählen, wie es mit der Schulter weiter gegangen ist!“ Dann war sie verschwunden. Zwischen Umarmungen der Damen und Schulterklopfen der Herren stand Anna vor der Tür und schaute Doris’ Auto hinterher. Was für ein merkwürdiger Tag.

Kapitel 5

Es war Montagmorgen, einer dieser letzten Apriltage, an dem die höherstehende Sonne die Narzissen in Nachbars Garten zur vollen Blüte erweckte, als Anna sich wieder in der Klinik einfand und auf Dr. Tümmler wartete. Dieses Mal hatte Oliver sich zwischen zwei Gerichtsterminen frei genommen und saß neben ihr. Nach der Blutabnahme durften sie endlich in das Zimmer des Arztes mit dem originellen Namen. Schon zehn Tage vorher hatte Anna ein Kichern unterdrücken müssen, als er ihr das erste Mal mit einem lauten „Tümmler" die Hand gereicht hatte. Dieser Hüne von Mensch sah wirklich nicht wie ein Delfin aus.

Sie saßen vor Dr. Tümmlers großem Schreibtisch und sahen zu, wie er die vielen Zettel vor sich sortierte. Anna hatte im Internet geforscht und einige Ursachen gefunden, warum Blutzellen nicht mehr richtig gebildet würden. Als sie an der einen oder anderen Stelle auf das Wort Leukämie gestoßen war, hatte sie ihren Laptop zugeklappt und war in den Garten zu den Meerschweinchen gegangen.

Dr. Tümmler hatte fertig sortiert und hob den Kopf. „Frau Wunderle, die Knochenmarkspunktion zeigt ein eindeutiges Ergebnis."

Er schaute abwechselnd Oliver und Anna an und seine hellen, forschenden Augen wurden schmal. „Ihr Knochenmark zeigt eine Schädigung zweiten Grades, das bedeutet, dass Ihre Blutbildung fehlerhaft ist. Bei Ihnen sind besonders die Leukozyten und Thrombozyten betroffen, vermutlich schon seit Monaten. Zudem haben wir noch nicht differenzierte Blutzellen gefunden, genetisch veränderte Zellen, die sogenannten Blasten. Die sind gefährlich."

Anna lehnte sich in dem harten Lehnstuhl zurück. Ihre Hände wurden feucht, und sie wagte einen kurzen Blick zur Seite. Oliver hatte die Augen weit aufgerissen.

„Ihre Erkrankung nennt man MDS – ein Myelodysplastisches Syndrom. Es tritt im Allgemeinen eher bei alten Patienten auf." Anna sah den Arzt fragend an.

„Ich bin 49 …“ unterbrach sie ihn. „Wie kann ich dann eine MDS haben?“

„Das wissen wir nicht. Die genetische Veränderung kann durch alles Mögliche ausgelöst worden sein. Medikamente, Bestrahlung. Ich fürchte, wir werden den Grund nicht identifizieren können.“

Anna biss die Zähne zusammen. Sie fühlte sich fehl am Platz. Da konnte ja nicht viel bei herauskommen, wenn der Arzt ihr eine Erkrankung nahelegte, die nur bei alten Patienten auftrat. Sie wollte lieber wieder in die Orthopädie, sich ihre Schulter operieren lassen.

Oliver setzte sich aufrecht und fragte nervös: „Das klingt wie eine … Leukämie?“

„Nein, um eine Leukämie handelt es sich hier noch nicht. Ich sage bewusst – noch nicht.“

Annas Hände krallten sich in die Armlehnen ihres Stuhles. Ihre Augen suchten einen Halt und blieben an Dr. Tümmler hängen. Was hatte der Arzt für ein nettes Poloshirt an. Sollte Oliver sich mal ein Beispiel daran nehmen. Wie durch einen Schleier hindurch hörte sie, wie Dr. Tümmler weitere Details der Krankheit beschrieb.

Die veränderten Blutkörperchen würden sich rasant vermehren. Schlimmer noch, die Blasten würden die gesunden Stammzellen verdrängen. Das ganze System würde kippen. Durch den Mangel an weißen Blutkörperchen seien MDS-Patienten häufig krank, der Verlust der roten Blutzellen führe zu Blutarmut und mache müde.

Anna versuchte, sich zu erinnern – ja, müde war sie in den letzten Wochen oft gewesen. Oliver sagte leise: „Du hattest ein Schlafbedürfnis wie ein Murmeltier.“

Die Vorbereitung für den großen Segeltörn hatte in den Monaten vor Ostern Ausmaße angenommen, die Kraft gekostet hatte. Sie hatten beide nach der Arbeit die nötigen Utensilien für das Boot besorgt, für den Wasseraufbereiter waren sie bis nach Süddeutschland gefahren. Immer wieder führte es sie zum Boot, das in Holland lag. Oft hatten sie bis nachts am Computer die Dokumente für die „Atlantic Rallye for Cruisers“ zusammengestellt. Eine aufregende Zeit, dennoch war Anna merkwürdig erschöpft gewesen. Sie fragte sich, ab wann genau sie eigentlich krank geworden war.

„Die Therapien gegen die MDS haben sich in den letzten Jahren zwar verbessert", sagte Dr. Tümmler und zog mehrere Broschüren aus einer Schublade. „Es gibt zum Beispiel Medikamente, die die Krankheit aufhalten. Das sind allerdings keine Optionen für Sie, in Ihrem jungen Alter. Ich werde nicht um den heißen Brei herumreden, Frau Wunderle. Für sie kommt lediglich eine Knochenmarktransplantation in Frage."

Anna wurde es sehr warm in ihrem dünnen T-Shirt. „Eine Transplantation?", wiederholte sie so leise, dass sie selbst es kaum hören konnte.

Oliver legte seine Hand auf ihren Arm.

Sie blickte auf die Prospekte auf dem Schreibtisch, doch die Bilder verschwammen vor ihren Augen. Alles war so nebulös, so unwirklich. Transplantation, Knochenmark, sie dachte an Spendenaufrufe in Radio und Fernsehen, die sie zwar gehört, bisher jedoch wenig beachtet hatte. „Der kleine Luis braucht dringend einen Knochenmarkspender, sonst ist sein Kampf ums Überleben zu Ende …" Bunte, selbstgemalte Plakate an Bäumen, große Lettern in Zeitschriften.

Ihr Mund fühlte sich trocken an, ihr Körper taub. Es war unerträglich warm in diesem Behandlungszimmer.

„Was bedeutet das für meine Frau?" Oliver rutschte auf seinem Stuhl hin und her.

Dr. Tümmler stand auf und öffnete das Fenster, um Luft in den stickigen Raum hineinzulassen. Der Wind wehte die Gardine leise in die Praxis. Draußen weinte ein Kind.

„Ihre Frau kommt für einige Wochen auf unsere KMT-Station", wandte er sich den beiden wieder zu.

„KMT?"

„Knochenmarktransplantation. Dort zerstören wir Ihr Knochenmark mittels einer Hochdosis-Chemotherapie. Anschließend erhält sie neue Stammzellen, die neues, gesundes Blut produzieren können."

Anna fand ihre Sprache wieder. „Aber wo bekommen wir einen Spender her?"

Der Arzt reichte ihr eine Broschüre, auf der in großen Buchstaben DKMS geschrieben stand. „Bitte lesen Sie sich diese Unterlagen in Ruhe durch, da steht alles über die Therapie drin. Außerdem empfehle ich Ihnen, sich psychologische Unterstützung zu holen."

Anna sah ihn mit großen Augen an.
„Ich schreibe Ihnen einen Namen auf. Frau Steinbrink ist eine hervorragende Psychoonkologin, die Sie auf die besondere Situation der Transplantation vorbereiten wird."
Psychologie. Anna schüttelte sich innerlich. Aber sie hatte eine andere Sorge.
„Wie groß sind denn die Chancen auf einen Spender?" Hoffentlich sagte er jetzt nicht so etwas wie „fifty-fifty".
„Früher war dies ein großes Problem. Heutzutage hat die DKMS ein großes Register aufgebaut, das an eine weltweite Datenbank angeschlossen ist. Die Chancen, einen Fremdspender zu finden, liegen mittlerweile bei über 85 %. Die einfachste und beste Möglichkeit, einen Knochenmarkspender zu finden, sind allerdings immer noch Geschwister."
Richtig, Anna erinnerte sich dunkel daran, dass ihr jemand erzählt hatte, dass er Knochenmarkspender für seinen Bruder gewesen war. Wer war das nur gewesen? Hätte sie doch damals besser zugehört!
„Ich habe zwei Brüder ...", sagte sie leise.
„Die können Sie schon einmal darauf vorbereiten, sich typisieren zu lassen."
Wolfgang fragen? Das wird schwierig, dachte Anna. Und Klaus in New York erst recht. „Und wenn ich die Transplantation nicht mache, was dann?"
Der Arzt schlug die Akte zu und sah ihr fest in die Augen. In diesem Moment sah Anna die Sorge darin. Sorge um sie, eine Patientin, die kurz vor einer Leukämie stand.
„Sie haben eine Lebenserwartung von drei Jahren. Jedes davon wird schwieriger, und das letzte, Frau Wunderle, das möchten Sie nicht erleben. Jeden Tag eine Bluttransfusion ist kein Spaß."
Anna verschlug es den Atem. Ihre Hände zitterten. Drei Jahre. Sie hatte einmal gemeinsam mit Oliver eine Löffel-Liste erstellt, eine Liste der verrückten Lebensträume, die sie erleben wollte, bevor sie den Löffel abgeben würde. Sie war mehrere Seiten lang und Anna würde gerade einmal Punkt eins, den Segeltörn, abhaken können.
Dr. Tümmler stand auf und trat auf sie zu.

„Sie haben einen Vorteil. Sie sind recht jung für die Therapie. Ihr Körper ist in einer guten Verfassung. Wissen Sie, manche Patienten wie Sie segeln einfach so dadurch …“

Durchsegeln. Das wollte Anna auch. Sie sah Oliver an, dem es die Sprache verschlagen hatte. Er hatte wässrige Augen und rührte sich nicht vom Fleck. Am liebsten hätte sie ihn getröstet und in den Arm genommen, obwohl es doch eher umgekehrt sein sollte.

„Segeln kann ich“, sagte sie, mehr zu Oliver als zu dem Arzt.

Kapitel 6

„Wie geht es deiner Schulter eigentlich?", fragte Ronja am nächsten Morgen. Sie sah heute besonders verschlafen aus, wie sie in ihrem Schlafanzug auf der Treppe stand. Die ungezügelten Locken, die sie von Anna geerbt hatte, verdeckten ihre hellen Augen, die Schwierigkeiten hatten, sich im grellen Tageslicht zu öffnen.
Anna schaute erschrocken auf. Sie war gerade mit dem Frühstück fertig und hatte begonnen, in der Broschüre von Dr. Tümmler zu lesen. Seit drei Tagen hatte sie einen Bogen um das Heft gemacht, weil es ihr viel zu dick erschien. „Auch schon wach, Prinzesschen?" Sie schob schnell den Brötchenkorb auf den Flyer.
„Nun sag schon, wirst du bald operiert?"
„Hm, ich denke nicht." Anna stand auf und trug ihren Teller aus dem Esszimmer.
„Wann denn?" Ronja ließ nicht locker. „Das tut dir doch weh, das sehe ich bei jeder Bewegung!"
Das weiß ich, dachte Anna, schade, dass ich das nicht verstecken kann. „Sie haben jetzt eine andere, wichtigere Baustelle", hatte Dr. Tümmler gesagt. Aber die wollte sie ihrer Tochter nicht zumuten. Noch nicht. „Ich bekomme Krankengymnastik. Dann brauche ich keine OP mehr."
Ronja schmierte sich Nutella auf ihr Brötchen und biss herzhaft hinein, es knisterte, und die Krümel fielen nicht nur auf den Teller.
„Gibt es in Amerika eigentlich auch Nutella, Mama?"
Anna musste lachen. „Ich war noch nie dort, aber sie werden bestimmt Low-Fat-Nutella für dich haben, Süße."
Ronja zog eine Grimasse. Als sie vor einem halben Jahr ihre Zulassung für die Reise in die USA bekam, hatte Oliver die Befürchtung geäußert, seine Tochter anschließend mit mindestens 10 Kilogramm mehr Gewicht in die Arme zu schließen – eine Vorstellung, die Ronja, immer nahe an der Magersucht, auf die Palme brachte.
„Wo ist Papa?"

„Musste schon los. Du weißt doch, wichtige Gerichtsverhandlung."
„Und was hat der Arzt vorgestern gesagt?", fragte Ronja kauend, und gleichzeitig ihren Teller und ihre Kaffeetasse in die Küche tragend.
„Das war aber ein schnelles Frühstück", bemerkte Anna. „Ich helfe dir heute, deine Wäsche zu bügeln, dann kannst du morgen, am Feiertag, anfangen zu packen", versuchte sie, zur Tagesordnung zurückzukehren. Noch vier Tage. Dann ging es zum Flughafen.
„Mensch Mama, ich will jetzt wissen, was der Arzt gesagt hat!" Ronja blieb mitten in der Küche stehen und versperrte ihrer Mutter den Weg.
Anna setzte sich auf den Küchenstuhl und lehnte sich langsam zurück. „Die Schulter kann nicht operiert werden, Ronja."
Die runzelte die Stirn.
„Ich muss vielleicht ins Krankenhaus. Ich habe eine MDS. Jetzt frag mich nicht, was das ist. Es ist kompliziert …"
„Okay. Was ist eine MDS?" Ronja stapelte alle benutzten Kaffeetassen in der Spüle, wobei die oberste vom Rand rutschte und auf den Küchenboden fiel. Ein paar Kaffeetropfen spritzten auf Annas Jeans.
„Mist, 'tschuldigung, Mama."
„Lass nur, ist schon gut." Anna wischte die Tropfen mit einem Lappen weg. Wann hörte Ronja nur auf, zu fragen …
„Ist es etwas Schlimmes, Mama?"
„Es kann schlimm werden, wenn wir nichts tun. Ich … ich habe eine Art Leukämie, die nur mit einer Knochenmarktransplantation geheilt werden kann. Weißt du, was das ist?"
Ronja hatte aufgehört, das Geschirr zu stapeln. Sie stand mit aufgerissenen Augen vor Anna und sagte nichts.
„Da wird das Immunsystem zerstört, und anschließend bekommt man neue Stammzellen, die die Immunzellen im Körper neu bilden. Das wird oft gemacht, ist Routine heutzutage."
„Das Immunsystem wird zerstört? Wie denn?"
„Ich glaube mit einer Chemotherapie."
Das Wort stand im Raum wie eine Säule. Man hörte nichts, nur das Tropfen des Wasserhahnes unterbrach die kalte Stille in der Küche. Anna wünschte sich, dass irgendjemand klingelte, das Telefon

bimmelte oder vielleicht wie durch ein Wunder Oliver nach Hause käme. Sie wollte nicht, dass ihre Tochter so entsetzt dreinsah.
„Wir gehen jetzt in dein Zimmer, und ich helfe dir mit der Wäsche, wie verabredet“, versuchte sie abzulenken.
„Du bist krank? Und ich fliege in vier Tagen nach Amerika? Das kann jetzt nicht wahr sein!“
„Ronja, …“
„Du hast gestern, als du vom Arzt zurückkamst, nichts gesagt! Und du hättest auch heute nichts gesagt, wenn ich nicht gefragt hätte!“ Ronjas Stimme wurde lauter, und sie wischte sich über die Augen. „Ich fahre nicht!“
„Doch!“ Anna legte ihre Hände auf Ronjas Arm. „Du gehst deinen Weg, Ronja. Du wirst in Arizona studieren! Glaubst du, ich will dir deinen Traum zerstören? Weißt du nicht, dass Papa und ich auch einen Traum haben? Dass wir in vier Monaten über den Atlantik segeln? Wir lassen uns unsere Träume nicht kaputt machen, keiner von uns! Es wird alles gut, Ronja!“
Ronja kam langsam auf ihre Mutter zu und umarmte sie vorsichtig. Anna zog sie an sich und drückte ihre Tochter. Es fühlte sich gut an, so warm, so sicher, so innig. Jahrelang waren sie ein gutes Team gewesen, denn in den Zeiten, in denen Oliver beruflich viel unterwegs war, hatten sie eine enge Vertrautheit entwickelt, fast wie Freundinnen. Anna hatte sich in Ronjas Gegenwart wieder jung gefühlt. Nun, in dieser ungeklärten Situation, sollte sie ihre Kleine gehen lassen, hinaus in die weite Welt. Sie sollte groß werden, größer vielleicht als sie selbst. Anna wollte auf keinen Fall zulassen, dass sie ihre Pläne wegen dieser dummen Krankheit aufgab. Sie hoffte inständig, dass Ronja nachgab.
Ronja ließ ihre Mutter los und ging zur Treppe. Anna folgte ihr, und sie verbrachten den Vormittag mit Aufräumen. Zwischendurch stellten sie fest, dass Ronja dringend eine neue Winterjacke brauchte. Zügig fuhren sie in die Stadt und fanden eine knallrote Fleece Jacke, in die Ronja sich beim ersten Anblick verguckte. Über Annas Diagnose sprachen sie nicht mehr, aber es lag ein dunkler Schatten in ihren Gesichtern.

Nach dem Abendessen klingelte es, und Anna stand auf.
„Das wird Wolfgang sein", rief sie Ronja zu, warf sich ihren Blazer über und schmiss mit Schwung die Haustür hinter sich zu. Inzwischen mit dem Fuß, aber das bemerkte ja niemand. Wolfgang trug zur Feier des Abends keine weißen Sneakers, sondern braune Lederschuhe zur Jeans, und einen dunkelblauen Rollkragenpullover, der wunderbar mit seinen leicht ergrauten Haaren harmonierte, wie immer zu einem dünnen Zopf gebunden.
„Tag, Schwesterlein", sagte er und nahm seine zwei Köpfe kleinere Schwester in den Arm.
„Dvořáks Sinfonie aus der Neuen Welt! Ich freue mich." Anna drückte ihm einen Kuss auf die Seite.
„Dvořák? Da bist du im falschen Film. Also ich höre heute Schubert."
Anna zuckte zusammen. „Oh Gott. Habe ich da was verwechselt?"
„Wir sprachen doch darüber?"
„Jaja", beschwichtige sie ihn, setzte sich auf den Beifahrersitz, kramte ihren Terminkalender heraus und blätterte darin herum. „Ach, egal. Schubert ist auch gut."
Anna liebte es, sich mit ihrem Bruder in der Philharmonie in Köln eine Auszeit zu nehmen. Das erste Mal hatte sie ihn aus der Not heraus begleitet, da ihre Schwägerin erkrankt war. Es war ein paar Wochen nach Ronjas Geburt gewesen, und Anna war froh, dass jemand sie für einen kurzen Moment aus dem häuslichen Mutter-Kleinkind-Trott herausgeholt hatte. An jenem Abend hörten sie den Sommernachtstraum von Mendelssohn - Bartholdy, und Anna hatte unvermutet angefangen zu weinen. Anna und weinen — das war etwas, was sonst nur vorkam, wenn Weihnachten auf Ostern und gleichzeitig auf die einzige Sonnenfinsternis des Jahrzehnts fielen. Sie war über sich selbst erschrocken, dass sie mitten in dem Konzert die Fassung verlor und in Tränen ausbrach. Wolfgang hatte sie in der Pause einfach an der Hand genommen, aus dem Konzertsaal gezogen und in eine Pizzeria geschleppt. Der Abend endete weit, nachdem das Restaurant Feierabend machen wollte, mit dem Vorschlag von Anna, so einen Bruder-Schwester-Abend doch regelmäßig zu veranstalten.

Sie ließen sich in der vierzehnten Reihe des majestätischen Rondells der Philharmonie nieder. Anna liebte den Amphitheater-Charakter des Saales und machte es sich auf dem Stuhl bequem. „Wer spielt heute?“ „Gewandhausorchester Leipzig“, tuschelte er. „Eines der besten in Deutschland.“ Anna strahlte. Sie liebte gute Musik. Alle um sie herum waren festlich gekleidet, es knisterte vor Spannung und froher Erwartung in dem mit hellem Holz ausgekleideten Raum. Anna schätzte diesen Konzertsaal für seine wunderbare Akustik, doch bei den ersten Tönen der Streicher zuckte sie zusammen.

„Du hast mir nicht gesagt, dass sie Muttis Lieblingssinfonie spielen“, zischte sie Wolfgang leise zu.

„Ich dachte, du wüsstest das.“

Anna wehrte sich gegen die Gefühle, die unweigerlich mit den Melodien der Sinfonie verbunden war. Immer sonntagabends, wenn ihr Vater zur Jagd aufgebrochen war, legte Annas Mutter die „Unvollendete“ auf und hörte sie in voller Lautstärke. Anna ging jeder Ton durch Mark und Bein. Was würde ihre viel zu früh verstorbene Mutter heute sagen, wenn sie von Annas Situation wüsste? Eine Welle von unendlicher Traurigkeit erfasste sie. Bestimmt hätte sie einen Rat gewusst. Anna wünschte sich, dass sie an die Toten im Himmel glauben könnte, die auf sie herunterschauten und sie beschützten. Aber leider konnte sie das nicht. Erst nach und nach schaffte sie es, sich in die Musik fallen zu lassen – in eine Musik, die zum Versinken schön war.

Nach der Pause trat ein Chor hinter das Orchester. Wie erhaben Chormusik doch sein konnte, dachte Anna, und ließ sich von Schuberts Agnus Dei einfangen. Ihre Augen wurden schwer. Der Chor sang immer leiser, die Töne verschwanden wie hinter einer milchigen Glasscheibe in weiter Ferne. Dona nobis pacem. Mit diesen lateinischen Worten im Ohr glitt sie sanft in den Schlaf.

„Dass du bei einem Konzert einschläfst … Was ist denn aus deinem Besuch beim Arzt geworden?“, fragte Wolfgang in der Weinbar nach der Aufführung.

„Nicht so gut ...“, brummte Anna.

„Was heißt nicht so gut?“ Wolfgang wurde hellhörig. Er dankte dem Kellner mit einem Kopfnicken für die beiden Gläser Sekt und nahm seines in die Hand.
„Ich habe eine MDS.“ Anna schluckte.
„Sagt mir nichts.“
„Na ja, die Vorform einer Leukämie.“
Wolfgang setzte sein Glas langsam wieder ab. Normalerweise stieß er mit Anna nach dem Konzert mit einem schönen Spruch auf ihr gemeinsames Leben, das Wohlergehen der Meerschweinchen oder die gelungene Vorhersage des nächsten Gewittertiefs an. Anna sah, dass ihm das gerade vergangen war. Er schob seine Brille hoch und sah Anna mit aufgerissenen Augen an.
„Ach, Anna …“ Er legte die rechte Hand auf ihren Arm.
Anna beschloss, das Ganze kurzzufassen. Sie räusperte sich. „Könntest Du dir vorstellen, mein Knochenmarkspender zu sein?“
Wolfgang öffnete den Mund – und schloss ihn wieder.
„Ich brauche eine Transplantation, und ihr, äh, müsst euch alle typisieren lassen.“ Anna wusste, dass sie das erklären musste. „Also, Klaus und du, ihr macht mit einem Wattestäbchen einen Wangenabstrich. Dieses schickt ihr dann mit den dazugehörigen Unterlagen an die DKMS, kennst du doch. Die untersuchen eure Gewebemerkmale, und geben mir Bescheid, ob einer von euch als Spender in Frage kommt.“
Wolfgang sah auf die Tischdecke des Weinlokals. „In vino veritas” stand in geschwungenen Lettern mit dünnen Federstrichen darauf. „Muss ich dazu in die Klinik?“
Da war es wieder, diese alte Sache. Anna hatte nicht daran gedacht, dass Wolfgang mit Krankenhäusern ein Problem hatte. Sie war ganz schön vergesslich in der letzten Zeit.
Zur Geburt von Ronja hatte sich Annas Familie im Krankenhaus um sie herum versammelt. Klaus, damals noch in Deutschland, kam mit großen Teddybären und Luftballons, ihr Vater hatte einen Strampler mit einem aufgestickten Hund mitgebracht, und das erste Kind der neuen Generation wurde mit seligen Blicken von einem zum anderen gereicht. Nur Wolfgang hatte sich entschuldigen lassen. Anna war unendlich enttäuscht von ihrem Lieblingsbruder. Später erfuhr

sie, dass Wolfgang nie freiwillig ein Krankenhaus betrat. Beeinflusst von Gudrun, seiner Frau, bezeichnete er Ärzte als Quacksalber, die unentwegt Pillen verschreiben, um sich an Patienten zu bereichern. Auch die Scheidung von der überzeugten Heilpraktikerin vor zwei Jahren änderte nichts an seiner Meinung. Von da an machte Anna in Wolfgangs Gegenwart einen Riesenbogen um dieses Thema. Damit war es nun vorbei. Sie nahm einen weiteren Schluck Sekt.

„Nur wenn du als Spender taugst, musst du ins Krankenhaus. Ein einziges Mal. Es tut nicht weh. Und es dauert nicht lange." Sie versuchte es mit Samthandschuhen.

„Ich weiß nicht, was ich dazu sagen soll. Natürlich will ich dir helfen. Aber in die Klinik, Anna …" Er leerte sein Glas und blickte ihr nicht in die Augen.

In Annas Magengrube zog sich alles zusammen. Ärger kam in ihr auf. „Wir warten erst einmal auf die Typisierung." Sie winkte dem Kellner, um zu bezahlen. Hoffentlich passt Klaus, dachte sie bei sich, während sie das Geld zusammensuchte.

Kapitel 7

Ihren anderen Bruder rief Anna gleich am nächsten Tag an. Es war ihr freier Tag der Woche, und normalerweise nutzte sie ihn, um das Wochenende minutiös vorzubereiten. Sie organisierte Theater- und Kinobesuche, machte Monstereinkäufe im Supermarkt, wenn Oliver seine Kollegen zu einem gemütlichen Abendessen eingeladen hatte, oder sie stellte das Gepäck für eine Fahrt nach Holland zusammen.
Doch heute hing eine riesengroße Wolke wie ein Damokles-Schwert über ihr, mindestens Cumulus vom Typ, wenn nicht Strato-Cumulonimbus. Grau, dick und feucht, triste Schatten werfend auf ihre Gedanken. Könnten ihres Brüder Spender sein? Hatten sie die richtigen Merkmale? Was, wenn nicht? Und wann ging es endlich los mit der Transplantation?
Sie suchte die Telefonnummer von Klaus heraus und beschloss, die Zeit bis zum Psychologen-Termin, den sie gestern für diesen Nachmittag ausgemacht hatte, zu nutzen. Klaus war Chemiker an der New York State University und bereitete sich gerade ein Sunny-side-up-Spiegelei zum Frühstück in der Pfanne zu.
„Hey Anna, das ist eine Überraschung!"
Anna erzählte von der MDS, und Klaus hörte zu, wie sie die Krankheit beschrieb.
„Um Gottes willen… Da brauchst du eine Chemotherapie, stimmt's?"
Klaus beschäftigte sich als einziger in Annas Familie gerne mit medizinischen Sachverhalten.
„Ja, nicht nur das. Ich brauche eine Knochenmarkstransplantation."
„Wow." Am anderen Ende der Leitung hörte man einen Moment nur das Brutzeln von heißem Fett.
„Soll ich kommen, um dir zu helfen?"
Anna grinste. Das war typisch Klaus. So weit weg er auch war, wenn es darauf ankam, würde er sofort nach Hause fliegen und zur Stelle sein.

„Nein, du kannst gemütlich in New York bleiben“, lachte sie. „Schau dir einfach die DKMS Webseite an. Dort kannst du dich registrieren, und dann erhältst du per Post ein Set mit einem Wattestäbchen. Damit machst du dann einen Wangenabstrich.“
„Wie geht das?“
Anna hielt inne. „Einfach in den Mund rein, und wieder raus.“
„Kenne ich nur aus schlechten Krimis, für die DNA Tests“, brummte Klaus am anderen Ende.
„Ist übrigens total interessant, es geht da um die HLA-Merkmale, die Strukturen auf den Oberflächen der Körperzellen, anhand denen mein Immunsystem dann zwischen deinem und meinem Gewebe unterscheiden wird. Für die Stammzelltransplantation ist es wichtig, dass die HLA-Merkmale zwischen uns beiden weitgehend identisch sind, damit keine Abstoßungsreaktion auftritt.“
„Das heißt, deine Zellen können meine abstoßen?“
„Das wollen wir nicht hoffen, aber ja, das kann sein.“ Anna lachte, und machte sich eine mentale Notiz, um Dr. Tümmler beim nächsten Besuch genauer dazu zu befragen.
„Und wenn meine HLAs nicht passen?“
„Die Wahrscheinlichkeit, dass ein Bruder passt, ist etwa 25 %.“
„Wenn ich passe, bin ich dein Lebensretter! Super, Anna, dann sind wir noch enger verbunden als sonst!“
Anna musste wieder lachen. „Über 6.000 Kilometer verbunden, ja ganz dicke!“
Als sie auflegte, fühlte sie sich besser. Sie wusste, dass sie nun nichts anderes mehr tun konnte als abwarten.

Am Nachmittag saß sie in einer Wolke von Hellblau. Das Sprechzimmer von Frau Dr. Steinbrink war so gestrichen, dass Patienten sich wohlfühlten. Auf dem weißen Sofa lagen blaue Plüschkissen sorgsam aufgereiht, in der Mitte geknickt. Am Fenster stand eine blau leuchtende Lampe, die sich drehte und lustige Schatten an die Wand warf. Anna hätte sich nicht gewundert, wenn Frau Steinbrink gleich noch meditative Musik anstellte.

Anna hätte nie gedacht, dass sie jemals bei einer Psychologin landen würde. Wozu auch – sie hatte doch alles, einen großartigen Job, eine nette Familie, viele Freunde. Sie alle wären für sie da, falls es ihr einmal schlecht gehen sollte. Einen Seelendoktor aufsuchen – nein, das wäre ihr niemals in den Sinn gekommen. Doch die vielen Broschüren von Dr. Tümmler waren nicht das Ei des Kolumbus gewesen.
Da standen Themen drin wie: „Das Isolierzimmer – jedem Patienten steht ein Einzelzimmer mit spezieller Bakterienfilteranlage zur Verfügung." Anna schüttelte den Kopf. „Stark eingeschränkte Besuchsmöglichkeiten". Das konnte sie sich nun wirklich nicht vorstellen. Ob die Frau mit dem sportlich gestreiften T-Shirt und vielen Lachfältchen um den Mund ihr helfen könnte, wagte sie zu bezweifeln. Sie griff nach der dampfenden Tasse Hibiskus-Tee, den die Sprechstundenhilfe ihr im Vorzimmer zubereitet hatte. Die Wärme tat ihr gut.
Frau Steinbrink nahm ein Notizbuch auf den Schoß und eröffnete das Gespräch. „Schön, dass sie da sind, Frau Wunderle. Dr. Tümmler hat mir ihre Akte geschickt. Wie geht es Ihnen mit der Situation?"
„Ich weiß nicht…" Eigentlich hatte Anna gehofft, dass die Psychologin ihr etwas erzählte. Von der Transplantation, und den Umständen, die sie erwartete. Sie hatte Frau Steinbrink ausgewählt, weil sie nicht nur Psychologin, sondern auch Medizinerin war, und hatte große Hoffnungen in dieses Gespräch gesetzt.
„Ganz okay…"
„Haben Sie sich die Station in der Klinik angeschaut? Wissen Sie, was auf Sie zukommt?"
Anna schüttelte den Kopf und ließ ihren Blick über das kleine Tischchen vor dem Sofa schweifen. Sogar an eine Packung Tempo Taschentücher, die dezent auf dem Tisch bereit lag, hatte jemand gedacht. Nicht für mich, beschloss sie. So schlecht ging es ihr nun doch nicht.
„Sie werden mindestens fünf Wochen isoliert sein. Die Station in Aachen ist so ausgestattet, dass Sie unter bestimmten Sicherheitsvorkehrungen Besuch bekommen können. Haben Sie mit Ihrem Mann besprochen, welche Besuchs-Regelung Sie treffen wollen?"

Anna nickte und dachte an das Gespräch mit Oliver. Sie wollte ihre Chorfreundinnen informieren und hatte vorgeschlagen, dass täglich jemand käme. Der Streit, der danach entbrannte, endete mit lautem Türenknallen. „Du bist ja verrückt. Deine komischen Freundinnen sind dir wichtiger als deine Gesundheit. Jede schleppt dir einen anderen Virus ein, und du kommst überhaupt nicht mehr aus dem Krankenhaus. Willst du das?“ hatte Oliver wutschnaubend gesagt. Natürlich hatten sie sich geeinigt, dass das eingeschränkte Besuchsrecht nicht für Oliver galt. Zuletzt hatte er sich auserbeten, dass er darüber entscheiden würde, wer sie besuchen durfte. Damit war es klar, dass niemand außer Oliver kommen sollte. Anna war der Diskussionen mit ihm überdrüssig und hatte nachgegeben.

Als sie Frau Steinbrink davon erzählte, schaute diese sie verständnisvoll an. „Da hat Ihr Mann nicht ganz Unrecht… Wir sollten einmal kurz über das Prozedere der Transplantation sprechen.“

Anna nickte. Jetzt lief das Gespräch in die richtige Richtung.

„Bevor Sie die Spenderzellen bekommen, müssen möglichst alle betroffenen alten Zellen vernichtet werden. Man spricht hier von einer Konditionierung…“

„…eine Chemotherapie“, wagte Anna einzuwerfen.

„Ja, es ist eine Hochdosis-Chemotherapie, die Ihr Immunsystem so stark zerstört, dass bereits eine einfache Infektion lebensbedrohlich sein kann.“

Anna hatte einen Kloß im Hals. Den Begriff lebensbedrohlich hatte sie nun schon mehrmals gehört.

„Wie gefährlich ist die Situation wirklich? Wieviel Prozent der Patienten schaffen das nicht, diese Transplantation?“

Frau Steinbrink schob ihre Brille von der Nase, und sah Anna direkt in die Augen. „Wissen Sie, Frau Wunderle, die Transplantation ist eine riskante Therapie. Sie ist allerdings in den vielen Jahren, seitdem sie angewendet wird, immer sicherer geworden. Am gefährlichsten ist es im ersten Jahr danach. Wenn Sie das einmal gut überstanden haben, können Sie nach vorne schauen.“

Anna schluckte, doch der Kloß im Hals ging nicht weg.

„Haben Sie Zahlen?“

Frau Steinbrinks Lächeln erstarb. „Die Zahlen zur Überlebensrate an der Uniklinik, an der Sie die Therapie machen, sind sehr gut. Zurzeit werden dort ungefähr 100 Transplantationen pro Jahr durchgeführt. Dr. Tümmler hat eine Überlebensrate von 85 %." Sie hatte Anna mit dieser Statistik bestimmt aufheitern wollen. Doch es funktionierte nicht. Ihr Herz schlug bis zum Hals.
„Das ist jeder achte", murmelte Anna, und meinte die Patienten, die die Therapie nicht überlebten.
„Die meisten Patienten versterben an der Rückkehr der Grunderkrankung. Eine MDS ist nicht so gefährlich, wie eine akute Leukämie. Falls die MDS zurückkehrt, kann eine Transplantation wiederholt werden."
Na prima. Noch einmal das Ganze. Anna hatte das Bedürfnis, den Raum zu verlassen oder zumindest dieses Gespräch zu beenden. Doch die Psychologin war viel zu nett, mit ihrem offenen und ehrlichen Blick und der Art, wie sie Auskunft gab, ohne etwas zu beschönigen.
„Wie geht Ihre Familie mit der Situation um?"
Anna dachte an die Segelkisten und Ronjas großen Koffer für Arizona. „Meine Tochter ist neunzehn und geht in zwei Wochen für ein Jahr in die USA. Sie wollte die Reise absagen, aber…" Sie stockte.
„Sie haben ihr geraten, zu fahren?"
„Ich will nicht, dass ihr Traum zerbricht." Von Olivers und ihrem eigenen Traum wollte sie nicht sprechen.
„Wie geht es Ihnen mit der Entscheidung, dass sie geht?"
Anna schluckte. „Ich… habe Angst…" Sie war selber überrascht, wie deutlich sie diese Worte aussprechen konnte. „Ich habe Angst, sie nicht wiederzusehen. Ich will ihr noch so viel sagen, aber das kann ich doch nicht."
„Wie wäre es, wenn Sie es aufschreiben?" Frau Steinbrinks Lachfältchen waren wieder in Aktion.
Anna sah aus dem Fenster. Ein weißer Streifen deutete am Himmel an, dass ein Düsenjet Richtung Ozean unterwegs war. Der Abschied von Ronja hing wie eine dunkle Wolke über ihr. Sie konnte ihr doch nicht am Flughafen Glück für ihr ganzes Leben wünschen? Nicht nur für Amerika, sondern für ihre gesamte Zukunft…

„Ich könnte ihr einen Brief schreiben“, sinnierte Anna und musterte die rotierende Lampe auf der Fensterbank. „Und darin schreiben, was ich ihr alles wünsche. Dass sie den Mann fürs Leben findet, eine erfolgreiche Karriere als Biologin machen soll, und dass ich zuschaue, auch falls ich nicht mehr da wäre. “ Anna musste schlucken, doch auf einmal gefiel ihr die Idee gut.
„Ist es das, was Sie wollen, Frau Wunderle?“ Frau Steinbrink hatte ihren Notizblock schon lange gesenkt und nichts mehr aufgeschrieben.
Ja. Das war es. Anna lächelte und schob die leere Tasse auf den Tisch. „Danke für den Tee. Hat gutgetan.“

*

Nach den 20-Uhr-Nachrichten zog Anna sich in ihr kleines Arbeitszimmer zurück und holte Briefpapier aus der Schreibtischschublade. „Liebe Ronja“, schrieb sie, „wenn Du dieses hier liest, bin ich vielleicht nicht mehr da.“
Sie hielt inne und schaute auf den Bogen mit dem silbernen Rand. Was für ein Schwachsinn.
„Die Transplantation ist riskant, das habe ich heute gelernt. Ich möchte Dir noch so viel sagen, doch ich habe Angst, dass ich keine Gelegenheit mehr dazu haben.“
Wieder stockte sie und schaute aus dem Fenster. Was war es denn, was sie in diesem unfassbaren Szenario Ronja mitteilen wollte? Dass sie sie liebte, mehr als sich selbst, so, wie eine Mutter ihr einziges Kind liebhatte und selbstvergessen neunzehn Jahre für sie gesorgt hatte? Würde das Ronja helfen, wenn sie das in diesem schlimmsten aller schlimmen Fälle las?
„Ich weiß, dass Du Deinen Weg gehen wirst. Du bist so stark, so schlau, ich bin froh, dass Du einen großen, besonderen Weg vor Dir hast!“
Anna strich die letzten Worte durch. Sie setzte wieder neu an. „Sei nicht traurig, es hat alles seinen Sinn gehabt…“
Ruckartig warf sie den Stift auf die Tischplatte, rieb sich die Schulter, und schleuderte das zerknüllte Papier in den Papierkorb.

Sie wollte nicht sterben. Sie würde nicht sterben. Es gab Dr. Tümmler, der sich gut auskannte, der viele Transplantationen durchgeführt hatte, und Schlimmes verhinderte. Sie würde sich nicht unterkriegen lassen, sie würde kämpfen und mit den paar Stammzellen schon fertig werden. Und wenn alles vorbei war, dann würde sie mit Oliver auf die GRACE steigen. Oder Ronja in Amerika besuchen. Sie schaute durch das Fenster, sah die Wolken grau und schwer über das Haus fegen, und freute sich auf die ferne Zukunft, und sogar ein bisschen auf das, was sie vorher aus dem Weg räumen musste. Sie würde es schaffen.

Kapitel 8

„Schnell“, rief Oliver. „Wir müssen zum Check-in!“
Das weiß ich auch, knurrte Anna in sich hinein. Sie stolperte mit Ronjas Handgepäck über der gesunden Schulter hinter Oliver durch die Flughafen-Halle. Hier brodelte das Leben, eine Mischung aus Stimmengewirr und Lautsprecheransagen erzeugten einen hohen Adrenalinspiegel und hohe Erwartungen. Es roch nach Reisefieber. Ein kleines Kind schrie, einige beanzugte Männer rannten mit schwarz-grauen Business-Koffern an Anna vorbei.
Sie drehte sich um und suchte Ronjas Blick. Sie sah die roten Haare fliegen und die Jeansjacke um Ronjas Schultern flattern. Die Art, wie sie ihr Ticket fest in der Hand hielt, ihre zielstrebigen Schritte, den hochgehobenen Kopf - Ronja sah aus, als wollte sie in einen Wettkampf ziehen. Stolz und selbstbewusst. Hinter ihnen schnaufte Wolfgang, der den großen Rollkoffer vor sich herschob.
„Wir kommen schon“, beschwichtigte Ronja ihre Mutter. Jetzt lachte sie. Warum lachte sie so? Anna wunderte sich, dass ihre Tochter nicht Sorge hatte, das Flugzeug zu verpassen, und nicht aufgeregt war. Immerhin ging sie für ein ganzes Jahr nach Arizona. Mindestens! Anna schauderte bei dem Gedanken, dass sie vielleicht noch länger bleiben würde.
Sie waren doch eine Familie, und Anna hatte Angst davor, wie es sich anfühlte, wenn die Jüngste in Übersee weilte und die Eltern auf dem großen Meer zwischen Europa und Amerika herumschipperten – ach ja, den eigenen Zwischenaufenthalt in der Klinik, den hatte sie gar nicht mitgezählt. Anna schüttelte beim Laufen den Kopf.
Sie wusste auch nicht, warum das heute Morgen so schiefgelaufen war. Oliver und Anna hatten am vorherigen Abend genau ausgerechnet, wieviel Zeit sie benötigten, um Ronja pünktlich und sicher, ohne Lauferei, ohne „Oh Gott, wir sind zu spät“-Gefühl am Gate abzugeben, um sie auf die lange Reise zu schicken. Sie waren um 6 Uhr aufgestanden, und hatten sich irgendetwas frühstückähnliches

im Stehen zwischen die Kiefer geschoben. Niemand hatte die Ruhe gehabt, sich an den Tisch zu setzen. Sie hatten die beiden Koffer und Ronjas Rucksack nach viermaligem Check, ob das Gewicht den Regeln eines Brussels-Airlines-Fluges entsprach, in den Kofferraum des BMWs gehievt, hatten Wolfgang begrüßt, der pünktlich gekommen war, und den Weg nach Brüssel eingeschlagen. Nach den ersten zehn Kilometern fing Ronja an, aufzuzählen, was sie vergessen haben könnte. Ihren Bikini, der himmelblaue, nicht der mit dem grünen Blättermuster, sondern der andere, ihr neues Tablet und ihr Biologie-Lexikon. Worauf Oliver scherzhaft meinte, dass alles ersetzbar wäre, außer ihrem Kopf, ihrem Portemonnaie mit dem Ticket und ihrem Pass. Daraufhin hatte es einen lauten, schrillen Schrei auf der Rückbank gegeben, und Anna hatte an Olivers Ellenbogen gerüttelt und ihn angefleht: „Fahr sofort zurück!" Das hatte er dann getan, in Windeseile.
Seitdem schlug ihr das Herz bis zum Hals. Als wenn nicht Ronja, sondern sie selbst in die USA fliegen würde und um Gottes willen dieses Flugzeug an Gate 47 des Brüsseler Flughafens bekommen musste. Anna war es, die Ronjas Reisepass am vorigen Abend herausgelegt hatte, mitten auf den Esstisch, damit er nicht vergessen würde. Dass an so einem denkwürdigen Morgen gar kein richtiges Frühstück mehr stattfand, damit hatte sie nicht gerechnet.
Oliver bog in einen Gang nach links in Richtung Check-in-Schalter. Gott sei Dank, er war noch geöffnet. Vor ihnen standen nur wenige Leute, ein dunkelhäutiges junges Ehepaar mit zwei quengeligen Kleinkindern, die gerade ihre Koffer aufgaben. Anna reihte sich hinter Oliver ein, Ronja und Wolfgang kamen hinterher.
„Geschafft", stöhnte Anna, und griff sich an die Brust. Ihre Kurzatmigkeit ging ihr auf die Nerven. Ronja stellte den Koffer ab und lehnte sich vertrauensvoll an ihre Mutter. „Das am frühen Morgen, Mama. Großartig, Höchstleistung!" grinste sie.
Ronja bekam ihren sehnlichst gewünschten Fensterplatz im Flugzeug zugeteilt. Nur noch zum Gate, dachte Anna, dann ist sie weg. Ihr Magen krampfte sich zusammen, und verursachte ein Gefühl, als hätte sie etwas Schlechtes gegessen.

Ronja zog ihre Kopfhörer aus dem Rucksack und stöpselte sie in ihr Handy. „Gleich habe ich stundenlang Zeit, das neue Album von Coldplay zu hören", jubilierte sie und schob sich die Ohrenstöpsel summend im Gehen in die Ohren. Anna vermisste sie schon jetzt. Bald würde es keine laute Popmusik mehr im Obergeschoss des Hauses Wunderle geben, keine fremdländischen Klänge mit romantischen Melodien.

Nun noch die Sicherheitskontrolle - Oliver und Wolfgang reihten sich schon in die meterlange Schlange ein. Es würde ein paar Minuten dauern. Ronja sah fröhlich, ja geradezu euphorisch aus. Anna runzelte die Stirn und stellte sich neben sie. Seit ihrem Gespräch und ihrem Nachmittag in der Stadt hatte sie mit ihrer Mutter nicht mehr über den Krankenhaus- Aufenthalt gesprochen. Alles hatte sich nur noch um Ronjas Reise gedreht. Es gab eine Menge zu organisieren, und Oliver und Anna hatten viel Zeit damit verbracht, ihr eine Kreditkarte und ein neues Handy zu besorgen.

Sollte Ronja wirklich so sorglos, so oberflächlich sein, dass sie sich keine Gedanken um Anna machte? Wie konnte sie die Tatsache so verdrängen, dass Anna eine Leukämie drohte? Anna machte sich langsam Vorwürfe, dass sie Ronja selbst nicht mehr darauf angesprochen hatte.

Die Schlange wanderte stumm voran, noch 4 Meter sprich 3 Personengruppen á zwei bis vier Personen. „Schreibst du mir, Ronja?" fragte Wolfgang und nahm das junge Mädchen freundschaftlich in den Arm.

„Klar, du bist doch mein Lieblingsonkel. Ich schicke dir eine Postkarte aus Hawaii", setzte Ronja grinsend dazu. „Genau, mein absolutes Lieblingsreiseziel." Wolfgang, der traditionsbewusste, Deutschland-verliebte Wanderer, verdrehte die Augen.

„Was willst du in Hawaii?" fragte Oliver ernst.

„Nichts, Papa", lachte Ronja. „Mach dir keine Sorgen, ich vergeude das Stipendium nicht! Aber vielleicht habe ich ja auch mal Urlaub in dem Jahr."

„Passengers booked on Brussels Airline for Los Angeles please proceed to Gate 47", quietschte die Lautsprecheransage. „Last call

in ten minutes…" Anna hörte schon nicht mehr hin. Es war Zeit. In wenigen Momenten müssten sie Ronja gehen lassen. Durch die Schranke, in den Terminal hinein, in den sie nicht mitdurften. Aus dem Flughafen heraus, in die Maschine, die sich bald in die Lüfte erheben würde und ihre einzige Tochter über zigtausend Kilometer auf einen anderen Kontinent brachte. Anna schien es das Herz zu zerreißen. Irgendetwas in ihrer Brust tat verdammt weh. Es war Zeit für den Abschied. Ganz selbstverständlich ließ sie Oliver und Wolfgang den Vortritt. Das letzte Lebewohl war immer das intensivste. Und sie hatte die engste Beziehung zu Ronja. Sie war die Mutter. Eine Mutter darf eigentlich nie gehen, so hatte sie damals zu ihrem Vater gesagt, als ihre Mutter starb. Aber: Darf eine Tochter gehen?
Oliver und Ronja waren wie ein innig verschlungenes Menschenbündel. Er schaukelte sie hin und her, wie man ein kleines Baby wiegt. Dann strich er ihr über die roten Haare, steckte sein Gesicht hinein und sagte leise etwas in ihr Ohr. Ronja lächelte, und drückte ihn fest. Danach wandte sie sich Wolfgang zu. „Ciao Wolli", lachte sie ihn lässig an. „Bye-bye, meine Kleine! Wir werden dich vermissen!" Wolfgang umarmte Ronja herzlich, aber kurz, denn der nächste Lautsprecherton drängte erneut von oben.
Ronja drehte sich zu Anna um. Ihr Lächeln schwand. Anna sah nur noch verschwommene Umrisse des jungen Mädchens. Sie konnte sich nicht mehr bewegen, doch Ronja übernahm das alles für sie. Anna fühlte ihre Arme um sie, wie sie sich an sie drückte und ihr Gesicht an ihre Brust schmiegte. Dann hob Ronja den Kopf und sah Anna in die tränennassen Augen. „Ich habe noch etwas für dich, Mama." Sie griff in ihre Jackentasche und holte eine kleine Figur heraus. Ein silberner Löwe, keine fünf Zentimeter groß, an einer Silber-Kette. „Den nimmst du bitte mit. Mit in diese Klinik. Du bist stark wie ein Löwe. Deshalb wird er bei dir sein. Damit du weißt, dass ich immer an dich denke, in der schwierigen Zeit, die auf dich zukommt. Wenn die Chemo dich quält, wenn es dir übel ist, wenn du kotzt, wenn du schlapp bist und keine zwei Schritte gehen kannst. Dann schaust du den Löwen an, und freust dich auf die Stammzellen, die du vielleicht von dem da" damit zeigte sie mit Tränen in den Augen auf Wolfgang, „bekommen könntest. Er wird dir mit seinen Zellen das Leben retten."

Anna bekam kaum noch Luft. „Ich hab' dich lieb, Ronja!"
Anna winkte. Das Mädchen mit den grünen Hosen und der schwarzen Lederjacke mit den asiatischen Deko-Zeichen zeigte ihren Pass an der Kontrolle, ging hindurch und drehte sich einmal kurz um. Sie wischte sich über die Augen und lächelte.
Oliver kam zu Anna und nahm sie in den Arm. Das war schlimmer, als Ronja nachzusehen. Anna versuchte alles, die Tränen herunterzuschlucken, doch von da an war das nur noch ein großer Sturzbach. Sie hielt den kleinen Löwen in der Hand umklammert, das Metall machte eine leichte Furche auf dem Handballen.
„Sie ist erwachsen geworden. Genau jetzt. In diesem Moment", sagte Oliver und gab Wolfgang ein Zeichen, zu gehen.
Auf dem Weg zum Auto sprachen sie nicht viel. Sie suchten den BMW auf dem endlosen Parkplatz, und Anna stieg stumm auf den Beifahrersitz.
Es war 11 Uhr dreißig, der ganze lange Tag lag noch vor ihr. Sie wusste nicht recht, was sie mit ihm anfangen sollte. Sie griff nach ihrem Kalender.
Da klingelte ihr Handy laut und nachhaltig in ihrer Handtasche. „Anna hier", sagte Anna.
Sie stutzte, als sie die Stimme von Dr. Tümmler hörte.
„Frau Wunderle. Ich habe gute Nachrichten. Wir haben einen Spender für Sie. Ihr Bruder Wolfgang passt mit hundert Prozent der erforderlichen Merkmale."

Teil II

Kapitel 9

Das Zimmer roch nach Salmiak, als hätte jemand eine ganze Flasche ausgekippt. Es war geräumiger und leerer als das letzte Krankenhauszimmer, an das sie sich noch gut erinnerte. Anna ging auf den einzelnen grauen Nachttisch zu, über dem eine große, rote Alarmklingel an einem Plastikschlauch von der Decke baumelte. Das Telefon auf der sterilen, spiegelglatten Oberfläche war der Kontakt der Patienten in dieser Klinik zur Außenwelt. Gut zu erreichen, dachte sie, und schaute sich zu Oliver um.

„Schön hier", sagte der und knallte die letzte Reisetasche auf das Linoleum. „Wusste nicht, dass du Ziegelsteine mitnimmst."

„Es sind nur ungefähr sechzehn Bücher."

„Na, da hast du dir ja was vorgenommen."

Hinter Oliver kam ein Pfleger mit rotblonden Haaren und einer Brille mit Drahtgestell. „Ich bin Stefan. Willkommen in Zimmer Nummer 007. Der Name ist Programm. Die letzte Patientin war nur drei Wochen hier - komplikationslos. Nebenbei bemerkt ist es auch unser schönstes Zimmer. Wenn man das so sagen kann." Er lächelte sympathisch, gab Anna aber keine Hand.

Das schönste Zimmer der Station kam fast ohne Farben aus. Das Beige der nüchtern verputzten Wand und die blassgrauen Streifen der weißen Bettwäsche dominierten den Raum. Selbst die Uhr an der Wand im Stil einer Bahnhofsuhr war grau und weiß. Das Fenster zur Außenwelt ließ den Blick vom ersten Stock hinunter auf einen der vielen Innenhöfe des Klinikums frei. Ein Zierapfelbaum stand direkt davor mit rosa Blüten. Anna schaute durch das Fenster die Betonwände nach oben und versuchte vergeblich, den Himmel zu betrachten. „Schade, ich kann die Wolken von hier aus nicht sehen", meinte sie zu Oliver.

„Die Lüftungs-Rohre des Aachener Klinikums sind doch auch spannend", knurrte er mürrisch.

„Dass dieser Raum an einer speziellen Luftfilter-Anlage angeschlossen ist, wissen Sie ja bereits“, sagte Stefan. Anna nickte. Während der Voruntersuchungen war sie von einer Schwester ausführlich über die Eigenarten der Station Onk-1 der Uniklinik Aachen informiert worden. Die Abteilung erfüllte alle Ansprüche an hochsterile Räumlichkeiten für Patienten nach einer Transplantation. Anna war besonders beeindruckt von der Zugangsschleuse vor jedem Patientenzimmer, in dem viele grüne Kittel und dicke Pappschachteln mit Handschuhen und Stoffhauben lagen.
„Jeder, der diesen Raum betritt, auch das Pflegepersonal, muss die Hygiene-Vorschriften einhalten“, fuhr Stefan fort. „So müssen sich in der aplastischen Phase, in der Ihr Immunsystem zerstört ist, alle Besucher die Hände sterilisieren, einen Kittel anziehen, und natürlich einen Mundschutz tragen.“
„Wir haben uns entschlossen, dass außer mir niemand Anna besuchen soll“, sagte Oliver und tauchte aus dem Kleiderschrank auf, in dem er Annas Schlafanzüge ordentlich gestapelt hatte.
Der Pfleger nickte zustimmend. „Vor vielen Jahren konnten die Angehörigen die Patienten nur durch eine Glasscheibe sehen. Durch unsere hochentwickelte Technik ist das hier zum Glück nicht mehr nötig. Sie“- damit wandte er sich an Oliver – „können Ihre Frau unter Einhaltung der genannten Vorschriften jederzeit besuchen.“
Und am liebsten auch meine Freundinnen, dachte Anna. Und die Kollegen… Sie setzte sich auf das saubere Bett und sah sich weiter um. „Darf ich meinen Computer hier aufstellen?“ fragte sie mit einem Blick auf den Nachttisch.
„Alle unsere Patienten haben einen Computer dabei“, bestätigte Stefan.
„Hier ist deine Multimedia-Station.“ Oliver holte die Fernseh-Antenne aus einer Tasche. Anna beachtete ihn nicht, legte stattdessen den silbernen Löwen und ihr Handy griffbereit in die Schublade und fühlte sich schon nicht mehr so allein. Sie würde viel Zeit haben, zu telefonieren und zu quatschen. Mehr, als während der Arbeit bei Wetter-TV.
Sie winkte Stefan, der sich verabschiedete, freundlich zu, und beobachtete Oliver, der ein paar vorbereitete Fotos an der Wand befes-

tigte. Oliver und Ronja, Urlaub in Teneriffa im letzten Jahr, beide braungebrannt, strahlend, vor dem Sonnenuntergang in Puerto de la Cruz. Oliver und Anna, Arm in Arm, auf der GRACE.
Dann war nichts mehr zu tun. Alles, was Frau Steinbrink ihr geraten hatte, war erledigt, und Anna fühlte sich genauso leer wie das ganze Zimmer.
„Du wirst dich hier bestimmt wohlfühlen." Oliver legte die letzten Reißzwecken auf den Nachttisch und näherte sich Anna.
„Ich bin froh, dass es losgeht", sagte sie und wunderte sich gleichzeitig. Wie konnte man sich nur darüber freuen, dass gleich eine Infusion mit einer Hochdosis Chemotherapie angelegt würde, die ihr Immunsystem komplett zerstören sollte? Aber die letzten Tage waren zäh wie ein längst fertig gekauter Kaugummi gewesen.
„Alle haben mich immer wieder gefragt. Ich wollte schon durchzählen, wie oft ich erklärt habe, dass ich eine MDS habe."
„Und keiner hat`s verstanden", lachte Oliver. Ihrem Chef Mike hatte Anna die Situation telefonisch erklärt und sich bis zum September verabschiedet. Beim Chor hatte sie ihre E-Mail-Adresse verteilt. Alle hatten sie in den Arm genommen und ihr Glück gewünscht.
Jetzt nur noch Oliver. Gleich war sie allein. Sie platzierte sich auf die Bettkante und ließ die Beine auf und ab baumeln. Er setzte sich neben Anna und krabbelte mit der Hand über ihren rechten Oberschenkel. Seine Gesichtszüge waren angespannt, die Grübchen am Kinn tiefer als sonst, und die stahlblauen Augen funkelten nicht.
„Es wird Zeit", sagte Oliver.
Annas Mund war trocken. Sie wusste nicht, wo sie hinschauen sollte. Es war alles gesagt. Kein Gedanke zu der Transplantation, der nicht schon gedacht worden war. Keine Bemerkung über das Unvorstellbare, dem sie bald ausgesetzt war, die nicht gefallen war. Oliver hob seine Hand und strich ihr sanft über die Wangen.
„Ich komme dich besuchen. Jeden Tag."
„Wenn du es nicht schaffst…" wollte Anna protestieren.
„Keine Widerrede. Ich komme täglich."
Dann hielt er sie mit beiden Händen an den Schultern und schaute ihr ernst in die Augen. „Du schaffst das, Anna. Wenn eine es schafft, dann du." Und Anna fühlte sich mit einem Mal sehr stark.

Er stand auf, warf sich die leeren Reisetaschen über die Schulter und öffnete die Schleusentür. „Ich geh' dann mal." Er drehte sich noch einmal um, zwinkerte ihr zu und ging hinaus.
Vor dem Fenster flog eine Amsel von Ast zu Ast. Die Zweige des Zierapfels schlugen gegen die Scheibe. Obwohl es totenstill in ihrem Zimmer war, konnte Anna sich das Vogelgezwitscher vorstellen. Wenn sie hier herauskam, würde der Sommer bald vorbei sein.
Die letzten beiden Tage waren anstrengend gewesen. Wie freundlich die Ärzte bei den Voruntersuchungen mit ihr umgegangen waren. Lungenfunktionstest, Ultraschall vom Herz, Augenuntersuchung. Alles musste intakt sein, damit ihr Körper die kommende Belastung aushalten konnte. Auf ihrer Akte stand in großen Buchstaben: „Allogene Stammzellentransplantation". Das klang besser als Knochenmarktransplantation. Knochenmark war bestimmt etwas Hartes in ihrem Becken, vielleicht war es rot, aber wie sollte man sich vorstellen, dass es ausgetauscht wurde? Stammzellen waren vital und kreisten in ihren Adern herum. Sie verhießen Leben, das Leben, das Anna weiterleben wollte.
Die Schleusentür ging auf, und die Stationsärztin, Elena Safri, eine junge, südländisch aussehende Frau betrat das Zimmer.
„Wir legen jetzt den ZVK. Sind Sie bereit?"
Anna sprang vom Bett auf, und griff nach ihrer Jacke.
„Klar, wo soll ich hin?"
„Nirgendwo. Wir erledigen das hier."
Anna wollte fragen, was ein ZVK war, doch sie musste sich mit dem Kopf ans Fußende legen, und das Bett wurde diagonal nach unten geneigt. Eine Schwester legte ihr ein Tuch über das Gesicht, dann hörte sie leichtes Metall über ihrer Stirn klappern.
„Wofür brauche ich den VK?" fragte Anna im schrägen Kopfstand.
„ZVK heißt zentral-venöser Katheter", sagte Frau Safri. „Den benötigen Sie für alle venös verabreichten Medikamente. Sie möchten doch nicht jedes Mal gestochen werden, oder?"
Anna mochte vor allen Dingen jetzt nicht gestochen werden, und besonders nicht mit diesem kalten Metall an ihrer Halsschlagader. Das Herz klopfte ihr bis zum Hals, und ihre Hände krampften sich in

das Bettlaken. Wie war das immer in der Yogastunde? Sie begann, gleichmäßig und tief unter dem Tuch ein und auszuatmen. Vielleicht half das ja.

Es roch nach Desinfektionsmittel, dann pikste es an ihrem Hals.

„Ich betäube jetzt ihre Haut", hörte sie Frau Safri. Konnte sie nicht auch ihre Gedanken betäuben, die sich wie ein aus den Schienen geratenes Kinder-Karussel im Kreis drehten?

„Merde", hörte Anna die französischen Flüche der Ärztin, und: „Schnell, Tupfer, Tücher, und Pflaster!"

Anna roch Schweiß, Desinfektionsspray und schlechten Atem. Sie hatte nicht gewusst, wie anstrengend es war, still zu liegen und den Kopf nicht zu rühren. Was, wenn Frau Safri daneben schnitt?

„Jetzt hat es geklappt", kam nach einer Weile die Erlösung. Anna tauchte schweißnass unter dem Tuch auf. Dunkle Augen und gerötete Wangen über ihr. „In all den Jahren habe ich noch nie eine solch dünne Vene erlebt, Frau Wunderle, " sagte Frau Safri zu Anna und hielt ihr einen Spiegel vors Gesicht. Drei kleine Schläuche baumelten unter dem Kinn aus Annas Hals. Bei jeder Kopfbewegung klapperten sie mit einem lustigen Geräusch aneinander.

Anna holte tief Luft. Was für ein Anfang. Aber zum Glück wurde jetzt nicht mehr an ihr herum geschnitten. So eine Chemotherapie war bestimmt ein Klacks gegen das Aufschneiden von Hals und Vene.

Stefan betrat das Zimmer und räumte die Operations-Utensilien weg.

„Einen besonders schönen ZVK haben Sie da", flachste er.

„Da könnte ich glatt mit auf die fashion week, finden Sie nicht auch?" grinste Anna. „Was ist damit, wenn ich nachts träume? Dann reiße ich mir ihn doch heraus?"

„Keine Sorge, das passiert nicht. Glauben Sie mir, der ZVK ist hier Routine. Tag für Tag."

Na, so hat sich das bisher nicht angefühlt, dachte Anna, und holte sich den silbernen Löwen aus ihrer Schublade.

Kapitel 10

Anna wurde durch ein klapperndes Geräusch aus dem Schlaf gerissen und ihr Blick fiel auf eine Wasserlache, die unter ihrem Bett floss. Durch das Fenster drang kein Licht, es musste sehr früh sein. Die Frau mit dem gemusterten Kopftuch wischte jede Ecke dreimal aus, knallte mit dem Schrubber geräuschvoll gegen die Fußleisten und schüttete immer wieder frisches Putzmittel und Wasser auf den Boden. Überflutung im Krankenzimmer, das war neu für Anna.
Sie griff mit der Hand an den Venenkatheter, ja, er war noch da. Sie hatte schlecht geschlafen und von Drahtschlingen um den Hals geträumt. Die Pumpe vor ihrem Bett schob in Dauerschleife vierundzwanzig Stunden am Tag Heparin zur Vorbeugung von Thrombosen in ihr Blut. Am linken Arm war die Manschette, die einmal pro Stunde Blutdruck maß. Anna sah an sich herunter und erinnerte sich. Seit gestern gab es mehrere Schläuche, sodass der ganze Cocktail aus Chemotherapie, Medikamenten gegen Übelkeit und Antibiotika gleichzeitig verabreicht wurde. Sie war gefesselt an Kabel, Nadeln und Infusionen.
Die Putzfrau schubste freundlich nickend den Eimer aus dem Zimmer, und Anna hoffte, ein wenig weiterschlafen zu können. Doch umsonst, Schwester Sandra stand mit einem Tablett mit einer dampfenden Tasse und einem zu dunkel gebackenen trockenen Brötchen neben ihrem Bett und stellte es mit einem lauten Knall auf den Tisch.
„Hopperla, da bin ich fast über ihren Schlauch gefallen! Aber jetzt bin ich bei Ihnen: Es gibt Frühstück! Schauen Sie, ich habe Ihre Medikamente in diesem Döschen mitgebracht. Nehmen Sie bitte zwei von diesen in zehn Minütchen, den Rest nach Ihrem Frühstückchen."
„Das schaffe ich schon."
Es war nicht ihre Gewohnheit morgens lange Gespräche zu führen, aber die mollige Schwester mit den dunklen Haaren, zu einem dicken Knoten am Kopf aufgetürmt, gefiel ihr. „Sind Sie immer so fit am frühen Morgen?"

„Ja klar, der Tag ist doch jung, die Sonne scheint, die Vögelchen zwitschern, es ist Frühling! Was soll schon passieren?"
Dass ich heute die zweite Chemo bekomme, das wird passieren, dachte Anna. Sie setzte sich im Bett auf und band ihre Haare mit einem Haargummi zusammen. Sie wusste nicht, wie lange sie das noch tun würde.
Sandra blickte ihr erstaunt ins Gesicht und meinte: „Sind Sie die Frau Wunderle aus dem Fernsehen? Ich kenne Sie doch!"
Anna nahm das Brötchen und drehte es hin und her. Die Unterseite war weniger verbrannt, und sie wollte sie essen, bevor die Chemo ihr den Appetit verderben würde. „Ja, bin ich", antwortete sie kurz.
„Ich schaue ja nicht viel Nachrichten und so Kram, aber ich erinnere mich an Sie. Ist bestimmt spannend, in so einem Fernsehstudio?"
Anna schaute jetzt hoch. Die junge Schwester hatte ein Blitzen in den Augen. Da erzählte sie von den Kameras, von den Cuttern, von Aimee, und vergaß, ihr Brötchen zu schmieren. Sandra stellte sich neben das Bett und hörte gebannt zu. Von draußen dröhnte ein schrilles Klingeln.
„Mein Gott, ich halte Sie von der Arbeit ab. Es tut mir leid, Sandra!"
Normalerweise erzählte Anna fremden Leuten nie von dem Fernsehstudio. Sie war keine Prominente, fühlte sich keinesfalls so, sie machte einfach nur ihren Job. Aber jetzt, in dieser Situation, in diesem kahlen Zimmer mit den vier Fotos an der Wand und den kalten, metallenen Fensterrahmen, tat ihr die Neugier der Schwester, die sie die nächsten Wochen pflegen würde, erstaunlich gut.
„Bis später", flötete Sandra und verschwand eilig durch die Schleusentür. Es war sieben Uhr morgens, ein neuer Tag in der Klinik. Die Uhr gegenüber ihrem Bett tickte - sie war das Einzige, was Annas Blick hier fesselte.
Es waren so viele Dinge, die es nicht gab in ihrer neuen Welt: Sonnenschein, direkt auf der Haut. Scheinwerferlicht und blinkende Lämpchen, Piepsen und Lautsprecheransagen der Regie. Wäschestapel, ungespülte Töpfe in der Küche, Olivers korrekt aufgehängtes Jackett an der Garderobe. Das Rauschen eines Baches, grüne, saftige Wiesen mit spielenden Hunden darauf. Blauer Himmel und flauschige Wolken in allen Weiß-Schattierungen.

Der leere Raum war wie ein Vakuum, und Anna wusste nicht, wie sie sich die Zeit vertreiben sollte. Sie öffnete die Schublade neben ihrem Bett und schaute in ihren Kalender. Heute war Tag -8, der zweite Tag in der Klinik. In ihrer neuen Welt hatten die Tage Zahlen. Anna hatte jeden Tag, den sie in dieser Welt verbringen würde, mit einer Zahl beschriftet, am stärksten markiert war Tag 0, der Tag der Transplantation. Die Tage davor waren Minustage, die danach hatten ein Pluszeichen.

„Du schaffst das", das waren die letzten Worte von Mike und Aimee gewesen. Mit besorgtem Gesicht, geröteten Augen hatten sie Anna in die Arme geschlossen. Ich schaffe das. Dies sollte ihr Mantra werden. Für die nächsten sechs Wochen.

Sie schaltete das Fernsehprogramm an. Wetter-TV. Mal schauen, was die Kollegen so taten.

„Das Sturmtief über der Nordsee hat sich verlagert und macht einem der Jahreszeit entsprechenden Hoch Platz."

Ihre Kollegin Beverly hatte wie immer eine Bluse mit einem zu tiefen Ausschnitt an, der ihr knochiges Schlüsselbein sehen ließ. Hübsche Farbe, das Rosa, doch die weinrote Bundfaltenhose passte wie die Faust auf das Auge zum grellen Pink.

„Ihre Hoffnung auf den Hochsommer war nicht umsonst! Bald sind die kühlen Tage überstanden, und der Blick auf die nächste Woche sieht gut aus."

Was für ein Quatsch! Wer hatte denn den Text freigegeben? Anfang Juni etwas von Sommerwetter anzukündigen – Anna vermied es stets, die Jahreszeiten in der Vorhersage zu erwähnen. Die Zuschauer wussten selbst, wann der Sommer, Herbst und Winter anfing. Jetzt kommt gleich etwas zu stabilen Sommertemperaturen, dachte sie.

„Die stabile Hitzeperiode ist noch nicht in Sicht, aber am morgigen Freitag gibt es einen enormen Temperaturanstieg von fünf Grad. Die Tagesmitteltemperatur in der nächsten Woche liegt bei 19 Grad, die Sonnenscheindauer nimmt weiter zu."

Anna begann zu gähnen. So oder so ähnlich hatte sie es schon so oft gehört.

Jetzt müsste Beverly die Hochdruckgebiete zeigen. Warum stand sie so starr vor der Leinwand und arbeitete nicht aktiv mit der Wetterkarte? „Bitte denken Sie daran, der Sommer kann ganz unterschiedlich ausfallen. Der kälteste Sommer war 1816, mit 14,1 Grad. Und den mit Abstand heißeste Sommer hatten wir in 2003 mit 19.7 Grad!“ Beverly öffnete beide Arme und schaute triumphierend in die Kamera, als hätte sie die wichtigste Erkenntnis des Tages verkündet.
Anna stöhnte laut auf. Sie sah schon vor sich, wie Stuart in seinem Regieraum mit den Augen rollte und den Hungerhaken Beverly hinterher zur Rede stellte. Dann schaltete sie den Fernseher aus. Bevor die ersten Herbststürme kamen, war sie wieder im Studio. Das machte sowieso mehr Spaß, als immer nur Badewetter zu verkünden.
Stefan kam mit Sandra, sie überprüften mit Handschuhen und sterilen Tüchern den Venenkatheter. Das Gefühl am Hals war unangenehm. Was, wenn sie die Schläuche aus Versehen herauszog?
„Der wird nie mein Freund werden“, sagte sie zu Sandra und hoffte, dass Stefan verstand, wen sie meinte.
„Die Infusion bestimmt auch nicht“, grinste der jedoch, und schloss den Beutel mit einer blassgelben Flüssigkeit an den Schlauch aus ihrem Hals an. Die zweite Chemo. Zwei von insgesamt sieben. Es ging voran.
Das alles musste sie ihrer Familie berichten. Pfeifend fuhr Anna den Computer hoch. Das Gerät machte ein Plopp-Geräusch, und der Monitor fing an zu blinken. Anna schickte einen mentalen Dankesgruß an Oliver, der sie mit so wunderbarer Technik versorgt hatte. Sie schrieb eine Mail an ihre Familie. „Ich habe die beste Betreuung hier, die man sich vorstellen kann. Das Zimmer ist so groß wie das eines Vier-Sterne-Hotels. Das Badezimmer hell, mit einer Wellness-Dusche, ganz für mich allein.“
Wolfgang antwortete prompt: „Liebe Anna, ich bewundere Dich. Ich hätte viel mehr Angst. Egal, was Du in ein Krankenhaus mitnimmst, eine Klinik verändert Dich. Ich hoffe, dass sie Dich gesund macht. Ich bin froh, dass ich Dein Spender bin.“
Anna überflog ihre weiteren Mails schnell, die eine oder andere Fanpost war eingetrudelt, sie beantwortete sie kurz, herzlich und

professionell. Dass sie für Monate keine Vorhersagen machen konnte, schrieb sie nicht.
Ronja um 12 Uhr mitteleuropäischer Zeit anzurufen, machte wenig Sinn. Diesen Fehler hatte sie schon in der ersten Woche nach ihrer Abreise gemacht. Da hatte sie eine verschlafene, verschnupfte Tochter vorgefunden, die freundlich, doch aber bestimmt darauf hinwies, dass sie ja auch nicht nachts um 3 Uhr in Deutschland anrief, um ihre Mutter zu fragen, wie das Wetter in der Eifel wäre. Oliver war im Gericht, er verabscheute Anrufe während der Arbeitszeit. Also dann: Ihre Freundinnen, Doris, und Petra vom Chor.
„Hier ist der automatische Anrufbeantworter von Doris und Bernd Hemmerle. Bitte sprechen Sie nach dem Piep." Bei Petra war besetzt. Anna legte frustriert auf. Sie vermisste lustige Gespräche, Lachen über die letzte Folge ihrer Netflix Staffel, eine Tasse Cappuccino auf dem Marktplatz von Aachen oder einen Spieleabend mit Ronja.
Irgendwann stand Oliver an Annas Bett. Er hatte einen roten Kopf, die Haare hingen ihm strähnig ins Gesicht. „Unglaublich, ich bin eine halbe Stunde um den Klinikumsparkplatz gekreist! Kein einziger Parkplatz zu finden! Ich verstehe das nicht!" Erst dann wandte er sich Anna zu. „Engelchen, wie geht es dir?"
„Lass uns rausgehen!" Anna sprang behände aus dem Bett. Sie durfte ihr Zimmer noch verlassen, doch sie wusste, dass dies nur eine Frage der Zeit war.
„Spazieren war doch noch nie dein Ding?" wunderte er sich. Sie gingen über den Korridor, alle Türen der Krankenzimmer waren verschlossen, man erahnte die kalten, sterilen Schleusen dahinter. Anna stellte sich die vielen Patienten in ihren Isolationszellen vor, jeder einzeln für sich, an Schläuchen, ohne Haare, schwach unter der Bettdecke liegend, isoliert.
Es war leblos, geradezu unheimlich, die Beleuchtung im Gang war gedämpft, im Schwesternzimmer diskutierten zwei junge weißbekittelte Frauen.
„Geht es dir gut?" Oliver musterte Anna von oben bis unten, wie sie kräftigen Schrittes über den Flur lief.
„Klar. Ist ja erst der zweite Tag."

Sie fuhren mit dem Aufzug eine Etage tiefer, verließen das Klinikum im Untergeschoss und gingen nach draußen. Oliver nahm Anna an die Hand. Passanten eilten dem Eingang des großen, fabrikähnlichen Gebäudes zu, aus der Ferne hörte man den Lärm eines Hubschraubers, der im Anflug war.
„Am besten gehe ich jeden Tag ein paar Schritte, dann halte ich den Kreislauf in Gang", keuchte Anna. Gar nicht erst richtig krank werden.
„Wann ist die Transplantation?"
„In acht Tagen. So viele Medikamente wie in diesen zwei Tagen, habe ich in meinem ganzen Leben noch nicht bekommen. Am schlimmsten ist die Mundspülung. Hast du die Flasche mit dem milchig-weißen Inhalt auf meinem Nachttisch gesehen?"
Oliver schüttelte den Kopf.
Die Spülung hatte nicht nur eine unappetitliche Farbe, sie war so viskos, dass es Anna schon beim Anblick der Flasche übel wurde.
„Dreimal täglich, bitte nicht vergessen, sonst gibt es einen Eintrag ins Klassenbuch", hatte Sandra sie ermahnt.
„Wofür ist die?" Oliver schaute interessiert drein.
„Die Hochdosis-Chemotherapie ist berüchtigt dafür, die Mund-Schleimhäute anzugreifen. Bei Entzündungen des Rachenraums kann das zu Infektionen mit Bakterien oder Pilzen führen."
Jetzt sah er angewidert aus. Besser, wenn sie das nicht weiter ausführte. Er war noch nie richtig krank gewesen.
„Ich habe beschlossen, keine Infektion zu bekommen. Also gurgele ich dreimal täglich dieses Zeug ", sagte Anna stolz. Wie eine Heldin hatte sie es heute Morgen ohne Würgereiz geschafft.
„Lass uns zurück gehen", bat sie Oliver. An der Tür wandte sie sich noch einmal um und atmete den warmen Frühlingsduft tief ein. Sie wünschte, den frischen, quietschsauberen Luftzug mit ins Zimmer zu nehmen und lange in ihren Lungen speichern zu können.
„Gute Idee, noch einmal rauszugehen", sagte Sandra auf dem Flur. „Wie viele Kilometer haben Sie denn heute geschafft?"
„Bestimmt 20", lachte Anna, „den Marathon habe ich mir für nächste Woche aufgehoben!"

Oliver war am Infobrett der Station stehengeblieben und studierte die Aushänge. Als Anna sich nach ihm umsah, war er in ein Gespräch mit einem älteren Ehepaar verwickelt. Sie waren beide in dünne Jacken gehüllt, er mit einem Hut auf dem Kopf, sie auf einen Stock gestützt, und hörten Oliver gebannt zu.

„Die Stammzellen werden aus dem Blut des Spenders entnommen. Nach zwei Tagen werden sie in Form einer Infusion in die Vene transplantiert. Von dort wandern sie von selbst in das Knochenmark und wachsen innerhalb von zwei Wochen an. Alles kein Problem heutzutage!"

Anna traute ihren Ohren nicht. Er verabschiedete sich höflich von seinen Zuhörern und kam zu ihr zurück. Er hielt ihr die Zimmertür auf. „Unglaublich, die wussten nicht, dass die Stammzellen heutzutage nicht mehr aus dem Beckenkamm entnommen werden. Dass die Ärzte die Patienten nicht richtig aufklären!"

Anna wankte zu ihrem Bett und bat ihn um ein Glas Wasser. Ihre Beine verwehrten ihr ihren Dienst. Sie würde Oliver beim nächsten Besuch fragen, woher er sich so gut auskannte. „Ich muss etwas trinken."

Oliver zog eine Frischhalte-Dose aus seiner Tasche und öffnete sie. „Gut, Ich habe dir auch etwas zu essen mitgebracht."

Der würzige Geruch, der der Dose entströmte, verschlug Anna den Atem.

„Würstchen. Mit deinem Lieblingssenf." Er sah zufrieden aus. Es war klar, dass er gelobt werden wollte. Sie atmete durch den Mund und versuchte nicht so genau auf den matschigen Blumenkohl zu schauen, der unter den zwei Würstchen hervorlugte.

„Etwas Wasser, bitte..." Anna hatte das Gefühl, dass ihr Magen ganz langsam nach oben wanderte, konzentrierte sich auf das Wasserglas, das er ihr reichte und vermied es, Oliver anzusehen.

„Hm, da riecht es aber gut", hörte sie Stefans Stimme an der Tür, der die Schale mit den Abendtabletten brachte. Dann sah er Annas Gesicht, riss die Tür des Schrankes neben dem Badezimmer auf und sprang mit einer vergilbten Plastikschüssel an ihr Bett.

Anna traf die Schüssel einigermaßen und würgte, bis ihr die Tränen kamen. Der Teil, der das Ziel verfehlte, landete auf den Filzpantoffeln, die Wolfgang ihr für den Krankenhausaufenthalt besorgt hatte. Oliver trat fünf Schritte zurück und drückte sich an die Schleusentür.
„Engelchen…"
Stefan stand neben Anna, hielt ihr die Haare aus dem Gesicht und strich ihr kräftig über den Rücken. Als sie wieder atmen konnte, trug er die Pantoffeln unter die Brause und reichte Anna ein Medikament in einer kleinen Plastikdose. Sie versuchte, das Zeug zu schlucken, ohne sich erneut zu übergeben. Bald danach ging es. Anna blieb reglos auf der Bettkante sitzen, bis das Grummeln in ihrem Bauch dumpfer wurde.
„Ich geh dann mal", hörte sie Oliver sagen. „Schlaf gut!"
Sie winkte ihm zu und versuchte, so zu lächeln, wie am frühen Nachmittag, als er gekommen war. Es gelang ihr nicht so gut.

Kapitel 11

Auf dem Raumschiff Enterprise hatte es nicht anders ausgesehen. Skurrile Verkleidungen in unzeitgemäßem Grün, verhüllte Gesichter, Plastikhandschuhe, Kunststoffbedeckungen über den Schuhen, blinkende Alarmlichter in der Schleuse und schrille Lautsprecher–Ansagen auf dem Gang. Anna hatte die Science-Fiction-Serie geliebt. Zwei verhüllte Personen, ein Mann und eine Frau, wahrscheinlich Mister Spock und seine Assistentin, Miss Uhura, näherten sich ihr wie einem Alien und begannen, sie mit behandschuhten Händen zu untersuchen. Anna roch das Plastik und schien die Enterprise-Melodie zu hören. Wenn ihr nicht so schlecht gewesen wäre, hätte sie sie laut gesummt.

„Ab heute sind Sie isoliert", hörte sie. Einen Alien würde man auf der Enterprise auch isolieren. Aber nicht mit einem Schlauch im Hals. Oder doch? An den typischen Handbewegungen, mit denen die Uhura-Frau den ZVK mit der sechsten Chemo anschloss, erkannte Anna die Handgriffe von Sandra. Wie unangenehm, dass sie nicht sah, ob die Wahrscheinlich-Sandra lächelte. Hinter dem großen Mundschutz war ihr Gesicht zur Unkenntlichkeit verhüllt, und die weiße Haube auf dem Kopf offenbarte kein einziges Haar ihrer Frisur.

Eine normale Interaktion war nicht mehr möglich auf diesem Raumschiff. Trotz wiederaufflammender Übelkeit beschloss Anna, die Flucht nach vorne zu wagen.

„Letzter Tag Chemo heute?"

Die vermummte Sandra zeigte auf Annas Nachttisch.

„Sie dürfen sich heute von ihren Leukozyten verabschieden. Schauen Sie selbst!" Die Daten auf dem Ausdruck, den Anna jetzt, wie jeden Morgen bekommen hatte, zeigten eine rot markierte Zahl. „142 mg/ml. Leuk". Annas Leukozyten kurz vor ihrem Ende. Schluss, vorbei mit Immunsystem.

„Die Chemo hat angeschlagen." Die Schwester klang zufrieden. „Noch drei Tage bis Tag 0."

Das Blutdruck-Messgerät piepte Alarm. Das quälende Geräusch drang in Annas Kopf, es dröhnte laut, sie wollte, dass es aufhörte. Dass alles hier aufhörte. Diese Raumschiff-Welt, in die sie von den absterbenden Leukozyten hinein katapultiert worden war – keimfrei, isoliert, wie ein Alien. Sie war zwar vorbereitet gewesen, doch das hier fühlte sich beängstigend an.

„Sie dürfen jetzt auf keinen Fall mehr vor die Tür. Solange, bis die Zellen transplantiert und angewachsen sind."

Anna kam sich vor, wie ein kleines Mädchen, das nicht zum Spielen raus durfte, bis alle Hausaufgaben gemacht waren.

Bald darauf war sie wieder allein, die Raumfahrer hatten das Zimmer verlassen. Ihr Kopf klopfte wie ein Presslufthammer. Sie horchte genau hin – das Klopfen war im Takt ihres Herzschlages. Was passierte hier mit ihr? Wenn das Ganze noch fünf Wochen so bleibt, drehe ich durch, dachte sie. Aber dann: Ich schaffe das.

Sie wollte sich nicht unterkriegen lassen. Ruckartig setzte sie sich im Bett auf, den stechenden Kopfschmerz ignorierend. Es war Zeit für den Antibiotika-Cocktail, und ihre hoch gelobte Mundspülung. Zum ersten Mal an diesem Tag stand Anna auf. Eine Hand am Infusionsständer, der neben ihr her rollte, die andere an der Bettkante. Nur nicht auf den hässlichen Linoleumboden fallen. Langsam wankte sie in das Badezimmer. Das Dröhnen in ihrem Kopf ließ nach. Sie schaute in den Spiegel. Die Frau, die ihr dort entgegenblickte, war nicht im Entferntesten das, was sie von sich selbst in Erinnerung hatte. Die dunklen Augen hatten ebenso dunkle Ringe darunter, die Haut war fahl bis weißlich blass, die blonden Haare waren strähnig, ungewaschen und gar nicht mehr gelockt. Anna schaltete das Licht aus und tastete im Dunkeln nach der Flasche mit der Mundspülung.

Sie gurgelte mit Todesverachtung und spie die nach kaltem Spülmittel und Scheuersalz schmeckende Lösung in das Waschbecken. Warum begann die violette Flüssigkeit sich dort nur so zu drehen? Anna suchte Halt im Halbdunkeln und packte mit ihren Fingern an das weiße Porzellan. Die karierten Fliesen verschwammen zu wellenförmigen Gebilden. Am besten so schnell wie möglich zurück ins Bett. Dann waren da ein dumpfer Schmerz in der Stirn und ein Dröhnen im

Kopf. Der Spiegel drehte sich vor ihren Augen, und das Waschbecken war plötzlich so nah.
Als sie wieder klar denken konnte, lag sie auf dem Boden. Die Flasche mit der violetten Lösung lag zersplittert neben ihr. Das Waschbecken sah von unten monströs aus, erstaunlich sauber. Keimfrei halt. Vorbildlich.
Anna tastete ihre Stirn ab. Es konnte doch nicht sein, dass sie aus heiterem Himmel umgefallen war. Hatte sie im Zwielicht des Badezimmers die Orientierung verloren? Wieder aufstehen war zu riskant. Auf allen vieren kroch sie über den glatten Boden bis zur Bettkante und zog sich daran hoch. Sie zog die Decke bis an die Ohren und horchte auf ihren Atem.
Bloß niemandem davon erzählen, schoss es ihr durch den Kopf. Es war einfach zu peinlich, im Badezimmer hinzupurzeln wie ein junges Fohlen. Sie nahm ihre Kopfhörer aus der Schublade und schaltete die Musik ein. September von Earth, Wind and Fire von ihrer Glücklich-Mach-Playlist. Wie für sie gemacht in diesem Moment.
Das Dröhnen in ihrem Kopf war wieder da. Stetig, und unaufhörlich. Stärker werdend. Sollte sie doch jemanden rufen? Reflexartig griff Anna nach der Notklingel, die Alarmglocke auf dem Flur klang durchdringend bis in ihr Zimmer.
Was würden die Ärzte wohl sagen?
Die vermummte Sandra kam hektisch hereingelaufen. „Alles klärchen?"
„Nicht wirklich", stammelte Anna unter der Bettdecke hervor. Sie schilderte Sandra ihren Sturz und fühlte sich wie ein unartiges Kind.
„Wann war das?"
„Vor genau zwanzig Minuten",
„Sie bleiben im Bett und bewegen sich nicht von der Stelle." Anna zog es vor, sich an das zu halten, was Sandra gesagt hatte.
Die Tür ging auf, und drei fremde grüne Kittel schoben sich in den Raum. Sie gruppierten sich um ihr Bett und machten Platz für Dr. Tümmler, verhüllt, so dass man nur seinen Bart unter dem Mundschutz herausschauen sah. Vier Personen in meinem Zimmer, das ist ja Keimfreiheit pur, fand Anna. Sie sollte sich aufsetzen, ein

jeder der grün bekittelten Ärzte leuchtete ihr mit einer Lampe in beide Augen, eine Schwester klopfte mit einem kleinen Hammer auf die Knie, und sie musste verschiedenen Bewegungen mit dem Kopf verüben. In ihrem Magen drehte sich wieder alles. Bloß nicht übergeben, jetzt, wo alle um sie herum tanden.
Anna zitterte. Hatte sie einen Riesenfehler gemacht? Hätte sie direkt klingeln sollen? Im Badezimmer gab es auch eine Klingel. Doch sie war kein Pflegefall, der sich auf dem Boden liegend vor der Toilette finden lassen wollte. Sie war Anna Wunderle, die Wettermoderatorin, die mit beiden Beinen mitten im Leben stand. Zumindest war sie das noch bis gestern gewesen.

Kapitel 12

„Sie machen Sachen, Frau Wunderle“, meinte Dr. Tümmler mit dumpfer Stimme hinter einem großen Mundschutz.
Anna tastete an sich herum. Ihr war nicht mehr schwindelig. Es war noch alles da, ihre Arme und Beine, alles funktionierte, die Nervenleitungen hatten keinen Schaden erlitten. Sie hatte angefangen, sich die letzten Wettervorhersagen auswendig aufzusagen. Fast jede Einzelheit war ihr noch präsent. Das Gehirn arbeitete einwandfrei, Gott sei Dank.
„Nicht gut, oder?“ Sie hatte ihn nicht hereinkommen hören.
„Sie sind doch Naturwissenschaftlerin und haben bestimmt schon mal etwas von Thrombozyten gehört. Die kleinen Blutplättchen, die für die Gerinnung bei Verletzungen zuständig sind.“
Er hatte eine senkrechte Sorgenfalte auf der Stirn.
„Die Chemo hat nicht nur die Leukozyten, sondern auch die anderen Blutzellen vernichtet. Und was passiert mit verminderter Thrombozyten-Zahl?“
Anna fühlte sich wie bei „Wer wird gewinnen“. Nur, dass das Ratespiel nicht so lustig war.
„Ich glaube, das war gefährlich.“ Sie verschränkte die Arme vor der Brust. Dr. Tümmler trat näher an ihr Bett und setzte sich auf den daneben stehenden Stuhl, den Oliver sonst immer verwendete.
„Ein solcher Sturz kann zu Hirnblutungen führen. Ich bin froh, Frau Wunderle, dass nicht mehr passiert ist. Aber Sie müssen mir versprechen, besser auf sich aufzupassen.“
Anna sah erleichtert, wie die Falte auf seiner Stirn verschwand. Sie nickte und faltete die Kante ihrer Bettdecke hin und her.
„Wie gefährlich ist die Transplantation?“
„Die Transplantation ist nur die Therapie - Sie hatten eine gefährliche Krankheit.“
„Und ab jetzt bin ich isoliert?“ Sie dachte kurz daran, ihn von dem Raumschiff zu erzählen.

Doch seine Stimme war immer noch zu ernst. „Sie sind seit heute in der Umkehrisolation. Das heißt deshalb so, weil Sie als Patientin vor der Umgebung geschützt werden müssen. Alles zu Ihrer Sicherheit."
Anna fühlte sich zu schwach, um zu antworten.
„In drei Tagen erhalten Sie ihr neues Immunsystem. Das ist unser wichtigstes Ziel heute."
„Und danach bin ich wieder ganz die Alte?"
Endlich lachte Dr. Tümmler. „Zu hundert Prozent kann ich Ihnen das nicht versprechen. Einen Porsche mache ich nicht mehr aus Ihnen. Aber einen Volkswagen denke ich schon."
„Das sind ja interessante Vergleiche." Die Schleusentür stand auf, eine grün verhüllte Gestalt zog sich einen Mundschutz an.
„Oliver!" Anna hatte nicht mehr mit ihm gerechnet an diesem furchtbaren Tag.
Dr. Tümmler verabschiedete sich und schloss die Tür.
„Du siehst blendend aus", meinte Oliver ironisch und holte sich den grauen Stuhl, auf dem er immer saß.
„Das sagt der Richtige, schau dich mal selber im Spiegel an", wehrte Anna sich. Olivers Umhang war zu kurz für den Zweimeter-Mann und passte farblich nicht zu der azurblauen Krawatte, die am Halsansatz zu sehen war.
Oliver kam näher. Anna strich mit ihren rauhen Fingern über seinen im Handschuh verborgenen Handrücken.
„Dir geht es nicht so gut?"
„Es geht schon. Das Fernsehprogramm ist grottenschlecht, ich führe Krieg gegen meinen Schwindel, und der Appetit ist mir seit gestern vergangen. Ansonsten ist alles in Ordnung." Sie reichte ihm den Zettel mit den Blutwerten und hoffte, dass er von den Schwestern nichts von ihrem Sturz erfahren hatte.
„Verstehe ich nicht, diese Zahlen…"
„Die Leukozyten. Passt genau zum Verlauf. In drei Tagen wird transplantiert."
Sie sprachen ein wenig über die seine Gerichtstermine und über den Kastanienbaum, der Anna die Sicht auf den blauen Himmel

verdeckte. Sie ließ Olivers Hand nicht los. Es tat gut, seine Wärme zu spüren, sogar durch das Plastik hindurch.
„Ich wünschte, wir hätten das alles hinter uns, Anna."
Sie sagte nichts. Noch ein Kloß mehr im Hals. Hoffentlich wurde ihr nicht wieder schlecht.
„Die Seekarten sind angekommen", fuhr Oliver fort. „Die Reiseplanung für die Überführung der GRACE steht. Wir starten am besten an einem Montag, dann erreichen wir La Rochelle am Wochenende. Es wird dir dort gefallen."
Frankreich, dann Spanien, zuletzt die Kanaren, dort wollten sie eine Pause von zwei Wochen machen, bevor die große Transatlantik Tour mit den vielen anderen Seglern startete. Es prickelte in ihrer Magengrube. Doch bis dahin war noch lange hin. Anna begann an ihren Fingernägeln zu knabbern. Sie musste mit Dr. Tümmler noch über den Törn sprechen.
Nachdem Oliver gegangen war, war es endlich Abend. Anna rollte sich auf die Seite, schob ihr Tablett mit dem Abendessen, das sie nicht angerührt hatte, weg, und löschte das Licht. Was für ein furchtbarer Tag lag hinter ihr.
Im Dämmerschein einer Laterne sah sie die Kastanienzweige gleichmäßig wippen. Eine Blaumeise saß darauf und pickte an einem zweigähnlichen Gebilde. Anna wünschte sich, dass noch einer käme. Zwei Vögel vor ihrem Fenster waren besser als ein einziger.
Sie vermisste ihre Familie, ihr Zuhause, ihre Freunde. Ja, sie hatte sich nett unterhalten mit Stefan und Sandra. Sandra, die eigentlich Medizin studieren wollte, aber nun seit acht Jahren die Pflegeleitung auf der Onk-01 innehatte. Und Stefan, der mit ihr über Reiserouten durch den Nahen Osten diskutiert hatte, weil er mit dem Rucksack nach Indien wollte. Aber dennoch. Kein Mensch war ihr heute näher als einen Meter gekommen. Sie war isoliert.
Die Notfallleuchte warf ein grelles Licht in das dämmrige Halbdunkel. Sie hatte den Knopf heute einmal gedrückt. Sie hatte einen Notfall gehabt. Aber war es nicht Glück gewesen, dass ihr Sturz wohl ohne Folgen geblieben war? Glück, Schicksal, Gott? Anna drehte sich alles im Kopf und im Magen dazu. Der pappige Geschmack im Mund machte sie noch wahnsinnig.

Sie hatte kein Immunsystem mehr. Fast gar keins. Der nächste Tag würde auch die letzte Abwehrkraft ihres Körpers zunichtemachen. Eine kleine Bakterie, am Kittel einer Schwester beispielsweise, oder auf dem Lichtschalter neben der Tür, konnte sie krank machen, todkrank. Dann half vielleicht auch der Notfallknopf nicht mehr. Anna wälzte sich von einer auf die andere Seite. Die Uhr an der Wand tickte wie eine Maschine.
Sie drückte die Klingel zum Schwesternzimmer, und die Nachtschwester kam verhüllt ins Zimmer. „Kann ich eine Schlaftablette haben?“ fragte Anna krächzend.
„Natürlich.“ Die Tablette brachte ihr sanften, schwindeligen Schlaf.

Kapitel 13

„Tatata! Dein Spender ist da!"
Anna stöpselte ihre Kopfhörer aus den Ohren und hob müde den Kopf, um zu sehen, wer da so laut durch ihr Zimmer krakeelte. Seit zwei Tagen lag sie flach wie eine Flunder unter der Bettdecke. Der Computer war in den Nachttisch gewandert, fünf Bücher lagen ungelesen neben dem Telefon. Nur wenn die Krankengymnastin kam, setzte sie sich schwach im Bett auf, und machte missmutig kreisende Übungen mit ihrer Schulter.
Sandra kam hinter Annas Bruder her geschossen und zog ihn in die Schleuse zurück. „Das ist schön, dass Sie da sind, Herr Fink, aber auch, wenn Sie gesund sind, ist es nötig, dass Sie ein Kittelchen und einen Mundschutz anziehen!"
Wolfgang griff zu den Requisiten, die Sandra ihm reichte und wurde zum Händewaschen geschickt.
„Schwesterlein, wie geht es dir? Muss ich mir Sorgen machen?" Wolfgang wuchtete einen kleinen Rollkoffer ins Zimmer, warf seinen Motorradhelm auf die Fensterbank und ließ sich auf Annas Bettkante fallen.
„Brauchst du nicht", Anna rutschte noch etwas tiefer unter die Decke. Ein kräftiger Luftzug, nach Rasierwasser duftend, hüllte sie ein. „Dort drüben steht ein Stuhl!" Sie bemühte sich, freundlich zu sein und rückte in die hinterste Ecke ihres Bettes.
„Weißt du schon, dass ich heute bei dir bleiben darf?"
Anna nickte. Seit Tagen freute sie sich auf diesen Abend, den ersten seit zwei Wochen, an dem sie nicht alleine war.
„Stell dir vor, ich habe jeden Tag eine Spritze bekommen. Mit Hormonen drin. Das hätte ich Gudrun nie erzählen dürfen."
Obwohl Wolfgang sich selbst als glücklich geschieden bezeichnete, tauchte seine Ex-Frau immer noch in seinen Erzählungen auf.
„Ich bin stolz auf dich. Hoffentlich haben die Spritzen gewirkt." Anna wusste, dass dem Spender fünf Tage lang ein Wachstumshormon

verabreicht wurde. Das sollte den Übergang der Stammzellen ins Blut bewirken.
„Ich kann dir sagen, diese Spritzen machen so müde! Wenn ich nicht Abiturprüfungen in der Schule gehabt hätte, hätte ich mir Urlaub genommen." Er rieb sich den Bauch und strahlte Anna unter dem Mundschutz an. „Ich tue das nur für dich!
„Ich bin sehr froh, dass du mein Spender bist. Eine Patientin im Nebenzimmer wartet auf Zellen eines Fremden. Stell dir vor, sie konnte zwischen einem Spender aus Kanada und einem aus Zypern wählen." Anna hatte mit Schaudern der Schilderung von Oliver gefolgt, der die Frau auf dem Gang getroffen hatte. „Weißt du schon, wann die Apherese morgen ist?"
„Welche Apparatur?"
„Die Apherese", lachte Anna, „die Prozedur, bei der deine Stammzellen über eine Art Dialyse entnommen werden. Dein Blut wird wie in einem Kreislauf aus deiner Vene durch ein Gerät geleitet und über die andere Vene wieder zurückgeführt. Tut nicht weh, dauert nur drei Stunden. Danach bist du dann fertig hier."
„Ach, das meinst du." Wolfgang schien zu frösteln. „Das soll morgen früh sein."
Es war Mittagszeit, Sandra kam mit einem Tablett und zwei weißen Tellern herein. „Mahlzeit", johlte sie durch den Mundschutz hindurch. „Heute besonders fein: Gemüsesuppe, Pouletbrust an Senfsauce mit Nüdeli, und Kompott von Apriköschen!"
Sie hob den Deckel und Dampf schlug Anna entgegen. Besteck und Servietten waren doppelt eingeschweißt.
Anna verzog das Gesicht. „Gestern habe ich Babygläschen bekommen. Pastinaken-Möhren-Gemisch." Die Suppe schmeckte nach Spülwasser. Sie nippte ein wenig an dem Fleisch, das Kompott rührte sie nicht an. Ihr war schlecht.
Wolfgang ließ sich nicht abschrecken. Er nahm seine beschlagene Nickelbrille ab und streckte den Kopf vor, um die Mahlzeit genauer betrachten zu können.
„Guten Appetit", lachte Anna. Als er den ersten Bissen kaute, musste sie kichern. „Keimfrei heißt `zerkocht'", sagte sie. „Keine rohen

Früchte, Gemüse, Salate, wenig Milchprodukte. Du weißt, ich habe immer gerne gegessen. Aber hier gilt: Ein Tag, an dem ich nicht essen muss, ist ein guter Tag."
Wolfgang schaute Anna streng an und bemühte sich, eilig weiter zu essen. „Ich wusste nicht, dass Salz und Pfeffer auch zu den gefährlichen Keimen gehört", murmelte er, während er kaute. „Ich mache übrigens einen Kochkurs..."
Anna staunte. „Gute Idee! Gudrun wäre begeistert!"
„Meine neue Küche hat mich dazu inspiriert. Wok-Kochen für Anfänger."
„Wie ist deine neue Wohnung?"
„Herrlich. Direkt am Wald. Ich kann jeden Tag ins Grüne. Dass ich nicht früher auf die Idee gekommen bin."
Anna sah ihren Bruder zweifelnd an. Zwei Jahre nach der Scheidung von Gudrun hatte Wolfgang seine große Eigentumswohnung im Westen Aachens verkauft, in der er mit seiner Familie über zwanzig Jahre gelebt hatte.
„Und es macht dir gar nichts aus, nur noch zwei Zimmer zu haben?"
„Es ist wunderbar. Ich kann lesen, wann ich will, in der Küche, auf dem Klo, in der Badewanne – alles ohne, dass mich jemand stört. Sogar das Motorrad hat einen richtigen Stellplatz."
Anna war froh gewesen, dass Wolfgang in ihre Nähe gezogen war. In Rott, zur Gemeinde Roetgen gehörig, hatte er eine kleine Einliegerwohnung gefunden, in der er seit dem Frühjahr wohnte. Dennoch, seine schöne große Familien-Wohnung in der Stadt hatte sie geliebt. Oft hatte sie Wolfgang und Gudrun besucht, besonders als die Kinder längst erwachsen und ausgezogen waren.
„Ich fand es immer schön bei Euch in der Stadt."
„Puh!" Wolfgang schnaubte. „Der Verkehr, der Lärm, die Parkplatzsuche, du weißt nicht, wovon du redest, Anna. Mein Leben in Rott nun ist Lebensqualität pur! Zwanzig Stunden Penne, ein bisschen Goethe und Schiller durchkauen, dann aufs Motorrad und nach Hause ins Grüne!"
Anna nickte. Sie kannte ihren Bruder nur in Wanderschuhen, oder seit neuestem auf dem Motorrad. Er liebte es, sowohl stundenlang im

Wald zu wandern als auch wie ein Jungspund mit dem Motorrad durch die Eifel zu brausen. Anna war heilfroh, dass er in diesem Augenblick in ihrem Zimmer saß und sich mitsamt den für sie bestimmten Stammzellen heute nicht mehr auf die Höllenmaschine setzte.
„Ich kann mir nicht vorstellen, woanders als in unserem Haus zu wohnen. Ich mag die vielen Räume, in die ich mich zurückziehen kann. Oliver und ich würden uns in einer kleinen Wohnung nur auf die Nerven gehen."
„Interessant. Dann bin ich gespannt, wie ihr es auf einem 10 Meter-Segelboot aushalten werdet."
„Das ist etwas anderes. Da sind wir die ganze Zeit an der frischen Luft. Und außerdem", Anna machte eine Pause und sah aus dem Fenster, „ist es unser gemeinsamer Traum. Worauf wir hingearbeitet haben."
Es wurde recht nett mit Wolfgang. Sie plauderten eine Weile über die kleinen Segeltouren, die Wolfgang mit ihnen gemacht hatte. Um 16 Uhr riefen sie Ronja an, mit der Anna vor vier Tagen das letzte Mal gesprochen hatte.
Ronja erzählte begeistert von ihrer Wohnung am East-River und von einer Wohngemeinschaft nebenan, die sie kennengelernt hatte. Anna fragte nach der Uni, und Ronja versuchte über skype Fotos vom Biologie-Labor zu zeigen, in dem sie arbeitete.
„Ich habe ein tolles Projekt. Interzellulare Kommunikation am Beispiel von Escherichia coli."
Anna schüttelte es. Sie zog ihre Decke bis an die Nasenspitze. E. coli war ein Bakterium.
„Nächste Woche reise ich das erste Mal nach Phoenix. Mit Bruce."
„Wer ist Bruce?"
„Hm, so ein cooler Army-Soldat."
„Ach so, cool. Verstehe."
„Mama. Nicht so, wie du meinst…"
Anna lachte. „Wünsch' mir Glück, Ronny. Wolfgang gibt morgen die Zellen ab. Es ist Tag -2." Zum Abschied winkten sich alle drei fröhlich zu.

„Sie ist glücklich dort“, sagte Wolfgang, nachdem Anna den Monitor ihres Computers ausgeschaltet hatte.
„Ist nicht verwunderlich. Ich wäre auch gerne mit 19 Jahren für ein Jahr in die USA gegangen.“
„Das wären wir alle gerne. Aber unser Vater hat es nicht gewollt. Für keinen von uns. Obwohl er Geld wie Heu hatte“, sagte Wolfgang verbittert.
„Du hättest die Kohle erben können. Wenn du die Praxis übernommen hättest.“ Anna kam wieder aus der Bettdecke herausgekrochen. Es wurde langsam warm im Zimmer.
„Nein danke. Internist war nicht so meins. Und eine Praxis für Darmspiegelung schon gar nicht.“
„Dabei wäre es so einfach gewesen. Doch keiner von uns wollte sich ins gemachte Nest setzen“, sinnierte Anna.
„Das ist doch kein Wunder. So überarbeitet, wie er immer war. Kam vor 22 Uhr nicht nach Hause. Zeit für das, was ihm wichtig war, die Jagd, die Hunde, die Familie, hatte er nie. Manche Patienten hat er sogar am Wochenende notfallmäßig behandelt.“
Anna nickte. Jahrelang hatte ihr Vater seine drei Kinder gegängelt und genötigt, Medizin zu studieren. Als er dann endlich, mit 67 Jahren bereit war, die Praxis aufzugeben, bekam er kurz danach einen Herzinfarkt. Dass er selbst ein abschreckendes Beispiel für alle gewesen war, hatte er in seiner Enttäuschung über die junge Generation nie verstanden.
Wolfgang schüttelte sich. „Papa hat mich früher in den Schulferien in die Praxis mitgenommen. Ich habe den ganzen Tag bei den Schwestern gesessen und geholfen, die Geräte zu reinigen. Diese Hektik, der Stress, die grässlichen Endoskope. Ich fand es furchtbar. Bei dem Geruch wird mir heute noch schlecht.“
Anna sah ihn verständnisvoll an. Auf seinen Ältesten hatte Dr. Fink, der erfolgreiche Internist, die größten Hoffnungen gesetzt. Der hatte sich nur geekelt vor allem, was weiße Kittel hatte. Und jetzt saß er hier mit ihr in diesem Krankenhauszimmer und sollte sich seine Vene punktieren lassen, um Blutzellen zu spenden.

Annas Blick fiel auf den Infusionsständer hinter Wolfgang. Die Pumpe mit dem grauen Bildschirm hatte aufgehört zu pumpen, und es blinkte überall. Nervös drückte sie den Klingelknopf.
„Holst du die Schwester?“ Wolfgang sprang von seinem Stuhl hoch. „Werde ich jetzt gestochen? Noch mehr Spritzen?“
„Nein, Herr Fink“, Stefan stand schon hinter ihm und schaltete an der Pumpe herum. „Aber ich nehme Sie jetzt mit in die Pneumologie. Es stehen noch Untersuchungen an, die…“ er sah Wolfgangs Flattern in den Augenlidern, „nicht wehtun.“
Stefan füllte ein Formular mit Wolfgangs Daten aus. „Wie alt, wie schwer? Welche Blutgruppe?“
„A positiv.“
Stefan sah Anna mit leuchtenden Augen an. „Dann dürfen Sie sich auf einen Blutgruppenwechsel einstellen. Nach der Transplantation sind Sie nicht mehr B negativ.“
Ein Schreck fuhr Anna durch die Glieder. „Ist das nicht gefährlich?“
Stefan lachte. „Nein, es muss keine Übereinstimmung in den Blutgruppen bestehen. Ihr Körper stellt sich einfach um.“
Als Anna wieder allein in ihrem Zimmer war, drehte sie sich unruhig hin und her in ihrem Bett. Es gab so vieles, was sie nicht wusste über die bevorstehende Prozedur. Sie wäre gerne aufgestanden und hätte Dr. Tümmler gesucht. Oder in ihrem Computer weiter recherchiert. Doch ihr Körper war zu schlapp, das Dröhnen im Kopf war wieder aufgetaucht und sie war zu aufgedreht, um die Augen zu schließen. Ihre Gedanken hefteten sich an das, was sie vor dem Fenster sah, die letzten Sonnenstrahlen, die hinter den grauen Lüftungsrohren verschwanden, die wankenden Zweige des kleinen Baumes. Sie klammerte sich an das Leben in seiner ganzen Vielfalt, auch wenn es vor dem Aachener Klinikumfenster nur eingeschränkt nach buntem Leben aussah. Als sie kurze Zeit später die bunt-gefiederte Gestalt der kleinen Blaumeise erblickte, die mit ihren fingerartigen Krallen an der Baumrinde hochkletterte, fiel sie in sanften Schlaf.

Kapitel 14

„Viel Glück, mein Engelchen", flüsterte Oliver durchs Telefon. Er hatte sich vor der Arbeit Zeit genommen, um Anna anzurufen. Es war Tag 0. Wolfgang war am Tag vorher nach Hause gefahren, nachdem er die Zellen abgeliefert hatte. Ob diese neuen Stammzellen heute schon bereit lagen?

Zur Feier des heutigen Tages zog Anna im Badezimmer ihren besten Schlafanzug an. Nicht kariert, wie all die anderen, sondern in feinem grau, aus dicker Baumwolle, mit einer blütenweißen Schleife am Ausschnitt. Richtig niedlich fand sie sich darin. Die Haare hingen in ihrer gesamten Fülle auf ihren Schultern. Anna strich darüber, nahm sich Zeit, sie zu fühlen, sie durch ihre Hände gleiten zu lassen. Wie lange noch? Fünf Tage, vielleicht zehn?

Das Zimmer war lichtdurchflutet, als habe die Sonne beschlossen, Anna Kraft durch die dichten Zweige zu schicken. Sie wankte in ihr Bett zurück und betrachtete den Infusionsständer mit den fünf verschiedenen Medikamenten. Heute klopfte die Pumpe störungsfrei. Ansonsten war es still im Raum. Bald sollte ihr neues Leben, Wolfgangs Zellen, durch ihre Adern pulsieren. Heute. Tag 0.

Anna wälzte sich auf die andere Seite. Der Druck in ihrem Kopf war unerträglich. Sie fühlte mit ihrer Hand ihre Stirn – hoffentlich kein Fieber? Was, wenn sie gerade heute eine Bakterie oder einen Virus erwischt hätte? Ihr Herz begann zu klopfen. Wenn sie krank wäre, könnte sie nicht transplantiert werden. Dann würde sie im Zustand der Immunlosigkeit verharren, bis … Bis was eigentlich?

Sie versuchte, sich aufzusetzen. Oder sollte sie lieber unter der Decke bleiben? Vielleicht hatte sie wirklich Fieber. Nein, bitte nicht krank werden. Nicht heute. Es war doch ihr neuer Geburtstag. Was war los? Warum ging es ihr so schlecht an diesem denkwürdigen Tag? Sie drückte auf die Alarmklingel.

Schwester Sandra betrat das Zimmer mit einem Lächeln im Gesicht. Das war genau die Person, die sie jetzt brauchte.

„Hallo Frau Wunderle! Heute ist Tag 0!"
„Mir geht es nicht so gut, mir ist warm."
„Fiebermessen? Puls? Blutdruck?"
Sandra wickelte die Arbeitsschritte routiniert ab. „Schönes Wetter haben wir heute, gerade recht für ihren besonderen Tag, nicht wahr? Es wird endlich Frühling!"
„Hmm." Sie wollte nur wissen, ob sie transplantiert würde. Ausnahmsweise interessierte sie das Wetter jetzt nicht.
„100 zu 70. Zu niedrig. Keine Temperatur. Eine dünnere Decke vielleicht? Oder einen anderen Pyjama? Flanell ist doch viel zu warm für heute!"
„Nein…! Nicht umziehen…" Anna merkte, dass sie unwirsch wurde. Der Schlafanzug war ein Geschenk von Ronja gewesen. „Kann ich Dr. Tümmler sprechen?"
„Der Herr Doktor kommt sowieso gleich zu ihnen. Ist ja Tag 0!"
Langsam wurde es lästig. Jeder zweite Gedanke drehte sich um diesen Tag. Nachdem Sandra das Zimmer verlassen hatte, nahm sie ihr Handy und spielte ihre Playlist an. Zum Glück kein Fieber.
„Frau Wunderle, heute ist Ihr Tag." Oh Mann.
Anna blinzelte. War sie weggenickt? Sie schaltete das Handy aus und sah Dr. Tümmler in Raumschiff-Kleidung verhüllt vor ihr stehen. Sie fühlte sich plötzlich sicher in seiner Gegenwart.
„Gut, dass Sie da sind. Werde ich auch transplantiert, wenn ich mich schlapp und schlecht fühle?"
Er holte sich einen Stuhl und setzte ihn einen Meter vor Annas Bett. Er war der Einzige in dieser Klinik, der mit Mundschutz nicht albern aussah.
„Wenn Sie kein Fieber haben, ja. Die Müdigkeit kommt von der Chemo und der Immunsuppression. Schöne Bilder haben Sie da." Dr. Tümmler ließ seinen Blick durch das Zimmer schweifen, als wollte er es sich bei Anna gemütlich machen. „Sie segeln?"
Anna lächelte unter ihrer Decke hervor. Sie versuchte sich aufzusetzen für ein so persönliches Gespräch, war jedoch zu matt. „Das ist unsere GRACE. Wir wollen damit eine Segeltour machen." Sie stockte. Jetzt war der Zeitpunkt gekommen. Diese Gelegenheit musste sie nutzen – doch was wäre, wenn er nein sagte?

„Ich bin früher auch gesegelt. Auf der Ostsee. Schönes Boot, das sie da haben. Wo wollen Sie denn hin?"

Super. Er hatte nicht direkt „Um Gottes Willen, segeln geht gar nicht mehr" gerufen.

„Wir möchten über den Atlantik. Einmal im Leben. Unser großer Traum." Salamitaktik war immer gut. Nur nicht alles auf einmal.

„Oh. Wann denn? In zwei Jahren?"

Anna wurde rot. Sie war sonst stets sehr direkt, hasste es, Dinge zu vertuschen, auch, wenn es unangenehm wurde. Aber heute hing ziemlich viel von diesem Gespräch ab. Und heute war Tag 0. Er sollte doch schön werden, dieser Tag.

„Der Start von Gran Canaria aus ist im November."

Dr. Tümmler zog die rechte Augenbraue hoch.

„Ich wollte Sie fragen, ob ich eine Chance habe, mit zu segeln. Jetzt, wo doch bisher alles gut verlaufen ist. Und ich die Zellen meines Bruders bekommen werde, nicht die eines Fremdspenders. Ist ja auch ein Vorteil. Und ich bin doch noch so jung…" Zum ersten Mal an diesem Tag fühlte Anna sich wieder wie sie selbst. Immer noch flach unter der Decke liegend, entwickelte sie das Temperament eines ihrer Meerschweinchen, das eine Möhre vor die Nase gehalten bekam.

Dr. Tümmler sagte immer noch nichts.

„Und manche Patienten segeln doch so dadurch. Haben Sie gesagt."

Jetzt schien er unter dem Mundschutz zu lächeln. Er seufzte. „Ich kann Ihnen dazu nichts sagen, Frau Wunderle. Ich habe noch nie erlebt, dass sich ein Patient so früh nach der Transplantation einer solchen Strapaze ausgesetzt hat."

„Mein Mann beherrscht das Boot komplett. Ich muss nur dabei sein und… " - Anna stockte, weil die Wahrheit sie selbst überraschte – „das Wetter vorhersagen."

Dr. Tümmler bekam einen weichen Blick. Er sah aus dem Fenster, dann drehte er den Kopf wieder zu Anna und sprach mit leiser Stimme. „Es tut mir leid, ich kann es Ihnen nicht versprechen. Sie haben so viel Power, so viel Kraft – wenn jemand es schaffen würde, dann Sie. Eine Transplantation ist jedoch eine Ausnahmesituation. Wir tun unser Bestes hier in der Klinik, aber es kann sehr viel passieren."

Anna schluckte.

„Sie bekommen gleich die neuen Stammzellen. Das läuft wie eine einfache Bluttransfusion ab, es ist eigentlich unspektakulär."
Anna sackte in ihr Kissen zurück. Dr. Tümmler schien zur Tagesordnung überzugehen. Sie verstand, dass sie das Thema Segeln vorerst zu den Akten legen musste. Bis sie transplantiert war.
„In einigen, seltenen Fällen kann es zu einer allergischen Reaktion gegen das Transplantat kommen. In diesem Fall müssen wir schnell reagieren, und es wird hektisch hier. Wir können Ihnen eine leichte Narkose verabreichen. Sie würden die Transplantation dann einfach verschlafen."
Eine heiße Welle durchflutete Anna und verbreitete ein Gefühl tiefer Unruhe. Sie begann zu zittern. „Nein", sagte sie unmissverständlich.
„In Ordnung. Ich schaue dann, ob Ihre Zellen bereit sind." Dr. Tümmler stand auf und reichte Anna seine behandschuhte Hand. Sein Händedruck war fest, und es kam Anna vor, als wünschte er ihr mehr als nur Glück für die Transplantation. Tränen stiegen in ihr hoch.
Die Transplantation verschlafen – soweit käme das noch. Nach all dem Stress, der langen Chemo, die ihr dieses Gefühl bereitete, den ganzen Tag kotzen zu müssen. Nach der Angst, hier ohne Immunsystem herumzuliegen. Nach all der Aufregung zuhause, anderen Leuten sagen zu müssen, dass sie krank war, und nichts mehr konnte. Nicht einmal mehr segeln und Wetter vorhersagen.
Anna wunderte sich, dass sie nicht weinte. Sie war zu aufgebracht. Sie wollte den Neuanfang nicht verschlafen. Sie wollte den neuen Zellen, in der glutroten, viskosen Flüssigkeit ins Auge blicken, wenn sie durch den Schlauch tropften. Sie wollte miterleben, ob sie es spüren würde, wenn sie sich begegneten – die Anna Zellen und die Wolfgang Zellen. Sie wollte sehen, wenn der Hahn aufgedreht würde und sie neues Leben bekam. Es war Tag 0.
Vor der Tür hörte sie Geraschel und Gemurmel. Durch die Scheibe sah sie einen Kittel, einen zweiten. Da waren laute Schritte, und sie sah mehrere Ärzte und Schwestern hinter der Glasscheibe der Schleuse. Die Türklinke senkte sich nach unten. Anna holte den silbernen Löwen aus der Schublade und hielt ihn fest in ihrer linken Hand.
Es war so weit. Sie kamen.

Kapitel 15

Anna verschlief die Transplantation dann doch. Nicht aufgrund einer verabreichten Narkose, sondern weil sie einfach zu erschöpft war. Dr. Safri und Stefan hatten zwei Beutel mit bräunlich-roter Flüssigkeit gebracht, auf denen viele Zahlen, Buchstaben und Hieroglyphen standen. Darunter: „A.W. 15. Juni Allo SZT". Anna machte ein Foto fürs Familienalbum, dann wurde der Hahn aufgedreht. Sie atmete tief ein und aus und wartete auf ein besonderes Empfinden. Nichts passierte. Das regelmäßige Tropfen der Flüssigkeit hatte lediglich eine hypnotisierende Wirkung, so dass ihr langsam die Augen zufielen. Schade, dachte sie hinterher, es war doch so etwas Besonderes gewesen.

Die Tage danach verliefen eintönig. Während Anna die ersten zwei Wochen jede Ablenkung, jedes neue Medikament, jede Interaktion mit den Pflegern bewusst wahrgenommen hatte, fiel sie nun in eine Art Gleichgültigkeit, die sie von sich selbst nicht kannte. Ihr bester Freund wurde die Blaumeise, die den kleinen Apfelbaum mehrmals am Tag besuchte und um ihn herumflatterte. Stundenlang lag Anna nur da und schaute aus dem Fenster. Der Zustand zwischen wach, dämmernd und schlafend war fließend, und die Zeit hatte keine Bedeutung mehr. Es war ihr egal, dass sie neben der Übelkeit noch andere Probleme mit dem Essen bekam. Die Schleimhäute reagierten mit Schwellung, das Schlucken fiel ihr schwerer, und das Zugeschwollensein kombiniert mit einem üblen Geschmack wie der von verdorbenem Obst brachte sie zur Verzweiflung. Als Gegenmaßnahme schluckte sie einfach gar nicht mehr. Morgens eine Tasse Tee. Mittags mit Todesverachtung ein halbes Glas Saft, abends eine zweite Tasse Kamillentee. Grässlich. Kamillentee. Einfach nur grässlich.

Das Einzige, was sie zur Kenntnis nahm, war der weiße Zettel mit ihren Blutwerten. Jeden Morgen ergriff sie als erstes das Blatt Papier, das von Sandra auf den Nachttisch gelegt wurde, und suchte die Zeile mit den Leukozyten. Sie pendelten auf dem Niveau null bis 10 pro

Mikroliter. Nach drei Tagen mit ähnlichen Werten brachte Sandra den Zettel nicht mehr. Anna deutete es als schlechtes Zeichen. Die Zellen schienen nicht zu wachsen.
Weiterhin kamen alle Personen in grüner Verhüllung zu ihr, weiterhin sah sie viele Mundschutze und Gummihandschuhe. Aber sie hatte sich daran gewöhnt. Solange Wolfgang nicht wieder ohne Schutz in ihr Zimmer hereingestürmt kam, war es ihr egal. Bloß keine Keime in diesem Raum. Wie viele Tage noch auf Level null?
Oliver kam jeden zweiten Tag, brachte Fertiggerichte mit und erzählte von Streitigkeiten bei Gericht, von dreckigen Meerschweinchen-Ställen und von unruhigen Nächten.
Mehrmals am Tag schaute Anna in ihr Handy und checkte ihre Nachrichten. Ronja war auf einem Wochenend-Trip nach Hawaii, sie schickte täglich bunte Herzchen, Sonnenuntergänge und Strandbilder. Doris und Petra vom Chor schickten ihr eine CD mit Musik von Harmony. Und machten viele Vorschläge für die Zeit nach Annas Entlassung. Die Ideen ließen Anna merkwürdig kalt. Sie hatte wenig Zuversicht, bald ins Kino, Theater oder zum Italiener gehen zu können. Von Mike und Stuart bekam Anna nichts. Vielleicht, wenn sie wieder zuhause wäre, dachte sie bei sich.
Die Tage in Annas Kalender hatten derweil ein Pluszeichen. Mindestens zwanzig insgesamt würde sie in der Klinik verbringen müssen.
An Tag +8 stieß Sandra bei der täglichen Kontrolle des ZVK einen Ruf aus.
„Oh, oh, Frau Wunderle!“ Ihr Blick blieb auf dem Kopfkissen hängen. „Es ist so weit.“
Anna zuckte zusammen. Dann wusste sie, was gemeint war. Instinktiv fuhr sie sich mit der Hand durch die Haare und hatte zwei Büschel in den Fingern. Die Welt stand still. Dagegen schien Annas Bett sich zu drehen. Sie krallte ihre Finger in die Metallkante ihres Bettrahmens und sah Sandra bittend an. „Schon heute?“
„Ist normal. Zwei bis drei Wochen nach Beginn der Chemo.“
„Was machen wir jetzt?“ fragte Anna leise.
„Aus hygienischen Gründen dürfen wir nicht lange warten. Wir entfernen mal alle Härchen.“ Sandra sah Annas erschrockenen Blick.

„Es tut nicht weh. Und glauben Sie mir, sie wachsen wieder."
Anna schaute auf den Boden, als Sandra mit dem Haarschneideapparat ihre Arbeit verrichtete. Auf dem grauen Linoleum kringelten sich unzählige blonde Strähnen zu einem hellen Teppich aus Traurigkeit. Nachdem Sandra den Boden gefegt und gewischt hatte, griff Anna sich ein Tuch aus der Schublade, das sie schon vor einer Woche bereitgelegt hatte und wickelte es sich um den Kopf und band es mit einem einfachen Knoten im Nacken fest. Es fühlte sich weich auf der geplagten Kopfhaut an.

„Wie läuft es mit dem Trinken?" fragte Dr. Tümmler am Morgen des Tages +9. Er stand vor Annas Badezimmertür und hatte ein auffälliges Blitzen in den Augenwinkeln. Anna spuckte die Zahnpasta, die sie gerade im Mund hatte, in das Waschbecken.
„Tee morgens und abends."
Sein Blick schweifte über den Nachttisch mit der Kanne Kamillentee, die fast voll war.
„Schaffen Sie zwei bis drei Liter am Tag?"
Anna stieß entsetzt die Luft aus. „Äh, vielleicht…" War das der Grund, weswegen er am frühen Morgen hier auftauchte?
„Haben Sie Ihre Blutwerte gesehen?"
Anna verstand gar nichts. „Nein, seit drei Tagen nicht mehr."
„Gestern hatten Sie 100 Leukozyten". Er meinte pro Mikroliter. „Heute sind es 1.300!" Das Blitzen wandelte sich in ein Strahlen. Am Rande des unförmigen Mundschutzes im Gesicht waren sogar kleine Lachfältchen sichtbar. Annas Hocker, auf dem sie vor dem Waschbecken saß, schaukelte hin und her. Sie musste sich an dem Porzellan festhalten und wagte einen kurzen Blick in den Spiegel, als könnte sie durch die blasse Haut die strömenden Blutzellen ausfindig machen. Sie strich eine Baumwollfussel von ihrem Schlafanzug, bestimmt mit Keimen darauf. Ab jetzt konnte sie das nicht mehr ängstigen. Sie hatte Leukozyten. Neue, kräftige, die jedes Bakterium vernichten würden. Sie hätte Dr. Tümmler am liebsten umarmt.
Die Kastanienzweige schlugen im Windstoß gegen die Fensterscheibe. Wind über der Uniklinik, dachte Anna, und Sturm in meinem Herzen.

„Ist das kein Messfehler?“
„Ausgeschlossen.“
„Dann kann ich bald raus?“ Obwohl sie keine Ahnung hatte, wie sie einen Tag in dem großen Haus in der Eifel mit den vielen Treppen, der ganzen Wäsche, oder auch nur einen Gang zum Supermarkt bewältigen sollte, zog es sie magisch aus diesem Zimmer heraus.
Dr. Tümmler lachte. „Sie scheinen uns ja fluchtartig verlassen zu wollen. Ein paar mehr Blutkörperchen brauchen wir schon noch. Und nach den Leukozyten kommen die Erythrozyten. Dann das Hämoglobin.“
Darauf hoffte Anna am meisten. Endlich nicht mehr müde sein.
„Was kann ich tun, damit es schneller geht?“ fragte sie.
„Trinken. Essen. Schlafen. Und vorsichtig sein. sich keinem Infekt aussetzen. Ab Tag zwölf werden Sie aus der Isolation entlassen, seien Sie bitte trotzdem vorsichtig. Kein unerwarteter Besuch, fernhalten von anderen Personen.“
Anna setzte ein schüchternes Lächeln auf. Essen und Trinken waren nicht gerade ihre Hobbys zurzeit. Aber jetzt hatte sie ein Ziel vor Augen.
Nachdem ihr Arzt gegangen war, schickte sie Oliver eine Nachricht. „Statt Sekt hätte ich gerne Schokoladeneis. Von Ben‘s & Jerry‘s. Mit Karamellstückchen.“
Vom Bett aus suchte sie die Blaumeise im Kastanienbaum. Bald konnte sie sich von ihr verabschieden. Sie würde dann eine neue Patientin unterhalten dürfen.
Mit der guten Nachricht ertrug sie den Tag viel besser. Am liebsten wäre sie auf den Gang gelaufen, hätte an alle Zimmertüren geklopft und ihren Zellenrekord anderen Patienten verkündet. Sie rief Wolfgang an, der war aus dem Häuschen. Dann schrieb sie Mails an Klaus, Doris und Ronja und freute sich bei jedem Klick auf „Senden“ aufs Neue.
Sandra brachte eine große Kanne Wasser. Zusätzlich zu dem Kamillentee vom Mittagessen. „Von Dr. Tümmler. Einen schönen Gruß.“ Anna hätte lieber eine Tasse Kaffee gehabt. „Sieht gut aus.

Das mit dem Tuch", sagte die Schwester mit einem Augenzwinkern in der Schleusentür.
Dort stand schon Oliver, in Nadelstreifenanzug unter dem grünen Kittel, mit einem Riesenblumenstrauß und zwei Bechern Ben's & Jerry's Eiscreme. Den Blumenstrauß musste er Sandra sofort wieder abgeben.
Anna lachte. „Lieb von dir, aber Blumen auf der Onk-1…".
„Wollte dir gratulieren. Du hast es geschafft." Anna sah die Hoffnung in Olivers Augen. Sie hatte endlich die gefährlichste Zeit überstanden.
„Du hast tatsächlich an das Eis gedacht."
Anna öffnete den Deckel ihres Bechers und nahm einen Löffel. Genüsslich schloss sie die Augen. Die kühle Creme war wie Salbe in ihrer geschwollenen Kehle.
Zur Feier des Tages blieb Oliver länger als sonst, und sie sahen zusammen fern. Zum Abschied hauchte er ein Küsschen von der Zimmertür durch den Raum. Anna war sicher, dass sie den Luftzug auf der Wange spürte.

Teil III

Kapitel 16

Anna wurde am 8. Juli, am Tag + 25, fast fünf Wochen nach ihrer Aufnahme in Station Onk-1 entlassen. Sie sah sich ein letztes Mal in dem Zimmer 007 um.
Sie hatte es tatsächlich geschafft, diese Zeit in einem tristen, sterilen Krankenzimmer mit zwei Betten, einem Infusionsständer, einem grau gefliesten Badezimmer und zwei DIN A4 Fotografien zu verbringen, ohne verrückt zu werden.
Lange Wochen mit hundertmaligem Händewaschen, etlichen Mundspülungen, aufmunternden Worten von fremden Pflegern, Blutwerten auf weißem Papier gedruckt. Mit Menschen, die ihr viel über Zellen, Immunsystem und Keimfreiheit beigebracht hatten. Aber Menschen, die wenig Zeit hatten, sich mit der Angst eines Patienten zu beschäftigen, dessen Leukozyten das Niveau null erreicht hatten, und der fürchtete, die wenigen Sonnenstrahlen, die durch die Glasscheiben der Aachener Gesundheitsfabrik drangen, nie wieder live erleben zu dürfen.
Anna schlich um das leere Bett herum und hielt sich bei jedem Schritt fest, um nicht zu stürzen. Dass sie heute so schwach war, hatte sie sich bei ihrer Aufnahme nicht vorgestellt – aber war das jetzt noch wichtig? Sie hatte es geschafft.
Sandra kam herein und brachte ihr einen Beutel mit Medikamenten und einen genauso großen Sack an guten Ratschlägen. Sie sollte an die Keimfreiheit denken, damit ihr schwaches Immunsystem nicht sogleich wieder in die Knie gezwungen wurde. Das war logisch, aber würde Anna das zuhause gelingen?
Anna nahm die DIN-A4-Fotos von der Wand und den silbernen Löwen aus der Schublade und legte ihn in einen dunkelroten Samtbeutel. Im Bad kontrollierte sie ihre Habseligkeiten. Die verhasste Mundspülung wurde durch eine andere für Zuhause ersetzt. Anna war sicher, dass sie auch diese verabscheuen würde.

„Alles Gute, Frau Wunderle“. Sandra drückte ihr, allen Vorsichtsmaßnahmen zum Trotz, die Hand. „Lesen Sie sich den Flyer zur Ernährung gut durch. Und toi toi toi, nicht unterkriegen lassen!“ Anna nickte und sah der rundlichen Schwester ins freundliche Gesicht. Sandra hatte ihr die fünf Wochen mit vielen Berichten über Wind und Wetter und Klatsch und Tratsch aus der Klinik versüßt. Anna drückte ihre Hand fest und sah die Wehmut in Sandras Augen. Sie wusste, sie hätten beide eigentlich eine Umarmung gebraucht.
Fünf Wochen lagen zwischen der Ankunft und heute. Es kam Anna unfassbar lange vor. An dem Tag, an dem ihre Zellen in Rekordzeit angewachsen waren, hatte sie begonnen, die Tage zu zählen. Stefan erzählte, es gäbe Patienten, die Tag für Tag Maßbänder abschnitten. „Wie bei der Bundeswehr“, lachte Wolfgang, als sie ihm davon berichtete. Anna zählte anders. Sie machte Striche in ihrem Wölkchen-Kalender. Nachdem sie die ersten fünf Striche hatte, wurde ihre Isolation aufgehoben, und sie durfte das Zimmer verlassen. Oliver hatte sich einen Spaß gemacht, sie zu persönlichen Anna-Höchstleistungen anzutreiben. Mehr als einmal den Gang rauf und runter schaffte sie in den verbleibenden Wochen nicht.

Der Abschied von Dr. Tümmler am Tag zuvor war kurz gewesen. Er bestellte sie gleich für den nächsten Kontrolltermin in der darauffolgenden Woche in die Ambulanz ein. „Patienten nach Transplantation werden engmaschig von uns begleitet.“ Anna freute sich, dass sie offensichtlich weiterhin das Glück hatte, von dem attraktiven Arzt mit dem dunklen Bart betreut zu werden. In Zukunft dann hoffentlich in einer schicken Bluse und frisch gewaschenen Jeans, anstelle von Schlafanzug und Schüttelfrost.
Vor der Stationszentrale blieb sie stehen und sah wie Oliver mit den Schwestern scherzte. Er lachte laut auf, als Anna auf Sandra gestützt angeschlichen kam. Verlegen ließ er die junge Schwester hinter dem Tresen stehen und nahm Anna an der Hand. „Komm, ich helfe dir“, sagte er, und zog sie kräftig über den Gang. Anna bemühte sich, sich noch einmal umzudrehen und den Pflegern zuzuwinken, dabei wäre sie beinahe über ihren Koffer gefallen.

„Hey. Wir haben keine dringenden Termine“, sagte sie scharf zu ihm. Er zog tief die Luft durch die Zähne, verlangsamte aber seine Schritte. Die Glastür der Station fiel hinter ihnen ins Schloss.
Dann war es soweit und sie rollten in Olivers BMW durch die Krankenhaus-Schranke. Eine normale Straße. Anna konnte den Blick nicht von den saftigen, grünen Wiesen abwenden, die die Bundesstraße säumten. Es gab sogar Kühe. Auf der Gegenfahrbahn heulte ein Martinshorn, der Notarztwagen fuhr kreischend um die Kurve Richtung Klinikum.
Sie hatte es geschafft. Anna legte die Hände in den Schoß und sog die Klimaanlagenluft des Wagens ein. Besser als gefilterte Krankenhausluft. Besser, weil real, lebendig. „Ich bin froh, dass ich draußen bin“, sagte sie. „Und fast ein bisschen stolz.“
Oliver lächelte zufrieden. „Wir haben es geschafft, Anna“, sagte er und zwinkerte ihr zu. Dann legte er wieder seinen „Ich-bin-konzentriert-Blick“ des Autofahrens auf. Anna wollte gerne Musik hören. Ein wenig Ed Sheeran wäre schön. Oder Coldplay. Das normale Leben war greifbar wie nie, im Auto auf der Landstraße, Sonnenstrahlen, die durch die Scheibe drangen, und die sie einfach auf der Haut spüren könnte, wenn sie das Fenster herunterkurbelte. Das nicht mit einem Sicherheitsschloss verschlossen war.
Statt Coldplay lief Lady Gaga im Radio. Der Song mit Bradley Cooper berührte Anna, und sie fing leise an, mitzusummen. Sie hatte kaum Luft für Gesang. Oliver sah sie von der Seite an. Sie wusste, dass er es nicht mochte, wenn sie im Auto sang, doch sie summte weiter, bis ihr schwindelig wurde.
Noch 24 Kilometer, dann war sie zuhause. Sie wollte sich freuen - auf was genau, wusste sie nicht. Neben ihrer Auffahrt zum Haus vollführten wildwachsende Fuchsien in der leichten Sommerbrise einen Willkommenstanz. Die Nachbarin hatte die Hecke geschnitten, man konnte jetzt bis in das Wohnzimmer hineinsehen und die zwei Kaffeetassen sehen, die auf dem Tisch standen. Ein Cockerspaniel hopste durch den Garten und hob das Bein an der Schaukel – ein Überbleibsel der Nachbarskinder, die längst zum Studieren in andere Städte gezogen waren. „Der Hund unserer lustigen Frau Schmitt ist

aber groß geworden! Der war doch noch ein kleiner Welpe", staunte Anna. Sie und Oliver hatten sich oft über die ältere Nachbarin mit dem niedlichen Hund unterhalten, die auffällig bunte, verrückte Kleidung zu tragen pflegte.
„Schon länger. Du hast ihn nur nie gesehen, so wenig, wie du zuhause warst. Seit zwei Wochen bellt er jeden Morgen um sieben. Ich brauche keinen Wecker mehr."
„Wie süß der ist! Schau doch mal die lustigen Schlappohren!"
Oliver rannte um das Auto herum, um Anna aus dem Sitz zu helfen. Es dauerte lange, bis sie sich herausgeschält hatte, dann wankte sie auf das Reihenhaus mit den hübschen weißen Sprossenfenstern zu. Die bunt blühenden Pfingstrosen in der Tonschale, die sie vor ihrer Abreise gepflanzt hatte, waren nur noch traurig herabhängende verwelkte Stängel. Die roten Blütenblätter pappten an dem Blaustein der Kacheln fest wie dunkle Blutstropfen.
„Voilà, meine Kleine. Willkommen zuhause!" Oliver rannte zwischen Auto und Haus hin und her und schleppte Koffer und Taschen einzeln herein. Anna schlich hinterher und musste sich sofort wieder auf die Treppe setzen. Sie sah sich um. Alles und doch nichts war wie immer. Es roch steril, steriler noch als im Krankenhaus, obwohl sie nie in ihrem Leben gedacht hatte, dass es eine Steigerung dieses Geruches geben könne. Die hellgrauen Bodenfliesen mit den blauen Sprenkeln, die Anna selbst ausgesucht hatte, weil sie sie an einen Sternenhimmel erinnerten, blitzten, als wären sie neu. Auf dem silbernen Stahlgeländer im Treppenhaus war kein einziger Fingerabdruck. Das Garagentor fiel mit lautem Knall zu, und Oliver hüpfte über die Stufe am Eingang. Endlich fand Anna die Kraft, ein paar Schritte in das Wohnzimmer zu wanken, wo sie der Schreck wie ein Blitzschlag durchfuhr. Die Ordnung in diesem Zimmer fühlte sich an wie ein Schlag in ihr Gesicht. Die Bücher waren nach Farben geordnet. Die Küche war blitzeblank, auf dem Küchenblock stand kein einziges Glas, geschweige denn ein Topf mit Essen, oder ein Brettchen, auf dem ein Apfel für die Meerschweinchen geschnitten worden war.
„Wie hast du das denn hingekriegt?" Sie versuchte, ein anerkennendes Gesicht zu machen.

„Habe die Putzkolonne aus der Kanzlei hier durchgeschickt. Und ein bisschen aufgeräumt. Ab jetzt muss alles blitzesauber sein." Oh Gott. Da kamen schwere Zeiten auf sie zu.
„Sauber?" Sie setzte sich an den Tisch und sah zum Meerschweinchen-Stall vor dem Fenster.
„Naja, keimfrei halt."
In der Broschüre zu Verhalten und Ernährung nach Transplantation stand alles drin, was sie nun wissen musste für ihr neues Leben. Anna zog sie aus der Handtasche und legte sie in den Zeitungsständer mit den alten Zeitungen, dem einzigen Gegenstand, der Rückschlüsse auf das Wohnen einer menschlichen Person hier zuließ. Sie würde später dort hineinschauen.
Dann sah sie sich weiter in ihrem keimfreien Zuhause um und wusste nicht, ob sie sich damit anfreunden konnte. Die beiden großen, weichen Berberteppiche im Wohnbereich waren verschwunden. Ohne warme Rutschsocken oder dicke Filzpantoffeln sah sich Anna schon mit kalten Füßen hier sitzen. Die Sonne ging langsam hinter der Hecke des Nachbarhauses unter, es wurde dämmrig. Oliver machte Anstalten, die elektrischen Rollläden herunterzulassen, in Anna rebellierte es. Sie fühlte sich abgeschirmt, eingesperrt.
„Wollen wir Wolfgang anrufen? Er könnte doch vorbeikommen."
„Der ist wandern im Teutoburger Wald. Sind doch Sommerferien."
„Dann lass uns mit Ronja skypen." Irgendjemand musste doch mit ihr sprechen wollen, der nicht Oliver hieß und nur Sauberkeit und Ordnung ausstrahlte.
„Ronja ist in der Uni. Die erreichst du erst um Mitternacht, ich glaube, das schaffst du nicht. Wir machen es uns jetzt gemütlich, wir zwei." Oliver ging zum Schrank und holte einen schwarzen Karton. „Ich habe etwas für dich."
Zögernd hob Anna den Deckel und nahm einen Rucksack heraus. Sie öffnete die beiden Vorderverschlüsse mit einem leisen Klicken. Es war ein leichter Rucksack in heller Baumwolle mit blau-gemustertem Futter, auf dem Möwen aufgedruckt waren. Das Design der Tasche war umwerfend, mit einem kleinen Reißverschluss auf der Rückseite für ein zweiteiliges Innenfach. „Für Handy und Ladekabel, damit du beides nicht immer suchen musst."

Sie sah ihn an. „Für unsere Reise?"
Er nickte. „Gefällt er dir?"
„Er ist wunderschön. Du weißt, dass das nicht nötig gewesen wäre, oder?"
„Ich wollte dir etwas schenken, das uns nach vorne schauen lässt."
Anna fühlte, wie müde sie war. Dennoch ging sie auf ihn zu und lehnte sich an ihn. Es war schön, seine kräftigen Arme zu spüren. Als ihre Beine unter ihr schwach wurden, schob sie ihn von sich.
„Hast du Hunger? Du brauchst heute nicht zu kochen. Ich kümmere mich um alles."
Dass Oliver etwas kochte, war in zehn Jahren nicht mehr als dreimal vorgekommen. Er werkelte lautstark in der Küche, Anna fielen auf dem Sofa fast die Augen zu. Es war eigenartig – sie war wieder zuhause und konnte sich dennoch nicht freuen. Sie fühlte sich unselbständig, bevormundet.
Oliver lud viel mehr Essen auf Annas Teller, als sie in drei Tagen zusammen essen konnte. Die Kartoffeln waren mehlig gekocht, die dazugehörige Sauce brannte wie Feuer auf ihrem wunden Zahnfleisch. Nur das Fleisch mochte sie, es war so weich gebraten, dass sie es kauen konnte, ohne Schmerzen zu empfinden. Oliver prostete ihr mit Rotwein zu, Anna stieß mit Kamillentee an, den er ihr unaufgefordert dazugestellt hatte. Sie stocherte in dem zerkochten Blumenkohl herum, der ihr nicht schmeckte, aber mild gewürzt. Als sie ein paar Minuten später alles probiert hatte, legte sie ihre Hand auf Olivers und sah ihm in die Augen. „Danke fürs Kochen. Ich weiß das zu schätzen. Aber die Chemo…" Es zuckte in seinen Augenwinkeln, dann verstand er.
„Dir ist immer noch schlecht?"
„Ich muss mich hinlegen. Sei mir nicht böse." Er nickte und räumte das Geschirr in die Küche.
In der oberen Etage des Hauses war alles anders. Kalt und leer. Anna nahm ihre Mundspülung, schluckte die letzten zwei Tabletten und schleppte sich in ihr Bett. In ihrem Mund brannte es wie Feuer, und sie glaubte, unter der Erschöpfung zusammenzubrechen. Sie warf die Bettdecke über ihren Kopf und knipste alles aus. Den Körper, das Zimmer, das Haus, sich selbst. Abschalten, um nichts mehr zu spüren.

Kapitel 17

Eine Woche später hatte Anna sich an ihr steriles Zuhause gewöhnt. Oliver nervte in seinem Sauberkeitswahn, er wischte und putzte um sie herum und hielt sie täglich an, sich die Hände zu waschen. Dabei kam niemand Fremdes zu Besuch. Annas gesundheitlicher Zustand beschäftigte sie so sehr, dass sie ihr Unwohlsein im eigenen Haus gar nicht mehr beachtete. Sie verbrachte an Wochentagen die Zeit meist allein auf dem Sofa, mit kaum anderen Dingen als in der Klinik. Lesen, schlafen, dämmern – nur dass hier niemand vom Pflegepersonal nach ihr schaute. Die Übelkeit ließ langsam nach, und Anna begann wieder mehr zu essen, von richtigem Appetit konnte nicht die Rede sein.

Heute, am Freitag, strahlte sie, weil sie am Morgen eine Nachricht von Doris auf dem Handy gefunden hatte. „Hi Anna, wie geht‘s, wie steht's?"

„Bestens, ich lasse mich den ganzen Tag von meinem Mann mit Kamillentee verwöhnen und warte darauf, nach einem grässlichen keimfreien Fertiggericht meine Tabletten, so groß wie Cherry-Tomaten, zu schlucken, und die Mundspülung zu gurgeln, die nach Farbstoff und Chemie schmeckt", schrieb Anna zurück.

„Kann man dich besuchen? Oder nächste Woche Chor?"

Anna antwortete kurz. „Besuchen – leider nicht. Und Chor ist undenkbar."

„Mir ist es langweilig. Bernd ist drei Wochen am Stück verreist. Eine Party wäre mal wieder schön…"

Anna wusste nicht, was sie darauf schreiben sollte. Nach Partys stand ihr nicht der Sinn.

„Was ist mit deinem Geburtstag am 2. September? Du wirst 50…" Doris setzte lauter Sektgläser und Raketen-Emojis dahinter.

„Würde ihn gerne feiern. Aber bis dahin muss hier noch viel passieren."

Anna beendete den Chat. Sie holte ihren Kalender und zählte die Tage bis zu ihrem Geburtstag. Es waren noch ziemlich viele, fand sie.

Ihr Handy brummte erneut, es war Ronja.
„Hey Mom! Wie schön, dass du endlich daheim bist!“
Anna winkte und lachte in die Kamera. „Stell dir vor, Papa versorgt mich mit Essen.“
„Incredible. Can't imagine that. Aber Mom, denkst du daran, nichts Rohes zu essen, weder Salat noch Gemüse oder gar Fleisch, Mama?“
Es musste kurz vor Mitternacht in Arizona sein, sie saß in ihrem dämmrigen Zimmer auf dem Bett, über dem ein großes Foto vom Grand Canyon zu sehen war.
„Und auf das Mindesthaltbarkeitsdatum achten! Nichts verwenden, was drüber ist!“ Ronja begann lange und ausführlich über das Leben in Keimfreiheit zu sprechen.
„Keime in der Nahrung sind super gefährlich für dich! Willst du unbedingt eine Gastroenteritis oder eine Kehlkopfentzündung haben?“
„Okay, okay…“ Das Gespräch hatte Anna sich etwas anders vorgestellt.
„Wichtig ist auch, dass ihr jetzt alles in der Spülmaschine spült. Nichts mehr mit der Hand und mit Spüllappen von Anno dazumal.“
„Was ist mit Tieren, Ronja? Weißt du das auch?“
„Lass Papa die Meerschweinchen sauber machen. Er macht das bestimmt gerne.“
Bestimmt. Anna hatte seinen Blick gesehen, mit dem er täglich den vollgepinkelten Wassernapf aus dem Stall holte.
„Wusstest du, dass unsere Nachbarin jetzt einen Hund hat. Ich muss schnellstmöglich zu ihr gehen, um ihn zu streicheln.“
„Och süß! Hunde sind kein Problem. Doch um Katzen machst du bitte einen Bogen.“
Anna wollte noch nach dem Grund fragen, aber Ronja war nicht zu bremsen „Und halte dich von anderen Menschen fern! Bloß keine Umarmungen, Küsschen hier, Küsschen da, oder so!“ Ihre Stimme war ernst.
Bevor Anna etwas erwidern konnte, hörte sie lautes Poltern aus Olivers Büro. „Anna, komm mal!“ Er klang drängend.
„Ich muss Schluss machen. Sprechen wir uns diese Woche noch einmal?“

„Sure. Bye, Mommy." Das Handy machte Pling und wurde dunkel.
Anna versuchte langsam, aufzustehen. „Was gibt's?" Sie hielt sich am Türrahmen in Olivers Büro fest, suchte, fand einen Stuhl, um sich sofort dort niederzulassen. „Ich telefoniere mit Dennis, du weißt schon, der von der Sturmvogel aus Scharendijke."
Klar, Dennis war der junge holländische Ingenieur, der sich mit seiner Schwester das Segelboot im Hafen neben der GRACE teilte.
„Möchtest du ihn fragen, ob er mit uns fährt?"
Sie erinnerte sich nur dunkel an das Gespräch, das sie in den letzten Tagen in der Klinik geführt hatten. Sie war so dämmrig gewesen, dass sie Olivers Vorschlag, sich Unterstützung für die Atlantik-Überquerung zu holen, kaum wahrgenommen hatte. Aber wahrscheinlich hatte er Recht. Zu dritt könnten sie es schaffen, auch mit einer transplantierten Anna von Gran Canaria in die Karibik zu segeln.
„Dennis, jetzt ist Anna da."
Oliver redete ungewohnt laut. „Engelchen, er ist bereit, uns zu helfen. Dafür muss er die GRACE aber im Segelbetrieb kennenlernen."
Anna zog die Augenbrauen hoch.
„Ist es okay, wenn ich in zwei Wochen hochfahre, und mit ihm `nen Schlag segeln gehe, oder?"
Anna sank in den Sessel. Klar, dass Oliver mal raus wollte. Einmal etwas anderes sehen und hören als Krankenbett, Tabletten und Arztgespräche. Sie nickte stumm.
„Was meinst du, Dennis? Haha, das stimmt…!" Oliver lachte laut, schlug mit der Hand auf die Tischplatte und warf sich im Drehstuhl zu Anna herum. „Er sagt, er müsse üben, damit er bei der Atlantik-Überquerung nicht gegen ein Hindernis schippert! Ha, super, was?"
Anna sah ihn sprachlos an. Er sah aus, wie damals vor vielen Jahren, als sie ihn kennengelernt hatte. Eine Ewigkeit her, so kam es ihr vor. Selbstbewusst, jovial, alles unter Kontrolle – und vor allen Dingen fröhlich. Sie ging zu ihrem weichen Sofa zurück, nahm ihre Kopfhörer und stellte sich eine neue Playliste auf Spotify zusammen. Laut hörte sie das erste Lied. „Calm after the Storm." Solange, bis es Zeit war in die Klinik zum Nachsorgetermin zu fahren.
„Diese häufigen Fahrten zur Klinik müssen wir in Zukunft anders lösen", sagte Oliver, als er ihr auf dem Parkplatz vor dem Uniklinikum

aus dem Auto half. „Sobald du kräftiger bist, musst du dir ein Taxi nehmen. Du weißt, ich habe Termine, die nicht verschiebbar sind."
Klar. Verhandlungen am Amtsgericht Aachen richteten sich nicht nach Annas Gesundheitszustand. Anna legte die Hände in den Schoß und sagte gar nichts. Ihr Rücken schmerzte immer noch von der Knochenmarkpunktion ins Becken, die Dr. Tümmler vor vier Tagen durchgeführt hatte. Heute sollten sie das Ergebnis bekommen. Bestimmt war alles gut. Sie hatte ein gutes Gefühl.
Sie schwankte, auf Oliver gestützt, den schmalen Weg an den vielen Autos vorbei auf das gewaltige, drohend aussehende Gebäude zu. Das größte Universitätsklinikum Europas hatte gleichzeitig die höchste Anzahl an Röhren und Leitungen, die innovative Architekten für gut befunden hatten, nach außen zu legen. Anna schaute sich misstrauisch das bunte Röhrengewirr an. Sie hatte eine schlimme Zeit hier überstanden, aber ganz war sie das Klinikum nicht losgeworden.
In der Ambulanz setzte Oliver Anna im Wartezimmer ab, verabschiedete sich hastig mit einem Armdruck. Neben Anna saß ein blondes Mädchen, das ihre Aufmerksamkeit auf sich zog. Sie musste sie die ganze Zeit anstarren. Das Mädchen war höchstens sechzehn, kalkweiß, wie ein Geist und gleichzeitig dürr wie ein Vogel. Wie viel sie wohl wog? Anna sah an sich selbst herunter und erschrak über die Gemeinsamkeiten. Sie hatte einige Zeit am Morgen benötigt, um eine Hose zu finden, die nicht über ihre Hüften rutschte. Vielleicht konnte Dr. Tümmler ihr ja einen Rat geben, wie sie ihr Normalgewicht wieder bekäme.
Der wirkte heute unkonzentriert und blätterte länger als sonst in Papieren auf seinem Schreibtisch.
„Wie geht es Ihnen heute?"
Die Frage war überflüssig. Die Schwester hatte sie fast in das Sprechzimmer hineingetragen, so schwach war Anna an diesem Tag. Ihr Spiegelbild am Morgen war auch durch nichts zu beschönigen gewesen. Graue faltige Haut, eingefallene Wangen, und zu allem Übel noch diese Glatze, von dem heiß geliebten Piratentuch verhüllt.
„Naja…"

Jetzt holte er sich die Ergebnisse der Punktion aus dem Drucker und sah einen Moment zu lang darauf. Was hatte er entdeckt? Anna rutschte unruhig auf ihrem Stuhl hin und her.
Dr. Tümmler blätterte die Seite um. „Wir haben ein kleines Problem."
Anna stockte der Atem. Von Problemen hatte sie eigentlich genug.
„Nichts Schlimmes", hob er den Blick und war jetzt ganz bei ihr. „Es sind noch 1 % Blasten im Blut."
Mist. Schon wieder diese blöden Dinger.
„Aber die Chemo… und die Transplantation…?"
„Mit der Chemo erreichen wir nicht immer hundert Prozent der bösartigen Zellen."
Dr. Tümmler wurde aktiver. Er nahm einen leeren Zettel zur Hand und kritzelte rote Zeichen darauf. „Das sind ihre eigenen Zellen. Und das hier", er machte einen roten Kreis um ein paar sternförmige Gebilde daneben, „das sind die Zellen Ihres Bruders. Die neuen Stammzellen."
Das sah interessant aus.
„Weil die fremden Zellen mit ihren eigenen nicht vollständig kompatibel sind, kommt es nach der Transplantation zu einer Abstoßungsreaktion."
„Aber mein Bruder passte doch zu fast hundert Prozent laut Typisierung?" erinnerte Anna sich.
„Das heißt nichts. Diese Reaktion ist häufig und kann aggressiv werden, deshalb wird sie mit Immunsuppressiva unterdrückt." Er malte Tabletten und Kapseln über die Zell-Sterne.
Anna erkannte die Medikamente mit der komischen Abkürzung CSA sogar in Dr. Tümmlers buntem Gekritzel. Riesengroß, grau, glänzend und dennoch kaum zu schlucken. Sie kratzte sich am Tuch. Vier große Packungen davon hatte sie zu Hause stehen.
„Die Blasten sind diese Zellen hier." Dr. Tümmler fügte ein paar kleinere Sterne in Violett zu der Zeichnung hinzu. Zum Glück waren es nur wenige, die er hinmalte.
„Ihre neuen Stammzellen sind sehr stark. Das ist das Gute an Ihrer jetzigen Situation. Sie können die bösartigen Zellen einfach

wegfressen.“ Er zeichnete das ganze Blatt voll roter Sterne. Dazwischen Pfeile und Blitze.
Anna strahlte. Gewitter in ihrem Blut. Etwas kam ihr komisch vor. „Aber die sind doch von den Medikamenten unterdrückt?“ wandte sie ein.
Dr. Tümmler schmunzelte. „Sie hätten doch Medizin studieren sollen. Genau das ist der Ansatzpunkt.“
„Sie wollen doch nicht etwa die Medikamente absetzen? Jetzt schon, am vierten Tag?“ Anna war ratlos. Dr. Tümmler lehnte sich zufrieden in seinem Stuhl zurück und schob ihr das Blatt mit dem rot-blau-violetten Sternenhimmel rüber.
„Doch, wir setzen die Immunsuppression ab, und bald sind sie von den Restblasten völlig befreit.“
Anna sah ihm an, dass er dies schon öfter vorgeschlagen hatte.
„Es kann sein, dass sie kurzfristig eine verstärkte Abstoßungsreaktion ihres Körpers verspüren. Das ist normal, und kann behandelt werden.“
Wenig später verließ Anna das Besprechungszimmer mit einem Sternenhimmel in der Hand, einem weiteren Termin in vier Tagen, und einem unguten Gefühl in der Magengegend. Die Blasten waren vor einiger Zeit ihr größter Feind gewesen. Der Feind, der sie in dieses große, düstere Klinikum gebracht hatte. Was, wenn sie sich nicht so einfach „wegfressen“ lassen würden?
Auf dem Weg zum Taxi lief vor ihr eine schwarze Katze von links nach rechts über die Straße und brachte einen Krankenwagen zur Vollbremsung.

Kapitel 18

Kimberley war schon wieder skurril gekleidet. Anna bekam beim Zuschauen Bauchschmerzen, olivgrün - wie konnte man als Wettermoderatorin nur eine solche Farbe wählen. Sie passte eher zu einem nassgrauen Herbsttag als zu diesem heißen Juli, der sich seit Wochen im Rheinland hielt und den Eifelern zu einem wahren Jahrhundertsommer verhalf. Da half es auch nicht, dass Annas Kollegin ihr schönstes Lächeln aufgesetzt hatte: Kimberley nuschelte die Wetterdaten undeutlich ins Mikrofon, der Beitrag wurde hauptsächlich von der dunklen Bluse dominiert.

Anna saß seit heute Morgen auf dem Sofa. Der Fernseher, in ihrem früheren Leben vernachlässigt wie ein Waisenkind, wurde nun zu ihrem besten Freund. Die Wettervorhersage von Wetter-TV war ein tägliches Muss – aus Gewohnheit googelte sie schon beim Frühstück die Daten des Deutschen Wetterdienstes. In Gedanken formulierte sie ihre eigene Vorhersage – und ließ sich danach von der Sendung im Fernsehen ernüchtern.

„Heute ist mein Tag", sagte sie triumphierend zu Oliver, der eine leere Kaffeetasse aus dem Arbeitszimmer in die Küche brachte. „Das beste Wetter, um ein paar Schritte rauszugehen."

Sie fühlte sich etwas besser als gestern und wollte die Sommersonne genießen. Bevor ihr die Decke endgültig auf den Kopf fiele.

„Rausgehen?" fragte Oliver und griff nach seiner Aktentasche, um sich auf den Weg ins Büro zu machen. „Du willst alleine raus?"

„Ich muss demnächst ja auch allein klarkommen", erwiderte sie.

„Du gehst nur mit Mundschutz raus, hast du verstanden? Denk an deinen tollen Dr. Tümmler."

Anna runzelte die Stirn.

„An das, was er gesagt hat, meine ich…" Oliver kam zu ihr, und strich ihr sanft mit der Hand über den Kopf. Das war mittlerweile der Ersatz für Abschiedsküsse geworden, wie Anna festgestellt hatte. Die Tür fiel zu, und sie sank seufzend auf dem Sofa zusammen. Zwölf Uhr Mittag. Es waren mindestens 25 Grad draußen und kein Wind,

da bräuchte sie nicht einmal eine Jacke. Gleich würde sie aufstehen, sich fertig anziehen und sich auf den Weg zur Apotheke machen. Nicht so spannend wie ein Besuch am Badesee oder wie ein cremiger Cappuccino auf dem Marktplatz. Sie wollte nur in die Apotheke am Ende der Straße, um die Rezepte von Dr. Tümmler gegen eine neue Flut an Medikamentenschachteln einzulösen, die sie anschließend auf dem Esstisch stapeln konnte.
Um zwei Uhr schaute sie das nächste Mal auf die Uhr. Sie musste eingeschlafen sein. Zu müde, um aufzustehen, schaltete sie missmutig den Fernseher an und schaute einen Tierfilm über springlebendige Erdhörnchen in der afrikanischen Savanne.
Drei Uhr. Noch hatte die Apotheke auf. Wie lange sie wohl für den Fußweg von circa einem Kilometer brauchen würde?
Um viertel nach drei machte sie sich endlich auf. Sie wechselte die Jogginghose gegen eine Jeans, die nur mit Gürtel um die Taille hielt. Ihre nackten Beine sahen aus wie dünne Stelzen. An den Oberschenkeln fand sie blass-braune Flecken. Merkwürdig – die waren neu. Anna strich leicht darüber – es tat nicht weh. Bestimmt von der Chemo, dachte sie, griff Schlüssel und Tasche und verließ das Haus. Den Mundschutz aus der Klinik knüllte sie zusammen und steckte ihn in ihre Hosentasche. So konnte sie Oliver sagen, sie wäre mit Mundschutz rausgegangen.
Die Luft war herrlich, voller Insektengebrumm und Kindergeschrei vom nahegelegenen Spielplatz. Sie kam an der großen Schaukel vorbei und überwand den Drang, sich dort niederzulassen. Nach weiteren hundert Metern blieb sie stehen, hielt sich an einer Straßenlaterne fest und japste nach Luft. Nur nicht aufgeben. Die Hälfte war geschafft.
Als sie die Apotheke betrat, war sie selig. Die Apothekerin kannte sie von den Zeiten, in denen Ronja klein gewesen war und nachts fieberte. Anna legte drei Rezepte auf die Ladentheke und ließ sich auf den Plastikstuhl neben der Theke fallen.
„Hm, das ist sehr viel“, murmelte die Apothekerin und lief nach hinten. Sie kam mit dem Arm voller Schachteln zurück, zeichnete alles auf den Rezepten ab und knöpfte Anna 71 Euro ab. Anna schob die Packungen in ihre Tasche und schlich zur Tür. Ob die Frau anhand

der Medikamente wusste, was für eine Krankheit sie hatte? Was, wenn sie sie erkannt hatte und in der Siedlung herumerzählte, dass die bekannte Wetter-Moderatorin Anna Wunderle schwer angeschlagen war? Unsinn. Apotheker unterliegen einer Schweigepflicht, sagte sie sich, als sie sich auf den Heimweg machte.

Die Straße führte nun bergauf. Und sie war bestimmt länger als auf dem Hinweg. Obwohl Anna sich das beim besten Willen nicht erklären konnte. Nach ein paar Minuten lehnte sie sich an einen Baum. Ihr wurde flau im Magen und ihre Knie weich. Seufzend ließ sie sich auf den Asphalt niedersinken. Ein schwarzer SUV brauste trotz Dreißig-Zone viel zu schnell vorbei, der Fahrer schaute aus dem offenen Fenster und schüttelte den Kopf.

Anna versuchte aufzustehen, knickte jedoch wieder ein, und rutschte mit dem Hintern auf die Fahrbahn. Wenn sie bis zu dem grauen Stromkasten an der Ecke käme, könnte sie sich hochziehen. Ein weiteres Auto kam, fuhr langsamer, hielt an, die Tür klapperte, und schnelle Schritte kamen auf sie zu. Es bellte im Hintergrund, und plötzlich hatte Anna etwas Nasses, Weiches im Gesicht.

„Was…“ Sie wischte sich über die Wangen und sackte erneut zusammen. Durch die Feuchtigkeit hindurch sah sie eine braune Hundeschnauze.

„Frau Wunderle…“ Starke Arme zogen sie von der Straße auf den Gehweg, stützten sie ab und halfen ihr, sich gegen den Elektrokasten zu lehnen. „Was machen Sie denn für Sachen?“

„Die Medikamente...“ Anna deutete auf die Schachteln auf dem Asphalt, die in wenigen Momenten unter dem nächsten Auto zerquetscht werden würden. Die Person sprang auf die Straße, riss die Tüte hoch und gab sie Anna.

Die schob die quirlige Fellnase zur Seite und erkannte ihre Nachbarin an der bunten Regenjacke. „Frau Schmitt…Mir ist nur schwindelig…“

Schlabber, schlabber. Der Hund kletterte auf Annas Schoß und legte seine Pfoten auf ihre Schulter. Sie beugte ihren Kopf leicht vor und verbarg ihr Gesicht in das weiche Fell, damit nicht noch mehr Hundezunge darin landete – und lachte glucksend.

„Entschuldigung, Frau Wunderle! Er ist so ungestüm! Ich bringe ihn ins Auto zurück!“

Anna sah auf. „Ach lassen Sie nur, wirklich. Ich liebe Hunde."
Sie griff nach oben, um das verrutschte Piratentuch wieder zu richten, wahrscheinlich blitzte ihr kahler Kopf in der Sonne. Vergeblich. Eine feste Hand half ihr, das Tuch an die richtige Stelle zu befördern, warme Augen, ein freundliches, warmherziges Lächeln. Frau Schmitt ließ sich nichts anmerken, als sie Anna auf die Beine half. „Was ist denn mit Ihnen passiert?"
Passiert ist gut. Anna dachte an Blasten, an Stammzellen, an Chemo-Infusionen. Wie sollte sie das nur ansatzweise verständlich erklären, hier mitten auf der Straße?
Frau Schmitt griff ihr erneut unter die Arme und schob sie zum Auto. „Ich bringe Sie jetzt nach Hause. Wenn es Ihnen wieder besser geht, erzählen Sie mir alles."
Anna war es schwindelig. Ihr Herz klopfte wie wild. Wer weiß, wie lange sie alleine für den Rückweg gebraucht hätte. Sie war unendlich erleichtert. Die Nachbarin war viel netter, als sie gedacht hatte. An der Haustür verabschiedete sie sich und brachte ein Lächeln zustande. „Vielen Dank. Sie haben mich gerettet." Dann fiel ihr etwas ein. „Ich heiße übrigens Anna."
Die Frau mit dem pfiffigen Kurzhaarschnitt schmunzelte. „Ich bin Marie-Luise. Alle nennen mich Marie." Der Händedruck war warm und herzlich.
„Wenn Sie mich brauchen: Ich bin nebenan." Mit diesen Worten zeigte sie auf ihren Bungalow in Sichtweite. „Komm, Herr Nilsson!"
Anna sah den beiden nach. Herr Nilsson raste von Annas Vorgarten durch eine Lücke im Gartenzaun und flitzte bellend hinter einer Amsel her.
Als Oliver verspätet am Abend aus dem Gericht kam, saß Anna auf einem Hocker in der Küche und bereitete Nudeln mit Pesto vor. Sie verspürte wenig Lust, von ihrem missratenen Ausflug zu berichten, und war erleichtert, dass Wolfgang seinen Besuch angekündigt hatte. Der kam wie immer stürmisch auf Anna zu und ließ sich gerade noch davon abhalten, ihr einen Schmatz auf die Wange gab.
„Hallo, Schwager", kam Oliver von hinten und drückte ihm ein Glas Rotwein in die Hand.

„Ich muss euch von meiner Wanderung im Teutoburger Wald erzählen – es war fantastisch!" Die beiden Männer übernahmen das Regiment in der Küche und tauchten in Jugenderinnerungen über Rucksackreisen und Ferien in Jugendherbergen ein.
Anna fand es zum ersten Mal seit ihrer Rückkehr nach Hause wieder gemütlich. Oliver hatte die Terrassentür geöffnet und Holzscheite in einen Feuerkorb gefüllt, die knackend und zischend vor sich hin glühten. Wenn nur dieses Ziehen in Annas rechtem Oberschenkel nicht gewesen wäre.
„Was ist?" fragte Wolfgang, als sie sich neben den Esstisch stellte und ihr Bein auf und ab bewegte. „Bestimmt die Muskeln, nach dem Marathonmarsch heute Nachmittag…" Anna war nicht wirklich stolz auf ihre Aktion und erzählte verlegen von Frau Schmitt.
„Die Frau hat Recht, Anna. Du bist gerade mal zehn Tage zuhause, und brauchst noch Hilfe."
Auch im linken Bein begann es nun zu ziehen. Muskelkater kam doch immer erst am nächsten Tag?
Oliver brachte drei Portionen Vanilleeis mit prallen, glutroten Himbeeren. Anna hielt es nicht mehr auf ihrem Stuhl aus und aß ihr Eis im Stehen. Immer wieder trat sie von einem Fuß auf den anderen, um die Schmerzen zu lösen. „Du bist ja quirlig, Anna, erst eine Wanderung von einer Stunde, und jetzt eine Mahlzeit im Stehen!" sagte Oliver und grinste. „Wenn du so weiter machst, brauchen wir uns um den Segeltörn keine Sorgen zu machen!"
„Komm' doch einmal mit mir spazieren!" warf Wolfgang ein. „Eine kleine Wanderung im Wald wirkt Wunder. Für Geist und Körper!"
Anna zuckte zusammen. Spazierengehen hatte sie schon immer gehasst. Bevor Wolfgang weitere Gesundheitsphilosophien ausbreiten konnte, stellte sie ihr Eisschälchen auf den Tisch und verabschiedete sich. Sie hatte genug für heute.

Kapitel 19

Am nächsten Morgen wachte Anna spät auf. Mit geschlossenen Augen fühlte sie den Sommertag sich in ihrem Zimmer ausbreiten, die Sonnenstrahlen schienen durch die dicken Vorhänge des Schlafzimmerfensters hindurch. Wie spät es schon war? Oliver hatte sie offensichtlich einfach schlafen lassen. Sie wollte die Augen öffnen, doch das ging nicht. Ihre Augenlider waren schwer, klebrig, wie an den Glaskörper gekittet. Erschrocken zog sie mit den Fingern an den Wimpern, das tat weh. Endlich konnte sie unter den Lidern hindurchblinzeln, das Schlafzimmer in gewohntem Hellblau und Weiß umfing sie mit Behaglichkeit.

Anna richtete sich auf und fuhr sich mit den Händen durch das Gesicht. Irgendetwas war nicht in Ordnung. Ihre Wangen fühlten sich taub und geschwollen an. Mit der Zunge strich sie über ihre Zähne, das Zahnfleisch war straff und heiß.

So schnell sie nur konnte, lief sie die Treppe hinunter und stolperte ins Badezimmer.

Ihr Gesicht war gefleckt, vor allem auf den Wangen und den Hals entlang leuchteten ihr die gleichen Flecken wie gestern auf den Oberschenkeln entgegen. Anna riss ihren Schlafanzug nach oben – da, auch dort bräunliche faustgroße Kleckse, die aussahen, als wenn sie unter einem Netz in der Sonne gesessen hätte. Dazwischen helle Haut – Annas ganzer Körper war gemustert, von oben bis unten, fest und ledrig. Ihre Augen brannten, sie schüttete sich Wasser ins Gesicht und rubbelte mit dem Handtuch, als wenn sie die Flecken loswerden wollte.

„Oliver!!“ schrie sie durch die geschlossene Tür. Sie konnte den Mund kaum öffnen, und ihre Gesichtsmuskeln spannten. Was hatte sie nur? Waren das Masern? Ihre Hand strich über die Wangen, die wie Hamsterbacken aussahen. Oder Mumps?

„Was ist los, Engelchen? Jetzt habe ich dich extra schlafen lassen, und du machst so ein Geschrei?“ Oliver stockte, als er Anna ins Gesicht sah. „Wie siehst du denn aus?“
Anna spürte Tränen hochsteigen. „Ich weiß nicht, was ist das, Oliver?“
Er kam näher und nahm ihr Gesicht in seine Hände. Sanft strich er über die Haut und meinte: „Hm, fühlt sich hart an.“
„Mir tut alles weh. Ich muss sofort Dr. Tümmler anrufen!“
„Das kannst du vergessen – heute ist Samstag!“
Anna schob Oliver zur Seite und suchte das Telefon. „Die Ambulanz KMT bitte. Anna Wunderle – ich bin Patientin bei Dr. Tümmler und…“
Die Dame in der Zentrale stellte sie zur Onk-1 durch. Anna juckte sich die Wangen.
„Dr. Schröder hier, was kann ich für Sie tun?“ Diesen Arzt kannte sie von der Station.
„Mir geht es miserabel.“ In kurzen Worten schilderte sie ihre Hauterscheinungen und den geschwollenen Mund.
„Haben Sie in den letzten Tagen irgendetwas an den Medikamenten geändert?“
Anna stutzte. Na klar. „Dr. Tümmler hat das CSA abgesetzt. Am Mittwoch.“
„Dann ist das eine klassische GvHD, die Sie da haben.“
„Eine was?“ Schon wieder so eine Abkürzung, die Anna noch nie gehört hatte.
„Graft-versus-Host-Disease.“
Die Abstoßungsreaktion. So viel Englisch konnte Anna noch von ihrem früheren England-Aufenthalt, dass sie wusste, was ein Graft und was ein Host war. In diesem Fall war sie der Host. Und der Graft waren Wolfgangs Zellen. Im wahrsten Sinne des Wortes – eine „Versus“-Reaktion.
Anna raufte sich die nicht vorhandenen Haare, zog das Tuch wieder auf den kahlen Kopf und sah entsetzt zu Oliver,
„Dr. Tümmler hat so etwas gesagt. Kurzfristige Abstoßungsreaktion“, erinnerte sie sich.

Aus dem Telefonhörer klang Dr. Schröders dumpfe, sichere Stimme. „Kommen Sie bitte sofort in die Ambulanz, wir müssen Ihnen Cortison verschreiben. Mit einer GvHD ist nicht zu spaßen."
Anna legte auf. Sie würde später ausnahmsweise einmal im Internet nachlesen, was es mit einer GvHD auf sich hatte.

*

Neben einer Packung mit 100 Tabletten Cortison gab Dr. Schröder Anna eine große Flasche mit einer weißen Lotion mit, die sie großflächig anwenden sollte. „Für die betroffene Haut, überall, mehrmals täglich." Als sie die dicke, feste Creme auf ihren Nacken und in ihr Gesicht schmierte, wurde ihre Haut klebrig und glänzend. Anna hatte den ganzen Tag einen Kloß im Hals, rannte mehrfach vor den Spiegel, um zu prüfen, ob die Flecken verschwanden, und verließ schnell wieder das Bad. Essen konnte sie nichts, der Appetit war ihr vergangen.
„Ich habe dir eine Kiste besorgt, Engelchen." Oliver saß nach dem Abendessen vor einer großen weißen Plastikbox. „Für Deine Medikamente!"
Sie ignorierte seinen triumphierenden Blick und hob den Deckel. „Da passen ja ganze Schubladen-Ladungen an Pillen hinein..."
Er wollte gelobt werden. Dennoch brachte Anna nur ein saures Lächeln zustande und begann, ihre Tabletten einzuräumen. Oliver schaltete eine politische Fernsehdiskussion an und verzog sich auf das Sofa.
„Du hast noch gar nicht gefragt, was der Arzt gesagt hat."
Oliver stellte den Fernseher leise. „Hab' doch gesehen, dass du Cortison genommen hast. Morgens und abends."
„Mindestens einen Monat lang. Dann können wir es vielleicht absetzen, hat Dr Schröder gesagt. Hoffentlich wirkt es schnell. Die Haut fühlt sich grässlich an. Wie ein ..."Anna überlegte, wie sie es erklären sollte. Panzer war nicht das richtige Wort. „Wie eine Tauchermaske. Ständig Latex im Gesicht."
Oliver sah von seiner Sendung auf. Sein Blick war angewidert. „Echt? Das geht bestimmt wieder weg."

„Ich konnte mir noch nicht einmal die Zähne putzen, so weh tat es im Mund."
„Hm." Auf dem Bildschirm kam Oliver Merz ans Mikrofon.
„Hast du nicht gemerkt, dass ich kaum etwas gegessen habe?"
„Hm. Ja." Oliver starrte weiter auf den Monitor.
Anna ging aus dem Zimmer und sah, dass er ihr nicht nachblickte. Womöglich hatte er keine Lust auf Erzählungen über Schmerzen und trockene Haut.
Sie zog den weichen Frottee-Schlafanzug an mit den drollig aussehenden Schäfchen, den sie sonst immer trug, wenn sie eine Erkältung hatte. Ihre Haut schien aufzuatmen, als sie den kuscheligen Stoff sanft über ihre Schulter gleiten ließ. Vielleicht half das Cortison ja in ein paar Tagen. Anna erinnerte sich an ihre Mutter, die das Steroid wegen einer Lungenkrankheit jahrelang hatte nehmen müssen. Seufzend ging sie zum Fenster. Sie konnte sich noch gut an das aufgedunsene Gesicht erinnern, das ihre Mutter über Monate gequält hatte.
Sie öffnete das Fenster im Schlafzimmer und sah auf das Maisfeld, das sich unter ihr im leichten Sommerabendwind hin und her wiegte. Dahinter erstreckte sich der Roetgener Wald. Von Ferne hörte sie Gewehrknallen, was in ihr eine Mischung aus Angst und Ehrfurcht verursachte. Obwohl sie mit einem passionierten Jäger in der Familie aufgewachsen war, würde sie nie verstehen, wie man stundenlang des Nachts im Wald damit verbringen konnte, Tiere abzuschießen.
Sie legte das Gesicht auf ihr Kopfkissen und fühlte immer noch das Kratzen auf der Haut. Graft-versus-Host. Die Worte wirbelten in ihrem Kopf herum und halfen ihr dennoch nicht, zu verstehen.
`Die Therapie einer akuten GvHD richtet sich nach deren Schweregrad. Bei Vorliegen eines Grades II ist eine immunsuppressive Therapie auf der Basis von Kortikosteroiden indiziert. ' Anna las und las, verstand immer besser, was bei der Abstoßungsreaktion in ihrem Körper passiert war. Doch über die zu erwartende Dauer fand sie nichts. Von vier Wochen bis zu mehreren Jahren war alles erwähnt.
Oliver schien das Ganze ja nicht zu interessieren. Anna schmiss sich auf die andere Seite des Bettes und warf seinen Schlafanzug, der sich

unter ihr Kopfkissen verirrt hatte, auf den Boden. Früher war das anders gewesen. Sie hatte es so geliebt, wenn er nur da saß und ihr zuhörte, wenn sie von den Fernsehauftritten, den Kollegen, dem Lob ihres Chefs erzählte. Nur ab und zu hatte er ein „Klar, gut gemacht" oder „Finde ich auch" eingeworfen. Oliver hatte die Gabe besessen, mit strahlend blauen Augen seine Verbindung zu ihr auszudrücken und ihre Erzählungen aufzusaugen. Wie lange war das her?
Sie hatte sich mit ihm wohl gefühlt, mit ihren wenigen Gemeinsamkeiten, dem Segeln und ihrer Fürsorge für Ronja. Ihr Alltag funktionierte: Jeder machte seinen Job, lebte sein Leben, erledigte seine Pflichten. Aber vor dem Schlafengehen traf man sich, bei einem späten Snack in der Küche, auf der Couch, im Schlafzimmer, und Anna konnte alles loswerden, was sie beschäftigte und bedrückte.
Anna rollte sich auf die Seite. Heute Abend hatte es nicht funktioniert. Vielleicht gab es jetzt einfach zu viel Krankheit in ihrer Beziehung. Sie wollte ihn danach fragen, als er nach kurzer Zeit neben das Bett trat und den Schlafanzug anzog.
Doch Oliver sah Anna mit einem befremdlichen Ausdruck im Gesicht an, der sie zurückschrecken ließ. Seine Mundwinkel zuckten verächtlich nach unten.
„Du findest mich hässlich", sagte sie schluckend.
„Du glänzt wie eine Speckschwarte", sagte er.
„Ich finde es auch nicht toll, mich mit dieser Creme voll schmieren zu müssen."
„Warum machst du es dann?" Er sah abgestoßen aus.
„Weil es mir guttut. Die Haut ist so trocken wie bei einem Elefanten."
„Na, dann muss ich ja aufpassen, dass der Elefant mir nicht auf der Nase herum trampelt", sagte er und hauchte ihr einen Kuss durch die Luft, bevor er sich auf seine Bettseite drehte, möglichst weit weg von Annas eingecremtem Gesicht.

Kapitel 20

In den nächsten Tagen kämpfte Anna mit der Tauchermaske, die sich auf Hals und Nacken ausbreitete wie ein kleines hässliches Monster mit Glubschaugen, gehässigem Blick und großen Häuten zwischen den Zehen, die auf ihrer Haut hafteten wie ein Klebezettel auf einer Pinnwand. Sie schleppte sich durch die Wohnung, schmierte sich stündlich ein und nahm täglich ihre Tabletten aus Olivers Kiste. Sie flehte diese kleine weiße an, die Prednisolon 40 mg hieß, schnell zu wirken. Dr. Tümmler, den sie mehrfach anrief, beruhigte sie. „Sie müssen Geduld haben. Eine GvHD ist nichts, was in zwei Tagen wieder verschwindet."

Nach einer unruhigen Nacht am Donnerstag stand sie um sechs Uhr auf und fand Oliver im Hausflur schon mit Segeljacke, Kappe und Segelshorts an der geöffneten Haustür. Von draußen wehte ein leichter, warmer Wind ein paar Blätter über die Auffahrt.

„Engelchen, habe ich dich geweckt?" Er strahlte.

Als Anna in seiner Hand die Tasche mit Kompass, Bootsschlüssel, Sonnenbrille und Badehose sah, fiel es ihr wieder ein. „Ach, du musst schon weg?"

„Ich habe dir sogar etwas gekocht. Suppe steht auf dem Herd."

„Lieb von dir." Anna lächelte gequält. Sie würde den Pizzaservice anrufen, und sich eine heiße, absolut keimfreie, große Pizza Margherita bestellen, die bis Sonntag ihr einziges Nahrungsmittel sein sollte.

Oliver fuhr sich mit der Hand durch die vom Duschen strubbeligen Haare. Sie sah Details in seinem Gesicht, die ihr schon lange nicht mehr aufgefallen waren. Die dunklen Wimpern, und die wenigen hellen Sommersprossen, die sich zu Beginn eines jeden Sommers auf seinen Wangen andeuteten.

Er warf ihr einen Handkuss durch die Luft zu. „Ich schicke dir ein Foto von der GRACE. Das wird dich schnell gesund machen!" Damit verschwand er durch die Tür und Anna sah ihm durch das Küchenfenster nach. Sie fuhr sich vorsichtig mit der Zunge über ihr

geschwollenes Zahnfleisch. Von dem Status „Gesund“ war sie so weit entfernt wie ein Koala von einem Eisbären.
Es sollte heiß werden heute, es war das erste Augustwochenende in Nordrhein-Westfalen. Wie gut, dass Oliver so früh loskam, denn die Straßen würden voll von beladenen Autos mit Eltern und zwei bis drei zappelnden Kindern auf den Rücksitzen sein. Während viele Deutsche zu Beginn der Sommerferien die Südroute wählten, hatten sich Anna und Oliver mit Ronja jedes Jahr zu den Aachener und Heinsberger Autos auf die A4 hinter der Grenze in die Niederlande in den Stau gestellt. Ferien mit der Familie, der Himmel in vielen Sommerfarben, schwüle Ferientage, Wind, der Schaumkronen auf dem Meer bildet - sie hatte es so geliebt. Anna spürte ein Ziehen im Bauch – ja, sie wäre gerne mitgefahren in den Hafen, wo die GRACE lag. Sie wäre gerne auf das schwankende Boot getreten, das sich unter jedem Schritt ein wenig nach backbord oder steuerbord neigte. Hätte sich gerne den Wind um die Nase wehen lassen, den Blick über das Wasser gleitend den kreischenden Möwen nachgeschaut und abends in die dreieckige Koje unter zwei Daunen- und eine Wolldecke gekuschelt.
Die Stille im Haus bedrückte sie. Im Computer suchte sie zunächst nach Artikeln zur GvHD. Die Liste mit den Segelblogs, die Oliver ihr aufgeschrieben hatte, legte sie in die Schublade. Der Segeltörn erschien ihr weiter entfernt denn je.
Die Seite der DKMS war am ausführlichsten. Es gab eine Darm-GvHD, eine Haut-GvHD und eine Leber-GvHD. Den Symptomen nach wäre ihr die Leber-GvHD am liebsten gewesen. Dann wären ihr die Flecken und der Hautpanzer im Nacken erspart. Aber das Leben war kein Wunschkonzert.
Anna suchte Beispiele, das meiste erschreckte sie. Von starken Schmerzen im Mund war die Rede, Komplikationen durch Infektionen, Lungenentzündungen, monatelangen Krankenhausaufenthalten, lebensgefährlichen Situationen. Sie klappte den Rechner zu. Sie hatte doch Glück gehabt. Es hätte noch viel schlimmer kommen können.

Das leere Haus hüllte sie ein wie eine stumme flauschige Wolke. Nur der Wasserhahn tropfte, keine anderen Geräusche waren zu hören. Wo war das Leben, das Lachen, die Musik, die Gespräche?
Sie rief Wolfgang an, und fragte, ob er sie an diesem einsamen Wochenende besuchen käme. Doch ihr Bruder war auf dem Weg zu einer naturkundlichen Führung in das hohe Venn. „Es ist herrlich hier, die Farben sind unglaublich", sagte er und sie hörte Stimmengewirr seiner Mitwanderer im Hintergrund.
Dann schrieb sie Doris eine Nachricht ins Handy.
„Alles paletti? Wie war das Chorkonzert?"
Piep piep. Doris antwortete sofort. „Sorry, dass ich mich nicht mehr gemeldet habe. Bernd war in Rio, und ich konnte kurzfristig mit. Eine totale Sause. Tolles Hotel. Drei Tage Copa Cabana."
Pause. Anna sah aus dem Fenster. Im Garten stand der Käfig mit den Meerschweinchen, die friedlich das von Oliver frisch gemähte Gras mümmelten. Doris und Bernd hatten keine Kinder, dafür hatte Bernd als Pilot der Lufthansa einen ausgesprochen aufreibenden Job, den er und Doris stets für Kurztrips in die weite Welt nutzten. Piep piep.
„Wie geht es dir?"
„Ich vermisse Dich, den Chor und die anderen."
„Du Arme. Sollen wir kommen und dir etwas vorsingen?" Smiley lachend, Smiley mit Lachtränen.
Anna schob das Handy weg. Sollte sie jemand anderes anrufen? Oder weiter im Internet nach Patientengeschichten suchen? Ihr fiel nichts mehr ein. Die Langeweile kroch in ihr hoch wie eine Flutwelle, die den Sandstrand überrollt. Sie schlich in die Küche, setzte Teewasser auf und holte eine Tasse aus dem Schrank. Sie rutschte ihr aus der Hand und zerschellte auf dem harten Fliesenboden. Wütend schmiss sie den kleinen Teller hinterher. Die Scherben auf dem Boden verschwammen vor ihren Augen. Sie ließ sie einfach liegen und ging ohne Tee zum Sofa zurück.
Da klingelte es an der Tür. Anna überlegte kurz, ob sie sich schlafend stellen sollte. Wer sollte das schon sein. Doch sie war zu neugierig. Als sie öffnete, fand sie eine lachende Doris in einem gestreiften Sommerkleid vor der Tür. Sie hatte einen Strauß Sommerblumen und

eine Plastikschachtel in der Hand und riss die Arme hoch. „Tatada! Da bin ich!" Anna machte große Augen und bekam die Blumen in die Hand gedrückt. „Dahlien – die magst du doch so gerne!"
Anna war gerührt – sie schluckte, reichte Doris eine Vase und bat sie, den Strauß auf die Terrasse zu stellen. Auf die Fragezeichen in Doris Augen meinte sie nur: „Naja, Blumen. Sind nicht keimfrei…" Zum Glück hatte sie sich heute Morgen sorgfältig geschminkt, sodass ihre Freundin die blöden Flecken im Gesicht nicht gleich bemerkte.
„Wie toll, dass du gekommen bist!" Gleichzeitig reichte sie ihr einen Mundschutz.
„Man o man, du hast aber abgenommen", sagte Doris, nachdem sie sich das Stofftuch umgebunden hatte. „Da hatte ich ja die richtige Idee! Schau mal, was ich dir mitgebracht habe: Sushi!"
Sie holte zwei Teller und zwei Weingläser wie selbstverständlich aus dem Schrank, als wäre sie die Gastgeberin. „Du trinkst doch ein Glas Weißwein dazu? So wie früher?"
Anna starrte auf die kleinen Asia-Häppchen, die vor ihr auf dem Plastiktablett lagen. Es gab köstliche California Rolls mit hellem und dunklem Sesam, und saftige Reiskissen mit Lachs und anderem Fisch vielerlei Art. Ihr lief das Wasser im Munde zusammen, ein Gefühl, das ihr seit Wochen unbekannt war.
Sie zögerte, wollte aber Doris nicht vor den Kopf stoßen. Sie probierte drei Röllchen, ein viertes, dann bedankte sie sich und erklärte, dass sie eigentlich keine rohen Sachen essen durfte.
Doris nahm genüsslich eine Lachsrolle zwischen Daumen und Zeigefinger und winkte ab. „Ach, das wird schon nicht so schlimm sein. Willst du nicht diese wunderbaren Makis probieren?"
Anna verneinte dankend und trank einen Schluck Wein. Als die kühle Flüssigkeit ihre geschundene Kehle hinunterlief, wurde alles plötzlich lebendig und leicht. Sie begannen zu erzählen, über den Chor, über die Reisen von Doris, und über ihre Ehemänner, die beide in den Fünfzigern waren und sich vielleicht der Midlife-Krise näherten. Anna hielt sich den Bauch vor Lachen und wünschte, dieser Nachmittag möge so schnell nicht vorbeigehen. Über das Monster in Annas Gesicht und die Wochen in der Klinik sprach Anna nicht. Es sollte alles so unbeschwert sein, wie früher.

Nach zwei Stunden wurde sie müde, und Doris brach nach Hause auf. Anna versprach, sie auf dem Laufenden zu halten, wenn sie wieder fit und gesellschaftsfähig wäre. Doris räumte die Spuren in der Küche weg, stellte den Wein in den Kühlschrank und drückte ihr zum Abschied die Schulter. Anscheinend verstand sie, dass Annas Immunsystem noch nicht wieder normal war.

In der Nacht wurde Anna wach. Sie hatte das Fenster weit geöffnet, um das Zimmer nach dem heißen Sommertag abzukühlen. Der Mond schien auf Olivers leeres Bett, von draußen rief ein Käuzchen.
Ihr Mund schmerzte, als hätte sie einen kratzigen Kloß im Hals. Die Zunge war dick und unbeweglich. Im Halbdunkeln tastete Anna ihr Gesicht ab. War die Haut verschwollener als am Morgen? Hatte sie gestern alle Tabletten genommen? War die GvHD stärker geworden? 0.30 Uhr. Utopisch, einen Arzt zu erreichen. Ob Dr. Tümmler Frühschicht am morgigen Sonntag hätte? So lange konnte sie es vielleicht noch aushalten. Es war unerträglich heiß unter der Decke und Anna fühlte, dass sie am ganzen Körper glühte. Fieber. Sie musste sofort in der Klinik anrufen.
Ein paar Mal wälzte sie sich im Bett herum, dann ging sie ins Badezimmer und hielt sich erschrocken an dem rosaroten Duschhandtuch fest, das feucht auf der Stange hing. Sie sah wirklich wie ein fiebriger Hamster aus, oder wie eine Neunundvierzigjährige, die Mumps hatte. Die Mundspülung auf der Ablage lachte ihr entgegen. Nachdem sie den Becher mit der kleinsten erträglichen Menge ansetzte, bekam sie die Lippen nicht auseinander. Ihr Mund war wie ein Riesenball im Gesicht. Anna wurde es schwindelig. Obwohl sie es nicht wollte, sackte sie auf den Boden.
Nach einer Weile robbte sie zum Telefon und wählte die Notfallnummer der Ambulanz. Eine ihr unbekannte weibliche Stimme erklang. „Messen Sie bitte Fieber." Die Schwester wartete am anderen Ende.
„39,8." Anna war selbst erschrocken.
„Kommen Sie bitte sofort in die Klinik."
Jetzt war Anna ratlos. Wie sollte sie nur ins Krankenhaus kommen? Sie schaffte es nicht einmal, sich etwas anzuziehen, geschweige denn

eine Tasche zu packen. Sie würde bestimmt über Nacht bleiben müssen.
Die Schmerzen wurden immer stärker. Ausgerechnet heute war Wolfgang drei Stunden entfernt, und Doris hatte gestern erzählt, dass sie abends auf einer Hochzeit eingeladen war. Anna zitterte am ganzen Leib. Sie hatte keine andere Wahl.
Olivers Stimme klang rau, verschlafen. „Was ist?"
„Kannst du kommen? Ich muss ins Krankenhaus…"
Am entfernten Ende war nichts zu hören. Die Pause war unendlich lang. Dann sagte er: „In einer guten Stunde bin ich da. Du kannst froh sein, dass ich nicht viel getrunken habe. Bleib solange im Bett."
Anna ließ sich auf den Badezimmerboden sinken und deckte sich mit dem rosa Duschhandtuch zu.

Kapitel 21

Oliver fand Anna in der Nacht mit Schüttelfrost im Badezimmer und nahm sie stumm in die Arme. Danach packte er ihr eine Tasche mit dem Allernotwendigsten und trug sie ins Auto. In der Notaufnahme füllte er viele Formulare aus und raunzte die verschlafene Schwester an, dass seine knochenmarkstransplantierte Frau dringend einen Facharzt für Hämatologie benötigte. Anna streichelte im Fiebertraum über seinen Arm, weil sie selig war, dass er sich um sie kümmerte. So sollte es immer sein.

Dr. Tümmler kam am Sonntag in ihr Zimmer und fragte sie eine halbe Stunde lang aus. Als er ging, sagte er, dass er einen solchen Infekt bisher selten gesehen hatte. Anna war erschrocken, doch die Schwestern legten ihr eine Infusion mit einem „hochwirksamen Antibiotikum“ an, und tätschelten ihr freundlich den Arm. „Das wird schon wieder“, sagte sie. „Vermutlich Speicheldrüseninfekt. Kommt ab und zu vor.“

Das Antibiotikum war das Richtige. Anna konnte nach einer Stunde wieder ihre Lippen bewegen. Am Mittag fing sie an, eines der Lieder aus dem Chor anzustimmen, leise, mit heiserer, zitternder Stimme, aber mit einem Lächeln auf dem Gesicht. Nach zwei Tagen waren die Hamsterbacken verschwunden, und das Fieber auf einen Wert von 37,8 gesunken. Dr. Tümmler war zufrieden und ordnete an, sie weitere drei Tage zur Beobachtung dazubehalten. Oliver meldete sich die ganze Zeit nur per Telefon bei Anna. Er hatte einen neuen, anspruchsvollen Kunden.

Am Freitag konnte Anna entlassen werden, und Oliver holte sie nach seiner Arbeit ab.

„Dr. Tümmler möchte uns noch sprechen“, sagte Anna, während er ihre Sachen aus dem Schrank räumte. Als er ihre gepackte Tasche an die Zimmertür stellte, kam sie sich wie Bill Murray im Murmeltier-Film vor – hatte sie nicht dasselbe vor fünf Wochen schon einmal erlebt?

„Ich muss Sie erneut darauf hinweisen, dass Sie auf absolute Keimfreiheit achten müssen", fing Dr. Tümmler an, nachdem sie in seinem Besprechungszimmer eingetreten waren. „Nur dann kann ich Sie, Frau Wunderle, sorglos nach Hause schicken."
Oliver sah Anna verwundert an. „Ich verstehe nicht…"
„Sie hatten einen Speicheldrüseninfekt. Den bekommt man nicht einfach so."
Anna hielt die Luft an. Doris. Und das Sushi. „Es waren nur drei kleine Stücke…" setzte sie an, schlug sich dann aber mit der Hand auf den Mund.
„Was, drei kleine Stücke? Was hast du gegessen?" fragte Oliver scharf.
Anna blickte stumm zu Boden.
„Spielt jetzt keine Rolle mehr, ich glaube, Sie haben verstanden", half Dr. Tümmler ihr.
Anna kam sich vor wie ein ertapptes Schulkind und ballte die Fäuste. Sie glaubte nicht, dass nur einer der Ärzte in ihrer Situation sich an alle Vorschriften halten würde.
Sie fuhren schweigend nach Hause und Oliver machte Anstalten, Anna einfach nur im Wohnzimmer abzusetzen und in sein Arbeitszimmer zu gehen.
„Oliver", rief sie ihm bittend nach.
Er sah sie an, sie zwang sich, seinem Blick standzuhalten. In seinen Augen lag so viel Ärger und Unausgesprochenes. Dann, nach einem stillen Moment, zuckten seine Mundwinkel, und er kam zum Sofa, auf dem Anna unter ihrer Decke lag.
„Mir ging es so schlecht."
„Ich musste das Wochenende abbrechen, Anna. Mitten in der Nacht! Dennis hatte sich gerade auf der GRACE eingewöhnt, und es war ein Fünfer-Wind für Sonntag angekündigt!"
Anna biss sich auf die Lippen und funkelte ihn an. Auf der Atlantiküberquerung würden sie ununterbrochen Windstärken über vier haben.
„Wen hätte ich denn sonst fragen sollen?"
Oliver sah aus dem Fenster und sagte nichts.
„Noch drei Monate, dann kannst du ohne Unterbrechung segeln."

Oliver schnaubte. „Drei? Du vergisst die Überführung im September!"
Anna schluckte. „Zwei Monate. Du hast recht." Sie schaute auf ihre Finger, die sich in die Wolldecke krallten.
„Ich muss dir etwas sagen." Olivers Blick war ernst. „Dennis hat einen Vorschlag. Er hat sich gut auf der GRACE eingearbeitet. Er kann das Boot von Holland zu den Kanarischen Inseln segeln. Dann hast du tatsächlich noch drei Monate Zeit."
„Meinst du, …" Anna fehlten die Worte.
„Gegen Bezahlung natürlich."
„Er tut das allein? Die ganze Strecke?"
„Nein, seine Schwester fährt mit. Sie hat ihr Studium beendet und ein halbes Jahr Leerlauf. Die beiden sind ein gutes Team."
Anna sah in seine schmalen Augen und ließ ihren Blick über sein Gesicht schweifen. Am liebsten hätte sie ihre Hand auf seinen Bart gelegt, so wie sie es früher immer getan hatte. Bis Ende November hatte sie nun Zeit. Dann startete die ARC.
„Ich glaube, das ist eine gute Idee", sagte sie erleichtert.
Oliver schaute sie starr an, sein Blick fuhr wie ein Laserstrahl durch sie durch. „Ich bleibe bis November bei dir."
Anna sah, dass das Strahlen in seinen Augen verschwunden war. Und fühlte sich schuldig.
Er ging aus dem Wohnzimmer. Anna stand langsam auf und betrat die Terrasse.
Die Meerschweinchen quiekten als sie die Schritte hörten. Es war ein schwüler Sommertag, der Himmel war gar nicht mehr blau, sondern verfärbte sich zunehmend zu einem hellen Grau. Es regte sich kein Lüftchen, wie mit angehaltenem Atem wartete die Natur darauf, dass die Spannung sich entlud. Anna hätte gerne mehr Zeit im Garten verbracht, mit einem Buch im Liegestuhl, und so getan, als hätte sie Ferien. Doch ihre Haut schmerzte in der schwülen Luft, die Sonne war Gift für sie. Sie musste unbedingt etwas gegen diese verdammte GvHD unternehmen.

Kapitel 22

„Eine GvHD kommt in über 50 % der Transplantationen vor“, sagte Frau Steinbrink. „Ist sie einmal chronisch, kann es Monate dauern, bis man sie unter Kontrolle hat.“

„Dr. Tümmler hat das nicht so erklärt.“

„Ihr Arzt kümmert sich vorrangig um ihre Sicherheit, um das Anwachsen der Zellen und das Unterdrücken der Blasten. Das ist bei Ihnen hervorragend gelungen.“

Anna saß auf dem Psychologen-Sofa und kuschelte sich in das weiche Kissen hinter ihrem Rücken. Sie spürte, wie erleichtert sie war, dass sich jemand mit ihren Sorgen und ihrer verdammten GvHD beschäftigte. Nicht nur Infusionen, Spritzen und Tabletten verordnete, sondern ihr gegenüber saß, Fragen stellte und vertrauensvoll in die Augen sah.

„Was sind genau Ihre Beschwerden?“

Anna schilderte das Panzergefühl, die geschwollenen Schleimhäute, das entzündete Zahnfleisch und die Probleme mit den Augen. Die Psychologin blickte sie ohne Überheblichkeit an, eher wie eine Freundin, und machte sich Notizen.

„Ich will am liebsten aus meinem Körper heraus. Wie lange geht das noch so? Wie lange darf ich das Cortison nehmen?“

Zu viele Fragen auf einmal. Anna sah an Frau Steinbrinks Blick, dass es keine richtige Antwort gab.

„Ich habe einen Vorschlag. Ich vermittle Ihnen einen Platz in einer Selbsthilfegruppe, alles Patienten nach Knochenmarktransplantation. Können Sie sich vorstellen, dass ein Austausch zwischen Gleichgesinnten Ihnen helfen könnte?“

Anna stockte. Selbsthilfe klang so wie der letzte Strohhalm, wie lauter verzweifelte Menschen, die sich im Stuhlkreis gegenübersitzen und etwas vorjammern.

„Ich weiß nicht…“ Aber - hatte sie nicht nach anderen Erfahrungen gesucht? Sie hatte mehr Zeit in Internetforen zugebracht als mit ihren geliebten Wetterdaten – völlig untypisch für Anna Wunderle. Und dann schon lieber gemeinsam jammern mit Menschen aus Fleisch

und Blut. Sie fuhr sich mit der Hand über die schuppige Haut im Nacken und nickte Frau Steinbrink zu.
„Okay. Ich kann es probieren."
Frau Steinbrink machte einen Eintrag in ihr Buch. „Erzählen Sie mir von Ihrem Leben zuhause. Haben Sie Hilfe?"
Anna schluckte. Dann berichtete sie von dem Wochenende, von dem Infekt und von ihrem Hilferuf. „Mein Mann war nicht begeistert, dass er nach Hause kommen musste."
Dass sie Segler waren und einen großen Segeltörn geplant hatten, wusste Frau Steinbrink von einer früheren Sitzung.
„Das heißt, Ihr Mann fand es wichtiger, auf dem Segelboot zu sitzen, als Ihnen zu Hilfe zu kommen?"
„Ja, nein, doch, das ist schon okay." Anna stotterte und nahm einen Schluck Wasser. „Wir haben den Start der Tour zwei Monate verschoben. Das war sein Vorschlag. Bis dahin muss ich gesund genug sein."
„Wie wichtig ist diese Reise für Sie?"
Anna strich über das weiche Kissen, dass sie sich auf den Schoß gelegt hatte. Sie ließ sich Zeit mit der Antwort.
„Es ist unser gemeinsamer Traum. Es ist alles vorbereitet, das Boot, die Papiere, die Beurlaubung beim Arbeitgeber."
„Ist es auch Ihr Traum, Frau Wunderle?"
Anna überlegte kurz. „Es ist traumhaft auf dem Segelboot. Stellen Sie sich das vor, einmal im Leben über den Atlantik!"
Frau Steinbrink zog die Augenbrauen hoch und schrieb ein paar Zeilen in ihr Notizbuch. Dann fragte sie: „Was sagt Ihr Mann zu Ihrer Krankheit?"
„In der Klinik hat er sich brennend dafür interessiert. Aber Zuhause ist wieder Alltag."
Anna mochte nicht mehr weiterreden. In ihrem Bauch grummelte es. „Er hört mir kaum zu, wenn ich von meinen Problemen spreche. Und ärgert sich, dass er den ganzen Haushalt schmeißen muss. Dabei kann er das viel besser als ich."
„Was erwarten Sie von Ihrem Mann, Frau Wunderle?"
Erneut musste Anna einen Moment nachdenken. „Dass er sich kümmert. Um mich." Sie fühlte Tränen hochsteigen.
„Und was erwartet er von Ihnen?"

Das war nicht schwer. „Dass ich schnellstmöglich wieder gesund werde."
Frau Steinbrink nickte. „Damit Sie mit auf die Reise können."

*

Seit der Transplantation war Ronja Annas größte Stütze bisher gewesen. Nach dem Gespräch mit der Psychologin hatte sie das Bedürfnis, mit ihrer Tochter zu sprechen. Zum Glück erwischte sie sie am Abend über skype, bevor sie sich vor Müdigkeit nicht mehr auf den Beinen halten konnte. Ronja sah fröhlich aus. Sie war gerade von der Arbeit aus dem Institut gekommen und berichtete sofort von ihrer Forschungsarbeit über E. coli. Mitten im Wortschwall hielt sie inne.
„Was ist los, Mom? Du siehst anders aus."
„Du hattest recht mit der Keimfreiheit. Ich habe gerade einen Speicheldrüsen-Infekt hinter mir. Und schau mal, wie meine Haut aussieht."
Ronja neigte sich zum Bildschirm vor und musterte ihre Mutter sorgfältig.
„Da sind Flecken auf der Haut. Do you mean that?"
„Die habe ich auf den Armen, im Nacken, und am Rücken. Selbst meine Beine sind mit diesen braunen Stellen übersät. Die Haut darunter ist ganz hart. Wie ein Panzer."
Ronja sah erschrocken aus und sagte nichts.
„Die im Gesicht, die sind das Schlimmste für mich. Es sind richtige dunkle Punkte. Und weißt du was, jeden Tag kommen neue hinzu. Ich werde verrückt!"
„Hast du dir schon etwas gewünscht?" Ronja lehnte sich wieder zurück.
Anna runzelte die Stirn. „Was?"
„Punkte Mama. Die vom Sams. Was du mir früher immer vorgelesen hast. Wunschpunkte. Ich bin sicher, du kannst dir mit jedem Punkt etwas wünschen. Und dann geht es in Erfüllung."
Annas Augen füllten sich mit Tränen. „Und jeder Punkt verschwindet dabei…"

Kapitel 23

Frau Steinbrink rief eine Woche später an und nannte Dienstag, den 20. August und das Sprechzimmer der Onkologie als Treffpunkt der Selbsthilfegruppe. Anna ließ den Termin verstreichen, weil sie eine Verabredung mit ihrem Friseur hatte. Der Speicheldrüseninfekt hatte sie mehrere Tage gesundheitlich zurückgeworfen. Inzwischen fühlte sie sich wieder fit genug, einen ersten Schritt in Richtung Normalität zu gehen. Statt zu Giustino, ihrem ursprünglichen Friseur, ließ sie sich mit Herzklopfen von einem Taxi zu einem Spezialisten für Zweithaar und Perücken bringen.

Der grauhaarige Friseur war redselig, beriet sie professionell. Ihre Auswahl fiel auf eine blonde Kunsthaarperücke mit lockigem Pagenkopf, „damit niemand merkt, dass meine Haare ausgefallen sind“, meinte sie rechtfertigend zu dem Haarprofi. Ein pickeliger Jüngling mit unmoderner Brille passte die Kopfform des Haarteiles an, und im Radio im Hintergrund trällerte ein deutscher Schlagersänger: „Ich bin ja so verliebt in dich!“ Anna war jede Sekunde, die sie in diesem Laden verbrachte, peinlich.

Die Perücke holte sie zwei Wochen später ab. „Sieht gar nicht so schlecht aus“, verkündete Oliver beim Abendessen. „Passend zum neuen Geburtsjahr eine neue Frau“, flachste er, und Anna lächelte säuerlich. Das Teil auf dem Kopf war wesentlich unbequemer als ihre Piratentücher und drückte und kratzte schon nach den ersten Stunden. Wie sollte sie das nur die nächsten Wochen aushalten? Bevor die eigenen Haare zu wachsen anfingen, würden vier bis fünf Monate verstreichen. Ewig, fand Anna.

„Passt wirklich zu meinem Geburtstag. Beides ist überflüssig.“

Der fünfzigste Geburtstag. Der August hatte in den letzten Tagen Gas gegeben, und Mensch und Tier sehnten in der Hitze der Hundstage den Herbst herbei. Die Blumen in Annas Garten ließen die Köpfe hängen, und der Rasen war an vielen Stellen vertrocknet. Die Luft flimmerte, und auch Anna jammerte über die Hitze. Dabei war heute doch ihr Geburtstag.

Was hatte sie sonst auf diesen Tag hingefiebert. An ihrem letzten Geburtstag hatte sie eine flammende Rede im Kreise ihrer Freundinnen gehalten, und verkündet, dass man sich doch von einer Fünf vor dem Lebensalter nicht Bange machen lassen sollte. Und dass sie die runde Zahl mit einer krachenden Party feiern wollte. Das war nun Schnee von gestern. Eine geräuschvolle Party mit Flecken im Gesicht und immunsupprimierten Zellen war utopisch.
So hatte Anna Oliver schweren Herzens gebeten, an diesem Abend etwas zu kochen, um danach bei einem Glas Wein mit Ronja zu skypen. Oliver band sich schon am frühen Nachmittag eine Schürze um und stand am Herd. Für das Geburtstagsmenü schien er so gut wie jedes Küchengerät benutzen zu wollen, das in der Schublade lag. Drei Küchenmesser, ein Schäler, fünf Möhren, eine Zwiebel, eine Knolle Fenchel und das Buch „Rezepte und Tipps für die keimarme Küche" lagen parallel zur Tischkante auf der Arbeitsfläche.
„Möhren-Soja-Bratling. Als Vorspeise." Er sah Anna triumphierend an. Sie versuchte, gelassen auszuschauen.
„Als Hauptgericht Fischfilet auf Fenchelgemüse. Damit du gesundes Eiweiß auf die Rippen bekommst."
„Wenn du meinst..."
„Schmeckt alleine mit Brot, steht hier. Dann brauchen wir keine Kartoffeln zu schälen."
„Hm." Das Festtagsmenü bekam gerade ein Downgrade.
„Ich werde Zwiebeln, Knoblauch und Paprika dabei weglassen. Das sind Zutaten, die im Rahmen einer GvHD-Kost nicht empfohlen sind." Oliver legte die Zwiebel wieder in die Speisekammer.
„Wie wäre es vielleicht mit Salz?"
„Das geht. Engelchen, ich zaubere dir etwas Feines. Mein Geburtstagsgeschenk für dich." Oliver begann, säuberlich und langsam die Möhren zu schälen, achtete dabei darauf, dass die Schalen nicht auf die Arbeitsfläche, sondern in eine vorbereitete Papierschale fielen. Die wurde nach jeder Möhre geleert. Immer wieder wusch er sich die Hände zwischendurch und desinfizierte sie.
Anna konnte kaum hinsehen. Es würde den ganzen Tag dauern, wenn er so weitermachte. Hoffentlich hatte er an einen Nachtisch gedacht. Möglichst einen ohne viel Vorbereitung.

Das Telefon stand nicht still an diesem Tag. Ronja schickte ein Video, in dem sie „She's a Jolly Good Fellow" mit glockenklarer Stimme sang. Wolfgang war auf Klassenfahrt und sagte ein Gedicht auf, was er ihr übers Handy zuschickte. Klaus hatte es sich nicht nehmen lassen, der erste Gratulant am frühen Morgen zu sein.
„Bald wird es dir besser gehen, Anna. Ich habe einen Kollegen, der vor 13 Jahren transplantiert wurde. Zu Beginn ging es ihm gar nicht gut. Infektionen, Komplikationen, das ganze Programm. Jetzt reist er wieder, dieses Jahr nach Costa Rica. Er macht dort eine Regenwald-wanderung."
Anna sah ihr blasses Gesicht in der Fensterscheibe gespiegelt. Dreizehn Jahre konnte sie nicht warten.
Sie machten einen kleinen Spaziergang, was sie seit Ronjas Kinderwagen-Zeit nicht mehr gemeinsam getan hatten. Dann setzten sie sich an den Tisch, den Oliver mit weißer Tischdecke und dem teuren Service gedeckt hatte, das sie zur Hochzeit bekommen und bisher nie benutzt hatten. Eine Batterie von zwanzig Gläsern stand auf dem Tisch, dazu ein Wasserglas für Anna und zwei Weingläser an Olivers Platz. Er schaute auf sein Handy, öffnete eine Flasche Hugo und goss ihr eine kleine Pfütze ein.
„Du bist ja großzügig", meinte sie mit einem Blick auf sein randvolles Glas, in das er ein Blatt frische Minze hineingleiten ließ.
„Ich weiß doch, dass das dein Lieblingsgetränk ist. Obwohl Ingwer-Tee besser für dich wäre."
Anna seufzte und trank das Glas in einem Zug leer.
Er gab ihr einen hastigen Kuss auf die Wange und sagte: „Auf dich. Auf die nächsten fünfzig."
Immer wieder schaute Oliver auf sein Handy. Nachdem Anna von der Vorspeise probiert hatte, sprang er vom Tisch auf und rannte zur Haustür.
„Was ist? Fehlt noch etwas?" Heimlich hob sie ein Stück des Bratlings zurück in die Schüssel.
„Ich musste kurz in die Garage." Oliver setzte sich wieder hin und legte seine Serviette ordentlich auf den Schoß, obwohl er immer noch die grüne Schürze anhatte.

Sie sprachen nicht viel, Anna lobte ihn immer wieder, nippte an dem Mineralwasser, das nun ihr Glas anfüllte, und verkündete, dass es sogar schön wäre, einen Geburtstag auf diese Art und Weise zu feiern. Draußen wurde es dunkel, und der Himmel über dem Maisfeld färbte sich erst rötlich, dann schwarz. Anna fragte sich, wie sie den Rest des Abends überstehen sollte. Das Essen ging viel zu schnell vorbei, und sie vermutete, dass Oliver sehr lange brauchen würde, um die Küche, in der er die Töpfe in der Spüle zu einem hohen Turm gestapelt hatte, wieder in den ursprünglichen Zustand zu bringen.
Plötzlich konnte Oliver den Tisch nicht schnell genug abräumen. Er rannte hin und her, stellte die Reste in das Geschirrspülbecken und sah nervös in den Garten.
Anna folgte seinem Blick. Hatte er eine Eistorte als Überraschung im Gartenhaus versteckt? Doch da waren nur graue Schatten der Bäume in der dunklen Nacht.
Da hörte Anna einen Knall. Ein heller, silberner Sternenstreifen schoss hinter der Thuja-Hecke hervor und flog in den finsteren Abendhimmel hoch hinauf, höher als alle Häuser, bis er in kleine weiße Glitzersterne zerfiel. Anna hielt den Atem an. Der Himmel über dem Feld explodierte in bunten Farben. Wieder und wieder schossen rote und grüne Strahlen nach oben, abgewechselt von langsamen Sprühfontänen. Es war wie Magie. Anna starrte mit offenem Mund durch das Terrassenfenster. Ein starker Arm hielt sie von hinten davon ab, durch die Tür nach draußen zu laufen. Unzählige blitzartig aufsteigende Kometen verdichteten das Spektakel zu einem rasanten Abschluss, abgerundet mit einem Riesenknall.
Dann war alles still. Rauchschwaden zogen durch den Garten. Anna hatte die Augen weit aufgerissen. Den Zauber der Lichter in ihrem Herzen eingeschlossen, drehte sie sich zu Oliver um. „Was war das? Von dir?“
Er schmunzelte nur.
„Oliver! Das war magisch.“
Langsam konnte Anna wieder etwas im Garten erkennen. Dunkle Gestalten tauchten aus dem Nebel auf, mit Wunderkerzen in der Hand, nur Umrisse waren zu sehen. Es mussten mindestens zehn

Personen sein – einige hoben die Hände, und es schien ihr so, als winkten sie ihr zu. Sie stand so schnell auf, dass ihr Stuhl mit einem lauten Knall auf den Boden fiel und lief zur Gartentür. „Ich will raus!" Doch Oliver hielt sie am Arm fest. „Das ist Gift für dich. Keine Umarmungen. Denk an all die Keime."

„Gib mir einen Mundschutz", flehte Anna. Oliver blieb unerbittlich, seine Arme legten sich wie riesengroße Baggergreifer um ihre Schultern. Die Gestalten kamen näher, jetzt standen sie alle auf der Terrasse, mit einem Schild, auf dem eine goldene 50 und mit großen Buchstaben: „Alles Gute, Anna!" geschrieben war. Sie konnte niemanden erkennen, es mussten ihre Freunde sein, ihre Bekannten aus dem Chor, vielleicht auch ihre Kollegen?

Die Terrasse war wie ein Magnet für Anna, sie wollte nach draußen, wollte von allen gedrückt werden, wollte mit ihren Freunden scherzen, über ihr neues Immunsystem, über ihre ausgefallenen Haare, und über ihre Leidenschaft für keimfreies Essen. Sie wollte beglückwünscht werden, zu ihrem Neuanfang, und zu diesem komischen Geburtstag, der sich bis zum jetzigen Zeitpunkt nicht die Spur wie ein solcher angefühlt hatte.

Anna versuchte zu hüpfen, um Kontakt mit ihnen aufzunehmen, und winkte, von Olivers starken Armen umklammert, wie eine Trauerweide im Wind, den unerkannten Menschen zu. Endlich ließ er sie los und brachte das Tablett mit den Gläsern, die er - von Anna unbemerkt - mit Sekt gefüllt hatte, hinaus. Anna konnte durch den Türspalt bruchstückhaft hören, wie er mit ihnen sprach. „Danke, danke…" und „Ansteckend" und „Infektionsgefahr". Und dann: „Happy Birthday! Lass dich hochleben, Anna!" Sie waren alle gekommen, Doris, Petra, Tabea, der dicke Paul aus dem Bass und Bernd mit dem dunklen Bart.

Jetzt fehlte nur noch, dass ihre Chorfreunde sich aufstellten und „Calm after the Storm" sangen. Dann würde Anna ihre Tränen nicht mehr zurückhalten können. Doch niemand sang, sondern alle standen stumm vor Oliver. Anna sah in ihren Gesichtern, wie Enttäuschung sich breitmachte. Oliver schirmte sie ab wie ein Löwe, der seine Beute nicht mit Hyänen teilen wollte. Einige nickten, andere schauten sich

fragend an, die Männer prosteten Anna durch die Scheibe zu. Anna sah das Wechselbad der Gefühle in ihren Gesichtern.
Sie waren alle gekommen. Nur für sie. Sie gehörte trotz allem noch dazu. Doch Anna durfte nicht raus. Ihr Herz raste. Sie hatte keine Energie mehr, sich gegen Oliver zu wehren.
Nach einer Weile drehten sich die Gestalten langsam um und verschwanden über die Wiese und durch das Gartentor. Anna sah Oliver traurig an: „Hast du ihnen gesagt, dass sie nicht hereindürfen?"
„Ja. Doris hatte die Idee mit der Überraschung. Ich habe ihnen ausgeredet, dass sie mit dir eine ausgelassene Party feiern können. Sie haben ja keine Ahnung, was hier abgeht." Sein Gesicht hatte wieder den harten Zug um den Mund, den Anna nicht mochte.
Er räumte den Tisch ab und holte einen Nachtisch aus dem Kühlschrank. Es gab Vanilleeis mit Himbeeren. Keimfrei. Aus dem Glas. Anna konnte nichts mehr essen. Sie entschuldigte sich und stand auf mit der Erklärung, duschen und schlafen gehen zu wollen.
Unter der Dusche fiel ihr Blick auf ihren ausgemergelten Körper. Ihre Brüste hingen schlaff auf den knochigen Rippen, die sie nicht nur fühlen, sondern auch sehen konnte. Die Haut an den Beinen war bläulich-violett, und die Oberschenkel waren dünn wie Stelzen, mit rechts und links darüber herausstechenden Beckenknochen. Anna seifte sich den kahlen Kopf ein, ließ einen letzten Strahl Wasser über den kaputten Körper laufen, schlug den Duschvorhang auf und stakste fluchend aus der Wanne. Hastig, wie auf der Flucht, rubbelte sie sich die Wasserperlen von der eiskalten Haut, um sich danach in ein warmes Handtuch zu wickeln und den grauen Flausch-Schlafanzug anzuziehen. Wellness würde wohl ihr weiteres Leben lang ein Fremdwort sein. Vom Duschen außer Atem schlich sie am Wohnzimmer vorbei, nickte Oliver vor dem Fernseher nur kurz zu und ging in ihr Schlafzimmer. Dort schmiss sie sich aufs Bett und drückte ihr Gesicht ins Kopfkissen. Die Dunkelheit umfing sie wie eine schützende Hülle.
Was für ein Tag. Sie konnte nicht glauben, was ihre Chorfreunde sich für sie ausgedacht hatten. Für sie da sein und ihr Sterne am Himmel schenken.

„Du bist aber schnell ins Bett…, so allein!“ Oliver stand mit nacktem Oberkörper vor Anna und krabbelte unter ihre Decke.
Trotz der Daunendecke fröstelte Anna. Alle Muskeln spannten sich gleichzeitig an, die schützende Wärme war verflogen.
„Hat dir dein Geburtstag gefallen?“ Millimeterweise rückte Oliver an Anna heran und fuhr mit seinen Händen unter ihren Schlafanzug. Sie spürte die Wärme seiner Finger auf ihrer Haut und fragte sich, wann sie dies das letzte Mal gefühlt hatte. Es musste Monate her gewesen sein. In der Zeit vor der Transplantation hatte Anna ab und zu Kopfschmerzen vorgetäuscht. Warum nur verspürte sie so wenig Lust, mit Oliver zu schlafen?
„Ich bin übrigens müde.“ Es war einen Versuch wert.
„Ja, schon klar.“ Er zog energisch an ihrer Schlafanzughose.
„Morgen ist auch noch ein Tag“, hob sie ein zweites Mal an.
„Und übermorgen und überübermorgen…. Lass dich einfach fallen, Anna. Fühl doch mal, wie schön das ist.“ Jetzt hatte er ihr Ohrläppchen erwischt. Keine schlechte Stelle, dachte sie, da war alles zart und weich und ohne braune Flecken. Seine Hände waren warm und aktiv, und Anna wurde nervös. Wenn er doch nur das Licht ausmachen würde. Sie dachte an ihre Haut unter der Dusche und fühlte sich hässlich.
Oliver drehte Anna langsam auf den Rücken und öffnete ihre vor der Brust verschränkten Arme. Sie versuchte, an ihm vorbeizuschauen, aber er war schon über ihr. Seine Augen waren blau wie ein tiefer, dunkler See.
Eine Weile hielt er inne. Eine Unendlichkeit lang sah er sie an. Dann drehte er sich weg. „Es wird nicht besser, Anna“, sagte er leise und löschte das Licht.

Kapitel 24

An einem Freitagmorgen Anfang September setzte Oliver sich in einen geliehenen Van, in den er alle Segelutensilien verladen hatte. Anna verabschiedete sich im Schlafanzug von ihm und stellte sich vor, wie er mit Dennis und Britta das ganze Wochenende mit dem Einräumen des Bootes verbringen würde. Am Samstag bekam sie eine SMS mit einem Foto von dem strahlenden Dennis auf der GRACE im Hafen von Brouwershaven. Anna wäre gerne dabei gewesen.
Nach seiner Rückkehr war Oliver ständig online. Er schaute nach dem Aufwachen morgens im Bett in sein Handy, las beim Frühstück die Wettervorhersagen anstelle der Zeitung und telefonierte selbst im Auto über Freisprechanlage mit Dennis.
Der Spätsommer brachte seine letzten sonnigen Grüße und die ersten frostigen Stunden am frühen Morgen. Frostig, wie die Stimmung zwischen Anna und Oliver. Sie sprachen wenig miteinander, Oliver machte Überstunden in der Kanzlei, und Anna verschlief die Tage. Hausarbeiten, Putzen, Kochen. Das meiste davon schaffte sie nicht und überließ es Oliver. Irgendwie musste er den Laden am Laufen halten und ihre kleine Familie organisieren, während sie krank und schwach war. Mit ernster Miene bekämpfte er Unordnung, Schmutz und Keime. Täglich wusch er den Kühlschrank mit Essig aus, warf alle Putzlappen und Handtücher am Abend in die Waschmaschine. Während er fluchend den Dreck der Meerschweinchen auf der Terrasse wegwischte, sprach er mit Dennis am Telefon über Schleusenmanöver und Patenthalsen.
An einem Donnerstagmorgen putzte Anna sich gequält die Zähne und fluchte über ihr weiterhin geschwollenes Zahnfleisch. „Morgen“, sagte er mit Zahnpasta im Mund. Im Spiegel begegneten sich ihre Blicke. Sie hätte gerne etwas Wesentliches gesagt, aber außer den Gedanken um schmerzende Schleimhäute und trockene Augen fiel ihr nichts ein.
„Morgen.“

Oliver griff beiläufig nach seiner Zahnbürste, drückte genau zwei Zentimeter Zahnpasta mittig auf den Bürstenkopf und fing an, energisch zu putzen. Wie oft hatte sie es schon gehört, doch heute konnte sie sein Röcheln kaum ertragen. Die Sanduhr rieselte exakt zwei Minuten, bevor Oliver lautstark alles ausspuckte und Zahnpastatube und Zahnputzbecher millimetergenau auf ihre vorgesehenen Plätze stellte. Anna verließ das Bad und sinnierte über Variationen des Zahnpasta-Problems in Beziehungen.
Die plärrende Stimme des Radiosprechers zu Demonstrationen von Rechtsradikalen in Ostdeutschland nervte. Anna hoffte inständig, dass Oliver die Nachrichten unkommentiert ließ. Sie verschüttete einen Löffel Zucker neben ihrer Teetasse und sah verlegen auf. Sie sah Oliver war aufspringen und mit einem feuchten Tuch über den Tisch wischen.
„Lass doch. Ich mach' das schon. Ich hab' doch Zeit...".
Oliver drückte den Lappen an der Spüle aus und sprühte die Küche mit Desinfektionsmittel ein. Dann drehte er sich zu ihr um.
„Und staubsaugen schaffst du auch? Und die Wäsche aufhängen? Hast du eigentlich bemerkt, dass ich seit Tagen den ganzen Haushalt allein schmeiße?" Sein scharfer Ton war nicht zu überhören.
„Denkst du, mir macht es Spaß, tagelang nur auf dem Sofa zu liegen?" Anna stockte die Stimme. „Ich kann nichts dafür, dass ich krank geworden bin, Oliver."
Oliver stand versteinert da, am Herd angelehnt und sah Anna an. „Es geht nicht nur um deine Krankheit. Es ist seit Jahren nicht aufgeräumt. In unserem Haus sieht es aus als würde hier ein Messi leben. Ich halte das nicht mehr lange aus."
Anna sackte das Herz in die Magengrube. Das alte Thema. Immer wieder hatte es zwischen ihnen wegen Olivers Ordnungsliebe gekracht. Oliver, das Einzelkind in einer wohlhabenden Professorenfamilie, hatte eine vorzügliche Hausfrau als Mutter gehabt, die deren große Villa nicht nur blitzeblank, sondern auch mit einem guten Auge für Einrichtung und Stil geführt hatte. Wie oft hatte Anna ihm erklärt, dass sie diesen sterilen Wohnstil nicht kannte, aus einer Familie stammend mit fünf Personen und einer Mutter, die Künstlerin war

und ihre Kunst lebte mit Leinwänden, Stoffen und Gipsfiguren in jeder Ecke des Hauses. Wie ungerecht, dass er ausgerechnet jetzt, wo sie krank war, Forderungen an sie stellte.
„Wir können uns nach einer Putzfrau umsehen", sagte sie motzig. Sie hatte wirklich andere Sorgen, als sich über Wäsche und staubsaugen zu streiten.
Er gab keine Antwort. Stumm sahen sie sich an, bis Oliver aus der Küche ging und seine Aktentasche holte. „Bis heute Abend. Ich komme spät."
Die Tür fiel ins Schloss.
Anna sah auf die Reste des Frühstücktisches, auf die Brötchentüte, die unter den Tisch gefallen war und die Tellerstapel, die in die Spülmaschine geräumt werden mussten. Die Tauchermaske auf ihrem Gesicht saß so fest, dass sie keine Miene verziehen konnte. Das Monster hockte auf ihrem Nacken und drückte zu, ihr Kopf fühlte sich an wie in einer Schraubzwinge. Am besten gar nichts tun. Nicht aufstehen, nicht putzen, nicht sprechen, nicht denken. Dabei wollte sie das alles nicht. Und tief in ihr drin war ein altbekanntes Bedürfnis, all den Frust von sich zu werfen, zu singen, zu lachen, sich zu bewegen und sich in die Welt hinaus zu begeben.
Der ganze Tag lag vor ihr wie eine leere Steppe in Afrika. Eine Leere, die ihr Angst machte. Was sollte sie damit nur anfangen? Sie war fünfzig – und stand mitten im Leben. Ohnmächtige Wut loderte in ihrem Inneren auf. Wie konnte diese Wirt-Krankheit, diese Reaktion, dieses Monster, es nur wagen, sie so aus ihrer herrlichen Welt heraus zu katapultieren?
Nach 14 Uhr würde es ihr besser gehen, kam ihr in den Sinn - dann, wenn die Medikamente endlich wirkten. Es war Donnerstag, der Tag, den sie so mochte, weil Chorprobe war. Sollte sie vielleicht…
Anna sah an sich hinunter. 12 Uhr mittags, und sie lag noch in Schlafanzughose und beflecktem T-Shirt auf dem Sofa. Bis 19 Uhr könnte sie es schaffen, Küche und Esstisch in einen Oliver-kompatiblen Zustand zu versetzen, geduscht zu haben, sich die Perücke zu richten und etwas Sauberes anzuziehen. Vor heute Abend wäre Oliver heute nicht zurück. Es war die Gelegenheit.

Kapitel 25

Stunden später stand sie vor der Tür des Probenraumes, in eine hellrote Regenjacke eingehüllt und winkte Wolfgang dankbar zu, der sie mit dem Auto hergefahren hatte, weil es in Strömen regnete. Anna legte die Hand auf die Türklinke und holte tief Luft. Ihr Herz klopfte bis zum Hals. Doch gleichzeitig freute sie sich. Schon am Montag, einen Tag nach jenem unglückseligen Geburtstag, an dem sie ihre Freunde nicht persönlich hatte begrüßen dürfen, war ihr der Chor mit seinen spaßigen Menschen nicht aus dem Kopf gegangen. Sie hatte Doris angerufen und sich bedankt. Die hatte gelacht und erzählt, dass Petra wütend gewesen war, nur auf der Terrasse stehen zu dürfen und nicht hereingebeten worden zu sein. Anna war es heiß und kalt geworden. Ihre Freunde hatten sich über sie geärgert.

Heute Abend wollte sie das wieder gut machen. Das war sie ihren Chorkameraden schuldig.

Schon durch die Tür konnte sie die Musik und die Stimmen hören. Sie war zu spät, was nichts ausmachte, denn sie wollte gar nicht mitsingen. Nur ihre Freunde sehen. Für einen Bruchteil einer Sekunde dachte sie daran, doch wieder nach Hause zu gehen. Wie würden sie bloß alle reagieren? Anna Wunderle, die aussah wie eine alte Frau mit einer Perücke? Sie nahm sich ein Herz und drückte energisch die Klinke herunter.

Doris bemerkte sie als Erstes. Mitten im „Yesterday" winkte sie Anna verstohlen zu, sodass Tabea es nicht bemerkte.

Da standen sie nun alle, zwar in das Lied vertieft, doch einer nach dem anderen schaute auf. Gleich würde Tabea den Schlussakkord dirigieren, den Taktstock fallen lassen, dann war Pause. So viele Menschen in einem Raum hatte Anna seit Monaten nicht mehr um sich gehabt Ihr wurde flau im Magen. Der letzte Ton verhallte leise.

„Anna! Wie schön!" Die Chorfreunde scharten sich um sie, Hände schüttelnd, sie kamen ihr nahe, strahlten vor Freude. Anna kam sich vor wie in einem schwarzen Loch. Sie hatte die Dunkelheit der Straße

vor dem Heim als angenehm empfunden und beim Eintreten mit sich mitgenommen. Ihre Beine zitterten. Was sollte sie tun, wenn ihr jemand um den Hals fiel? Ein innerer Fluchtreflex war plötzlich riesengroß und wurde sogar stärker, als Doris auf sie zukam. Instinktiv streckte sie die Hände vor, wie ein Bollwerk, das jeden hier im Raum abwehren sollte. Doch das ging nicht mit Doris. Starke Arme griffen sie an den Schultern, sie wurde an die weiche Brust der Freundin gezogen, und Zack! Hatte sie einen Kuss auf die Wange gedrückt bekommen. Nein! Sie wollte das nicht!
„Willkommen zurück!“ Tabea war näher gekommen und stand lächelnd hinter den anderen.
„Ja, schön Euch alle zu sehen. Richtig zu sehen“, Anna wurde rot. „Ich wollte Danke sagen. Für Montag. Das war fantastisch!“ Sie schaute in die Runde.
Jemand schlug vor, ein Ständchen zu singen, und der Bass stimmte auf die Schnelle das Geburtstagsständchen von den Wise Guys an, worauf alle anderen einfielen. Anna standen die Tränen in den Augen, und sie wusste nicht, wo sie hinschauen sollte. Es wurde eine kurze Pause eingelegt, die Sänger legten ihre Noten auf die Seite, Stühle wurden gerückt, und Anna wurde in die Mitte genommen. Der eine oder andere klopfte ihr auf die Schulter, drückte sie herzlich und machte ihr Komplimente.
„Du siehst etwas blass aus. Aber gut!“
„Die neue Frisur steht dir! Sieht man gar nicht…“
Anna wusste, dass Doris von der Transplantation und der Chemotherapie erzählt hatte. Bald drehten sich die Gespräche wieder um das nächste Konzert, wer wohin in den Urlaub fuhr, und wo es ein schickes Lokal in der Stadt für gemeinsame Feiern gäbe. Anna hörte zu. Genauer gesagt versuchte sie, zuzuhören. Die Worte kamen in ihr Gehör, doch die Stimmen verschwanden in einer Wolke und sie konnte nicht den ganzen Sinn erfassen. Was war nur mit ihr los? Früher hatte sie doch diese Abende geliebt. Singen, quatschen, lachen. Jetzt war alles anders. Es war alles zu viel, die Menschen, die ihr wiederholt zu nah kamen, der fremde Atem in ihrem Gesicht, das Geplapper über Ereignisse, die nicht wichtig waren. Sie verschränkte die Arme und lehnte sich weit in ihrem Stuhl zurück.

„Pause beendet! Anna, du kannst in den Alt, dein Stuhl wird frei! Doris geht nach Hause.“ Tabea rief alle wieder an ihren Platz.
„Wieso?“ Anna sah Doris, die sich die Jacke anzog, fragend an.
„Halsschmerzen, meine Liebe. Bin schon heiser hierhin gekommen. Jetzt wird es immer schlimmer.“ Sie wickelte sich einen Schal um den Hals und winkte allen zu. „Ich rufe dich an, Anna!“
Anna sackte das Herz in die Hose. Doris war krank. Und sie hatte sie umarmt und gedrückt. Panik stieg in ihr auf, ihr Atem ging immer schneller. Hastig griff sie nach ihrer Tasche und ihrer Jacke, ihr Hausschlüssel fiel herunter. Doris hob ihn auf und sah Anna verständnislos an, die einen Mundschutz aus der Hosentasche zog und sich umband. „Ich muss nach Hause“, murmelte sie, die entsetzten Blicke der anderen ignorierend. Den Kopf zu Boden gesenkt, drückte sie sich an Doris vorbei, hob nicht einmal mehr die Hand zum Gruß und verließ, so schnell sie konnte, den Raum.

Mit wackeligen Knien lief sie über die Straße. Zum Glück gab es einen Taxistand neben der Bushaltestelle. Hoffentlich war der Fahrer nicht auch erkältet.
Vor ihrem Haus zahlte sie dem jungen Libanesen am Steuer den doppelten Preis und stieg aus. Auf der Garageneinfahrt sah sie Olivers BMW.
„Wo warst du?“ Oliver stand auf Socken im Hausflur.
Anna schwieg und legte ihre Jacke ab. Die Wanduhr im Flur tickte so laut wie nie.
Oliver hatte die Aktentasche noch über der Schulter. „Ich bin gerade nach Hause gekommen. Du warst nicht da!“ Sein Blick war grimmig.
„Es ist Donnerstag. Chorprobe.“
Oliver blieb der Mund offen stehen.
„Ich habe nicht gesungen. Nur zugeschaut.“
„Bist du wahnsinnig? Heute Morgen hast du mir noch vorgejammert, wie schlecht es dir geht. Und jetzt rennst du durch den Regen und gehst zum Chor?“
„Ich bin nicht gerannt. Habe ein Taxi genommen.“

„Ist ja noch schöner. Auch noch Geld ausgeben für diesen Irrsinn! Anna, bist du von allen guten Geistern verlassen? Zu den Leuten vom Chor, die ich am Montag noch von dir ferngehalten habe?"
Anna hatte einen Kloß im Hals. Das Schlimmste war, dass er Recht hatte. Sie legte den Mundschutz auf die Treppe, und machte Anstalten, nach oben zu gehen. Oliver stellte sich ihr in den Weg. „Wo willst du hin?"
„Ins Bett, Oliver. Ich bin müde."
„Erst erklärst du mir, was das sollte." Er hielt sie am Arm fest. Seine Augen waren dunkel, wütend, hart. Sie zögerte, dann sah sie ein, dass sie ihm eine Erklärung schuldig war.
„Es ist so einsam im Haus. Ich habe sie vermisst. Wollte mich mal wieder mit Menschen unterhalten. Nicht nur mit den Meerschweinchen, dem Sofa und dem Fernseher."
Sein Gesichtsausdruck wurde nicht milder. „Und was bin ich? Kein Mensch, oder was? Warum musst du immer hier raus? Immer mit anderen zusammen sein, immer zum Italiener, zum Chor, zu Doris, zu irgendwelchen Kaffeekränzchen, und das seit Jahren! Jetzt bist du krank, warum kannst du dann nicht einen Abend mit mir zuhause bleiben? Wovor, Anna, läufst du weg?" Langsam ließ er ihren Arm los und seinen sinken. „Ich verstehe das nicht. Seit Jahren ist das so."
Anna stieg das Blut in den Kopf. Wie sollte sie das nur erklären? „Ich brauche das einfach. Freunde, Spaß, Lachen. Das ist Leben. Mein Leben…"
„Und mit mir? Ist das kein Leben? Was ist das mit mir?"
Das ist langweilig, schoss es Anna durch den Kopf. Doch das sagte sie ihm nicht.

Kapitel 26

Drei Tage später bekam Anna Halsschmerzen. Am Nachmittag wurde ihre Stirn heiß, und sie musste Oliver sagen, dass sie den Abend im Bett verbringen würde. Da das Fieber auf über 39 Grad anstieg, fuhr er sie am nächsten Tag in die Klinik, wo sie Dr. Tümmler gerade noch erwischte, bevor er auf einen Kongress reiste. Er gab ihr ein Antibiotikum mit und verordnete strenge Bettruhe. Oliver saß kopfschüttelnd daneben und verfrachtete Anna schnell nach Hause.

Es dauerte über eine Woche, bis Anna ihr Schlafzimmer wieder verlassen konnte. Dieses Mal führte sie keine Telefonate mit Doris und kontaktierte niemanden aus dem Chor. Sie kämpfte mit dem Infekt, dem Monster auf der Haut, den trockenen Augen und den Schmerzen im Mund. Merkwürdigerweise machte ihr das Alleinsein dieses Mal nichts aus. Sie schluckte fünf Tabletten mehr als sonst und wollte nur gesund werden. Alles andere war nicht wichtig.

Das einzige Mal, dass das Telefon klingelte, war ein Montagmorgen. Es war Mike, der abgehetzt klang.

„Anna, wie geht es dir?“

Annas Herz machte einen Hüpfer. Endlich wieder über ihren Job sprechen. „Ach, ganz gut. Es ist Tag +102, und ich kämpfe mit einer Erkältung.“ Das Zählen der Tage gaukelte ihr das Gefühl des Vorankommens vor. „Ich mache schon erste Spaziergänge. Nicht weit, aber…“

„Wann kannst du wiederkommen, Anna?“ Mike schien keine Zeit für längere Plaudereien zu haben.

Anna runzelte die Stirn. „Am liebsten sofort. Aber ehrlich gesagt – das ist schwierig zu beantworten.“

„Wir haben hier einen Engpass. Kimberly ist schwanger und bald nicht mehr kamerataugich.“

Na klar. Familienplanung war ein Jobkiller im Fernsehen. Ihre Kolleginnen, die es dennoch versucht hatten, verschwanden nach der Geburt in der Regel im wahrsten Sinne des Wortes von der Bildfläche.

Anna fühlte sich geschmeichelt. „Ich bin krankgeschrieben… Und du weißt von unserer Segelreise im November. Da habe ich einen Monat Urlaub eingereicht. Theoretisch, meine ich…“ Sie hielt die Luft an. Sie konnte nichts Zuverlässiges über ihre Rückkehr sagen.
„Wir haben eine neue Moderatorin an der Hand, Janet Garcia. Die ist exzellent. Wir würden sie gerne einstellen, allerdings wenn du bald zurückkommst, haben wir keine Stelle für sie.“
Anna stieß die Luft wieder aus. Sie musste kurz nachdenken. Dann fragte sie: „Wann brauchst du mich?“
„In zwei Wochen spätestens. Solange kann Kimberly noch moderieren. Ich weiß von deinem Urlaub. Aber im Oktober brauche ich dich hier.“
Das war unmöglich. Mit Perücke und auffälligen Flecken im Gesicht. Das war schlimmer als eine Schwangere vor der Kamera.
„Was ist die Alternative?“
„Wir stellen Janet ein, und du hast Zeit, so lange du brauchst. Wenn du wieder gesund bist, kommst du und gehst in den Innendienst. Ab Januar brauchen wir dringend Verstärkung dort.“
Es war totenstill in Annas Wohnzimmer. Sie brauchte eine Weile, bevor sie antwortete.
„Oktober schaffe ich nicht, Mike. Stell sie ein.“ Vor ihren Augen verschwamm das Bild des Gartens, in den sie seit Minuten starrte.
„Je früher du wieder hier bist, desto größer sind deine Chancen, wieder vor die Kamera zu kommen. Gute Besserung, Anna!“ Mike legte auf.
Anna hatte einen Kloß im Hals. Je früher sie wiederkam… Es kam ihr vor, als zögen alle an ihr. An jedem Arm einer, links Oliver, rechts der Sender, im Zentrum das Monster. Aber sie lag hier horizontal auf der Couch und niemand interessierte sich dafür, was wirklich in ihr vorging. Sie griff nach einem Kissen und vergrub ihren Kopf darin.

*

Erst drei Tage später konnte Anna das Haus wieder verlassen. Auf dem Weg in die Klinik fuhr ihr Taxi an einer Reihe großer, identischer Plakate mit riesigen Buchstaben vorbei. LASS DICH TYPISIEREN!

DKMS. Sie fragte sich, wie oft sie diese schon gesehen hatte, in der Stadt, auf der Straße, am Kino, in einem anderen Leben, ohne ihnen auch nur irgendeine Aufmerksamkeit zu schenken.
Nach Durchschreiten der langen grün gestreiften Klinikflure schritt sie endlich durch die Tür mit dem selbstgemalten Schild „Knochenmark-Transplantations-Gruppe“.
Es war ein normales Arzt-Sprechzimmer, das mit vier Sesseln, zusätzlich zu den zwei schon vorhandenen, vollgestellt war. Obwohl es ein Büro war, roch es nach Desinfektionsmittel. Frau Steinbrink, heute im weißen Kittel, saß am Schreibtisch mit dem Rücken zur Tür und drehte sich zu Anna um.
„Frau Wunderle, wie schön! Kommen Sie rein und setzen Sie sich, wir machen gleich die Vorstellungsrunde.“ Dann wandte sie sich wieder ihren Dokumenten zu.
Anna nickte einem jungen Mädchen mit zerrissener Jeans und schwarzem T-Shirt, einem Mann mit Stoppelhaaren und Brille mit mindestens 10 Dioptrien und einer älteren Frau mit dunklen Haaren zu. Eine circa Vierzigjährige steckte ihre Nase durch die Tür, gefolgt von einer Frau mit einer schlecht gemachten, auffälligen Perücke. Beide setzten sich auf dem Sofa weit möglichst auseinander. Hier gab niemand einem anderen die Hand. Die Frau und das junge Mädchen hatten einen Mundschutz um. Anna fühlte sich sicher. Es war still, nur das Kratzen des Stiftes von Frau Steinbrink war zu hören. Anna wunderte sich, dass die dunkelhaarige Patientin neben ihr mit der bunten Strickjacke ihre volle Haarpracht in Form eines Kurzhaarschnittes besaß.
Die Frau hieß Gabriele und war bereits vor zwei Jahren transplantiert worden. Mit dem typischen Aachener Dialekt, mit dem sie ihre Geschichte erzählte, war sie Anna sofort sympathisch. Sie hatte ein Lymphom gehabt. Die Ärzte hatten ihr noch vor der Transplantation gesagt, dass es wieder käme. „Bisher habe ich alles gut überstanden“, referierte sie vor den anderen, „doch danach gab es Komplikationen. Infekte, Gürtelrose, Lungenentzündung. Ich habe so ziemlich alles mitgenommen, was man kriegen kann.“

Das junge Jeans-Mädel mit dem Kopftuch nickte. „Eigentlich ist alles, was das Leben schön und bunt macht, verboten. Und wenn man sich nicht an die Verbote hält, wird man krank."
Auch die anderen stellten sich vor. Janina mit dem karierten Kopftuch begann zu weinen, weil sie sich um ihre zwei kleinen Kinder sorgte, um die sie sich nicht kümmern konnte. Robert mit den Stoppelhaaren war seit einem Jahr wieder beim Arbeitsamt tätig. Er hatte Schwierigkeiten, zu sehen. Seine Augen waren ständig trocken, juckten und tränten. Er konnte nicht mehr fokussieren. Die anderen fragten, wie er denn dann am Computer arbeitete. „Ich kann es nicht", sagte er, „meistens mache ich die Augen einfach zu." Anna rieb sich die Augen. Sie juckten.
Die Stunde war fast um. Anna war die Letzte. „Ich heiße Anna." Sie zögerte, bevor sie weitersprach. Wie offen wollte sie hier sein? Wollte sie überhaupt etwas von sich erzählen? Die Dinge, die sie in den letzten Monaten beschäftigten? Krank sein, Segeltörn, gesund werden – die ganze Geschichte?
„Ich bin fünfzig Jahre alt. Seit genau drei Wochen. An dem Tag sind alle gekommen. Um mir zu gratulieren. Mein Mann hat niemanden hineingelassen. Seit der Transplantation bin ich oft krank. Ein Infekt nach dem anderen." Sie sah die fragenden Blicke der anderen. „Ich habe seit Tag 36 eine GvHD." Sie machte eine Pause und vergewisserte sich, dass sie verstanden, was sie sagte. Robert und Janina nickten heftig. „Die ist ganz plötzlich gekommen und macht mich wahnsinnig. Dieser Panzer im Nacken…"
Gabriele meldete sich zu Wort. „Bei mir war es im Gesicht. Ich habe es \`Hautpanzer\` genannt."
Anna musste grinsen. „Meine GvHD ist mein Monster. Das Monster wird jetzt mit Cortison behandelt. Damit habe ich es im Griff."
Plötzlich fiel ihr sehr viel ein, was sie mit den anderen teilen konnte. Sie lief zur alten Form auf. „Die Haut ist fleckig und hart, und es tut weh. Ich kann nichts salziges mehr essen und habe das Gefühl, einen Schwamm im Mund zu haben. Meine Augen sind trocken, ich brauche am Tag ein ganzes Fläschchen Augentropfen. Ich würde gerne wieder

arbeiten, bin aber nicht kräftig genug." Sie holte kurz Luft und sprach dann schnell weiter, damit niemand nach ihrem Beruf fragte.

„Ich nehme immer noch die Höchstdosis an Cortison, seit zwei Monaten. Man hatte mir in Aussicht gestellt, dass wir die GvHD in zwei Monaten in Griff haben. Daran ist nicht zu denken. Es wird einfach nicht besser."

Janina meldete sich zu Wort ein. „Ich habe gelesen, dass die GvHD nach jedem Infekt stärker wird. Der ganze Körper gerät mehr und mehr aus der Balance. "

Das war verständlich. Anna schaute auf.

Robert hatte auch etwas dazu zu sagen. „Man soll besser nicht in die Sonne."

Anna drehte sich ruckartig zu Frau Steinbrink. „Gar nie mehr?"

Frau Steinbrink sah Anna ernst an. „Die Sonne ist ein Trigger für die GvHD. Patienten mit GvHD müssen direkte Sonneneinstrahlung meiden. Manche für mehrere Jahre. Wenn die GvHD eskaliert, ist sie oft auch mit den stärksten Medikamenten nicht mehr zu kontrollieren."

Anna sagte nichts mehr. Ihr war eingefallen, dass sie noch einmal mit Dr. Tümmler über den Segeltörn sprechen musste.

Kapitel 27

Als sie vor der Klinik ein Taxi rief, türmten sich Gewitterwolken jenseits der holländischen Grenze hinter dem modernen Gebäude auf. Der Himmel wurde dunkel, die schwüle Luft machte das Atmen schwer. Typisch Aachener Klima: In einem Moment eine Hitzewelle, im nächsten Regen. Anna schaute begeistert nach oben und rückte ihre Perücke wieder gerade, die vom Wind zerzaust in ihrem Gesicht hing. Es war schon dunkel, als sie zuhause ankam.
Oliver saß am Esstisch, als sie eintrat. „Unsere GRACE ist jetzt vor Portugal", sagte er kauend und hielt sein Handy hoch, auf dem 20 neue Nachrichten, alle von Dennis, zu sehen waren.
„Toll, dass du mit dem Essen gewartet hast", schmollte Anna und schleuderte ihre Schuhe im Esszimmer von den Füßen. Oliver zog die Augenbrauen hoch, doch Anna reagierte nicht. Sollte er sie doch selbst aufräumen, wenn es ihm nicht passte. Sie war zu müde, um in den Flur zu gehen.
„Dennis und Britta sind heute Morgen in Frankreich ausgelaufen und nun auf dem Weg nach Gran Canaria. Unglaublich, wie schnell die beiden das Boot überführt haben!" Er kaute an einem Körnerbrötchen herum und schob Anna ein Schälchen mit rotem Dip hin. Sie ahnte, dass es mit Chili und Cayennepfeffer gewürzt war und empfand schon jetzt die feurige Explosion in ihrem Mund.
„Gibt's nichts anderes zu essen?"
„Ach, Madame möchte ein Menü gekocht bekommen, so wie immer in den letzten Wochen?" Jetzt blitzten seine Augen gefährlich.
„Du solltest langsam wissen, dass ich nichts Scharfes essen kann!"
Sein Blick gefror zur Grimasse, dann setzte er sich in Bewegung, zog sich Einmalhandschuhe an und holte eine Schüssel mit Kartoffelpüree und dem Möhren-Soja-Bratling aus dem Kühlschrank, den er am Vortag zubereitet hatte. „Warm oder kalt, Mylady?"
Anna verspürte keinen Hunger. „Egal."

Oliver wärmte Annas Mahlzeit in der Mikrowelle, und stellte den Teller auf ihren Platz, eine Spur zu heftig, so dass es knallte. Dann vertiefte er sich wieder in sein Handy.
„Idyllisch, hier zuhause." Anna konnte sich nicht zügeln. Sie wollte reden. Nett, freundschaftlich, aber vor allen Dingen nicht übers Segeln.
Er sah auf. „Jetzt reicht es, Anna. Du kommst hier herein und verbreitest nur schlechte Laune. Ich kann nichts dafür, dass du krank bist, ist das klar?"
„Du könntest mindestens etwas Passendes zu essen machen!"
„Ich tue, was ich kann, Anna. Seit Monaten verbringe ich Zeit in Krankenhäusern", - bei dem Wort Krankenhäusern verdrehte er dramatisch die Augen – „und breche sogar unser wichtigstes Wochenende vor dem Törn in Holland ab!! Was willst du noch?"
Anna schob den Teller weg. Es gab keinen Ausweg mehr. Sie musste das mit Oliver ausdiskutieren. „Ich möchte, dass du mich verstehst."
„Verstehen? Dich verstehen? Dass ich dir deinen Geburtstag organisiere und du als Dank kurz danach zu deinen Chorfreunden rennst und dich mit Retro-, Herpes- oder Eppstein-Barr-Viren ansteckst!" Er machte eine Pause und sah Anna ernst an. „Es geht immer nur um dich. Hast du einmal darüber nachgedacht, was ich möchte? Du bist immer nur müde, schlecht gelaunt und schlapp. Ich möchte auch etwas – ich möchte meine alte Anna zurück! Die Anna, die ich bewundert habe, die immer fröhlich war, amüsant, lustig, voller Leben!"
Der Wasserhahn tropfte. Anna sah, dass er die Kühlschranktür nicht richtig geschlossen hatte und stand auf. Oliver ließ sie nicht aus den Augen.
„Ich kann mir nicht vorstellen, wie das auf dem Segelboot wird, mit uns zweien." Seine Stimme klang kalt, als er das sagte.
„Und ich weiß nicht, ob ich mitfahren kann." Die Worte strömten einfach so aus ihr heraus. Sie hatte das nicht sagen wollen.
Oliver starrte sie fassungslos an. „Du willst alles hinschmeißen? Jetzt?"
Er war einen Schritt zu weit gegangen. Sie hatte nur ihre Zweifel äußern wollen. Ein unbehagliches Schweigen machte sich breit.

„Wenn du nicht mitfährst, haben wir die GRACE völlig umsonst gekauft und aufgerüstet. Wie soll ich alleine über den Atlantik? Wer hilft mir mit dem Wetter?"
Anna wurde es flau im Magen. Ehe sie etwas sagen konnte, redete er schon weiter. „Du kannst doch einfach Medikamente gegen alle möglichen Infekte mitnehmen."
„Die Sonne... Sie strahlt von oben und wird von unten reflektiert. Mit einer GvHD darf ich das eigentlich nicht…" Jetzt war es heraus. „Ich glaube, ich muss hier bleiben."
Oliver sah sie spöttisch an. „Du willst hier bleiben? Allein? Das willst du doch nicht wirklich." Er wandte sich ab und sah aus dem Fenster. Draußen fing es langsam an, zu tropfen. Das Gewitter war nicht mehr aufzuhalten. Da zuckte es in seinem Gesicht, als wäre ihm etwas Beunruhigendes eingefallen. Er drehte sich um und schaute Anna mit aufgerissenen Augen an. „Wenn du nicht fährst, kann ich auch nicht gehen…"
Er griff die Teller, knallte sie auf die Küchenablage, und stapfte in sein Arbeitszimmer.
An diesem Abend sprachen sie nicht mehr miteinander. Anna blieb in Ronjas Zimmer, das sie ab und zu benutzte, um Musik zu hören, setzte sich an den Schreibtisch, schaute auf Ronjas Bilderwand und drehte die Lautsprecherbox auf volle Lautstärke. „I'm in Love with a Devil" von Avril Lavigne erfüllte den kleinen Raum. Sie konnte nichts anderes tun, als wie ein stummer Fisch auf dem Schreibtisch herumzuschauen und nachzudenken. Schlechte Laune, du bist schlapp, allein bleiben. Die Wortfetzen des Abends schwirrten durch ihren Kopf. Was war hier los? Wo stand sie jetzt? Allein? Oder zusammen mit ihrem Mann, kurz vor der Erfüllung ihres Lebenstraumes? Welche Richtung sollte sie einschlagen? Draußen grollte der erste Donner, noch weit entfernt, doch bald schon lauter, bedrohlicher, unheimlicher.
Sie hörte Oliver im Haus rumoren und mit den Türen klappern, der Fernseher dröhnte durch das Treppenhaus. Irgendeine Nachrichtensendung. Anna legte sich seufzend auf Ronjas Bett, von wo aus sie den Sternenhimmel durch das Fenster sehen konnte. Es war mittlerweile elf Uhr abends. Zum Glück hatte sie ihre Nachttabletten oben

im Schlafzimmer, so konnte sie sich den Gang in Olivers Reichweite sparen. Noch nie hatten sie getrennt in diesem Haus geschlafen, doch heute war ihr danach. Sie zog Ronjas Schlafanzug an, den sie gefaltet unter dem Kopfkissen fand. Um Mitternacht war der Gewitterregen, der mit Macht auf das kleine Örtchen in der Eifel heruntergeprasselt war, vorüber.

Anna starrte in den dunklen Himmel. Noch war ihre Entscheidung nicht gefallen. Im Gegenteil – sie war ratlos. Im Nebenzimmer hört sie Schritte. Sie stellte sich die GRACE vor, das Boot, das so voller Erwartungen steckte, seine Erwartungen, und auch ein paar von ihr selbst. Abends auf den schaukelnden Planken sitzen, ein Glas Hugo – das Plätschern des Wassers und der Mond über ihnen – Anna fühlte sich magisch dorthin gezogen. Aber konnte sie das riskieren, drei Wochen unter freiem Himmel? Sie sah auf die Uhr. Dann nahm sie ihr Smartphone und schrieb Ronja eine Nachricht. „Soll ich mit Papa über den Atlantik segeln?"

Es dauerte eine Weile. Endlich Ronjas Antwort: „Ich wollte nichts dazu sagen. Aber ich glaube nicht. Was sagt dein Arzt?"

„Der ist nicht begeistert. Habe das nicht zu Ende diskutiert."

„Bist du wahnsinnig???" Drei entsetzte Emojis.

Anna schrieb einen Gute-Nacht-Gruß und schaltete das Handy aus. So viele Sterne schimmerten ins Zimmer. Jeder Stern symbolisierte einen Weg, den sie gehen konnte. Wie würde ihre Zukunft aussehen? Um ein Uhr malte sie sich aus, wie sie im Frühjahr in den Sender zurückkehrte. Sie war wieder fit auf den Beinen, und die Haare waren gewachsen. Mit flottem Kurzhaarschnitt und einem schicken neuen Kostüm moderierte sie ihre erste Sendung. In ihrem Bauch kribbelte es vor Freude und Aufregung. Das war es, was sie wollte. Um jeden Preis.

Um zwei Uhr war sie bei Oliver angelangt. Was wenn sie ihm eröffnete, nicht mit zu fahren? Es fühlte sich wie Verrat an. Würde er ihr je verzeihen, dass er seinen Traum aufgeben musste?

Um drei Uhr sah sie Frau Steinbrink vor sich. Ihre Lachfältchen wurden immer dünner, verschwanden aus ihrem Gesicht, und Anna hörte: „Sonne? Nein! Unbedingt vermeiden!"

Sie griff sich an den Hals, strich über die geschwollene Haut, erinnerte sich an das brennende Gefühl, wenn sie in den heißen Augusttagen im Freien gewesen war. Das UV-Licht auf dem Segelboot war unerbittlich, auch ein Sonnenschutz mit dem höchsten Faktor und der neue Sonnenhut mit der breiten Krempe würde nichts nutzen.
Um halb vier tauchte Dr. Tümmler auf. Er hatte die Stirn gerunzelt und seine dunklen Augen waren noch dunkler als sonst. „Sind Sie wahnsinnig? Drei Wochen ohne einen Arzt in ihrer Nähe?"
Anna wälzte sich in Ronjas Laken. Was war die Alternative? „Du, allein bleiben?" Olivers Worte hallten in ihrem Kopf. Sie fand die Vorstellung, vier, fünf oder sechs lange Wochen alleine zuhause verbringen zu müssen alles andere als verlockend. Doch nicht im Vollbesitz ihrer Kräfte auf das Boot? Mit einem Oliver, der schon die Augenbrauen hochzog, wenn sie sich mittags zum Ausruhen hinlegte? Sie hatten die letzten Jahre auf ein gemeinsames Ziel gebaut, auf die Reise, die ihre Beziehung neu ordnen sollte. Sie waren sich einig gewesen, dort erneut Zweisamkeit zu leben, um sich wieder zu fühlen, sich wieder in die Augen zu schauen. Doch was für eine Zweisamkeit war das nun, drei Monate vor dem Start?
Anna setzte sich auf. Oliver und sie waren zu Gegnern geworden. Wo und wann hatten sie beide ihre Basis verloren?
Ihre Anspannung löste sich auf wie ein Klumpen Schnee in der Sonne. Sie wollte keinen Gegner um sich haben. Nicht auf dem Segelboot, und nicht zuhause. Es gab eine Lösung. Sie zog die niedergestrampelte Bettdecke bis an ihre Nasenspitze und schloss die Augen. Es wurde Zeit, dass sie Schlaf fand. Sie hatte sich entschieden.

Kapitel 28

Die nächsten Tage waren von fiebriger Betriebsamkeit bestimmt. Anna selbst hatte Dennis angerufen, und ihn gefragt, ob er sich vorstellen könne, mit Oliver an der Atlantik Rallye teilzunehmen. Sie hatte gezittert bei dem Telefonat. Was, wenn er nein sagte, weil er keinen Urlaub nehmen dürfe oder einfach nicht wollte?
Doch Dennis war begeistert. „Echt jetzt? Und was machst du?"
Anna hatte auf den Boden geschaut und sich das Telefonkabel um ihre dünnen Finger gewickelt. „Gesund werden", sagte sie leise.
Oliver sah sie mit verdutztem Gesichtsausdruck an, als sie ihm danach ihre Idee präsentierte. Sie könne die Atlantik-Überquerung auf keinen Fall mitmachen. Es war zu gefährlich. Sie sprach mit einfachen Worten davon, wie sich eine Haut anfühlte, die wie unter Feuer stand, und wie die Zellen in ihrem Körper sich bekämpften. Zum ersten Mal seit langem hatte sie den Eindruck, dass Oliver ihr zuhörte.
Von da an war alles leichter. Dennis stellte die Bedingung, dass seine Schwester mitreisen sollte. Sie könnte die Rundum-Versorgung der beiden Männer an Bord übernehmen. „Eine dritte Person ist nicht verkehrt, bei der anstrengenden Tour", stimmte Oliver zu. Auf einmal war die Tour anstrengend. Anna schüttelte den Kopf und war erleichtert. Beinahe hätte sie eine falsche Entscheidung gefällt.
Oliver begann zu planen. „Dann haben wir jetzt jede Menge zu tun. Dennis muss als zweiter Skipper noch ein Training auf Gran Canaria absolvieren. Auch Britta muss von mir in die Besonderheiten des Bootes eingewiesen werden, am besten sofort."
Er sprach konzentriert, unaufgeregt. Es war kein Vergleich zu den harten Worten am Vortag. Aber Mitgefühl oder Fürsorge war nicht in seiner Stimme nicht zu hören. Anna erwartete es nicht mehr. Sie schickte Wolfgang eine Nachricht. „Müssen uns noch mal sehen". Sie kam schon klar. Sie hatte ja ihren Bruder.
Bis zum Start der Rallye waren es noch acht Wochen, doch es war zwischen beiden klar, dass Oliver nicht mehr lange zuhause bleiben

würde. Er buchte einen Flug nach Gran Canaria, den Rückflug ließ er offen.
„Ich werde irgendwann im Dezember zurück sein. Um Weihnachten mit dir zu verbringen."
Anna dachte über den Satz nach. Irgendwann im Dezember. Sie fühlte sich merkwürdig erleichtert bei dem Gedanken an die zwei Monate, die sie für sich hätte. Viel Zeit, um gesund zu werden. „Ich werde das Meer vermissen. Aber zum Glück gibt es ja auch eine Tour zurück…"
Sie waren beide erstaunt, dass sie nicht schon früher auf diese Lösung gekommen waren. Am 24. Juni im nächsten Jahr gab es die Rallye von Mittelamerika nach Portugal zurück. Die Tour ostwärts über den Atlantischen Ozean galt als die weniger attraktive, und zur Teilnahme mussten die Skipper ihre Boote während der Hurricane-Saison in der Karibik zurücklassen. Für Anna schien das dennoch die Lösung ihres Problems zu sein. „Ein Jahr nach der Transplantation bin ich wieder die Alte", prophezeite sie. Und Oliver kannte in Trinidad einen Hafen, in dem die GRACE überwintern konnte.
Anna strich in ihrem Wölkchenkalender die ursprünglichen Eintragungen durch und ersetzte sie durch neue. Jetzt stand da: „Abreise O" anstelle von „Vier Wochen Countdown". Sie überschrieb das rote Herzchen am 23. November, das den Starttermin markierte, mit der Nummer von Olivers neuem Satelliten-Telefon.
Oliver hatte alle Hände voll zu tun, die Papiere für seine Mitsegler fertig zu stellen. Außerdem gab es Diskussionen in der Kanzlei, weil er vier Wochen früher als angekündigt die Auszeit nehmen wollte. Zur Kompensation übernahm er ein Mandat für einen Steuerstreit mit einem Großkunden, der kurz vor Abschluss stand, ihn aber täglich mehr als zehn Stunden Arbeit am Tag kostete. So verschwand er morgens um sieben Uhr aus dem Haus und kehrte nicht vor 20 Uhr zurück. Für Anna war es belanglos, sie begann, langsam wieder mobil zu werden. Sie war stolz auf sich, als sie an einem Vormittag in zwei Stunden mit vielen Pausen die Küchenschränke ausgewischt hatte. Die neue Putzfrau aus der Ukraine half ihr mit den anstrengenderen Aufgaben im Haus. Den Garten mit den vielfältigen Keimen im Boden musste sie weiterhin links liegen lassen, doch sie nahm sich die

Ernährungsfibel der Klinik vor, kochte ein Gericht nach dem anderen und lernte die Grundlagen der keimfreien Ernährung auswendig.
Die Kontrolltermine in der Ambulanz wurden weniger. „Kommen Sie von nun ab alle vier Wochen“, schlug Dr. Tümmler vor.
Beim heutigen Termin hatte Anna Gelegenheit, zu erwähnen, dass ihr Mann in fünf Tagen zu einem längeren Segeltörn aufbräche und sie von da an alleine wäre. „Suchen Sie sich jemanden, den Sie im Notfall anrufen können, und der in der Nähe wohnt. Hauptsache, Sie gehen nicht mit auf die Reise“, sagte der Arzt, während er weiter in den Akten blätterte. Anna fühlte, dass sie puterrot wurde.
Dr. Tümmler sah sich zum ersten Mal ihre Haut in Ruhe an. Er untersuchte ihre Schleimhäute, leuchtete mit einer Taschenlampe in ihren Mund und befühlte den Rückenpanzer mit seinen kalten Händen. „Haben Sie Schmerzen?“ fragte er.
„Morgens ja. Ich kann mich kaum bewegen im Oberkörper.“ Sie überlegte, ob sie kurz von dem Monster erzählen sollte. „Es ist, als klammerte sich jemand in meinen Nacken fest.“
„Pflegen Sie die Haut, Frau Wunderle. Schmieren, schmieren, schmieren.“ Dr. Tümmler meinte die grässliche Creme, die Harnstoff enthielt und deshalb eine Konsistenz wie Gewindeschmiere hatte.
„Ich verschreibe Ihnen Krankengymnastik. Sie müssen sich bewegen. Gehen Sie so viel wie möglich nach draußen. Aber nicht in die pralle Sonne und unter Menschen nur mit Mundschutz.“
Das hatte man Anna inzwischen mehrfach gebetsmühlenartig gesagt, doch dieses Mal lösten die Ermahnungen keinen Widerwillen mehr aus. „Wenn ich mich daran halte, geht die GvHD dann weg?“
Dr. Tümmler sah auf. „Das kann Ihnen niemand versprechen. Aber das Cortison wirkt, und in den nächsten Wochen können wir die Dosis verringern.“ Das würde zumindest die Hamsterbacken, die Anna schon im Gesicht ansatzweise entdeckt hatte, vermindern. Dringend nötig, fand sie, um so bald wie möglich wieder in die Öffentlichkeit zu gehen.
„Wann darf ich wieder arbeiten?“
Dr. Tümmler schaute sie erstaunt an, dann ging ein Lächeln über sein Gesicht. „Sie wollen wieder vor die Kamera?“

Anna nickte. „Ist noch undenkbar. Ich weiß. Aber bald vielleicht…"
Dr. Tümmler sah sie freundlich an. „Ich habe noch nie so eine Patientin gehabt wie Sie, Frau Wunderle. Sie haben eine der heftigsten Abstoßungsreaktionen überhaupt, haben einen Infekt nach dem anderen und sprechen davon, wieder im Fernsehen aufzutreten? Geben Sie sich noch ein wenig Zeit. Sich und Ihren Zellen. Die kämpfen noch miteinander."
Anna schaute zu Boden. Irgendwann musste der Kampf doch zu Ende sein.
Sie nahm ihr Rezept für sechs krankengymnastische Behandlungen und fuhr nach Hause. Vor der Haustür erblickte sie Herrn Nilsson, dessen lustige Schlappohren durch den Garten flogen. Marie stand in einem grünen Arbeitsoverall daneben und schnitt die Buchsbaumhecke zurück. Sie hatte ein buntes Tuch um den Kopf gebunden und winkte Anna mit erdbeschmutzten Handschuhen zu, „Geht es dir wieder besser?"
Anna ging zögernd auf den Nachbarzaun zu. Sie hatte ein schlechtes Gewissen, weil sie sich nach ihrem Zusammenbruch auf der Straße nicht mehr bei ihrer Nachbarin gemeldet hatte. „Naja", meinte sie und überlegte krampfhaft, wie sich das Thema auf etwas anderes lenken ließ. Früher wäre ihr das nicht so schwergefallen. Doch jetzt gab es nicht viel Spannendes zu berichten aus ihrem Leben.
Dann gab sie sich einen Ruck. „Ich komme gerade aus der Klinik."
Marie zog die Gartenhandschuhe aus und kam näher.
„Ich bin im Sommer fünf Wochen dort gewesen. Knochenmarktransplantation. Mein Bruder war Spender."
Es tat gut, in Maries freundliches, rundes Gesicht zu schauen. Sie faltete die Handschuhe ordentlich zusammen und legte sie auf den Gartentisch. „Lass mich raten. Mit Chemo und einem Haufen Medikamenten danach?"
Anna erzählte. Auf einmal war es kein Problem, die Nachbarin einzuweihen.
„Was ist mit deinem Job?" Marie war glühende Verehrerin der Wetterfee Anna Wunderle, das hatte sie ihr recht bald nach ihrem Einzug in die Nachtigallenallee gestanden.

„Im Moment arbeite ich nicht. Ich muss erst wieder gesund werden. Das ist das Wichtigste im Moment für mich."
Anna freute sich über das Lächeln in Maries Gesicht. „Du weißt, ich bin für dich da, wenn du etwas brauchst." Ihre blitzenden Augen waren so freundlich, dass es Anna trotz des zugigen Herbstwindes lauwarm wurde. Sie dachte an Dr. Tümmler, und dass sie jetzt Hilfe im Notfall hatte. Manche Probleme lösen sich von selbst.
„Wir können ja mal einen Kaffee trinken", sagte sie. „Bist du jeden Tag zuhause?"
„Bis auf die Spaziergänge, die ich mit Herr Nilsson mache, ja. Ich muss morgens sehr früh mit ihm raus, und nachmittags sind wir im Garten." Sie wies auf die abgeschnittenen Tomatenpflanzen, die zu einem Riesenhaufen auf der Rasenfläche lagen. „Wenn es nicht regnet…", fügte sie hinzu. Sie tauschten die Handynummern aus, damit Marie im Notfall erreichbar wäre.
Anna erinnerte sich an früher. „Wir hatten immer Jagdhunde, damals, als ich klein war. Mein Vater ist schon um 6 Uhr mit ihnen raus. Das ist nicht unbedingt meine Zeit." Tatsächlich hatte sie nie mitbekommen, was ihr Vater mit den Tieren morgens alles unternahm. Nur abends, wenn er stöhnend seine Füße hochlegte, hatte er gejammert, wie anstrengend das Leben mit drei jagdfiebrigen Settern war.
Marie legte die Gartenschere zur Seite. „Jagdhunde? Dann muss ich dich dazu einmal befragen. Herr Nilsson hat nämlich einen ausgeprägteren Jagdtrieb, als ich angenommen hatte."
„Machen wir, beim nächsten Mal!" sagte Anna und verabschiedete sich. Über Hundeerziehung wusste sie nicht viel, doch mit Marie wollte sie sich trotzdem gerne treffen. Marie, ganz in grün, nickte fröhlich und tauchte wieder in ihren Tomatenspalier.

Es war der letzte Abend vor Olivers Abreise und Wolfgang wollte sie beide zum Essen einladen. Anna fand die Idee gut, und sagte zu, jedoch ohne Oliver zu fragen. Der schüttelte nur den Kopf und lehnte dankend ab. „Ich möchte lieber noch einmal alle Dokumente durchgehen und mit Dennis skypen. Geht ihr mal ruhig zu zweit."

Sie gingen zu Annas Lieblingsitaliener, den sie zuletzt vor der Transplantation aufgesucht hatte. Weil Anna sich so freute, einmal wieder auszugehen, wechselte sie ihre Jogginghose gegen einen Rock und zog eine Bluse an, obwohl ihre Haut schon beim Anziehen juckte. Ein, zwei Stunden würde sie das wohl aushalten.
Sie bestellte eine Lasagne, von der sie wusste, dass sie solange im Backofen gebraten war, dass bestimmt jeder kleinste Keim vernichtet war, bevor er auf ihrem Teller landete. Auf Alkohol verzichtete sie weiterhin, nahm stattdessen ihre Abendtabletten während des Essens ein. Wolfgang verzog das Gesicht, als er die weißen und rosa Pillen sah, die sie auf, neben und unter dem Teller verteilte. „Du könntest es auch einmal mit Yoga und Akupunktur versuchen. Oder Heilfasten."
Anna schluckte eine Antwort hinunter und berichtete von Oliver. Es tat gut, Einzelheiten ihrer Entscheidung mit ihrem Bruder zu teilen. Sie redete sich in Schwung, erzählte von der Lösung mit Dennis, von Olivers Unverständnis und von Dr. Tümmler, der ihr nie grünes Licht gegeben hätte.
„Darf ich auch einmal etwas sagen?" Wolfgang haute mit der Hand auf den Tisch und schaute Anna herausfordernd an.
Anna schrak zusammen. Was meinte er damit?
„Ich habe nie viel von eurer Idee gehalten. Du und Oliver auf dem Segelboot – das geht vielleicht gut in Holland. Doch mehrere Wochen am Stück über den Atlantik, das hätte selbst meine Beziehung zu Gudrun nicht ausgehalten."
Jetzt musste Anna lachen. „Die ja auch so wahnsinnig gut war!"
„Nein, nein, das meine ich nicht. Wir hatten uns auseinandergelebt, weil wir andere Interessen hatten. Unvereinbare. In dem Fall muss man sich trennen. Es geht nicht, dass einer sich für den anderen verbiegt."
Jetzt wurde Anna neugierig. „Wie geht es dir denn eigentlich so als Single?"
Wolfgang lehnte sich zurück und verschränkte die Arme hinter dem Kopf. „Wunderbar Anna, es könnte nicht besser sein. Ich habe das Motorradfahren entdeckt, und ich lebe jeden Tag so, wie ich es

möchte. Glaubst du, ich könnte so viele Wandertouren und Reisen machen, wenn ich noch verheiratet wäre?"

Anna knabberte an ihren Fingernägeln. Reisen und Wandern ja – aber ... „Fühlst du dich nicht manchmal einsam in deiner Wohnung? An den Wochenenden, wenn alle Pärchen gemeinsam etwas unternehmen?"

„Glaube mir, irgendwann kommt der Moment, da sind dir andere Menschen egal, nämlich dann, wenn du dich mit dir wohlfühlst. Ich bin am glücklichsten nach dem vierten Kilometer im Wald, ob Regen oder Sonne, wenn die Vögel über mir zwitschern, oder wenn in der Dämmerung die ersten Rehe auf einer Lichtung auftauchen. Du solltest es auch einmal versuchen!" Er sah sie triumphierend an. „Dir geht es doch langsam wieder besser. Trau dich, und laufe einfach los. Hinter eurem Haus gibt es den Roetgener Busch, schau dich einfach einmal um dort!"

Es war später als geplant, als Anna zu Hause abgeliefert wurde. Fast wie früher, dachte sie. Ein guter Abend. Ein winzig kleiner Meilenstein auf dem Weg zum Gesundwerden.

In dieser Nacht schlief sie mit Oliver. Anna wollte Oliver nach dem Zähneputzen von dem Abend erzählen und von Wolfgangs glücklichem, unabhängigem Leben. Doch sie kam nicht zu Wort. Oliver legte seinen „Ich-will-dich-jetzt-und-hier"-Blick auf, der sie früher zum Wahnsinn getrieben hatte. Es war schnell, heftig und nüchtern. Anna fühlte ein gewaltiges Kribbeln im Körper, doch die Nähe zu ihm suchte sie vergeblich. Als es vorbei war, rollte er sich mit einem zufriedenen Seufzen auf die Seite und schlief ein.

Am nächsten Morgen fand sie, dass er unternehmungslustig aussah, so wie er mit der Goretex Jacke in der Hand an der Haustür stand. Anna fummelte nervös an ihrem Schlafanzug herum und zog ihre Strickjacke eng um ihren Oberkörper.

Oliver pfiff ein Seemannslied und schleppte, ohne aufzublicken, die Taschen ins Auto. Die Klappe des Kofferraumes fiel mit einem lauten Knall zu. Es war so weit.

„Ich gehe dann mal", meinte er zu Anna. Sie sah ihn stumm an. Sie wusste, dass er gehen musste. Wenn er bei ihr bliebe, hätte ihre

Beziehung keine Garantie mehr. Seine Reise über den Atlantik würde das Ablaufdatum vielleicht nach hinten schieben.
Drei Schritte waren zwischen ihnen. Es war unklar, wer von beiden diese überwinden würde.
„Du kommst klar?“ Sein Blick unter den frisch gewaschenen, strubbeligen Haaren war warm. Einen kurzen Moment sah Anna den alten Oliver vor sich. Der, den sie so geliebt hatte, der sie tröstete, als sie eine Uni-Klausur nur knapp geschafft hatte und glaubte, darüber verzweifeln zu müssen. Oder der ihr einen Tee kochte, wenn Mike sie über zwölf Stunden im Sender festgehalten hatte. Und der, der im Kreißsaal ihre Hand hielt, als Ronja sich nicht bequemte, aus dem Geburtskanal zu kommen.
„Ich habe ja Dr. Tümmler.“
Er kam auf sie zu. Dann nahm er sie kurz in den Arm und drückte sie fester, als Anna es erwartete. Während er sich umdrehte und zum Auto ging, hatte sie einen riesengroßen Kloß im Hals.

Teil IV

Kapitel 29

Das Feld war grau. Die Häuser waren grau. Der Himmel war grau. Anna sah zu ihren Füßen hinunter und zählte die Schritte. Eins, zwei, drei, vier … fünfundfünfzig … einhundertzwölf. Spazierengehen war langweilig. Schon als Kind hatte sie es gehasst. Sie stieg über einen Zigarettenstummel und einen Hundekotbeutel hinweg, den jemand neben den Mülleimer geworfen hatte. Als sie wieder hochsah war alles noch genauso grau wie vorher. „Du musst in den Wald“, hatte Wolfgang gesagt. „Die Welt sieht gleich besser aus.“ Besser? Heller grau als im Wohnzimmer?
Annas Monster saß hinterhältig in ihrem Nacken und drückte fleißig zu. Sie glaubte mittlerweile, es war wie ein kleiner gemeiner Gremlin, der sich freute, dass sie gequält die Schultern hochzog. Das Herz war ihr schwer. Wann ging das grässliche Vieh endlich weg?
Die kühle Oktoberluft war angenehm. Anna atmete tief ein und aus, nach dem Herbstgewitter am vorigen Tag war die Luft so klar wie sonst nur im Dezember. Die kleine Straße, die um das Feld führte, das sie wie ihre Westentasche kannte, war mit herabgefallenen Ästen und Zweigen übersät. Wahrscheinlich das letzte Gewitter in diesem Jahr. Der hohe Feuchtigkeitsgehalt in der unteren Troposphäre kombiniert mit thermischer Instabilität der Atmosphäre war ab November fast ausgeschlossen.
Ihr Haus stand am Rande der Siedlung, in der sie bekannt wie ein bunter Hund war und doch selbst niemanden kannte. Sie pflegte nur selten weiter als bis zum Briefkasten oder zum Bäcker zu gehen, durch die kleinen Straßen mit den immer gleich aussehenden Doppelhäusern und gepflegten Vorgärten. Sie mochte es nicht, wenn jemand sie grüßte und mit aufgerissenen Augen und offenem Mund erkannte. Statt auf dem Feldweg wäre sie jetzt lieber am Meer, wo man jeden Schritt noch stundenlang an Fußstapfen wahrnahm, die lange Pfade

in den weichen Stand stempelten. Der dunkle Forstweg, den sie einschlug, konnte nicht mit dem endlosen hellen Sand konkurrieren, in dem sie gerne sitzen würde, um nichts weiter zu tun, als den sich brechenden Wellen zuzuhören. Hier am Rande der Siedlung hörte man nur Kindergeschrei, Jubeln vom Spielplatz und Rufe von Müttern, die zum Heimkommen ermahnten.

Anna wanderte zügig die Anhöhe bis zur beginnenden Kieferbewaldung hinauf und musste nach kurzer Zeit stehen bleiben. Verdammte Kurzatmigkeit. Und überhaupt. Spazierengehen. Da war es wieder, dieses Grollen im Bauch, der Ärger, dass sie hier in diesem gottverdammten Wald unter den finsteren Kiefern herumlatschte. Nach einer kurzen Atempause raffte sie sich erneut auf, schleppte sich bis auf die Erhebung und ließ sich auf eine Bank fallen, die sicher nur für Anna dort aufgestellt worden war. Vor lauter Japsen höre ich nicht ein einziges Geräusch im Wald, dachte sie und lauschte auf ihr klopfendes Herz. Der Schweiß lief ihr über die Stirn und brannte auf den Wangen und im Nacken. Und das bei 10 Grad im Oktober. Auf der GRACE hätte sie Tag und Nacht geschwitzt – das wäre kein Spaß gewesen, dachte sie kurz und schob jeden weiteren Gedanken an die verpasste Segeltour beiseite. Sie wollte nach vorne schauen. Wo waren jetzt die Vögel, von denen Wolfgang erzählt hatte. Anna sah sich um und fand, dass sie einen beeindruckenden Ausblick auf Roetgen und die Voreifel hatte. Ein leichter Wind wehte die grauen Wolken beiseite, und die hervortretende Abendsonne wärmte ihre Haut. Ein krächzendes Geräusch ließ sie zusammenzucken. Ein Käuzchen vielleicht, das im dichten Wald etwas verfrüht die Nacht ankündigte. Doch Käuzchen sitzen nicht in einem solchen Gebüsch, von wo das Rascheln lauter wurde. Anna drehte sich um und schaute hinter die Bank. Nichts. Vielleicht nur eine Katze. Am besten ginge sie schleunigst mit ihrem überanstrengten Herzen zurück. Den Fußweg wieder bergab, schnell übers Feld und nach Hause aufs Sofa. Diese Herumstiefelei im Wald brachte rein gar nichts. Ihrer Psyche nicht und ihrem Immunsystem auch nicht. Wenn wenigstens ein paar Sonntagsspaziergänger unterwegs wären, denen sie ein freundliches „Guten Tag“ zurufen könnte.

Doch das Geräusch hörte nicht auf. Dieses Mal war es mehr ein Wimmern, ein Weinen. Nicht weit entfernt. Neugierig machte Anna ein paar Schritte um die Bank. Da sah sie es.

Das schwarze Tier lag halb unter einer Mauer, die aus alten bemoosten Felsbrocken bestand. Ein Stück des Aachener Westwalls, ein Überbleibsel aus dem Zweiten Weltkrieg, um das sich niemand mehr kümmerte. Die Pfoten nach vorne gestreckt, den dicken Leib gekrümmt, rutschte es auf dem Bauch langsam vor und fiepte leise. Anna schluckte, sie war plötzlich zehn Jahre alt, versessen auf Stofftiere, und ihr Lieblingsteddybär war groß, schwarz und flauschig. Das, was sie hier sah, war das flauschigste, größte Fellwesen, das sie je gesehen hatte. Dunkel wie Espresso, herbstbraune Augenbrauen, eine helle Blesse und vier riesengroße weiße Pfoten. Der Hund war mindestens 70 Zentimeter groß, das erkannte sie schon im Liegen. Anna ging, ohne länger nachzudenken, zu ihm hin. Als sie näher kam, begann er zu knurren.

„Wer bist du?" säuselte sie leise und streckte die Hand vorsichtig aus. So ein schönes Tier! Warum lag es hier? War es verletzt? Das Knurren wurde lauter, der Hund duckte den Kopf und seine Ohren senkten sich. Anna sah ein Halsband, an dem ein silberner Anhänger hing. Irgendwie musste sie mit der Hand daran kommen, um lesen zu können, was darauf stand – vielleicht, wenn sie ihn ablenkte. Sie griff in ihre Jackentasche und suchte nach etwas Essbarem.

„Du musst aufstehen. Komm her..." Tatsächlich fand sich tief unten im Jackenfutter ein kleines Stück Möhre, das Pippin schon angeknabbert hatte. Anna hatte es in der Tasche vergessen, bevor sie es auf dem Komposthaufen entsorgen wollte. Ein heftiger Ruck ging durch das Tier, und es schnüffelte begeistert an der Möhre. Annas Herz klopfte ihr bis zum Hals, als sie nach dem Halsband griff. Es war eine Hundemarke mit einer nicht lesbaren, verblassten Nummer und einem kleinen silbernen Knochen an der Schnalle. „LOLA", stand darauf. Das Tier knurrte grollend.

„Ist schon gut..." Anna zog erschrocken ihre Hand zurück. „Wenn du nur sprechen könntest…"

Das war also Lola. Lola rennt, fiel Anna ein, doch der bekannte Filmtitel passte hier nicht. Sie schlich in sicherem Abstand um Lola herum und sah, dass ein Hinterbein unter einem der Steinblöcke eingeklemmt war. Ihre Körperhaltung war ganz und gar unnatürlich mit verdrehter Wirbelsäule. Was sie da vor sich sah, war eine verletzte Berner Sennenhündin von 40 Kilo, die dringend Hilfe brauchte. „Na, du machst aber Sachen. Bist wahrscheinlich über die Mauer gesprungen und hast dabei den Stein heruntergerissen."

Das Tier schien sich nicht von selbst befreien zu können, das Bein unter dem Felsen konnte durchaus gebrochen sein. Doch wie diese Hündin darunter hervorholen? Bei jeder Berührung knurrte sie. Anna wusste von den Jagdhunden ihres Vaters, dass ein verletztes Tier sich nicht unbedingt normal verhielt. Sie musste das Vertrauen des Hundes gewinnen, was ihr fast unmöglich erschien. Aber Herausforderungen war sie nun seit Monaten gewöhnt.

Sie fand eine bunte Schnur in der anderen Jackentasche und begann damit, vor Lolas Schnauze herum zu wedeln. Lola schnappte spielerisch nach dem bunten Ding. Nach einer halben Ewigkeit brachte Anna es fertig, ihr über den Kopf zu streicheln. Die blitzweiße Blesse auf ihrer Stirn fühlte sich weich an. Schwarze Augen sahen ihr direkt ins Gesicht. Anna lachte verzaubert. So ein hübscher Hund.

„Ich wusste, dass du ganz lieb bist!" sagte sie leise. Jetzt konnte sie das Fell untersuchen. An dem geklemmten Hinterbein angekommen, sah sie es. Das Bein unter dem Stein war dick geschwollen und zeigte auf der Innenseite eine große klaffende Wunde. Es roch nach faulem Eiter.

Anna ließ sich auf den Boden fallen und überlegte. Sie musste dieses schöne Tier retten, zu einem Tierarzt bringen, doch zu wem und wohin? Als ihr Vater die Hunde hatte, hatte er sich alleine darum gekümmert. Anna war zu klein gewesen, und jetzt ärgerte sie sich, dass sie nie zugehört hatte, wenn er von dem Wunder-Tierdoktor in der Eifel sprach, der seinem heißgeliebten Wachhund einmal ein zerbissenes Ohr gerettet hatte.

Lola begann wieder zu knurren. So ging es nicht. Sie würde sie nicht alleine befreien können. Anna geriet ins Schwitzen. Das schwarze

Augenpaar sah zu, wie sie ihr Handy aus der Jacke fummelte und eine Nummer wählte.
„Marie? Ich brauche deine Hilfe – gut, dass du zuhause bist!"
Gut war es auch, dass Marie, die Anna in wenigen Minuten gefunden hatte, kräftige Arme besaß und einen Bollerwagen ins Auto gepackt hatte. Und besonders gut war es, dass sie sich mit Hunden auskannte und die Situation sofort erfasste. „Ich hebe den Felsen hoch, und du ziehst sie heraus. Dich scheint sie jetzt zu kennen."
Auf Kommando stemmte Marie den Stein nach oben, und Anna zog sanft, aber beharrlich an Lolas Vorderbeinen, nachdem sie ihr eines von Maries mitgebrachten Hundeleckerli vor die Nase gelegt hatte. Die Hündin zuckte und jaulte laut auf. Anna konnte gerade noch loslassen, bevor ihre Hände von Lolas Zähnen erwischt wurden. „Scht…", beruhigte sie das Tier und schob ohne Pause Leckerli statt ihrer Finger in das große Maul.
„Mach weiter", ermunterte Marie sie von hinten, und ließ den Stein krachend auf den Boden fallen. Anna gelang es, Lola aufzurichten, und hielt ihren Körper auf den Beinen.
Die Hündin fiepte und wimmerte laut beim Auftreten, dann knickte sie mit den Hinterläufen ein.
„Mist!" Marie holte eine Decke aus ihrem Auto und legte sie auf den Waldboden, so dass Anna das Tier dort einwickeln konnte. Während viele Stückchen Wurst ihren Besitzer wechselten, hoben sie Lola beide vorsichtig auf den Bollerwagen. Zu zweit schoben sie den Wagen mit seinem kostbaren Inhalt bis zur Straße, bewältigten den Transport in das Auto und sahen sich grinsend an. „Du bist Klasse", schnaufte Anna, die am Ende ihrer Kräfte war. Es dämmerte, und sie zog ihre dünne Jacke fest um ihren Körper. „Kennst du einen Tierarzt, der jetzt noch zu sprechen ist?"
„Klar. Tierklinik in Aachen Süd. Wir sollten uns beeilen. Die Hündin liegt schon eine Weile da." Marie startete mit Motorgeheul den Wagen und preschte über den Feldweg bis zur B 258 und die Himmelsleiter hinunter Richtung Aachen. „Vielleicht ist sie in ein Auto gelaufen. Und dann panisch weggerannt. Gerade jetzt im Herbst passieren vermehrt Autounfälle mit Tieren. Die Dunkelheit setzt früh ein, und

man übersieht so einen schwarzen Hund schnell. Ein paar rutschige Blätter auf der Straße, und dann ist es passiert."
„Hoffentlich kriegen wir sie durch! Hast du gesehen, wie sie mich angeguckt hat?" Anna fühlte sich wie in einem Film. Lola. Ein fabelhafter Name für ein fabelhaftes Tier.
„Ja. Sie ist ein toller Rassehund. Aber so schreckhaft..."
Anna nickte. Wem Lola wohl gehörte?
Es war dunkel, als sie Aachen erreichten. Marie klingelte an der Tür der Tierklinik, worauf sofort geöffnet wurde. „Wir haben eine verletzte Hündin im Auto. Sie ist groß – da muss jemand tragen helfen…" Obwohl es schon acht Uhr war, saßen mindestens fünf Leute mit Hunden oder Katzen im Warteraum.
Ein junger Pfleger half unerschrocken, die knurrende Lola aus dem Auto zu bergen und in ein Behandlungszimmer zu bringen. Sie kamen sofort an die Reihe, und eine Tierärztin mit einer strengen Hornbrille betrat den Raum. „Richartz!" sagte sie mit harter Stimme. „Sie haben also ein Fundtier." Lola knurrte, sobald sie sich ihr näherte, und die Ärztin legte ihr einen Maulkorb an. Die Hündin zitterte und schnaubte. Anna sackte das Herz in die Hose.
„Kennen Sie den Hund?" Die Frau Richartz klang schnippisch. Mit einem elektrischen Gerät suchte sie nach den Nacken der Hündin ab. Es zeigte nichts an. „Sie ist nicht gechipt."
„Es gab nur ein Schild mit Namen Lola am Halsband."
Lola sah jämmerlich aus mit dem schwarzen Plastikkorb um ihre Schnauze, die Pfoten über den Rand des Metalltisches herunterhängend.
„Wir müssen Bein und Rumpf röntgen – Sie übernehmen die Kosten?" Die Tierärztin sah sie beide fragend an. Warum diskutierte diese Brillenschlange über Geld, anstatt zu helfen? „Ich mache das", sagte Anna schnell.
Das kostete sicher Hunderte. „Bitte, legen Sie los…" Aus dem Augenwinkel sah sie Maries erstaunten Blick und zwinkerte ihr beruhigend zu. Das zahlte Oliver aus der Portokasse. Falls sie ihn fragen würde.
Zwei Helferinnen assistierten, eine davon holte Medikamente, die andere kümmerte sich um die Narkose. Lola schlug panisch mit dem

Kopf, die Helfer klammerten sie für einen kurzen Moment fest. Die Minuten, bis das Ergebnis der Röntgenuntersuchung feststand, zogen sich wie Kaugummi.
„Ich hätte eine Thermoskanne Kaffee mitbringen sollen“, sagte Marie gelangweilt. Nebenan jaulte ein kleiner Hund herzzerreißend.
„Was willst du danach mit ihr tun?“ fragte Marie.
„Mitnehmen natürlich.“
Marie zog die Augenbrauen hoch. „Wir müssen herausfinden, wem sie gehört.“
„Das hat Zeit. Heute Abend nicht mehr. Ich nehme sie zu mir.“
„Und wenn es etwas Schlimmes ist?“
Anna zuckte zusammen. Wie viele Hunde hatte ihr Vater schon einschläfern lassen müssen. Meist erzählte er es erst Stunden später in der Familie. Und Anna war bei jedem verlorenen Tier, auch wenn es nicht ihr eigenes war, mit gebrochenem Herzen in ihr Zimmer verschwunden und hatte sich geschworen, nie wieder ein Wort mit ihm zu sprechen. Nein! schien es in ihrem Inneren zu schreien. Nicht Lola! Ihre Augen juckten und waren trocken wie Reibeisen.
„Ich kümmere mich um sie. Hast du ihren ängstlichen Blick gesehen?“
Marie konnte schon nichts mehr sagen, die Tür öffnete sich, und Frau Richartz brachte das Röntgenbild. Sie befestigte es am Monitor, sodass Anna und Marie die Knochenabbildung gut sahen.
„Die Kleine hatte eine Rippenprellung, wie nach einem Sturz oder starken Stoß. Ich vermute von einem Unfall, eher mit einem Fahrrad als mit einem Auto. Das Hinterbein ist nicht gebrochen, aber gewaltig gequetscht, die Bänder und die Gelenkkapsel sind stark gereizt. Wir müssen den Bluterguss und die Entzündung behandeln.“
„Hat sie Schmerzen?“ fragte Anna schnell. Mit Fahrradunfällen kannte sie sich schließlich aus.
„Wir geben Ihnen ein Schmerzmittel mit.“ Frau Richartz erteilte Anna Anweisungen, wie sie die Wunde zu desinfizieren hatte, wie sie Salbe auftragen, eine Schiene und einen Verband anlegen sollte. Zweimal täglich. Es war Anna unklar, wie sie das allein schaffen sollte. Marie stand hinter ihr, während sie die Medikamente in ihre Tasche packte. „Wir können auch fragen, ob wir sie ein paar Tage hier lassen

können", flüsterte sie Anna zu. Sie verstummte sofort, als sie Annas strengen Blick sah. Gemeinsam schleppten sie die schlafende Lola wieder ins Auto.
„Suchen Sie den Besitzer. Das ist ein wertvolles Tier." Die ermahnenden Worte der Tierärztin klangen Anna noch im Ohr, als sie die schlaftrunkene Lola mit Marie vor ihrer Haustür aus dem Kofferraum heraushob.
„Viel Glück", sagte Marie und strich Lola über den Kopf. Sie sahen das große Tier eine Weile lächelnd an.
„Danke für deine Hilfe! Bis morgen…"
Lola richtete sich auf und wankte in Richtung Haustür, als wäre sie schon hundertmal dorthin gegangen. Anna atmete tief durch und ging hinterher. Es fühlte sich irgendwie verboten an, den großen Hund mit ins Haus zu nehmen. So, als ob man heimlich die Pille absetzt.

*

Schwerfällig humpelte Lola durch das ganze Erdgeschoss. Sie schnüffelte in jede Ecke, suchte nach etwas, was Anna nicht verstand. An der Badezimmertür stand Lola lange und hob witternd die Schnauze. Anna begriff und kam aus der Küche mit einem Topf voll Wasser. Als sie ihn vor Lola stellte, ging ein Seufzen durch das große Tier und sie begann geräuschvoll zu schlabbern. Fressen wollte sie nicht. Die Schüssel mit den Spaghetti vom Vortag ließ sie naserümpfend stehen.
Den Rest des Abends versuchte Anna Lolas Fell zu kraulen. Sie legte sich zusammen mit ihr auf eine alte Campingdecke, die sie in der Garage gefunden hatte. Ihre Finger in den dichten Haaren erinnerten sie an das Gefühl, mit einem großen Plüschtier zu kuscheln. Vorsichtig langte sie zu dem Verband, öffnete ihn und sah Lola dabei in die Augen. Sie erwartete ein Knurren, doch Lola hielt still und senkte den Kopf. Sie desinfizierte die Wunde und trug neue Salbe auf. Die Hündin zuckte nicht einmal. Anna wurde es warm ums Herz. Abschließend schob sie ihr ein kleines Stückchen Wurst ins Maul. Lola schmatzte zufrieden und rollte sich auf die Seite.

Anna ließ sie im Wohnzimmer liegen und schaute auf ihr Smartphone. Nach drei Tagen noch immer kein Anruf von Oliver. Sie löschte das Licht und ging leise singend in ihr Schlafzimmer. „It's a Beautiful Day…"

Kapitel 30

Am nächsten Tag fraß Lola immer noch nicht. Anna hatte aus Sorge um das Tier einen Wecker auf sieben Uhr gestellt, stand sofort auf und lief, ihren Schwindel ignorierend, die Treppe hinunter.
Lola lag umgedreht auf der Campingdecke, den großen Kopf auf dem Steinboden, die Beine in die Luft. Die Schiene und der Verband waren abgerissen, die Decke blutverschmiert. Als sie Anna sah, wedelte sie schwach mit dem Schwanz. Um acht Uhr kam Marie und brachte einen Sack Hundefutter und half Anna, die Schiene wieder anzulegen. Lola reagierte auf keine von ihnen beiden und ließ den gefüllten Futternapf links liegen.
„Vielleicht noch Nachwirkungen der Narkose", sinnierte Marie. „Wenn sie bis morgen nichts frisst, müssen wir zu der Ärztin."
Zu der nüchternen Schnepfe wollte Anna auf keinen Fall. Sie verabredeten sich für den folgenden Tag zu dem lange versprochenen Kaffee, und dann hatte Anna die Hündin wieder für sich alleine.
Sie saß neben ihr auf dem Boden, strich ihr sanft durch das Fell, versorgte die Wunde, gab ihr Wasser zu trinken und hielt ihr Leckerli-Stückchen unter die Nase. Lola drehte angewidert den Kopf weg.
Den ganzen Tag versuchte Anna, Lolas Vertrauen zu gewinnen. All ihre Gedanken, alles, was sie tat, drehte sich um die Hündin. Sie vergaß, ihre Haut einzuschmieren, nahm ihre Tabletten zwei Stunden zu spät und ging nicht ein einziges Mal vor die Tür. Obwohl nicht viel passierte, wurde ihr der Tag nicht lang. Am Abend hatte sie es geschafft, dass Lola sich streicheln ließ ohne weg zu rücken.
Weil sie hungrig war, schaute Anna in den Kühlschrank. Dort standen kleine Schüsseln mit Essensresten von den Vortagen. Sie hob einen Deckel ab, da fiel es ihr ein. Natürlich. Das, was ihr Vater mit kranken Hunden getan hatte. Dass sie nicht schon früher darauf gekommen war. Sie nahm die Packung Hackfleisch, die sie nicht für die Spaghetti Sauce benutzt hatte, setzte Wasser auf, und ließ das Fleisch hineinfallen. Nach wenigen Minuten stellte sie Lola

einen dampfenden Napf mit brodelnder Nahrung vor die Nase. Lola witterte, legte den Kopf wieder zur Seite.
„Komm, friss, Loli." Anna schlug das Herz bis zum Hals. Sie holte einen Teelöffel und schob einen Klumpen Fleisch darauf. Lola schnüffelte und schaute weg. Dann eben ohne Löffel. Anna nahm eine Handvoll saftiges Fleisch in die Hand und schob es unter Lolas Lefzen. Dieses Mal öffnete die Hündin langsam ihr Maul und begann zu schmatzen. Warmes Fett tropfte auf das Linoleum. Noch eine Handvoll. Anna lag bäuchlings vor dem Tier und fütterte sie geduldig mit einem Bissen nach dem anderen. Lola hatte inzwischen die Augen weit geöffnet und schleckte grunzend Annas Finger ab. Ihre Zunge wurde immer länger und fordernder. Eine weitere Handvoll, noch eine. Nach ein paar Minuten war der Napf blitzeleer.
Anna sank erschöpft auf den Boden, Tränen liefen ihr über die Wangen. „Du hast es geschafft, Lola. Jetzt wirst du gesund." Sie streichelte den Kopf. Ihre Augen trafen sich. „So wie ich."

*

Es gab Wohnungen, die so perfekt eingerichtet waren, dass man sich darin wie in einem Museum vorkam. Marie-Luise Schmitt dagegen war das Kunststück gelungen, dem Inneren ihres kleinen Bungalows, in dem es ordentlich aussah wie nach dem Großeinsatz einer Putzkolonne, dennoch wohnliche Wärme zu verleihen. Sehr viel Weiß, viel Grau, ein wenig Blau. Hier ein hübsches Kissen, dort eine geschmackvolle Vase. Anna fühlte sich sofort wohl. Sie dachte an Oliver. Er wäre bestimmt angetan. Sie spürte ein Ziehen in der Magengrube.
„Wie schön, dass es endlich geklappt hat mit uns beiden!" Marie, heute in einem grünen Oberteil mit türkisen Streifen und einer roten Hose, kam mit einem Tablett und zwei Kaffeetassen mit Zwiebelmuster und einem Teller Gebäck herein. „Wo ist Lola?"
„Sie schläft. Das ist bestimmt das Beste für sie." Anna nahm auf dem grauen Sofa Platz.

„Ich muss dir etwas zeigen“, Marie hielt ihr ein Smartphone hin, auf dem eine Facebook-Seite geöffnet war.
„Berner Sennenhündin am Mittwoch, den 16. Oktober in Rott, B 258, nach einem Zusammenstoß mit einem Motorrad, entlaufen.“
Wie ein Blitz durchfuhr es Anna, ihr Herz klopfte bis zum Hals. Sie griff nach dem Handy und suchte den Eigentümer der Seite: „Hundeschule Roetgen e.V.“ Dann sah sie Marie mit großen Augen an. „Von einer Hundeschule?“
„Du kennst das Hundezentrum an der Bundesstraße nicht? Man sieht den Übungsplatz von der Straße aus.“
Gedankenverloren nippte Anna an ihrem Kaffee. War ihr diese Hundeschule wirklich nie aufgefallen? Ihr Vater hätte sie bestimmt gekannt, so vertraut, wie er mit allem, was vier Beine und einen Schwanz hatte, war.
„Eigentümer Steffen Radwitz“ stand im Impressum. Es gab eine E-Mail-Adresse und eine Telefonnummer. Es wäre sehr einfach.
„Ich weiß nicht“, Anna lehnte sich auf dem Sofa zurück.
„Was hat dein Mann zu der Hundegeschichte gesagt?“
„Der ist segeln. Nicht da.“
Marie stellte ihre Tasse ab und musterte sie sorgsam. „Er hat mir einmal vor der Haustür von einer langen Segeltour erzählt, die ihr beide machen wolltet. Ist es das, wo er jetzt ist?“
Anna nickte zaghaft.
„Du schaffst das noch nicht, das Segeln, stimmt’s?“ Marie sah wundervoll aus, mit ihrem grauen, sportlichen Kurzhaarschnitt, ihren blaugrauen Augen, die wie Eis und Schnee funkelten und dem Lächeln, das ihre Lippen umspielte. Anna fragte sich, wie alt sie wohl sein mochte.
„Und deine Tochter? Die habe ich lange nicht mehr gesehen!“
Jetzt lächelte auch Anna. Sie erzählte von Ronjas Auslandsjahr und konnte ihren Stolz in der Stimme nicht verbergen. „Hast du auch Kinder?“ fiel ihr nach einer kurzen Pause ein.
Marie hatte zwei Söhne, die längst erwachsen waren. Sie holte mehrere Bilderrahmen von der Kommode und erzählte mit verklärtem Blick. „Wir sind im Jahr 1990 hier eingezogen, da waren sie noch klein. Eine

schöne Zeit. Jeder kannte jeden hier in der Nachtigallenallee. Heute ist das anders…“

Anna sah eine leichte Melancholie in ihrem Blick.

Marie fuhr fort: „Alles hat seine Zeit. Ich vermisse nichts mehr. Ich bin gerne alleine in meinem Haus.“ Sie stockte, weil sie Annas zweifelnden Blick sah. „Aber es hat ein Weilchen gedauert, bis ich das so gesehen habe. Nach Burkhards Tod.“

Dann erzählte sie von ihrem Mann, der mit 59 Jahren an Darmkrebs gestorben war. Sie hatte ihn ein Jahr lang begleitet, durch alle Krankenhäuser bis in die Palliativstation. Mit einem vielsagenden Blick auf Anna sagte sie: „Ich weiß, was eine Chemotherapie bedeutet. Sie kann Segen sein, und Gift gleichzeitig.“

Anna nickte. Marie hatte eine harte Zeit hinter sich, was sie berührte und traurig machte. Dennoch fühlte sie sich durch Maries Worte getröstet.

„Wir waren bis zum letzten Tag zusammen. Das war wichtig. Nichts sonst.“ In diesem Moment sah Marie so entrückt aus, dass Anna sie in den Arm nahm und fest drückte. Ihre Worte kamen wie selbstverständlich aus ihr heraus: „Ich bin so froh, dass du neben mir wohnst.“

Da kratzte es an der Wohnzimmertür. Durch die Glasscheibe sah Anna die Umrisse des Cockerspaniels, der hineingelassen werden wollte.

Sie mussten beide lachen.

„Ich habe Herrn Nilsson draußen vergessen! Jetzt erzähle ich die ganze Zeit aus meinem Leben und wollte dir doch mit der Hündin helfen!“

Anna war gerührt. Wie kam sie zu diesem Glück, dass die Nachbarin, die sie bisher nie beachtet hatte, ihr so viel Aufmerksamkeit schenkte und ihr unter die Arme greifen wollte? Viel mehr als Oliver, Wolfgang und Doris zusammen?

„Was machst du mit Lola jetzt? Geht es ihr besser?“ fragte Marie.

„Sie hat endlich gefressen. Und sie lässt mich ihr Bein versorgen. Sie knurrt nur noch manchmal. Wie ein kleiner Tiger.“

Marie schaute auf das Handy auf dem Tisch. „Du musst morgen dort anrufen, Anna.“

Sie würden ihr Lola wegnehmen. Die Lola, die sie gestreichelt hatte, bis die Flocken des schwarzen Fells auf dem Boden einen weichen Teppich bildeten. Die Lola, die Annas Gedanken beherrschte, die ihr aber nicht gehörte. Sie müsste sie wieder abgeben, wenn sie morgen dort anrufen würde. Nicht gut. Nicht. Gut.
„Ich muss jetzt nach Hause. Danke für den Kaffee. Und für den Nachmittag mit dir." Anna hatte sich behaglich in dem gemütlichen Haus gefühlt, so wie früher in ihrem Elternhaus, wenn ihre Mutter Kuchen gebacken und Lichter angezündet hatte. Als sie in der Dämmerung vor der Tür stand, traten bei jedem Atemzug kleine Wölkchen aus ihrem Mund. Der Sommer war vorbei.
Sie kam noch rechtzeitig durch die Haustür, dass sie das Klingeln des Telefons mitbekam. Der Weg ins Wohnzimmer war durch den schwarzen Bären versperrt, der ungelenk an Anna hochsprang – und dann sofort einknickte.
„Schnell, lass mich rein, du dummer Hund!" lachte Anna und schob die Hündin sanft beiseite. Sie sprang zum Telefon und hob ab. Am anderen Ende der Leitung hörte sie laute Musik.
„Wer ist da?"
Der Beat von „Mambo Number 5" dröhnte in Annas Ohren, und sie hielt den Hörer so weit wie möglich vom Ohr. Dann vernahm sie seine Stimme.
„Anna, ich bin`s. Oliver. Hier ist heute Party."
„Was du nicht sagst…" rief Anna ins Telefon und setzte sich auf das Sofa. Auf dem Teppich lagen hunderte kleine Zeitungsschnipsel verteilt. Zwei Elektrokabel lagen zerbissen neben dem Esstisch. Sie riss erschrocken die Augen auf. Lola hatte den Nachmittag nicht verschlafen.
„Wie geht es dir?"
Anna musste sich kurz erholen und holte dann tief Luft. „Gut, ich räume gerade auf..."
„Gute Idee, Engelchen. Ich wollte dir nur sagen, dass die Kanaren wunderschön sind. Wir sind schon über hundert Skipper hier. Und viele kommen noch."

Anna verzog den Mund und schnitt eine Grimasse Richtung Lola. Die hatte ein größeres Zeitungsstück gefunden und kaute genüsslich darauf herum.
„Dennis liebt unser gepflegtes Boot. Und Britta kann gut kochen. Nur der Kompass ist ausgefallen. Und wir haben kein Internet."
„Das Problem wirst du bestimmt bald lösen."
„Ich schaue gerade in den Sternenhimmel. Du auch?" Seine Stimme klang alkoholisiert.
Anna trat zum Fenster und sah widerwillig nach oben. Diese Scheinromantik kannte sie nicht an Oliver. Sie sah zwischen den Sternen und ihrem Haus vor allen Dingen ein astreines Omega-Hoch über der Eifel, auf das sie sich seit Tagen freute. „Ich gehe jetzt schlafen, Oliver."
„Hm. Wollte nur deine Stimme hören. Ich bin froh, dass es dir so gut geht."
Dann machte es Klick! In der Leitung.
Lola kam angehumpelt und schubste Anna am Bein. „Das war Oliver. Den lernst du noch früh genug kennen." Lola legte den Kopf schief.
„Du hast recht", sagte Anna und setzte sich zu Lola auf den Boden.
„Ich hätte dich erwähnen sollen."

Kapitel 31

Das war sie also, die Hundeschule Roetgen e.V. Das Grundstück, das Anna hinter dem Eisentor an der Hauptstraße erblickte, war offensichtlich ein Gelände für Naturliebhaber.
Die Bäume des Waldes neigten sich mit ihren dichten Kronen wie ein Baldachin über das Haupthaus und den angrenzenden Pavillon. Wenn man davon absah, dass das Gelände riesengroß war, sah das Haus, das Anna zuerst ins Auge fiel, wie alle anderen aus in dieser Gegend. Weiß getünchte Wände, dunkle Holzfenster, ein hübsches Dach mit rostroten Ziegeln, und eine kleine Betontreppe vor der Eingangstür, die aus blau schimmerndem Glas bestand. Hinter der Tür hörte sie Hunde Gejaule. Lautes Winseln, grelles Gebell. Vor dieser Tür stand er. Lolas Besitzer.
Anna hatte ihn sich ganz anders vorgestellt und schreckte förmlich zurück, als der Mann mit der Kappe auf dem Kopf und der zerrissenen Militärhose auf sie zukam.
„Steffen Radwitz. Mir gehört der Laden hier."
Die Stimme, dachte Anna. Umwerfend. So eine tiefe Stimme hatte sie noch nie gehört. Nur der souveräne Spruch gefiel ihr nicht. Beinahe hätte sie etwas Schnippisches geantwortet, doch er streckte ihr die Hand entgegen. Sein Händedruck war fest, aber kurz. Er ließ Annas Hand einfach sofort wieder los und schob seine Nickelbrille, die nicht richtig passte, nach oben.
Blödmann, dachte Anna. Aber besser hielt sie die Klappe, und fuhr nicht direkt alles vor die Wand. Es ging hier um Lola.
Es war Annas allererste Autofahrt nach der Transplantation gewesen – sie hatte es einfach ausprobiert und nicht über Dr. Tümmlers gerunzelte Stirn nachgedacht. Mit dem Gefühl einer Achtzehnjährigen nach frisch bestandener Führerscheinprüfung hatte sie Lola in den Kofferraum ihres Golfes gesetzt und war losgefahren. Ein nächster Schritt in Richtung Selbständigkeit. Vorsichtshalber hatte sie Lola mit einem Stück Wurst im Wagen gelassen. Ihr Hinterlauf war immer

noch geschient, und sie wusste nicht, was passieren würde, wenn sie an ihrem eigentlichen Besitzer vor Freude hochsprang.
Vor einer Woche hatte sie sich durchgerungen und die Telefonnummer gewählt, die auf dem Zettel in der hintersten Ecke der Küchenschublade stand. Herr Radwitz wäre auf Reisen, sagte man ihr, aber die Mitarbeiterin war erfreut, dass Lola gefunden worden war. Anna machte einen Luftsprung, als die freundliche Stimme am Telefon ihr Angebot, Lola bis zu Herrn Radwitz' Rückkehr bei sich zu behalten, annahm. Eine Galgenfrist für ein paar Tage, die sie redlich auskostete.
Doch nun war der Tag gekommen, an dem sie Lola zurückbringen musste. Ihr Herz war schwer wie Blei. Nur nicht einschüchtern lassen, nahm sie sich vor und richtete sich auf. Sie wusste, dass sie mit ihrer Regenjacke und der fleckigen Hundejeans nicht besonders souverän wirkte. Doch wenigstens würde sie niemand als die bekannte Fernsehmoderatorin aus Wetter-TV erkennen. Die hätte so gar nicht in die Umgebung eines Tierschutzvereins oder einer Hundeschule gepasst.
Steffen musterte sie stumm, und für einen kurzen Augenblick ging ein verächtlicher Zug über sein Gesicht. Dann setzte er sein teilnahmsloses Lächeln wieder auf. „Sie haben unsere Lola gefunden?"
„Sie lag verletzt im Wald, als ich spazieren war."
„Und dann? Sie haben sie einfach mitgenommen?" Da war er wieder, dieser musternde Blick. „Sie wiegt über vierzig Kilo…"
Anna erzählte, wie sie Lola mit Marie in die Tierklinik gebracht hatte, und was die Tierärztin zu den Verletzungen gesagt hatte. „Ich habe die Röntgenbilder im Auto..."
„Nicht nötig. Ich glaube Ihnen."
Er sprach mit typischem Aachener Dialekt. Wie Gabriele. Es klang wie ein Singsang.
„Kommen Sie rein. Wenn Sie wollen, zeige ich Ihnen kurz das Gelände unseres Ausbildungszentrums."
Anna wunderte sich. Warum fragte er nicht nach dem Hund? Wollte er Lola gar nicht sehen?

Ohne ihre Antwort abzuwarten, öffnete er die Tür des Pavillons. Das Gebäude mit der interessanten sechseckigen Form hatte mannshohe Fenster, und Anna schaute auf einen großen Innenraum mit Stuhlreihen, ein paar Tischen und hohen Tafeln und Plakaten an den Wänden. „Servicehundetraining in zehn Schritten" und „Prüfungsordnung zum Begleithund" stand darauf.
Steffen hielt sich nicht lange in dem Schulungsraum auf und ging zur Hintertür, die sich zum Übungsplatz hin öffnete. Ununterbrochen sprach er von Hundetraining, von seinem vierköpfigen Trainer-Team und den vielen Preisen, die sie für ihre Ausbildungen gewonnen hatten. Anna platzte langsam der Kragen. „Was ist jetzt mit Lola? Sie ist im Auto..."
Steffen hob seine Kappe hoch und wischte sich über den kahlen Kopf. „Ja klar. Natürlich. Im Auto ist nicht gut."
Lola machte Luftsprünge auf drei Beinen, als sie vor Steffen stand und fiepte bei dem Versuch, ihrem Herrchen das Gesicht abzuschlecken. Anna sah, wie sie sich abmühte und immer wieder einknickte, Tränen traten in ihre Augen. „Ruhig, Lola. Platz!" Mehr sagte Steffen nicht, zwang die Hündin, sich hinzulegen, drehte sie auf den Rücken und strich ihr sanft über den weißen Bauch. Lola schnaufte lauft. Dann hob er das geschiente Bein und untersuchte den Verband. Lola hielt still.
„Nicht sehr professionell, diese Bandage. Waren Sie das?" wandte er sich Anna zu.
„Nach professioneller Anweisung von Frau Dr. Richartz!" motzte sie zurück. Das wurde ja immer schöner. Von Dankbarkeit keine Spur. Ihre Haut begann zu jucken, und sie ärgerte sich, dass sie sich heute Morgen nicht eingeschmiert hatte.
„Kenne ich nicht. Wir haben unseren eigenen Veterinär im Zentrum, den sollten wir zu Rate ziehen."
„Wenn Sie wollen. Ich habe nur getan, was ich konnte."
In diesem Augenblick ertönte ein lauter Knall aus dem Wald hinter der Baracke. Lola drehte sich blitzschnell auf den Bauch, sprang auf die Hinterbeine und raste so schnell ihr verletztes Bein es zuließ, über den Platz.

„Lola!“ schrie Steffen. „Steh!“ Und anschließend leise: „Diese elenden Jäger!“
Die Hündin hinkte ein paar Sprünge weiter ins Gebüsch, und verkroch sich hinter einem Rhododendronbusch.
„Mist, verdammter! Man kann sich einfach nicht auf sie verlassen!“ Steffen rannte mit großen Schritten zu ihr hin und zog sie am Halsband aus dem Grün. Lola duckte sich unterwürfig und sah hilfsbedürftig nach oben. Anna zog sich der Magen zusammen.
„Was tun Sie da? Sie hat sich doch nur erschrocken!“
Sein erstaunter Blick war voller Ärger, und zwang sie, zu schweigen.
„Ein Therapiehund darf sich nicht erschrecken. Er muss beharrlich bei seinem Menschen bleiben, egal was um ihn herum passiert. Lola ist untragbar für uns.“
Er kommandierte Lola zurück zum Gebäude, und Anna trottete bedrückt hinterher. Wo war sie hier nur hingeraten?
„Setzen Sie sich“, herrschte Steffen sie an. Er differenzierte nicht mehr zwischen Mensch und Tier. „Ich erzähle Ihnen die Geschichte von Lola.“
Da saß sie nun. In dem Schulungsraum eines Hundezentrums, einem eingebildeten, arroganten Hundetrainer gegenüber, der sich selbst für den Gott der Hundeerziehung hielt, und der mit ihrer Lola umging wie mit einem Raubtier. Annas Puls pochte im Rekordtempo, doch sie bremste sich und hörte sich schweigend Geschichten von Therapiehunden an, die als Welpe dazu auserwählt worden waren, Behinderten im Alltag zu helfen. Sie lernten, Patienten im Rollstuhl zu begleiten, heruntergefallene Gegenstände aufzuheben, im Haus ein klingelndes Telefon zu bringen, Kleidungsstücke ausziehen helfen, und in Notsituationen Medikamente oder Hilfe zu holen.
Anna hörte mit offenem Mund zu. Das Programm, was ein Assistenzhund zu bewältigen in der Lage war, war erstaunlich. Wenn die Ausbildung Erfolg hatte.
„Wie lange dauert es, bis ein Hund das alles kann?“ fragte sie mit kratziger Stimme.

„Bis zu zwei Jahren, je nach Ausbildungsziel. Lola ist seit drei Monaten dabei. Ich wusste, dass es mit dieser Rasse schwierig wird. Aber die Patientin wollte unbedingt einen Berner."

Sanft, gutmütig, treu. Anna wusste mittlerweile, dass das die Haupteigenschaften eines Berner Sennenhundes waren. Was genau war jetzt das Problem damit?

„Diese Hündin ist sehr sensibel. Das sind viele Berner. Aber sie ist schreckhaft und ungestüm gleichzeitig. Stellen Sie sich vor, die Patientin fährt mit dem Rollstuhl in der Stadt, vielleicht nur zur Apotheke, und der Hund flippt bei jedem lauten Geräusch aus. Sie ist uns schon dreimal ausgebüxt. Schüsse von Jägern, einfaches Knallen von Türen, Gewitter. Bei mir darf kein Hund weglaufen!" Er redete sich in Rage.

Anna schreckte zusammen. Gewitter. Das war es. Am Tag, bevor sie Lola gefunden hatte, hatte es heftig gewittert.

Sie kniete sich zu dem Hund auf den Boden. Lola rutschte von ihr weg. „Das können Sie doch sicher trainieren, oder?" fragte sie provokativ.

Auf dem Parkplatz vor der Baracke hörte man eine Autotür zufallen. Lola zuckte zusammen und versuchte aufzuspringen.

„Scht…" machte Steffen. Lola sah ihn unterwürfig an und duckte sich. „Ich habe die ersten Monate intensiv daran gearbeitet. Es ist ein Trauma, dass tief in ihr drin ist." Er sah Anna direkt an. „Sie können das bestimmt nicht verstehen. Ich habe hier ein Unternehmen und Verantwortung für diverse Kunden, die auf einen Hund warten. Zwei meiner Trainer sind zurzeit ausgefallen. Ich bin den ganzen Monat auf einem Lehrgang in England gewesen, der übermorgen fortgesetzt wird." Er rückte sich seine Brille zurecht. „Bei solchen Engpässen muss ich einen schwierigen Hund aussortieren. Sie, als Frau ohne Behinderung können das natürlich nicht verstehen. Es geht hier nicht um süße Hunde, Frau Wunderle. Es geht um den letzten Strohhalm für kranke Menschen." Während er sprach, streckte er seine Füße aus und stieß dabei unachtsam an Lolas Bauch. Sie fiepte herzzerreißend und Anna dachte an die verletzten Rippen.

Ohnmächtige Wut stieg in ihr auf. Steffens Stimme war rau, lieblos, und scharf. Anna sah den kleinen Leo vor sich, den jungen Jagdhund,

fünf Monate alt, der von ihrem Vater am Nacken geschüttelt und angebrüllt. Als Zwölfjährige hatte Anna sich dazwischen geworfen – wurde aus dem Zimmer geschickt. Jetzt war sie erwachsen und ließ sich nicht vor die Tür schicken.
Sie richtete sich auf und sagte bestimmt: „Vielleicht ist Lola deshalb so schreckhaft, weil sie von einer strengen Hand erzogen wird. Ich sehe einen Hund, den Sie so nicht mehr hinbekommen." Erstaunt über ihre Worte, legte sie eine Pause ein. Ihr linkes Augenlid flackerte, das Auge brannte wie Feuer. Sie versuchte, sich unbemerkt darüber zu wischen.
Steffen hielt inne und sah Anna geradeaus an. Er hob an zu einer Bemerkung, dann machte er seinen Mund wieder zu.
„Ich mache Ihnen ein Angebot, Herr Radwitz. Ich kaufe Ihnen den Hund ab. Sagen Sie mir, was Sie haben wollen. Ich zahle jeden Preis. Bei mir ist Lola gut aufgehoben. Ich habe Zeit, weil...", sie machte eine kurze Pause, „weil ich auch eine Art Patientin bin. Ich erziehe sie selbst. Wenn Sie wollen, können Sie sich das Ergebnis in einem halben Jahr anschauen."

Kapitel 32

Drei Tage nach dem Treffen mit Steffen überwies sie den Kaufpreis an den Hundeverein und meldete sich bei dem zentrumseigenen Tierarzt an. Der sah sich Lolas Hinterbein an und nickte zuversichtlich. „Sieht gut aus. Nur ihr Verhalten ist merkwürdig. Etwas aggressiv…"
„Scheu, würde ich eher sagen", widersprach Anna.
„Wenn Sie Hilfe brauchen, Steffen ist ein erstklassiger Coach für schwierige Hunde."
Nein danke. Anna hätte sich lieber jeden Tag beißen lassen, als Steffens Hilfe in Anspruch zu nehmen.
Wieder Zuhause, fand sie einen Anruf von Oliver auf dem Anrufbeantworter vor. Er war auf Gran Canaria angekommen. Die Crew hätte ihn begeistert begrüßt, sie hätten alle Hände voll zu tun, das Boot mit Lebensmitteln und Werkzeugen zu packen. Er wäre nun eine Weile nicht erreichbar. Anna solle fleißig den Blog lesen.
Anna löschte die Nachricht und stellte Lola ihr Futter in den Garten. In den letzten Tagen hatte die Hündin sich an normale Trockennahrung für Hunde gewöhnt. Zunächst hatte Anna sie weiter mit den Fingern gefüttert. Ihr Appetit wurde größer, und bald schon fraß sie laut schmatzend aus einem silbernen Napf, den Marie Anna geschenkt hatte. Vor Annas Händen schreckte sie Tag für Tag immer weniger zurück und nahm an Gewicht zu.
„Hallooo!" schallte es von der Haustür. Es hatte geregnet, und Wolfgang stand tropfnass mit einer Flasche Wein in der Hand vor ihrem Haus.
„Ich habe aber nicht Geburtstag", lachte sie, und nahm die Flasche und die nasse Jacke ab. „Wofür Wein?"
„Einfach so. Weil du nicht segeln gegangen bist, und überhaupt…"
Anna kam mit einer Vase aus der Küche, und sah ihren Bruder zweifelnd an.
„Naja. Nicht ganz. Weil … weil heute mein Hochzeitstag ist. Wäre."
Anna freute sich. Nett, dass er an sie gedacht hatte.

„Du liest über Hundetraining?“ Wolfgang war an den Esstisch getreten und schaute auf den Computerbildschirm, auf dem Anna die Seite des Hundezentrums aufgerufen hatte. „Den Verein kenne ich. Ist doch hier um die Ecke. Wir hatten einmal einen Schulhund von da“, sinnierte er.
In diesem Augenblick flog die Terrassentür auf, und Lola schoss mit einem Stock quer im Maul ins Zimmer.
„Anna! Was…“ Weiter kam er nicht, weil die Hündin sich duckte und zu knurren anfing. Sie füllte den ganzen Raum mit ihrem Wesen aus, schnaufend, wütend, lebhaft. Wolfgang ließ sich nicht abschrecken.
„Wer bist du denn? Das ist ja ein ganz Feiner!“ Er machte einen Schritt auf die Hündin zu, bückte sich und streckte seine Hand aus. Lola riss sich los und schnappte nach Wolfgangs Handgelenk.
„Vorsicht!“ Anna ging zwischen beide und schob Lola weg. „Du bist zu hastig!“ Beunruhigt schaute sie auf seinen Arm, ob er verletzt war. Wolfgang zog die Hand weg. „Das ist jetzt aber nicht dein Ernst, Anna. Wo hast du denn dieses Riesenvieh her?“
„Habe ich gefunden. Entspann dich. Du kommst wie gerufen. Ich brauche dringend Gesellschaft heute Abend. Setz dich, ich erzähle dir, was mir passiert ist.“
Es kam ihr immer noch wie ein Wunder vor, dass sie das Tier einfach so hatte mitnehmen können. Anna stellte einen großen Teller Lasagne in die Mikrowelle und berichtete Wolfgang wie sie Lola gefunden hatte, und von ihrem gestrigen Tag. Er hörte mit offenem Mund zu, was sie von Steffen erzählte.
„Da hast du dich ja ganz schön aus dem Fenster gelehnt…“
„Ja, sie gehört jetzt zu mir.“ Anna lachte laut und herzlich, in ihr war eine Freude, die rauschte und tobte wie das Meer an der holländischen Küste. Seit drei Tagen hatte sie eine Freundin. Fünfzig Kilo Zuneigung.
Wolfgang versuchte, Lolas Aufmerksamkeit mit Leckerli zu erregen. Lola grummelte, schaute zur Seite und drehte sich um.
„Na, der ist ja kräftig. Mindestens vierzig Kilo, schätze ich. Das wird ja spannend, wenn Anna Wunderle, ehemalige Wettermoderatorin,

die sich kaum auf den Beinen halten kann, mit einem Kampfhund durch Roetgen spaziert…"
„Das ist kein „Er" ", sagte Anna. „Sie heißt Lola, ist neun Monate alt und lauft gerne weg. Von diesem Hundeverein. Der einem arrogantem Ekelpaket gehört."
„Ach, jetzt verstehe ich." Wolfgang machte eine Kopfbewegung Richtung Computer. „Der Schulhund, den wir damals von Herrn Radwitz bekommen hatten, war übrigens acht Jahre im Einsatz. Benny. Und du willst sie wirklich behalten? In deinem Zustand?" Wolfgang musterte geringschätzig Annas dünne Arme.
„Ein bisschen von Hundehaltung verstehe ich ja auch. Erinnerst du dich nicht an Leo?"
„Der junge Münsterländer, der Papa nicht ausdauernd genug war?"
„Er hat ihn zuhause gelassen und ist mit den älteren Hunden zur Jagd gegangen. Das war mein Glück…" Anna lächelte versonnen.
„Du hast Leo ins Haus geholt?"
„Ein paar Mal. Heimlich. Es hat gut geklappt..."
„Vater wäre außer sich gewesen, wenn er das gewusst hätte."
„Leo war mein bester Freund, damals. Du hast studiert, und Klaus hatte eine Freundin. Wenn ich Leo nicht gehabt hätte…" Anna musste schnell ihre Hände in Lolas Fell stecken. Es war flauschig, kleine Staubflocken rieselten auf das Parkett. Es roch nach Erde.
Wolfgang zuckte mit den Achseln. „Schwesterlein, wenn du dir das unbedingt antun willst… Nur frag mich nicht um Hilfe, wenn sie den ersten Yorkshire Terrier zu Hackfleisch verarbeitet hat. Was sagt dein Arzt dazu? Der schleppt doch Keime rein!"
„Ich habe Ronja gefragt. Sie sagt, Hunde im Haus sind kein Problem nach der Transplantation. Ich habe ja zum Glück keine Katze gefunden…"
„Und deine GvHDings? Cortison? Immuntabletten?" Wolfgang hatte aufgehört zu kauen.
„Lass mich in Ruhe. Du bist ja schlimmer als Oliver!" Oliver. Der würde Augen machen… Anna verschluckte sich an einem Stück Tomate. Ihr Bruder sah es. Einen kurzen Augenblick war es mucksmäuschenstill im Raum. Wolfgang sah Anna an, seine Augen wurden schmal, dann prusteten beide vor Lachen laut los.

„Ein Hundehaar auf der Juristenrobe – das wird klasse, Anna!"
„Oder ein Hundehaufen im Garten!"
„Ruf mich an, wenn es soweit ist!" Wolfgang wischte sich mit der Serviette die Lachtränen aus dem Gesicht.
Anna beruhigte sich langsam wieder. „Oliver kommt frühestens in sechs Wochen zurück. In zehn Tagen beginnt die Atlantik-Überquerung, und sie werden mindestens drei Wochen brauchen. Bis dahin ist Lola Juristen-kompatibel!" Sechs Wochen. Anna strahlte übers ganze Gesicht. So viel Zeit nur für sie und Lola.
Nach dem Essen machte Wolfgang sich wieder auf. „Ich bin verabredet", sagte er, ohne die Miene zu verziehen und zog eine Mütze über die ausgedünnten Haare.
„Eine neue Freundin?"
„Bewahre, nein. Vorbereitung für den Wildnis-Trail in der Eifel. Vier Etappen über insgesamt 85 Kilometern Strecke."
„Alleine?" Anna schüttelte es bei dem Gedanken einer viertägigen Wanderung. Auch wenn sie die Eifel und ihre schönen Wälder mochte.
„Nein, mit zehn wanderbegeisterten Touristen."
Anna musterte ihren Bruder skeptisch. Er sah nicht unglücklich oder verwahrlost aus, auch ohne eine Partnerin. Er hatte einen gepflegten Dreitagebart, die Haare ordentlich zusammengebunden, seine Brille war blank geputzt und er hatte in den letzten Monaten an Gewicht zugenommen.
„Schau nicht so, Anna. Mir geht es gut. Ich habe noch mein halbes Leben vor mir, brauche keine Frau, um glücklich zu sein. Die langen Jahre mit Ayurveda und Klangschalen-Massagen haben mir gereicht."
Als er gegangen war, setzte Anna sich im Schneidersitz zu Lola auf das Parkett. Ihr Fell war so weich, dass sie immer nur ihr Gesicht darin vergraben wollte. Als Lola leise knurrte, strich sie ihr über den Kopf und fing leise an wie Reinhard Mey zu singen. „Es gibt Tage, da wünscht' ich, ich wär' mein Hund." Lola hörte auf zu knurren. Anna wagte es, ihre linke Wange auf Lolas Rücken zu pressen. Es fühlte sich so gut an. Hunde waren so simpel. Futter, Gassi, Streicheln. Das pure Glück. Ohne Ayurveda.

Kapitel 33

Anna wusste selbst nicht, warum sie von Lola so magisch angezogen war. Warum sie sich das antat. Es gab immer noch eine geringe Gefahr, gebissen zu werden. Das Risiko konnte sie nicht wegdiskutieren. Denn Lola war ein kräftiges Tier, kein sanfter Stoffteddybär, obwohl sie so aussah. Sie war ein wilder Rabauke, der geformt werden wollte. Ausgerechnet sie, Anna, hatte sich diese Aufgabe ausgesucht. Dabei hatte sie eigentlich genug Probleme in letzter Zeit.
Ihre GvHD beschäftigte sie tagtäglich. Sie war bei Anna besonders stark ausgeprägt. Dr. Tümmler begann, ihr weitere Medikamente zur Unterdrückung des Immunsyststems zu verschreiben. „Das bedeutet, dass Sie noch mehr aufpassen müssen im Kontakt mit anderen Menschen“, hatte er hinzugefügt. Anna hatte an ihren sagenhaften Auftritt im Chor gedacht und genickt.
Wenn sie Pech hatte, hätte sie diese Reaktion jahrelang. Immer seltener dachte sie an ihr früheres Leben: An ihre Freundinnen und an ihre Kollegen beim Sender. Sie konnte sich gar nicht mehr vorstellen, wie ein Hamster in seinem Rad von Terminen getaktet durchs Haus zu rennen. Für die Familie einzukaufen und zu kochen, vom Sender zum Tennistraining, und danach noch ins Kino zu gehen, und abschließend Gewohnheitssex mit Oliver zu praktizieren, um seine Laune zu verbessern. Doch tief in ihr schlummerte die Sehnsucht, wieder Menschen um sich zu haben. Ihre Freunde, denen sie von der letzten Wettervorhersage erzählte, und die mit trendigen Cocktails mit ihr auf das Leben und auf die Liebe anstießen.
Annas Sehnsucht nach einer freundschaftlichen Umarmung verblasste im Sumpf ihrer Medikamente und in ihrer Angst, mit einer Bronchitis und Dauerhusten im Bett zu liegen. Anna wurde menschenscheu. Auf den ersten kurzen Spaziergängen, die sie mit Lola versuchte, wechselte sie die Straßenseite, wenn ihr jemand anderes entgegenkam. Früher aus Scheu vor typischen Promi-Fragen, heute, um ihre gesundheitliche Misere nicht preiszugeben. Sie wollte der Verkäuferin im Bäckerladen

nicht ihr fleckiges Gesicht präsentieren, und es nicht riskieren, dass der freundliche Herr Wuttke mit dem uralten Rauhaardackel von gegenüber entdeckte, dass sie unter dem Tuch auf dem Kopf keine Haare trug, wenn der Herbstwind es unglücklich vom Kopf wehte.
Die Leere in ihrer Seele war riesengroß, dunkel und abgründig tief, und Anna hatte keine Ahnung, mit wem sie darüber sprechen konnte. So schluckte sie ihre schweren Gedanken hinunter.
Tagsüber forderte Lola ihre ganze Aufmerksamkeit. Sie folgte Anna auf Schritt und Tritt, obwohl es immer noch passierte, dass sie panisch zurückwich, wenn Anna sie anfassen wollte. Lola lag in der Küche zwischen dem Herd und den Schränken, Lola versperrte den Weg zur Treppe, und Lola legte sich zum Schlafengehen neben Annas Bett. Dort schnarchte sie lauter als Oliver.
Anna befragte Klaus und Wolfgang telefonisch, was sie gegen Lolas Trauma tun sollte. Die rieten zu Spielen und Spazierengehen. „Du musst sie ablenken, und Bewegung ist für einen jungen Hund wie Lola genau das richtige, jetzt, wo sie nicht mehr so stark humpelt.“
Das erste Hindernis, das Anlegen der Leine ohne Knurren, überwand Anna durch zehnfache Wiederholungen an einem Tag. Danach schaute Lola die Lederleine nur noch beleidigt an.
Ihre ersten Spaziergänge waren ein einziges Missverständnis. Entweder kamen sie beide keinen Schritt vorwärts, weil Lola es interessanter fand, im Gebüsch nach Spuren anderer Hunde zu schnüffeln, oder sie schoss plötzlich einer Katze hinterher, die über die Straße huschte. Dann wurde Anna elegant von ihrem Hund über den Gehsteig gezerrt.
Sie versuchte es mit Marie und Herrn Nilsson gemeinsam. Herr Nilsson liebte Lola seit der ersten Begegnung und sprang wie ein Gummiball um die Hündin herum. Es gelang ihnen, etwas mehr als fünfhundert Meter Wegstrecke zurückzulegen, ohne dass es Leinensalat gab und entweder Marie oder Anna über die Lederschnüre stolperten.
Nachdem sie es nach zwei Wochen geschafft hatte, dass Lola aufmerksam eine Viertelstunde neben ihr herlief, wurde sie mutiger. Tag für Tag vergrößerte sie ihre Runde, und erkundete nebenbei die Schönheiten der Region.

Eines Tages kam ihr auf einem morastigen Waldweg ein älterer Herr entgegen. An seinem krummbeinigen Dackel erkannte Anna Herrn Wuttke von gegenüber.
Rauhaardackel Hans trug einen gelben Ball im Maul, was Lola sehr interessierte. Es gelang ihr, den Ball zu stehlen, worauf Herr Wuttke laut schimpfend dazwischen ging und nach Lolas Schnauze griff. Doch nicht mit Lola. Sie bekam den panischen Blick, den Anna so gut kannte, und ließ zwar den Ball fallen, jedoch nicht Herrn Wuttkes Jackenärmel.
„Was für eine böser Hund!" schimpfte er, und Anna zog den Kopf ein. Sie entschuldigte sich vielfach und zeigte Bereitschaft, sowohl das Hemd zu nähen, als auch Herrn Wuttke zu einem Arzt zu bringen. Der schlug laut zeternd den Rückzug Richtung Nachtigallensiedlung an und ließ Anna mit einer zufriedenen Lola zurück. Sie lag auf dem Waldboden und kaute an einem dicken Stock, zwischen den Lefzen klebte ein kleines gelbes Stück Plastik.
Auch andere Hundebesitzer in der Siedlung machten die Bekanntschaft mit Annas schwarzem Riesenhund. Familie Busch mit dem goldigen Retriever, der kein Wässerchen trüben konnte, Sabine Kleibers mit Nala, der flitzenden Aussie-Hündin, und Rolf, der Sohn des Pfarrers, der beim Hundespaziergang immer nur in sein Handy schaute, machten bald einen Riesenbogen um Anna mit Hund. Lola schnappte weiterhin nach fremden Hosenbeinen, Männerhänden und Hundespielzeug, das ihr in die Quere kam, und Anna gab es auf, sich zu entschuldigen.
„Du musst dir überlegen, ob es das ist, was du willst", sagte Marie, als Anna ihr eines Tages vor der Haustür ihr Leid klagte. „Eine so große Hündin mit so viel Scheu und Angst anderen Menschen gegenüber wird dir immer Probleme bereiten."
Anna sah zu Lola zu ihren Füßen und dachte an Doris, die ihr von ihrem Hundetrauma geschrieben hatte. Solange Anna einen großen Hund hätte, würde sie sie nicht besuchen können. In der Handtasche fühlte sie den kleinen silbernen Löwen, den Ronja ihr geschenkt hatte. Mutig sollte sie sein, und unerschrocken, den Dingen ins Auge sehen. Sie hob stolz den Kopf. „Erste Erfolge sieht man doch schon." Sie

schnalzte leicht mit der Zunge, und Lola setzte sich erwartungsvoll vor sie. Ihr Blick war tief und aufrichtig. Anna musste lachen – es gab Hoffnung.
Marie lachte auch. Sie bückte sich und kraulte Lola die Ohren. „Hast du es Oliver inzwischen gesagt?"
Anna wurde rot. Mit Oliver hatte sie seit dem letzten nächtlichen Anruf nicht mehr gesprochen. Sie verfolgte die Überfahrt in seinem Segelblog. Oliver schrieb seitenlang über die ausgereifte Technik an Bord, beschrieb das Satellitentelefon, den Wasseraufbereiter und die Kommunikationsmöglichkeiten per Funk. Anna hatte die Texte nach persönlichen Dingen, Fotos oder sogar Gefühlen durchsucht – aber nichts dergleichen gefunden.
„Oliver wird mich verstehen. Er hat schließlich gerade seinen Lebenstraum verwirklicht. Jetzt bin ich einmal dran."
Am Abend blinkte Annas Computer eindringlich. Sie hatte sich in ihre Decke gewickelt und wollte eigentlich mit niemandem mehr sprechen. Dann sah sie, dass es Ronja war, und nahm das Gespräch an.
„Zeig mir mal den Hund", sagte Ronja über skype. Lola sprang sofort auf und kam unter dem Tisch hervor. Ihre dicken Pfoten klackten auf dem Holzparkett.
„Oh, she is so sweet!" Ronja stieß sekundenlang Jubelschreie aus. Die Bärin saß vor dem Bildschirm, und jedes Mal, wenn Ronja quietschte, legte sie den Kopf schief und schaute unter den Tisch, auf dem der Computer stand.
„Hast du gesehen, dass Papa in der Karibik angekommen ist?"
Anna nickte. „Ja, am 6. Dezember. Die GRACE liegt jetzt in Barbados."
„Sie sind bestimmt überglücklich. Wann kommt Papa nach Hause?"
„Nicht vor dem 17. Dezember. Sie müssen die GRACE noch nach Trinidad verlegen." Anna drehte den Kopf kurz vom Monitor weg. Sie wollte nicht, dass Ronja ihre ernste Miene sah.
Oliver hatte auf den Anrufbeantworter gesprochen, dass sie gut angekommen waren, dass es wie immer keine Internetverbindung gab, und dass er dringend eine weitere Woche Erholung benötigte. Barbados mit seinen Traumstränden wäre besonders gut geeignet, und er wolle mit Britta und Dennis den Regenwald durchwandern.

Was musste der jetzt noch wandern? Anna hätte an seiner Stelle die Karibik sofort verlassen, um zuhause nach dem Rechten zu sehen. Und um zu helfen.
„You are serious? So spät? Nun, dann ist er Weihnachten ja wieder bei dir!"
Anna fiel etwas anderes ein. „Was ist mit dir an Weihnachten, Ronja? Wann kommst du?" Es entstand eine Pause, die durch Knacken in der Leitung verursacht sein konnte.
„Ronja, was hast du gesagt?"
„Nichts, Mami. Nichts."
Anna stutzte. „Was ist denn jetzt mit Weihnachten?"
„Da ist doch Bruce… Ich habe dir von ihm erzählt…"
„Der auf Hawaii?" Anna erinnerte sich genau. „Der, der nicht für etwas Engeres in Frage kam."
„Oder vielleicht doch…" Ronja druckste auf der anderen Seite des Ozeans herum.
„Ronja! Warum erzählst du das erst jetzt?"
„Du warst immer so beschäftigt… Und dann die Sache mit Lola…"
So war das also. Lieber Bruce, als ihre Eltern an Weihnachten. Anna setzte sich ganz nah vor den Bildschirm. Sie wollte das Gesicht ihrer Tochter sehen. „Bist du happy, Schatz?"
Ronja strahlte in die Kamera. Sie sah jenseits von glücklich aus. „Er ist so cool. Er ist Pilot bei der US Army und spielt Basketball. Ich gehe immer mit zu den Spielen."
„Aha." Das war ja Romantik pur.
„Er ist…" Ronja hatte Schwierigkeiten, weiter zu sprechen. „Er ist übrigens schwarz. Und ganz groß. So groß wie Papa."
„Na, dann ist ja alles gut." Anna musste lachen. „Und Weihnachten?"
„Ach Mama. Er möchte mich seinen Eltern vorstellen. In Philadelphia. Der Flug ist lang, und dann ist ja Thanksgiving und New Years Eve. Er hat eine große Familie, stell dir vor sechs Geschwister…"
Anna schluckte an einem Kloß im Hals und versuchte ein krampfhaftes Lächeln in die Kamera. „Wir können ja telefonieren…" So wie seit einem halben Jahr. Alle zwei Wochen einmal.

Nach dem Gespräch nahm sie einen Staubsauger und wirbelte über die Böden mit den schwarzen Hundehaaren hinweg, bis sie außer Atem und total verschwitzt war. Danach duschte sie heiß und stellte sich vor den Badezimmerspiegel, um nach frischen Haarstoppeln zu suchen.
Sie sollte sich für Ronja freuen. Freuen, dass ihre Tochter sich in der neuen Welt wohlfühlte. Und einen neuen Freund hatte. Aber so richtig gelang ihr das nicht. Sie dachte an das kommende Weihnachtsfest mit einem braungebrannten Oliver mit Sand in den Haaren und einer knurrenden Lola.
In ihrem Spiegelbild sah sie eine verzweifelte, ausgemergelte Frau mit Tränen in den Augen.

Kapitel 34

Drei Tage später klopfte Marie an die Terrassentür. Anna stand in Sporthose und Schlabbershirt nach der wöchentlichen Krankengymnastik in der Küche und öffnete die Tür.
„Ich gehe eine Runde mit Herrn Nilsson und nehme Lola mit. Danach helfe ich dir, klar Schiff zu machen!" Sie grinste wie ein Klinkenputzer, der den fünften Staubsauger verkauft hatte. „Dein Mann ist bestimmt besser gelaunt bei seiner Rückkehr, wenn alles blitzt und blinkt!" Herr Nilsson sprang an der Terrassentür hoch und bellte Lola an.
„Du willst wirklich mit zwei Hunden…?"
Marie war schon an ihr vorbei in den Flur gegangen und kam mit der Leine zurück. „Komm, Lola. Gemeinsam sind wir wie die Rolling Stones. „Sympathy for the Devil". Kein Mensch im Wald ist vor uns sicher!"
Die Idee war nicht schlecht. Die Aussicht darauf, dass Marie ihr beim Aufräumen half, war traumhaft. Sie sah den dreien nach, wie sie durch das Gebüsch entschwanden. Herr Nilsson hopste über das gemähte Feld und jagte einem Kaninchen hinterher. Lola zerrte an der Leine und hätte Marie fast von den Beinen gezogen. Anna grinste. Wie schön, dass die Hündin nicht mehr humpelte. Dann schloss sie die Tür und sah sich um.
Zwei Teller mit getrockneter Tomatensauce vom gestrigen Abendessen standen in der Küche herum, dazu diverse ungespülte Töpfe der vorherigen Tage. Auf dem Boden lagen kleine gelbe Käsekrümel. Das Wohnzimmer war ein Schlachtfeld mit mehreren aufgeschlagenen Büchern, Notizbüchern, Laptop und Tablet auf dem Couchtisch. Anna hatte begonnen, sich in die Hundeerziehung einzuarbeiten. Es war unglaublich, wie viele Webseiten es zu dem Thema „Aggressionsverhalten deines Hundes" und „Warum knurren voll okay ist" gab.

Jetzt ging es erst einmal darum, ihr eigenes Outfit für den Tag zu verbessern, dann die Wohnung. Sie zog sich eine saubere Jeans und ein Micky-Maus T-Shirt aus ihrer Studentenzeit an, da klapperte die Haustür. Marie war wohl schnell zurückgekommen. So rasch sie konnte, lief Anna die Treppe hinunter.
„Hey, Engelchen!"
Das war nicht Marie, die mit einem Segelsack auf dem Rücken und einer Sonnenbrille in den Haaren mitten im Wohnzimmer stand und den Blick durch den Raum schweifen ließ.
„Oliver…!"
„Hier sieht es ja aus! Hast du den Einbruch schon gemeldet…?"
Oliver zog seine Sneakers aus und ging an Anna vorbei, ohne sie zu berühren. Er warf die Schuhe in den Flur, weißer Sand rieselte heraus. Auf Socken kam er in den Wohnraum zurück. Fast wäre er über Lolas Hundedecke gefallen und rümpfte die Nase. „Es riecht merkwürdig hier. So wie… nasse Meerschweinchen?" Jetzt erst drehte er sich zu Anna um. Er hatte ein verwegenes Grinsen aufgelegt, seine Haare waren ausgeblichen, der gepflegte Dreitagebart war zu einem dichten Gestrüpp gewachsen.
„Du…schon da?" Anna ging auf ihn zu. Oliver war zurück. Und sah umwerfend aus. Sie nahm ihn in den Arm und spürte, wie er ihren Rücken tätschelte. Kurz hauchte er einen Kuss auf ihre Wange, dann schob er sie einen halben Meter von sich und sah ihr in die Augen.
„Lass sehen – wie geht es dir? Noch ein paar Flecken dazu bekommen?"
Anna riss sich zusammen. „Gut geht es mir. Wie schön, dass du wieder zuhause bist."
„Und du hast ein bisschen zugelegt. Nicht schlecht!"
Bravo. Die Wassereinlagerung durch Cortison konnte man auch so interpretieren. Er war so weit weg. So entrückt.
Oliver nahm die Sonnenbrille vom Kopf und sah Anna schwärmerisch an. „Es war fantastisch, Engelchen! Wir haben die Überfahrt in zweieinhalb Wochen geschafft! 17 Tage, stell' dir das mal vor! Wir waren unter den schnellsten zehn!" Seine Augen glühten mit dem Sonnenbrand auf der Stirn um die Wette. „Ich hätte noch ewig weiter segeln können!"

Anna sah über seiner Schulter Marie mit den Hunden durch den Garten stapfen. Auf diesen Moment hatte sie lange gewartet.
„Wir haben ein Bier kalt gestellt für dich."
„Wir?" Oliver sah sie fragend an, während sie den Kühlschrank öffnete. Da wurde die Terrassentür von außen aufgestoßen, und Lola kam hereingeschossen. Sie lief wedelnd durch Annas Beine und blieb ruckartig vor Oliver stehen.
„Anna! Was ist das?"
„Herr Wunderle, Sie sind schon wieder zurück!" Marie kam mit Herrn Nilsson an der Leine in die Küche und streckte Oliver ihre Hand hin. „Wir kennen uns, ich bin die Nachbarin, Marie-Luise Schmitt."
Oliver nahm die Hand, während sein Blick an Lola klebte. „Also, ich muss schon sagen. Zwei Hunde… und Sie kommen einfach so in unser Haus spaziert…?" Er drehte sich zu Anna mit blitzenden Augen.
Anna nahm Marie in den Arm. „Das ist schon okay. Marie hat mir geholfen. Die ganze Zeit, während du nicht hier warst." Ihr Ton wurde etwas schärfer.
Lola kam zwei Schritte auf Oliver zu. Sie schnüffelte kurz und wich wieder zurück.
„Ein schöner Hund, Frau Schmitt", sagte Oliver und ging in die Hocke. „Komm her, du Dicker." Lola begann zu knurren.
„Vorsicht, Oliver, sie fremdelt ein bisschen. Sie heißt Lola."
Lola knurrte lauter. Ihre Körperhaltung sprach eine klare Sprache. Langsam zog sie die Lefzen hoch und zeigte ihre Zähne. Geduckt kroch sie zurück Richtung Sofa, wie ein Löwe kurz vor dem Angriff. Anna hielt die Luft an. Wie sollte sie es ihm nur sagen?
Oliver erhob sich und sah sie an. „Ich finde es gefährlich, dass du Hunde hier hereinlässt. Verzeihung, Frau Schmitt, aber Anna ist immun-supplimiert."
„Supprimiert…" verbesserte Anna.
„Ja, oder so ähnlich. Die ganzen Haare hier…!" Damit begann er, mit zugekniffenem Mund die schwarzen Büschel auf den Fliesen aufzuheben. Anna öffnete den Mülleimer. „Her damit. Ist kein Problem. Dr. Tümmler hat nichts dagegen."

Er sah sie verständnislos an. „Wogegen? Was meinst du, Anna?"
Anna versuchte, den drohenden Unterton zu übergehen. „Dass Lola bei uns bleibt. Ich habe sie gefunden. Und mit Maries Hilfe ist sie schon ein prima Haushund geworden. Sie ist neun Monate alt, und wird von mir ausgebildet."
Sein offener Mund ließ Anna schwungvoll weitersprechen. „Eigentlich ist sie ein Therapiehund. Aber sie hatte einen Unfall mit einem Motorrad und lag unter einer Mauer als ich kam, und…"
„Sag mal, bist du wahnsinnig? Einen Hund ins Haus zu holen in deinem Zustand? Und dann noch so eine Bulldogge?"
„Ein Berner Sennenhund. Groß, aber sanft", warf Marie ein.
„Sennenhund? Ja, auf der Alm kannst du so etwas halten! Doch nicht hier! Für einen Rehpinscher hätte ich ja noch Verständnis...!" Oliver ließ sich auf einen Stuhl fallen.
Anna warf Marie einen vielsagenden Blick zu, die sich daraufhin schnell verabschiedete und Anna ein gehauchtes Küsschen zuwarf.
„Ich komme morgen. Du kannst mir Lola bringen, wenn…"
Anna schüttelte den Kopf. „Bis morgen!"
Dann schob sie Lola in den Flur, schloss die Tür und setzte sich zu Oliver an den Tisch. Sie bat ihn, ihr Fotos zu zeigen, und bald schaute sie in seinem Handy auf blaues Wasser, türkisblaue Strände und hellblaue Segel. Oliver berichtete leidenschaftlich von Passatwinden und Wasseraufbereiter-Problemen. Von Dennis, dem patenten Helfer an Bord und den anderen Seglern, Aussteiger, die mit ergrauten Ehefrauen die Reise ihres Lebens angetreten hatten.
„Ich wäre gerne dabei gewesen", sagte Anna leise und begann seinen Arm zu streicheln.
Oliver zog den Arm zurück. Er schien nur langsam wieder zu landen, hier in Roetgen in der Eifel.
„Ein Hund, Anna. Warum?" Endlich wurde seine Stimme mild. Ihre Strategie war aufgegangen. Nun konnte sie mit ihm sprechen.
„Weil sie verletzt war. Und…", sie zögerte, „weil ich schon immer einen wollte."
Er schnaubte.

„Du wusstest das, wolltest aber nie wissen, warum ich einen Hund haben wollte“, brachte sie brüchig hervor. „Du hast immer nur Nein gesagt.“ Und das tat mir weh, hätte sie am liebsten hinzugefügt.
„Ja. Warum nun? Dann sag es mir jetzt!“
„Weil ich Hunde hatte als Kind, und nichts mit ihnen machen durfte.“ Anna merkte, dass sie einen verträumten Gesichtsausdruck bekam. „Leo war unser letzter. Er wurde nur fünf Jahre alt. Ich hätte gerne mit ihm gelebt. So richtig, weißt du?“
Oliver sah sie verstört an.
„Papas Hunde haben immer im Zwinger gelebt. Draußen. Es war unvorstellbar für mich. Ich habe Leo abends immer durch das Drahtgitter hindurch gestreichelt. Ihm „Gute Nacht“ gesagt.“ Und dann habe ich ihn verbotenerweise mit zu mir genommen, hätte sie gerne hinzugefügt. Doch das verschwieg sie ihm.
Oliver sah an Anna vorbei. Aus dem Fenster, in den Garten. „Wir… sprechen noch darüber.“ Sie wunderte sich über seinen Tonfall. Nicht souverän, konkret wie sonst. Sondern fahrig. Entrückt.
„Das war's?“ fragte Anna. Sie zog ihre Augenbrauen zusammen, ihr Herzschlag beschleunigte sich. Er war monatelang weg gewesen und wich ihr jetzt einfach aus?
Er schwieg eine Weile. „Hast du eine bessere Idee?“
Nein. Hatte sie nicht.
Im Flur klingelte ein Handy. Es war nicht Annas Klingelton. Sie sah, dass er das Zimmer verlassen wollte.
„Du hast mich lange nicht mehr angesehen“, beschwerte sie sich. Er drehte sich verdutzt um.
„Nein, so richtig angesehen“, meinte sie. Mit Gefühl, dachte sie.
Das Klingeln dauerte an. Er zögerte. Dann ging er zur Tür. „Ich gehe auspacken.“ Als er den Flur betrat, knurrte es bedrohlich.

Kapitel 35

Anna wurde mit stechenden Kopfschmerzen wach. So früh am Morgen hatten sie noch nie begonnen. Sie streifte sich den Schlafanzug ab und zog ein T-Shirt an.

Plötzlich stand Oliver mit einer duftenden Tasse Kaffee im Schlafzimmer, frisch geduscht, nach Hugo Boss riechend. „Ich war schon früh wach. Auf dem Boot sind wir immer um sechs Uhr aufgestanden, um den Sonnenaufgang zu erleben."

„Setz' dich." Anna klopfte mit der Hand auf den Platz auf ihrem Bett neben sich. So, wie sie es früher mit ihrem Bruder Klaus getan hatte. Dann gab es ein Geschwister-Gespräch, schlaftrunken, mit Mundgeruch noch nicht geputzter Zähne, zerknitterter Haut und Out-of-Bed-Frisur.

Doch Oliver war nicht ihr Bruder, mit dem sie so vertraut wie mit ihrer Sockenschublade war. Er starrte stumm in die Kaffeetasse und blies den Dampf darüber ins Zimmer.

Anna legte ihre Hand auf seinen Nacken. Da, wo er es immer so gerne hatte. Sie massierte seine Muskeln, die feste, sonnengebräunte Haut, er drehte schweigend den Kopf auf die rechte Seite. Der Wecker tickte. Es war Sonntagmorgen.

„Wie ist es, wenn man nur Wasser um sich herum hat? Hast du Angst bei der Überfahrt gehabt?" Sie wollte ihn abholen, in seine Tagträume eindringen, daran teilhaben.

„Das verstehst du nicht. Es ist wunderschön." Er drehte mit der linken Hand an dem goldenen Ehering der rechten Hand. „Angst kennt man dort nicht. Wenn es dunkel wird, sieht man Sterne. Die sind immer über einem."

Wenn es keine Altostratus-Wolken gibt, dachte Anna. Die in fünfzig Prozent der Fälle nachts über dem Atlantik zu finden waren.

„Wer hat sich um die Wetterdaten gekümmert?" Diese Frage interessierte Anna brennend.

„Zuerst ich. Doch Dennis hat sich eingearbeitet."

„Dennis war gut, oder?"
Oliver nickte und schwieg. Der Ehering fiel vom Finger, er hob ihn hastig auf.
„Und Britta? Habt ihr euch zu dritt überhaupt verstanden?"
Anna konnte sich das Leben an Bord in einer Dreier-Crew nicht vorstellen. Drei Mitglieder in einer solchen Situation waren problematisch. Das stand in allen Unterlagen der ARC, der "Atlantic Rally for Cruisers".
„Lass uns frühstücken. Ich freue mich auf deutsches Brot." Oliver steckte den Ring auf den Finger, der randlos braun war. Er schien hungrig zu sein.
Anna schüttete sich eine Handvoll kaltes Wasser ins Gesicht, um die dröhnenden Kopfschmerzen zu lindern. Sie fuhr sich mit der Hand über den Kopf. Es war kratzig, nicht glatt. Sie stockte, und näherte sich mit dem Badezimmer-Spiegel. Da sah sie sie. Winzig kleine schwarze Härchen. Ihre Haare begannen zu wachsen.
„Oliver!" juchzte sie laut.
In der Küche klapperten Teller. Nach einer Weile kam er mit einem Geschirrtuch ins Badezimmer. „Der Abwasch ist noch nicht gemacht. Was ist los?"
Anna strahlte ihn an. „Schau mal!"
Er nahm sie bei den Schultern, schob seine Brille von der Stirn und begutachtete Annas Kopfhaut.
„Hm", machte er und versuchte zu lächeln. „Schön." Dann drehte er sich um und ging hinaus. „Schade, nicht mehr blond", hörte sie ihn sagen.
Anna sah ihm entsetzt nach. Langsam könnte Oliver wieder auf der Eifeler Erde ankommen und die Tsunami-Welle des Segelabenteuers verlassen. Wütend schrubbte sie sich die Zähne, schminkte sich die Flecken weg und zog ihr Piratentuch an. Bald würde sie auf die Perücke verzichten können. Das war wichtig. Sonst nichts.
Sie war versucht, ihn endlich auf Lola anzusprechen, verwarf den Gedanken jedoch, als sie sah, dass er die Besteckschublade ausräumte. Auf der Kommode stapelten sich Gabeln und Messer, die irgendwie in ein Fach zusammengeraten waren, und die Oliver jetzt auseinandersortierte.

„Ich habe den Hund schon rausgelassen", sagte er unter lautem Besteckklirren. „Er hat an deine Geranientöpfe gepinkelt." Dann aß er mit großem Appetit eine dicke Scheibe Walnussbrot mit Leberwurst und blätterte in der Zeitung. Lola kam aus ihrem Körbchen und setzte sich neben Oliver. Sie hob vorsichtig ihre rechte Pfote und schubste ihn am Bein.

In diesem Moment dachte Anna, es würde alles gut werden. Oliver schnitt ein frisches Stückchen Leberwurst ab und wedelte damit vor Lolas Nase hin und her. Dann ließ er es blitzschnell fallen, und es machte Happ. Lola leckte sich genüsslich das Maul.

„Das kann sie ja schon gut!" Oliver streckte die Hand aus und versuchte Lola zu streicheln. Die riss ihren Kopf zur Seite und ein langer Faden Hundesabber flog auf Olivers Teller.

„Dieses Vieh!" schrie er, sprang auf, und sein Stuhl fiel mit lautem Knall auf die Rückenlehne. Lola begann zu knurren und duckte sich in Angriffshaltung.

Anna stand auf, schob ihr Frühstücksbrötchen zur Seite und schickte Lola in den Flur.

„Ich gehe einkaufen."

Als sie vom Supermarkt zurückkehrte, schlug ihr der vertraute Geruch von Olivers Parfüm entgegen. Schade, sie hatte gehofft, dass er ins Büro fahren würde.

Oliver kam mit wutentbranntem Gesicht aus dem Arbeitszimmer, die Augen aufgerissen, die Haare standen in alle Himmelsrichtungen.

„Jetzt reicht es, Anna. Der Hund muss weg."

In seiner Hand hielt er ein Holzstück, mahagonibraun lackiert, mit kleinen schwarzen Löchern darin. Am oberen Ende, wo man das Mundstück der hübschen Blockflöte erwartete, ragte blankes, zersplittertes Holz hervor.

Auweia. Das Erbstück von Olivers Mutter. Die alten Flöten der Musiklehrerin waren ihm immer heilig gewesen. Trotzdem lagen sie seit Monaten unangetastet in einer Pappkiste in seinem Arbeitszimmer und warteten auf einen würdigeren Platz im Vitrinenschrank.

Anna stellte ihre Tasche ab und ging auf ihn zu. Sie nahm das Corpus Delicti in die Hand und versuchte, ein Grinsen zu verkneifen.

So eine Flöte war ein unwiderstehliches, handliches Stöckchen. Schöner als jeder knorrig geformte Ast im Wald. Wunderbar, um kräftige, große Hundezähne hineinzuschlagen.

„Was wird sie als nächstes kaputtbeißen? Vielleicht meinen Anzug? Oder deinen Arm?"

Sie nahm ihm die Flöte aus der Hand und legte sie auf den Tisch.

„Beruhig' dich doch. Lola ist ein Hund, der Beschäftigung braucht. Wo ist sie?"

„Ich habe sie in den Keller gesperrt. Wo ist die Telefonnummer von diesem Radwitz?"

Seine Augen blitzten wütend. Anna wusste sofort, was er sagen wollte. Nein, niemals. Nicht mit mir, dachte sie. Wochenlang verschwinden, und jetzt das Einzige, was ihr geblieben war, wegnehmen wollen.

„Hol sie sofort aus dem Keller! Bist du verrückt? Sie ist schon traumatisiert, du machst es nur schlimmer!"

Anna rannte die Kellertreppe hinunter und öffnete die Tür.

„Ist gut, alles wieder gut", sagte sie beruhigend zu dem verängstigten Tier, das ihr mit der rauen Zunge über das Gesicht leckte.

„Ja, hol sie nur! Deine Lola! Es kommt so weit, Anna, dass ich dich vor die Wahl stelle!" Er sprach nicht weiter, sondern fixierte die Hündin, die langsam auf den Tisch zuging, mit seinen Blicken. Die Lippen wütend zusammengekniffen, die Augen weit aufgerissen.

Anna schaute in sein Gesicht. Es war kantig, hart, und doch verletzlich. Sie hatte nie ein Gesicht gekannt, dass sie mehr berührt hatte. Das sie so angezogen hatte mit seiner Intelligenz und der Kraft seiner glasklaren Gedanken, zu sehen in seinen stahlblauen Augen. Die Augen waren das, was ihn so attraktiv machte. Sogar dann, wenn sie so kalt waren. Er war so entrückt, so dominierend. Sie wurde verrückt bei dem Gedanken, dass sie ihn in diesem Augenblick anziehend fand.

„Dann geh doch. Ich gebe Lola nicht her."

Im selben Moment schnappte Lola nach der Flöte auf dem Esstisch. Ein kurzer Sprung, und sie hatte das Holzteil im Maul. Oliver stürzte sich auf sie, der Tisch kippte und fiel mit einem lauten Poltern auf die Seite. Lola ließ sofort die Flöte fallen und schnappte nach Olivers Arm. Sie verbiss sich in seinen Pullover und knurrte grollend.

Oliver schrie auf. „Verdammter Köter!“ Mit seiner freien Hand packte er die Hündin am Nacken und riss sie von seinem Ärmel los. Sie schnappte erneut, erwischte ihn aber nicht und wurde von seiner Hand am Hinterkopf getroffen. Erbarmungslos schlug er auf sie ein. Lola jaulte laut und herzzerreißend auf. Aus Olivers Hosentasche fiel sein Handy auf den Boden.

„Bist du wahnsinnig!“ Anna ging dazwischen, schubste Oliver auf die Seite und nahm Lola in den Arm. Die duckte sich und kroch unter den Tisch. Anna saß auf dem Boden und hob Olivers Handy auf.

Es war mucksmäuschenstill im Raum, nur Lolas Schnaufen war zu hören.

Pling! Das Handy blinkte hell auf. Sie sah auf das Display. Der Bildschirm öffnete sich für einen Augenblick, ein rosa Herzchen erschien, dann wurde er wieder dunkel.

Anna starrte Oliver an, betrachtete seinen dunkelblauen Pullover mit der Aufschrift „Ocean‘s Season“, auf dem die nassen Abdrücke von Lolas Maul langsam trockneten. Sie sah, wie er die Arme vor der Brust verschränkte. Er war kalkweiß, und seine Kiefermuskeln zitterten.

„Was war das?“ Ihr Ton klang für ihre Begriffe nicht scharf genug. Sie nahm das Samsung Galaxy an sich, entsperrte mit Olivers Geburtsdatum und las. „Vermisse dich. B.“

B. Britta. Anna sackte das gesamte Blut in die Beine. Oliver hatte immer nur von Dennis gesprochen. Gestern. Heute. In seinen Nachrichten. Am Telefon. Britta war sechs Wochen mit ihrem Mann auf dem Boot gewesen, und er hatte sie nie erwähnt.

„Gib mir das Handy!“ schnauzte Oliver sie an.

Sie warf es auf den Tisch. Lola zuckte zusammen und kroch noch tiefer darunter.

„Sag, dass das nicht wahr ist…“

Sein Gesichtsausdruck war gequält. Viele Gedanken schossen Anna durch den Kopf. Ein Herzchen. Warum gerade jetzt? Wo sie so hilfsbedürftig war. Eigentlich müsste die ganze Welt um sie herum zusammenbrechen. Eigentlich müsste sie schreien. Doch stattdessen überkam sie eine eigenartige Ruhe. Als wenn sie es immer gewusst hätte, dass dies irgendwann einmal kommen würde. Er hatte eine Affäre.

„B Punkt. Britta. Warum, Oliver?"
Er sank auf den Stuhl, hielt sich den Arm mit dem zerfetzten Pullover und sah auf den Boden.
„Ich wollte nicht, dass du es erfährst. Du bist noch so krank."
Wenigstens war ihm das bei seinen nächtlichen Eskapaden auf dem Boot bewusst gewesen. Hoffentlich hatte er ein so schlechtes Gewissen gehabt, dass der Sex mit ihr nur ein halber Genuss war.
„Was ist das für eine, diese Britta?" Sie sprach den Namen aus wie 'Flitter`. Am liebsten hätte sie Flittchen gesagt.
„Sie ist jung, sportlich, segelbegeistert."
Als wenn das ein ausreichender Grund wäre, um Anna mit ihr zu betrügen.
„Wie jung?"
„Sehr."
„Oliver?" Anna zog die Augenbrauen hoch.
„Siebenundzwanzig."
Der Schmerz ging ihr durch Mark und Bein. Sie knallte mit der Hand auf den Tisch. „Du hast ja nicht mehr alle Latten am Zaun", schrie sie. Und rannte aus dem Wohnzimmer.
Minuten später kam er ihr ins Schlafzimmer nach. Dieses Mal setzte er sich gleich auf ihre Bettkante, zog ihr das Kissen vom Kopf, das sie über ihr geschwollenes Gesicht gestülpt hatte und sprach mit sanfter Stimme auf sie ein. Er roch nach Sandelholz und Meeresbrise.
„Es tut mir leid, Anna. Ich wollte, ich müsste dir das nicht antun."
Anna fragte sich, ob Oliver sich wohl vorher Gedanken über die Art und Weise gemacht hatte, wie er es ihr sagen wollte. Ob er die Formulierungen „Ich liebe dich immer noch" und „wir haben eine Krise" bewusst verworfen hatte.
Als er sagte: „Ich habe mich verliebt", setzte ein rasendes Gedankenkarussell ein. Ihr dröhnendes Gehirn lieferte immer neue und absurdere Ausdrücke für das, was sie nicht begreifen konnte. Sich trennen. Sich scheiden lassen. Weggehen. Sie alleine lassen. Sie sah in stumm an.
„Anna. Bitte." Er flehte sie an. Er wollte, dass sie ihm verzieh. Seine traurigen Augen sahen suchend in sie hinein. Wahrscheinlich suchte er den letzten Funken Liebe, den er selbst ausgelöscht hatte. Sie war

wütend. Sauwütend. Einen kurzen Augenblick dachte sie daran, einen Rückzieher zu machen. Jetzt und hier. Ein einziges Wort, wie „Okay."
Die Tür flog auf, und Lola stand im Zimmer, suchte Anna schnüffelnd und setzte sich fiepend neben sie.
Es gab kein Zurück mehr. „Verschwinde!" fauchte sie und schob ihn weg. Einen Moment lang sah sie ihn an, wusste, dass es das letzte Mal war. Sie sah Verachtung, Gleichgültigkeit. Keine Liebe.
Oliver stand auf und ging wortlos in das Ankleidezimmer.
Eine halbe Stunde später erschien er wieder, in jeder Hand einen Koffer. „Ich gehe dann mal", sagte er.
Als würde er in die Kanzlei gehen, dachte Anna. Die Worte, die sie jeden Morgen von ihm gehört hatte, fast ein Vierteljahrhundert lang. Ich gehe dann mal. Das tat er dann auch.

Teil V

Kapitel 36

Weihnachten war die Zeit im Jahr, die Anna liebte. Sie kochte für ihre Familie das traditionelle Weihnachtsgericht, Entenbrust mit Rotkohl, ohne Klöße, aber mit Kartoffelgratin, zündete stündlich neue Kerzen an, aß mit Ronja selbstgebackene Weihnachtsplätzchen und in Schokolade getauchtes Marzipan. Sobald die vierte Kerze am Adventskranz brannte, sprach Oliver darüber, wie wertvoll die Zeit mit der Familie war, und Anna lud neben ihren Brüdern, auch entfernt wohnende Kusinen und eine Tante ein, damit das Haus voll wurde. Wenn alle Geschenke ausgepackt waren, tranken sie Unmengen von Glühwein und genossen die weinselige Stimmung, mit „Last Christmas" von Wham in Dauerschleife auf der Playlist.

Dieses Jahr war alles anders. Ein Tiefdruckgebiet schob sich über den Westen Deutschlands, und Schneereste starben glitzernd am Wegesrand. Es nieselte aus grauen Wolken und der Wind wehte eisig um die Ecken. Außer Wolfgang und Marie gewährte Anna niemandem Zutritt zu ihrem Haus.

Die ersten Tage nach Olivers Auszug hatte sie mit Wutausbrüchen und Tränen im Bett verbracht. Sie stopfte alles, was an ihn erinnerte, wie den Rucksack, den er ihr geschenkt hatte, in große Müllsäcke. Sie holte seine Kleidung aus dem Kleiderschrank, durchwühlte sie und war enttäuscht, dass sie nichts Verräterisches fand. Sie tobte durch sein Arbeitszimmer, riss jede Schublade auf, durchforstete jedes Schriftstück – nichts. Es war tatsächlich so, dass die Geschichte mit Britta erst auf der GRACE begonnen hatte. Auf dem Atlantik. Wie romantisch.

Oliver versuchte mehrfach, sie anzurufen. Anna ging nicht dran. Es gab nichts mehr zu diskutieren. Stück für Stück setzten sich die Puzzleteile in ihrem Kopf zusammen. Seine schwärmerischen, weinseligen Telefonate. Seine nicht stattgefundenen Telefonate. Ihre Wut verwandelte sich in Schmerz und dann in grenzenlose Verzweiflung,

als ihr sein strahlendes Gesicht bei der Rückkehr einfiel. Es wäre ihr lieber gewesen, er wäre gestorben. Schlimm, aber tote Ehemänner blieben in ehrenhafterer Erinnerung als untreue.
Ihr Körper reagierte mit Schüttelfrost, Muskelkrämpfen und Flecken. Sie versuchte, das klammernde Monster auf ihrer Haut zu ignorieren, doch es war zu stark für ihre Schwäche. Abends wickelte sie sich in drei Bettdecken, klammerte sich an ihr Kopfkissen, um das Gefühl zu haben, in den Arm genommen zu werden. Liebend gerne hätte sie sich an Lola gekuschelt. Doch seitdem das Boots-Logbuch mit Wucht in den Wandspiegel geflogen war, schlich die Hündin in sicherer Distanz um Anna herum. Der Spiegel war mit einem lauten Knall zersplittert, und Anna brauchte drei Tage, um alle Splitter aus dem Teppich zu entfernen.
Wolfgang erzählte sie, dass Oliver sich wegen einer anderen von ihr getrennt hätte. Und dass sie nicht darüber sprechen wollte. Daraufhin kam er jeden Tag und versuchte, ihr das Spazierengehen mit Lola abzunehmen. Es gelang ihm, nachdem er Leberwurst im Kühlschrank gefunden hatte.
Klaus und Doris schickten Weihnachtsgrüße – ahnungslos. Anna antwortete nicht.
Ihrer Tochter schickte sie eine Mail. Ronja war in Philadelphia und würde die Nachricht erst nach ihrer Rückkehr lesen können. Anna brachte es nicht fertig, mit ihr persönlich zu sprechen. Ihre Familie war zerbrochen. Der schöne Schein, der vermeintlich über Jahre geglänzt hatte, war erloschen.
An Weihnachten saß sie mit ihrem Bruder vor einem Weihnachtsbaum, der so groß war, dass Wolfgang sich beim Transport eine Zerrung der Schulter zuzog. Das Haus war mit Weihnachtsdekoration überfrachtet. In traditionellem Rot, Gold, Weiß und Grün standen Kerzen und Lichterketten auf allen Fensterbänken, in den Fenstern hingen Eiszapfen und Schneeflockensterne. Es gab keinen waagerechten freien Platz mehr im Wohnzimmer und der Weihnachtsbaum war zum Bersten voll mit Kugeln und Sternen. Ohne zu beachten, dass Lola die Holzpferdchen und Glitzersterne vom Baum herunterriss und zerkaute, hatte Anna alles, was sie in den Kellerkisten

mit der Aufschrift „WEIHNACHTEN" fand, verwendet. Jetzt erst recht, dachte sie.

Marie, die Olivers Auszug von ihrem Garten aus beobachtet hatte, brachte am Heiligen Abend eine Putenkeule, die sie zu dritt an einem opulent gedeckten Tisch schweigend aßen. Immer wieder strich Marie Anna über die Schulter, und sah sie sorgenvoll an. Anna sagte nichts, aß wenig und prostete ihnen nur abwechselnd zu.

Als der Alkoholpegel hoch genug war, dass sie glaubte, schlafen zu können, schickte sie die beiden nach Hause, ging, wie in Watte gehüllt, mit Lola eine Runde durch die Siedlung und anschließend ins Bett. Sie schief sofort ein.

Die Welt hatte aufgehört, sich zu drehen, und Annas Herz schien in tausend kleine Stücke zerbrochen zu sein, die sich niemals mehr lückenlos zusammenfügen lassen würden. Ihr fehlte die Energie zum Weiterleben, und ihre Freude am Leben war verflogen. Alles, was sie beschäftigte, war so sinnlos. Sie war verlassen worden. Zurück gelassen in einem kaputten Körper. Sie ahnte, zu dem kranken Körper würde sich bald eine verstörte Seele gesellen. Wozu sich noch anstrengen?

Nach den Feiertagen, die Anna genauso wie den Silvesterabend in einem Zustand zwischen Wachen und Schlafen, zwischen Entsetzen - „Was ist nur passiert" und Trotz – „Ich lasse mich nicht unterkriegen" verbrachte, holte sie der Alltag in Form einer Einladung zur Patientengruppe ein.

Menschen um sich – für Anna jetzt ein Problem der anderen Art. Die Infektionsgefahr war bei den Gleichgesinnten gering, die Mundschutze dicht und schützend in den Gesichtern der mittlerweile vertrauten Freunde. Doch was sollte sie erzählen? Von dem Tiefpunkt ihrer Beziehungsgeschichte, dem Vorfall, der alles viel schlimmer gemacht hatte als ihre GvHD? Nur der Gedanke an Frau Steinbrinks warmes Lächeln veranlasste sie, doch hinzufahren. Sie brauchte dringend Ablenkung, und so machte sie sich acht Tage nach Erhalt der Einladung auf den Weg in die Klinik.

Sabina, die jüngste in der Runde, war schon da und grüßte Anna mit bedrücktem Ausdruck um die Augen. Die anderen trudelten

fast gleichzeitig ein. Alle außer Gabriele mit der gleichen Frisur – kurze Stoppelhaare, die in den verschiedensten Farbschattierungen in die Luft staksten. Die Gesichter hager, die Augenbrauen mit einem dunklen Kajal aufgemalt.
„Sabina, möchtest du anfangen?“ Frau Steinbrink hatte sich kaum hingesetzt, da sprach sie schon.
„Besser nicht.“ Sabina senkte den Kopf, und plötzlich kullerten ihr ein paar Tränen über die Wangen. Im Raum war betretenes Schweigen.
„Sprich dich ruhig aus. Was ist passiert…?“ Die Psychologin versuchte es mit ihrer warmen Stimme.
Es dauerte eine Weile, bis Sabina die Stille durchbrach. „Ich weiß nicht… Mein Freund hat mich verlassen.“
Anna hatte plötzlich einen Kloß im Hals.
„Er sagt, er schaffe es nicht. Obwohl er mich liebe. Aber er könne nicht dauernd in das Gesicht seiner kranken Freundin schauen.“
Was für ein toller Grund. Anna ballte ihre Fäuste zusammen.
Frau Steinbrink sah in die Gesichter der Runde. „Eine Krebserkrankung bedeutet eine besondere Belastung für Beziehung und Familie. Eine Knochenmarktransplantation ist noch eine Verschärfung der Situation. Die Umstellung nach der Transplantation durch das gestörte Immunsystem, sowie die bekannten Probleme nach einer Hochdosis-Chemo überfordert manche Paare.“ Sie wandte sich Sabina zu. „Wie kam es dazu?“
Danach wurde die ganze Gruppe Zeuge einer herzzerreißenden Liebesgeschichte. Die Zwanzigjährige hatte ihren Freund vor sieben Jahren kennengelernt, sie hatten viele Gemeinsamkeiten entdeckt und planten, bald zu heiraten und eine Familie zu gründen. Nach der Transplantation zog er sich zurück. „Auf einmal war er sich nicht mehr so sicher, ob er sich so jung schon festlegen wollte.“ Sabina hatte sich wieder etwas gefangen.
Klar, dachte Anna. Wie andere Männer in einer Midlife-Krise. Die legten sich auf einmal auch nicht mehr auf eine fest.
„Och herm! Mein Mann Willi und ich haben auch mehrmals einen Eheberater aufgesucht. Es war dringend nötig!“ warf Gabriele in Aachener Platt ein.

Frau Steinbrink nickte. Robert konnte dazu beitragen, dass seine Frau und er überlegten, eine kleine Auszeit einzulegen. Ausgelöst durch die Komplikationen nach der Transplantation. „Sie hat keine Kraft mehr, mit mir durch die Kliniken zu ziehen."
Anna hatte die Hände in den Schoß gelegt und betrachtete ihre Finger. Da, wo früher der Ehering war, war eine tiefe Rinne, die den Ringfinger magerer aussehen ließ als die anderen. Die paar Mal, bei denen Oliver sie in die Klinik begleitet hatte, hatten ihn bestimmt nicht viel Energie gekostet. Eher eine blonde Siebenundzwanzigjährige. Sie riss ihre Hände auseinander und krallte sie in den Stuhl.
„Anna, wie ist das bei Ihnen?" Die fröhlichen Augen von Frau Steinbrink forderten Anna zum Sprechen auf.
„Alles in Butter." Anna drehte den Kopf zu Babette, damit die weitererzählte.
„Wirklich?" Frau Steinbrink ließ nicht locker.
„Naja. Nicht ganz." Okay. Wenn sie so darauf bestand. „Mein Mann war segeln. Bis in die Karibik. Er ist vor Weihnachten zurückgekommen. Dann gab es Streit." Sie musste sich sammeln und Luft holen. Ihre Gegenüber sahen sie mit gebanntem Blick an. „Er wollte mir Lola wegnehmen. Ich meine … die Hündin, … die ich aufgenommen hatte. Um die ich mich kümmere. Da habe ich gemerkt, dass ich das nicht aushalten könnte. Er oder Lola. So war es."
Sie pustete die angehaltene Luft aus. Eigentlich eine gute Geschichte. Sehr logisch. Oliver oder Lola. Mehr war nicht passiert.
„Und dann?" fragte Gabriele.
„Nix", sagte Anna. „Lola ist auf jeden Fall noch da."
Als am Ende der Stunde die Stühle an die Seite geräumt wurden, hielt Gabriele Anna am Arm fest. „Wir treffen uns emol, jo? Zum Kaffee? Bei mir oder bei dir?"
Anna zuckte zurück.
„Oder in der Stadt, was meinst du?" Gabriele lächelte sie herzlich an. In die Stadt. Nach Aachen war Anna eine gefühlte Ewigkeit nicht mehr gegangen- nur zum Augenarzt, Hautarzt oder Krankengymnasten. Warum eigentlich nicht? „Das machen wir. Gerne." Sie winkte Gabriele beim Gehen fast so fröhlich hinterher wie früher.

Kapitel 37

Das Haus war still, fast so, als hielte es den Atem an. Es sah schrecklich einsam aus, der Flur mit der leeren Garderobe, der Schuhschrank mit geöffneten Türen, davor ein Paar verschimmelter Wanderschuhe, die herausgefallen waren. Bei jedem kleinen Geräusch schoss Anna aus dem Wohnzimmer und schaute auf die Haustür. Es könnte ja jemand vor der Tür stehen.

Dennoch zuckte sie erschrocken zusammen, als es später klopfte. Marie, in einer gemusterten Strickjacke mit einer dicken Holzkette um den Hals, stand vor dem kleinen Glasfenster der Tür und winkte.

„Anna! Ich wollte nach dir schauen!"

Sie war so eine liebe. Obwohl Anna ihr gar nicht die ganze Geschichte erzählt hatte, brachte sie ihr jeden Tag etwas Aufmunterndes vorbei. Ein ausgefallener Stein, den sie beim Spazierengehen gefunden hatte, ein neues Hundespielzeug, einen Teller mit selbstgemachten Schokoladenkeksen. Sie fragte nicht nach Oliver, nicht nach den Gründen seines Verschwindens, sie schaute Anna nur wissend an und räumte in ihrem Haus das Allernötigste weg. Sie kümmerte sich um die Wäsche, spülte das dreckige Geschirr in der Küche und trug die Weihnachtsdeko in großen Pappkartons in den Keller.

Heute bekam Anna eine Tüte ihrer Lieblingsgummibärchen geschenkt, die sie sofort aufriss. Kauend erzählte sie von der Patientengruppe. Marie bereitete ungefragt eine Kanne Tee zu und deckte den Tisch mit bunten Servietten, von denen Anna nicht einmal gewusst hatte, dass sie sie besaß.

„Du tust so viel für mich, Marie. Ich gehe dir bestimmt auf die Nerven mit meiner Heulerei."

„Du hast noch nie geheult." Marie holte ein paar Weintrauben aus dem Kühlschrank. „Iss mal etwas Gesundes!"

Als Anna das Gesicht verzog, fügte sie hinzu: „Du hast die Transplantation ein Dreivierteljahr hinter dir. Jetzt darfst du endlich frisches

Obst essen. Los, Anna! Vitamine!" Sie runzelte dabei so streng die Stirn, dass Anna lachen musste.
Zum Lachen hatte sie seit drei Wochen kein Mensch mehr gebracht. Höchstens Lola wenn sie das Wort „Leckerli?" hörte und den Kopf schief legte. Marie war zu ihrer besten Freundin geworden. Das wurde Anna in diesem Moment schmerzhaft bewusst. Wo waren sie geblieben, die Dorisse, Petras, Mikes und wie sie alle hießen?
„Oliver hat mir eine Mail geschickt."
„Was? Warum ruft er nicht an?"
„Er schreibt aus England. Sie verbringt ein Semester in Oxford."
Es war still im Raum. Marie sah ernst und traurig gleichzeitig aus.
„Sie?" fragte sie leise.
„Britta. Mitglied der Crew." Anna fühlte, wie die Umgebung mehr und mehr verschwamm. Monoton wie ein Roboter fügte sie hinzu: „Ich habe ihn rausgeschmissen, als ich es herausgefunden habe."
„Oliver hat eine andere? Jetzt, wo du so krank bist?"
Anna schwieg. Dann sagte sie es doch. „Sie ist siebenundzwanzig. Da komme ich nicht mehr mit."
„Was?" Marie wurde laut. „Man verlässt doch nicht einfach seine Frau, weil man sich in ein junges Ding verliebt hat? Sowas passiert oft, wenn man fünfzig ist. Als Mann!" Sie verdrehte die Augen nach oben. „Anna, das geht vorbei!"
Anna sah auf. Daran hatte sie nicht gedacht. „Ich denke nicht." Sie machte eine Pause. Neben ihr raschelte Lola mit einer kleinen Stoffmaus. „Und… ich glaube, ich will es gar nicht mehr."
Marie blieb den ganzen Nachmittag. Sie hörte Anna zu, nahm sie in den Arm, verstand und gab Ratschläge.
Nachdem Marie nach Hause gegangen war, holte Anna die Leine und pfiff Lola durch den Garten auf den Feldweg. Sie musste verarbeiten, was in ihr rumorte.
Es war Marie gewesen, die sie in dem Gespräch daran erinnerte, über die finanziellen Regelungen mit Oliver zu sprechen. Marie kannte einen erfahrenen Anwalt, der die Scheidung ihres Sohnes im Guten abgewickelt hatte. Anna wollte nichts davon hören. Einen Anwalt?

Oliver würde schon dafür sorgen, dass alles gerecht auskäme. Er hatte bestimmt Schuldgefühle.
Es war bereits dunkel, als sie in ihren Garten zurückkehrte. Der Himmel hatte ein spezielles Grau, das Anna gut kannte – es sah nach Schnee aus. Sie wollte die Meerschweinchen füttern und versorgen, in der Kälte brauchten sie besonders viel Heu. Sie scheuchte Pippin in das bunte, mit Dämmpappe isolierte Meerschweinchen-Haus. Otto der Große war nicht zu sehen.
„Otto?" Anna hob nach und nach die Dächer aller Häuser hoch. In einer Ecke lag er auf dem Rücken, der kleine Meerschweinchen-Bauch aufgebläht, die Beinchen in die Luft gestreckt, regungslos, steif gefroren.
Otto der Große war gestorben. Anna hob ihn heraus, legte ihn in einen Eimer, um ihn am nächsten Tag zu begraben. Sie kraulte Pippin, der verschüchtert durch das Gehege huschte, hinter den Ohren, „Jetzt bist du ganz alleine."
Alleinsein war für Meerschweinchen eine Katastrophe. Die geselligen Tiere waren so gut wie zum Tode verurteilt, wenn man sie ohne Gefährten hielt. Anna zog den Schal fester um den Hals. Pippin und sie saßen im selben Boot.

Kapitel 38

Anna traf Gabriele im Café am Dom. Es war ihr mulmig zumute, so, als hätte sie eine Prüfung oder eine unangenehme Untersuchung in der Klinik vor sich. Früher, da war es so einfach gewesen. Da hatte sie sich mit Freundinnen im Café Kittel oder im Café Madrid getroffen, hatten ihre Babys im Maxi Cosy neben sich gesetzt und sie mit aufgeweichten Brötchenkrümeln vollgestopft, damit sie endlich ungestört über Haushalt und Familienprobleme quatschen konnten. Sie und ihre Freundinnen aus der Krabbelgruppe. Oder später sie und ihre Freundinnen aus dem Tennisverein. Oder die aus dem Chor. Die Menschen waren austauschbar, die Orte dieselben. Ausgelassen blieben die jungen Frauen den ganzen Tag in einer Wolke von Duft, Musik und manchmal Sekt sitzen, bis die Dämmerung sich wie ein Federbett über sie legte, und die erste hastig aufbrach, um den heimkehrenden Ehemännern das Abendessen zu richten. Damals.
Beim Eintreten in das volle Café kramte Anna einen steril verpackten Mundschutz aus der Jackentasche und überlegte krampfhaft, ob sie ihn anziehen sollte. Gabriele saß schon da, mit einer Tasse Kaffee und einer schaumigen Milchhaube vor sich. Der nächste Tisch war zwei Meter entfernt, und Anna atmete auf. Sie ließ den Mundschutz bleiben, wo er war und setzte sich lächelnd zu Gabriele. „Bist du erkältet? Oder so?"
Gabriele schüttelte den Kopf und reichte ihr die Hand. „Das frage ich auch immer. Jeden. Manche schauen mich an wie ein kaputtes Auto. Wenn ich auf Geburtstagsfeiern gehe, stecke ich mir ein selbstgemaltes Schild ans Revers. `Bitte nicht umarmen', steht darauf. Mit rotem Edding."
Anna lachte. Gabriele sah blass aus, aber Anna gefiel ihre anthrazitfarbene Bluse mit dem senfgelben Pullover darüber – wie chic sie war! Der akkurat geschnittene mittellange Bob wirkte jugendlich und raffiniert zugleich. Verstohlen strich Anna sich über ihre blonde Perücke, die sie in der Öffentlichkeit noch trug. Die Kunsthaare

fühlten sich synthetisch an. Bei der jungen Bedienung bestellte sie rasch eine Latte Macchiato mit einem Schuss Baileys. „Auf den habe ich mich den ganzen Tag gefreut", sagte sie. „Dir geht es gut, oder?" Sie musterte Gabrieles Gesicht. Makellose Haut, von der Anna nur träumen konnte.

„Ja. Ich bin ja schon zwei Jahre weiter als du. So kurz nach der Transplantation hatte ich Riesenprobleme."

„Auch eine GvHD?"

„Ja, aber im Magen – Darmtrakt. Das war gruselig." Gabriele schüttelte sich leicht und trank einen Schluck von ihrem Kaffee.

„Wie hast du die Reaktion in den Griff bekommen?" Anna hoffte auf einen Ratschlag, den ihr die Ärzte nicht geben konnten.

„Viel Cortison. Erst nach einem Jahr wurde es besser. Meine Beine waren so aufgeschwemmt, ich sah aus wie ein Elefant."

„Oh weia", sagte Anna leise und sinnierte über die 20 Milligramm, die sie täglich schluckte.

„Ich lag wochenlang in der Uniklinik, man versuchte alles, um die Reaktion in den Griff zu bekommen. Nichts hat geholfen. Bis mein Körper auf einmal eine Kehrtwendung machte. Ich weiß bis heute nicht warum, aber plötzlich ging es mir Tag für Tag besser." Sie machte eine Pause, als sie Annas zweifelnden Blick sah. „Ich glaube sehr an die Selbstheilungskräfte. Die Psyche ist wichtiger als du denkst."

„Und nun? Nimmst du noch Medikamente?"

„Nein, nichts mehr. Seitdem ich entlassen wurde, ging es aufwärts. Jetzt genieße ich das Leben. Ich lebe jeden Tag, als wäre ich auf Reisen. Weißt du – jetzt oder nie!"

Annas Magen zog sich trotz des warmen Kaffees zusammen. Bei dem Wort Reisen hatte sie nur eine einzige Assoziation, die sie bewusst wegschob.

„Ihr verreist mit einem Wohnmobil?"

Gabriele hatte einen glücklichen Ausdruck um ihre Augen. „Willi hatte die Idee. Wahrscheinlich hatte er Angst, dass wir durch die Krankheit etwas verpassten. Das Wohnmobil war die Lösung für mich. Ich habe immer mein Wohnzimmer dabei, und Willi zeigt mir die Welt. Naja, Deutschland…" Sie grinste. Anna nickte, weil sie wusste, dass Gabriele nie weiter als bis in den Bayerischen Wald gereist war.

Sie blieben zwei Kaffeelängen und drei Kuchenstücke lang im Café sitzen, auch wenn Anna immer noch keinen Appetit hatte. Atemlos lauschte sie Gabrieles Schilderungen vom alten Wohnmobil, das sie und ihr Mann sorgsam renoviert hatten. Eine GRACE auf der Straße. Sie staunte über sich selbst, dass sie diesen Geschichten gerne zuhörte, obwohl die Ähnlichkeiten sie doch schmerzten.
Als sie sich verabschiedete, sagte Gabriele: „Es war so schön, dich zu sehen. Wir Patienten verstehen am besten, was jeder von uns durchmacht. Dir wird es auch bald so gut gehen wie mir! Nur meine Müdigkeit macht mir in letzter Zeit zu schaffen. Nächste Woche habe ich ein CT. Meine Blutwerte sind schlechter geworden."
Anna hatte das Bedürfnis, Gabriele in den Arm zu nehmen. Sie strich ihr nur über die Schulter und sagte: „Ruf mich an, wenn du beim Arzt warst. Dann treffen wir uns noch einmal."
Sie ging nachdenklich zu ihrem Auto zurück. Da gab es ein Leben nach der GvHD – für einen flüchtigen Moment schien es ihr zum Greifen nahe. Irgendwann, in baldmöglichster Zukunft. Würde sie es schaffen, in so kurzer Zeit, wie es bei Gabriele der Fall gewesen war, wieder gesund zu sein? Und das alles alleinstehend, ohne Hilfe von ihrem Mann? Sie stieg ins Auto, startete den Motor und freute sich darüber, dass sie den ganzen Tag bisher nicht an Oliver gedacht hatte.
Das Handy neben ihr auf dem Beifahrersitz klingelte penetrant.
„Ronja" stand auf dem Display, darüber das Foto von ihrer Tochter mit vierzehn Jahren und Pippin dem Kleinen auf dem Arm.

Kapitel 39

Anna drückte den Anruf weg und fuhr nach Hause. Sie musste endlich mit Ronja über die Trennung sprechen. Aber Ronja hatte immer an Oliver gehangen – er war ihr Super-Papa gewesen, der, der sich um ihre Geschichts-Hausaufgaben gekümmert und ihr in Deutsch geholfen hatte. Aber auch der, der Vater-Tochter Wochenenden auf der GRACE organisierte, bei dem sie sich nur von Frikandel und Bitterballen ernährten, während Anna im Fernsehen Auftritte in Dauerschleife hatte. Wie sollte sie Ronja erklären, dass sie Oliver, ohne einen Moment zu zögern, aus dem Haus gewiesen hatte? Dass sie keinen Schritt mehr unternommen hatte, ihre Familie zu retten?

Sie verschob das Problem und kümmerte sich um Lola. Ohne ihre Jacke auszuziehen, griff sie nach der Hundeleine und schlug mit der hopsenden Lola den Weg Richtung Wald ein. Es war stürmisch, und der kalte Wind machte diesen dunklen Januartag frostiger, als er schon war. Dass das Tief Olaf eine besondere Wetterkonstellation hatte, war Anna bereits morgens beim Blick in die Zeitung aufgefallen. Wahrscheinlich zog im Laufe des Abends ein Unwetter auf, sie hatte jedoch keine Ruhe gehabt, die Wetterdaten detaillierter zu studieren.

Anna zog sich die Kapuze tief in das Gesicht und stapfte über den lehmigen Fußweg. Immer noch war Spazierengehen nicht unbedingt das, was ihr Riesenspaß machte. Auch, wenn Lola sich inzwischen tadellos verhielt, nicht mehr an der Leine zog, und nicht mehr jeden vorbeikommenden Menschen anknurrte. Heute wollte Anna einen neuen Weg einschlagen, ein, höchstens zwei Kilometer lang, quer durch den Wald, doch immer in Reichweite der Siedlung. Diesen Weg kannte sie noch nicht gut, und er würde Lola viele neue Schnüffelerlebnisse und ihr selbst Abstand von ihren Gedanken bescheren. Die Schritte fielen ihr schwer, sie war langsam und brauchte die volle Konzentration, um die große Lola neben sich zu dirigieren. Vom Wind geschüttelt, der bestimmt fünf Windstärken schon auflegte und sie an die GRACE erinnerte.

Oliver hatte in seinen wöchentlich eintreffenden E-Mails auf das Segelboot Bezug genommen. Anna solle sich entscheiden, was sie mit ihrem Anteil an der GRACE tun wolle. Dass Britta scharf darauf war, konnte Anna sich denken. Sie löschte jede dieser Mails.
Sie würde die GRACE nie mehr betreten, dachte sie, während sie sich durch den Wald kämpfte. Im Frühjahr wollte sie einmal mit Lola nach Holland fahren, zu sehen, ob Lola ein Hund für das Meer, ein Seehund war, einer, der wild darauf war, ins Wasser zu springen und durch die Wellen zu huschen. Sie musste bei dem Gedanken lachen.
Leider war zurzeit kein Denken daran. Ihre Blutwerte zeigten eine Anämie, mit den klassischen Symptomen von Müdigkeit und Konzentrationsschwäche, ein immer noch gestörtes Immunsystem und einen mehrfach erhöhten Wert für ihre Herzfunktion, der außerhalb jedes Normbereichs lag. Kein Wunder, dass sie schnell in Atemnot kam.
Die Sonne verschwand hinter den Hügeln, und Anna beeilte sich, um vor der Dunkelheit zuhause zu sein. Lola zog an der Leine und sprang über einen Baumstamm, der quer auf dem Waldweg lag.
Die Lichtung, die dahinter lag, war Anna unbekannt. Die Bäume wogen sich im Wind, ein dichter Teppich aus bunten Blättern raschelte laut bei jedem Schritt, und Lola war nicht zu halten. Anna ließ sie von der Leine, sie sprang mit dem Laub um die Wette, hopste nach links und nach rechts, oder mit allen vieren in die Luft. „Hier, du Clown!“ rief Anna und warf einen Stock in das Dickicht. Lola spielte im Sprung mit dem Holz, schnappte es und trug es zu Anna zurück. Sie warf das Teil erneut, Lola raste den kleinen Abhang hinunter, rollte über ihre Pfoten und fiel kopfüber auf die Nase. Anna lachte laut auf und setzte sich zu Lola auf den Blätterboden. „Hier gefällt es dir,“ sagte sie und kraulte Lola den Nacken solange, bis sie seufzend den Kopf auf ihre Jeans legte.
In ihrer Jackentasche vibrierte es. Anna wusste sofort, was das war. Dieses Mal ging sie dran. „Ronja?“
Zum Glück war der Empfang klar und deutlich. Anna hörte die Stimme ihrer Tochter gestochen scharf. „Mama, das darf doch nicht wahr sein!“ Sie klang schrill, ängstlich.
„Ronja, es tut mir so leid…“

„Dir tut es leid? Aber Mama! Papa muss es leidtun!" Ronja sprach dieses Mal wieder reines deutsch und versuchte, ihren amerikanischen Akzent zu unterdrücken.
Anna runzelte die Stirn. Ronja hatte Oliver früher immer Recht gegeben. Sie hatte Verständnis für seine schlechte Laune gehabt, wenn Anna wieder Abende woanders verbracht hatte, und sogar seine Ordnungsliebe vehement verteidigt.
„Er scheint sich verliebt zu haben." So nüchtern konnte man den Sachverhalt zusammenfassen.
„Mama, ich hätte nicht weggehen sollen. Dann hätte ich dir geholfen, in den Tagen, in denen du krank warst. Vielleicht wärest du dann schneller gesund geworden und hättest mit auf die GRACE gekonnt."
Anna musste schmunzeln. So einfach war die Sache leider nicht. „Das ist Unsinn. Ich habe eine heftige GvHD, die auch die beste Pflege nicht hätte verhindern können. Ich habe mir etwas vorgemacht, Ronnie. Das mit dem Segeln hätte nie geklappt."
„Und… nun? Was wird aus dir? Werdet ihr euch scheiden lassen? Wo wirst du wohnen?"
„Das wird sich alles regeln. Zurzeit wohne ich mit Lola noch zuhause. Und das ist schön." Anna war mit der Hand bei Lolas weißer Brust angekommen. Die Hündin rollte sich auf die Seite und ließ sich den Bauch kraulen. Der Wind wirbelte ein paar Eichenblätter auf.
„Ein Hund in deiner Nähe ist schön, Mama. Aber das reicht nicht. Ich komme nach Deutschland. Ich lasse dich nicht alleine."
Anna zögerte. Einen kurzen Moment wollte sie auf Ronjas Angebot eingehen – die Aussicht war zu verlockend. Sie würde Ronja wieder in die Arme schließen, gemütliche Abende mit Salzstangen und Hugo auf dem Sofa verbringen, Fotos aus Amerika ansehen und ein neues, kleines, behagliches Familiengefühl erlangen. Doch dann riss sie sich aus ihren Tagträumen heraus.
„Das kommt gar nicht in Frage. Ich habe Hilfe. Wolfgang ist da, und meine Nachbarin Marie ist zu meiner besten Freundin geworden."
Lola war es langweilig. Sie setzte sich auf und schubste Anna mit der Pfote.

„Und außerdem", fügte Anna hinzu, „ohne die ganze Geschichte hätte ich Lola nicht gefunden."
Am anderen Ende war es still geworden. „Meinst du wirklich? Mein Semester dauert noch bis April", kam es zögernd.
Anna warf Lola ein Stöckchen auf die gegenüberliegende Seite der Lichtung. Über den Baumwipfeln sammelten sich tiefgraue Wolken. Die vertikalen Kumulonimbusse waren Anna schon zuhause aufgefallen. Sie führten Niederschlag in Form von Regen, im Winter häufig verbunden mit Hagel und Schnee. Wie ein dunkler Pilz schob sich die schwarze Masse vor die Sonne.
„Dann komm doch im Mai nach Deutschland. Dann reden wir…"
Lola stand wie angewurzelt zwischen den Bäumen. Ein leichtes Grollen kam von weit her. Hinter der belgischen Grenze, einige Kilometer entfernt, erahnte Anna ein Gewitter, das im Januar selten war.
„Hab' dich lieb, Ronja", sagte sie schnell zum Abschied. Dann steckte sie das Handy in die Tasche und ging auf Lola zu. Sie musste sie schnellstens an die Leine nehmen. Vorsichtig näherte sie sich der Hündin, die starr in eine Richtung blickte. Da knallte es.
Der Donner war so laut, dass Anna mitten im Schritt stolperte. Lola sprang mit allen vier Pfoten gleichzeitig in die Luft, der Stock fiel ihr aus der Schnauze, und ohne sich umzusehen, raste sie den Weg entlang, in den dichten Wald hinein.
„Lola!" So ein Mist. Anna hatte die Zeit vergessen, und nicht an das Tiefdruckgebiet gedacht. Der Wind und die Wolken malten ein bedrohliches Szenario an den Himmel. Lola war nicht mehr zu sehen. Nein. Bitte nicht. Fieberhaft überlegte Anna, wo sie hinrennen würde. Was sollte sie tun? Nach Hause, Hilfe holen? Ein Blitz durchfuhr das Wolkenband, es wurde fast gefährlich hier im Wald. Erste dicke Tropfen klatschten in großen Intervallen auf den Boden. Wenn sie sich jetzt beeilte, konnte sie noch im Trockenen über das Feld nach Hause laufen und Hilfe holen.
Anna nahm ihre Beine in die Hand. Erstaunlich, dass sie fähig war, solche Kräfte zu mobilisieren. Klitschnass kam sie zuhause an. Maries Haus war dunkel, das Auto nicht da, Anna zog sich etwas Trockenes an und stand minutenlang am Fenster. Der Regen klatschte mit Wucht

an die Fensterscheibe. Tropfen wurden erst zu kleinem Eis, dann zu faustgroßen Hagelkörnern, die wie ein dumpfes Schlagzeug auf das Hausdach trommelten.

Wo war Lola nur hin? Anna hatte einen dicken Kloß im Hals. Sie musste unbedingt etwas gegen Lolas Schreckhaftigkeit tun.

Endlich zeigten sich über den Fichten am Waldrand helle Wolkenstreifen. Die Blitzentladungen waren nur noch leicht, und der Sturm hörte langsam auf.

Sie lief in den Keller, holte eine trockene Winterjacke aus dem Schrank, zog die Wanderschuhe an und hastete nach oben. In Gedanken sah sie Lola verletzt im Wald liegen, die Pfote eingeknickt, winselnd unter einem Stein – halt! Das waren nur Erinnerungen.

Sie streifte die Handschuhe über, atmete tief ein und aus. Nur nicht panisch werden.

Dann öffnete sie die Haustür und ging in den stürmischen Abend hinaus. Wenige Tropfen rieselten aus der Fichte am Eingang, es war bitterkalt.

Draußen vor der Tür lag ein nasser Hund, mit zentimetergroßen weißen Hagelkörnern im schwarzen Fell. Lola hechelte schnell, ihr ganzer Körper zitterte. Annas Gedanken schlugen Purzelbäume. Sie kniete sich vor die Hündin, nahm ihren Kopf in die Hände und ließ sich die Tränen ablecken. „Alles ist gut“, sagte sie und wiegte sie im Arm wie ein kleines Kind.

Wenig später suchte sie die Telefon-Nummer des Hundevereins heraus. Sie brauchte Hilfe.

Kapitel 40

Morgens um sieben war die Welt für Anna nach wie vor nicht in Ordnung. Auf den olivgrünen Wiesen glitzerte der Tau, und das feuchte Nass sickerte durch ihre Leinen Sneakers. Sie öffnete quietschend das Tor zum Hundezentrum, und Lola machte einen Satz zur Seite. „Ruhig, Lola." Lola zog den Schwanz ein und sprang über drei Treppenstufen gleichzeitig.
Annas Beine waren bleischwer. Sie hatte in dieser Nacht kein Auge zu getan. Das Gespräch mit Ronja und die Sorge um Lola hatte sie aufgewühlt. Nun hatte sie den Pavillon erreicht und schlich einmal herum. An den hohen Fenstern hielt sie Ausschau nach einem der Hundetrainer. Auf der anderen Seite der Anlage angekommen fiel ihr Blick auf ein landwirtschaftliches Gebäude, wohl eine ehemalige Scheune, die notdürftig zu einem kleinen Wohnhaus umgebaut worden war. Mit den vermoosten Ziegelsteinwänden, verrotteten Fensterläden und hohen Holzpaneelen, die einen großzügigen Dachboden verbargen, wirkte es nicht schäbig, aber ungepflegt. Am freundlichsten sah noch das Blechschild an der Haustür mit dem schielenden Beagle aus, auf dem „Willkommen" stand. Anna zog ihre Pudelmütze, die sie sich über ihre kurzen Haarstoppel gezogen hatte, tiefer ins Gesicht und machte einen Schritt auf die Scheune zu.
„Du bist bestimmt Anna", hörte sie eine Stimme hinter sich. Ein Mädchen mit schwarzen Haaren und einem grünen Parka kam aus dem Pavillon auf sie zu. „Ich heiße Linda." Sie reichte Anna die behandschuhte Hand und lächelte. Anna erwiderte den Händedruck herzlich. „Ich habe gestern angerufen…"
„Ich weiß. Hallo Lola!" Lola schnüffelte an Lindas Hose, und sprang plötzlich an der Trainerin hoch.
„Sie kennen Lola?"
„Wir sagen hier du im Verein. Kannst du auch machen. Natürlich kenne ich Lola. Wir Trainer haben alle mit Lola gearbeitet. War ein besonders hartnäckiger Fall. Zuerst wild, ungestüm, wie junge Hunde

halt sind, dann plötzlich schreckhaft." Linda hatte sich zu Lola hingehockt und kraulte ihr die Ohren.
„Weißt du, warum sie so schreckhaft ist?"
„Vermutlich ist sie durch einen lauten Knall, ein Feuerwerk oder ähnliches traumatisiert. Sie ist uns ein paar Mal weggelaufen, nicht nur im Oktober, als du sie gefunden hast."
„Hm, genau deswegen brauche ich eure Hilfe."
Linda ging mit Anna zum Hundeplatz. „Zeig mir doch ein paar Basis-Übungen mit Lola. Mich interessiert die Beziehung zwischen Euch beiden. Ich bleibe hier am Haus, da kann ich dich ungestört beobachten."
Das klang einleuchtend. „Jetzt kommt es drauf an", flüsterte Anna Lola zu, die neben ihr über die Wiese trabte. Sie ließ sie absitzen, drehte sich um, machte ein paar Schritte in die entgegengesetzte Richtung und rief sie zu sich. Ohne Verzögerung kam sie mit wehenden Ohren auf Anna zugelaufen. Prima. Sie war voll konzentriert. Dasselbe noch einmal: Lola setzte sich hin, Anna ging ein paar Schritte rückwärts und zeigte ihr dann mit der flachen Hand an, sich hinzulegen. Lola schaute nach links, wo Linda stand. Dann nach rechts, wo es im Gebüsch raschelte. „Hmmm!" raunzte Anna. „Platz!" Lola grunzte und legte sich widerwillig hin, die weißen Pfoten vor sich ausgestreckt.
„Prima!" lobte Anna, rief die Hündin zu sich, und begann, zur Belohnung mit einem Spielstrick aus der Jackentasche mit ihr zu toben. Nach kurzer Zeit war sie außer Atem und kniete sich auf die nasse Wiese. Da bemerkte sie, dass noch jemand sie beobachtete.
Jenseits der Abgrenzung des Übungsplatzes lehnte Steffen, in verschmutzter Jeans, die Arme vor der Brust verschränkt an einem Baum. Seinen undurchdringlichen Blick konnte Anna nicht deuten. Was wollte er? Würde er ihr Vorwürfe machen, dass die Übung nicht schnell genug bewältigt worden war?
„Noch einmal. Dieses Mal lässt du sie länger sitzen, bevor du sie abrufst. Sehr lange!"
Anna löste sich aus der Erstarrung, und sah ihn verwundert an. Was sollte das bringen? Widerwillig befahl sie Lola, sich hinzusetzen. Die Hündin warf unruhig den Kopf hin und her, während Anna wieder

an ihren Platz ging, und sich umdrehte. Nicht den Augenkontakt verlieren, dachte sie. Lola hob das Hinterteil. „Sitz!“ Anna hob die Hand und verharrte reglos in diese Position. Eine gefühlte Ewigkeit ließ sie verstreichen und hoffte inständig, dass Lola sitzen blieb. Dann erlöste sie sie, rief sie zu sich, lobte und streichelte sie ausführlich.
„Das erste Mal war besser.“ Steffen stieß sich von dem Baum ab und kam auf Anna zu.
„Wieso?“ Was bildete er sich nur ein?
Steffen nahm einen Ball, warf ihn über den Platz, und gab Lola ein Handzeichen, dass sie hinterherlaufen sollte. Anna sah Grasflocken und schwarze Haare durch die Luft fliegen. „Weil du sie beim ersten Mal mit Spiel gelobt hast. Das war ausgezeichnet.“ Steffen grinste und schaute Anna direkt in die Augen. „Gute Basis, die du erarbeitet hast. Hätte ich nicht gedacht.“
Anna holt tief Luft. Sie spürte, wie die Hitze ihr in den Kopf stieg. Sie würde sich konditionell verbessern müssen, um nicht durch Schwäche aufzufallen.
„Umso erstaunlicher, dass du mir Lola trotzdem überlassen hast…“ fiel ihr ein, bevor Lola mit dem Ball in der Schnauze zurückkehrte und ihn Anna vor die Füße warf.
Steffen lachte leise. „Ja. Klug war‘s nicht — aber cool.“ Er lächelte unverschämt unter seiner Mütze hervor. „Du hattest so etwas Verzweifeltes an dir. Lola erschien mir genau die Richtige, um dich zu retten!“
Anna wollte am liebsten weglaufen. Sie war froh, dass Linda über den Platz herüberkam.
„Das war schon ganz in Ordnung. Lola scheint gerne zu apportieren. Das kannst du in Zukunft ausbauen. Ich zeige dir ein paar Übungen aus der Servicehund-Ausbildung. Da wird es viel verwendet.“
Linda erzählte von Lolas Anfängen ihrer Ausbildung. Sie hatte einige Funktionen bereits gelernt, vermutlich aber vergessen in den letzten Wochen ohne Training. „Wir werden in einer kleinen Gruppe gezielt diese Übungen wieder aufgreifen. Ich rufe dich wieder an um dir die Termine mitzuteilen.“

Damit gab Linda Anna einen Zettel mit allen Einzelheiten für die nächsten Trainings und verabschiedete sich.
„Komm, Lola!“ Anna nickte Steffen kurz zu und ging Richtung Ausgang. Am Tor drehte sie sich noch einmal um. Er hockte neben einem kleinen Münsterländer vor der Baracke und hob die Hand zum Gruß. „Sei bloß pünktlich! Wer zu spät kommt, muss dreimal selbst den Ball apportieren!“ Dann pfiff er den Hund zu sich und verschwand in der Scheune.
Anna befühlte ihre glühenden Wangen und fragte, warum sie sich plötzlich so leicht fühlte. Sie öffnete für Lola den Kofferraum des Autos und sah an sich herunter. Ihre Hose war matschig und nass, und ihre Beine schlotterten vor Kälte. Den klirrenden Frost hatte sie überhaupt nicht bemerkt.

Kapitel 41

Von nun an machte Anna aus den Spaziergängen mit Lola kleine Trainingsrunden. Ihre Jackentaschen waren voll mit bunten Bällen, groben Stricken und grauen Plastikschweinen, die auf Druck laut quiekten. Gefühlt hunderte Male lenkte sie Lola ab, sobald Menschen auftauchten. Ein paar Mal gelang es ihr, sie daran zu hindern, andere Leute wütend in die Waden zu beißen. Das Knurren legte Lola aber weiterhin nicht ab.

Die kleine Lichtung, auf der sie sich so wohl gefühlt hatten, suchten sie oft auf. Sie spielten dort, bis sie beide vor Erschöpfung nach Luft japsten. Dann liefen sie über den Feldweg heimwärts, Lola mit wedelnder Rute vorneweg, Anna ächzend hinterher.

An dem einen oder anderen Morgen in diesem kalten Januar war Anna zu schlapp. Dann hatte das Monster sie wieder fest im Griff, die Haut spannte, und die Gelenke schmerzten, als würden sie Anna zu Ruhe mahnen. Wenn sie es morgens nicht schaffte spazieren zu gehen, baute sie im Garten aus Holzkisten Hindernisse auf und warf Lola das Grunzschwein und den kleinen blauen Ball abwechselnd über den Rasen. Die Hündin rannte hechelnd hin und her wie ein Flummi und brachte das Spielzeug hunderte Mal mit wachsender Begeisterung zurück. Für sie gab es keinen Terminkalender mit Trainingsstunden – sie konnte immer trainieren. So einen Terminkalender, wie Anna ihn früher geliebt hatte, der ihren Alltag geprägt hatte, Woche für Woche, Jahr für Jahr.

Dass der Wölkchenkalender seit Monaten unausgefüllt in der Schublade lag, fiel ihr erst auf, als sie wieder Kontakt mit Mike aufnahm. Das Gespräch drehte sich um ihren ersten Arbeitstag, der 15. Januar. „9 Uhr" notierte sie sich und strich den ganzen Tag im Kalender rot an, damit sie ihren einzigen Termin des neuen Jahres nicht übersah.

Pünktlich um neun Uhr im Sender zu sein, war allein schon eine Herausforderung für Anna. Es hieß, ein geeignetes Outfit herauszusuchen, sich ordentlich anzuziehen, die Perücke aufzusetzen, die Haut

zu versorgen - alles in schlaftrunkenem Zustand und ohne Frühstück, dafür aber mit einem Haufen Tabletten im Magen.
Im Badezimmer musterte sie gründlich ihr müdes Gesicht im Spiegel. Immer noch diese Hamsterbacken. Im Dezember hatte sie die Cortison-Dosis auf die Hälfte reduziert, aber fünfzehn Milligramm täglich waren trotzdem sehr viel. Anna strich sich über die geschwollene, fleckige Haut, die sich rau anfühlte. Die Haare begannen langsam nachzuwachsen; erst, wenn sie voll und dunkel waren, würde Anna wieder wie ein normaler Mensch aussehen.
Die Haut war das Nächste, das sie intensiv bearbeitete. Zum Glück gab es die Kosmetikindustrie mit Produkten, von denen die damaligen Mütter nicht mal zu träumen gewagt hatte. Anna legte Make-up auf, malte sich die Lippen und benutzte einen Kajalstift. Gar nicht so schlecht, das Ergebnis.
Sie entschied sich gegen einen Rock, wohlwissend, dass das im Sender nicht gerne gesehen war. Mit der schwarzen Jeans, der Kaschmir Strickjacke, und dem weißen T-Shirt mit den kleinen Blümchen am Ausschnitt darunter drehte sie sich vor dem Spiegel. Das musste für den ersten Bürotag reichen. Eine Bluse oder ein Blazer hatte seit Wochen keine Chance auf ihrer geschundenen Haut. Jede Webware, jeder Baumwollstoff, der nicht Baby-Jersey hieß, führte zu Rötung und kratzte wie die Pfoten einer jungen, wilden Katze.
„Wie findest du mich, Lola?“ fragte sie und stieg über den großen Körper vor der Badezimmertür. Lola wedelte müde mit dem Schwanz.
„Traurig, dass ich weg gehe? Du wirst den ganzen Tag mit Herrn Nilsson spielen, und mich überhaupt nicht vermissen!“ Anna packte ihre Tasche und warf Utensilien, die sie nicht benötigte, auf die Fensterbank.
Zufrieden sah sie sich um. So gefiel ihr dieser Tag schon sehr gut. Sie hatte ihr Morgenpensum geschafft und stand pünktlich bereit, um ihren ersten Arbeitstag wieder anzutreten. Das freudige Kribbeln in ihrem Magen wurde stärker. Sie war kurz davor, einen großen Schritt in die Normalität zu tun.

„Ich weiß nicht, wie lange es dauert", sagte sie zu Marie an der Haustür. „Mike und ich verhandeln später über meine Projekte und meine Arbeitszeit."
„Keine Eile. Viel Erfolg, Anna. Ich hoffe, sie sind nett zu dir, die Leute beim Fernsehen!" Marie sah skeptisch drein, als Anna mit dem Auto aus der Auffahrt fuhr. Pfeifend schlug Anna den Weg auf die A4 nach Köln ein.
Auf dem Platz vor dem Gebäude knöpfte sie den Wintermantel auf, den sie über der Jeans trug. Es war fast frühlingshaft mild, Sonnenschein, blassblauer Himmel. Kurz hielt sie inne, genoss die frische Luft auf der Haut, und wollte die ganze Welt umarmen. Eine große Menge Menschen in dicken Jacken und Mänteln wurde aus dem U-Bahn Zugang gespuckt. Anna senkte ihren Kopf und wickelte sich den Wollschal um das Gesicht, besonders um den Mund. Nur nichts einatmen von der bakteriengeschwängerten Luft.
In der Manteltasche vibrierte ihr Handy. Einen Moment zögerte sie, ob sie es nicht ausschalten sollte. Aber es könnte Marie sein, vielleicht war etwas mit Lola. Sie öffnete die Nachricht. „Ich gehe heute ins Krankenhaus. Irgendetwas ist nicht in Ordnung. Sorge dich nicht. Ich melde mich. Gabriele."
Anna blieb stehen. Mist. Sie musste Gabriele zurückrufen. Aber jetzt? Um zwei Minuten nach neun? Sie schaltete das Handy aus, und ging mit beherzten Schritten die Treppe hinauf.
Auf der Etage von Wetter-TV hüllte ein vertrauter Schwall an Telefonklingeln, Lautsprecheransagen und Brummen der Kaffeemaschinen sie ein. Anna legte einen flotten Schritt vor. Sie war wieder da. Die Kolleginnen hinter der Glasscheibe im Studio sahen nicht auf, als Anna vorbeikam. Keine von ihnen war Anna bekannt, deshalb ging sie schnell weiter.
„Hallo", sagte sie, als eine junge Frau mit rotem Minirock und Headset auf den Ohren an ihr vorbeiflitzte. Die jedoch sprach weiter in ihr Mikrofon. Anna schlug den Weg zu Stuarts Büro ein, auf den sie sich am meisten freute. Doch der Raum, in dem Anna so oft gesessen hatte, sah anders aus. Zwei Schreibtische waren zu einer großen Arbeitsfläche zusammengeschoben, an der vier junge Frauen

mit dicken Kopfhörern nebeneinandersaßen, die Gesichter hinter den Monitoren versteckt. Eine sah wie die andere aus, Drahtbrille, schwarze Shirts, kurze Röcke. Es murmelte und piepste in jeder Ecke.

„Hallo!" rief Anna. „Wisst ihr, wo Stuart ist?"

Niemand rührte sich. Erst als sie begann, auf und ab zu hüpfen, um sich bemerkbar zu machen, sah eine Blondine auf.

„Ja, bitte?" Sie nahm widerwillig den Kopfhörer von ihrem platinblonden Haar ab.

„Stuart. Ratcliffe. Der Mischer von Wetter-TV."

„Nicht mehr da. Hat vor zwei Monaten gekündigt. Aber fragen Sie doch nebenan." Mit diesen Worten verschwand der Kopf wieder hinter Monitor und Kopfhörer.

„Anna!" Endlich eine vertraute Stimme. Anna drehte sich ruckartig um und stand Mike gegenüber. Er hatte eine dicke Akte auf dem Arm und balancierte eine Kaffeetasse darauf. Um seinen Hals baumelte ein Headset.

„Hi! Ich bin wieder da!" Irgendjemand musste das doch positiv zur Kenntnis nehmen.

„Ja…Klar…" Mike schaute mit zweifelndem Blick an Anna herunter, seine Augen blieben an ihrer Jeans hängen. Dann stellte er die Tasse auf die Ecke der Arbeitsplatte und winkte eins der Mädchen aus dem Büro heran. „Bist du soweit?"

Die stand auf und kam zu ihnen herüber. „Ja, alles fertig. Soll ich mitkommen?"

„Anna, das ist Clarissa. Sie wird dich einweisen. Du weißt ja, wir haben neue Aufgaben für dich."

Anna ließ ihren Blick über das dunkel anmutende Szenario schweifen. „Ja, anscheinend für uns alle..."

Mike stieß die Tür zum Gang auf und lief voraus. „Ich zeige dir was." Dann öffnete er eine weitere Tür, die Anna unbekannt vorkam, auf dem ein Schild mit „ONLINE-DOKU" geschrieben stand. Eiskalte Luft schlug ihr entgegen, es roch nach frischem Linoleum. Alle Fenster waren geschlossen, mit grauen Sonnenblenden davor, bis auf den Boden, obwohl es Mitte Januar war. Es war mucksmäuschenstill in diesem Raum. Mindestens zehn Arbeitsplätze standen jeweils

im Doppelpack gegenüber, durch grüne Stellwände voneinander getrennt. Einige waren belegt von ähnlich aussehenden Kollegen, wie Anna sie schon im Raum davor bemerkt hatte.
„Ich dachte, du stellst mir Janet Garcia endlich vor!" flachste Anna. Sie wollte lieber in den Senderaum mit den vertrauten Kameraleuten und Technikern. Was war hier eigentlich los?
„Hier ist dein neuer Arbeitsplatz", zeigte Mike auf den Schreibtisch in der Mitte, direkt unter einem Rohr der Klimaanlage. Das nächste Fenster war auf der gegenüberliegenden Seite, das Licht an diesem Schreibtisch gedämpft und schattig. „Tut mir leid, Janet ist auf Dienstreise. Sonderauftrag für die BBC. Ich muss jetzt rüber. Personalsitzung! Schon seit Tagen angekündigt." Er tätschelte Anna freundschaftlich auf den Rücken, zum Glück über zwanzig Zentimeter entfernt, so dass Anna nicht zusammenzuckte.
„Was soll ich tun? Gibt es schon Daten? Welche Plattform? Welches Datum?" rief Anna ihm nach. Dass sie Wetterdaten auswerten sollte, war ihr klar. Wenigstens das.
„Liegt alles auf dem Schreibtisch", hörte sie ihn noch durch die Tür rufen.
Aha, seufzte Anna und ließ sich auf ihrem Schreibtischstuhl nieder. Die Dame hinter dem grünen Schirm neben ihr hatte eine Hochsteckfrisur und sah mit ihrer Hornbrille wie Miss Moneypenny aus. Anna hoffte, dass sie so nett war wie die im Film, und beugte sich mit dem Oberkörper seitlich an der Abdeckung vorbei. „Huhu! Ich bin Anna!"
Miss Moneypenny riss erstaunt die Augen auf, bewegte ihren Kopf jedoch keinen Deut nach rechts. „Hallo."
Okay. Dann eben nicht. Anna neigte sich wieder zurück und machte es sich bequem. Ob sie wohl Aimée besuchen gehen sollte? Oder sich einen Kaffee holen, damit der Tag nicht so trocken begann? Seufzend beschloss sie, sich erst ihre neue Aufgabe genau anzusehen. Sie wollte doch einen guten Eindruck machen. Auch, wenn ihr im Moment schon wieder flau war.
Sie wühlte die Zettel mit den Luftdruckdaten gezielt durch. Die Aufgabe war, sie zu sortieren, mit einem mathematischen Algorithmus

eine Tendenz vorauszusagen, und daraus weitere Luftparameter zu berechnen. Diese Arbeit hatte sie vor sechzehn Jahren schon als Praktikantin verübt. Damals waren es nur zehn Seiten, nicht ein ganzer Stapel von über fünfzig.
Anna zog die Schultern hoch und verschloss ihre Strickjacke. Ganz schön kalt war es hier. Nach einer Weile stand sie auf und suchte den Schalter der Klimaanlage an der Wand. Er ließ sich nicht verstellen. Über den Köpfen der Mitarbeiter sauste der kühle Luftstrom mit brummender Gleichmäßigkeit. Wie ein kalter Passatwind. Der über dem Atlantik im Winter.
Fröstelnd inspizierte Anna die nächsten zwei Stunden lang die Wetterdaten. Ab und zu räusperte sich jemand, Miss Moneypenny schniefte in regelmäßigen Abständen. Anna wurde es klamm in der Brust, sie bekam pochende Kopfschmerzen. Die Daten verschwammen vor ihren Augen. 126 mm Pascal Luftdruck in Hürtgenwald, berechnet für morgen früh in der Eifel. 4 mm weniger, als in der Vorhersage vor einer halben Stunde. Die Zahlen drehten sich, spielten Ringelreihen, trieben Schabernack mit Anna. Was für eine sinnlose Aufgabe.
Da flog die Tür auf, und Mike kam mit hastigen Schritten herein.
„Jetzt können wir uns zusammensetzen, Anna." Seine Miene war ernst, keine Regung ging durch sein Gesicht. Vielleicht fragte er sie nun endlich, wie es ihr ging. „Wir gehen in mein Zimmer."
Anna war es recht, jetzt kam Bewegung in die triste Aufgabe.
„Kann ich in einem anderen Büro arbeiten, in dem es nicht so kalt ist?" fragte sie. Vielleicht hatte Mike ja eine bessere Lösung für ihre nächsten Arbeitstage.
„Anna, ich muss mit dir reden. In der langen Zeit deiner Abwesenheit hat sich viel verändert."
Anna schluckte. So lange war ihr die Zeit gar nicht vorgekommen.
„Wie du siehst, ist unser Sender umstrukturiert. Der Online-Bereich hat ein größeres Gewicht bekommen."
Die anonymen jungen Computerfreaks gehörten also zum Online-Bereich. „Ja, viele neue Mitarbeiter. Prima!"
„Wir stellen ab sofort einen großen Teil unserer Vorhersagen als Open Data der Öffentlichkeit zur Verfügung. Das ist der Trend der Zeit."

„Wieso?“ Anna sah Mike mit offenem Mund an.
„Schau dich doch um. In der neuen digitalen Welt wartet niemand mehr auf die Wettervorhersage nach den Nachrichten. Noch nicht einmal im Radio werden die Vorhersagen wahrgenommen. Es geht nur noch um online Daten. Die Hausfrau möchte genau wissen, ob die Sonne um 10.42 Uhr scheint und sie zu Fuß einkaufen gehen kann, oder ob sie das Auto nehmen muss. Der Geschäftsreisende aus den USA möchte sich informieren, wie das Wetter in Deutschland von Montagmittag bis Dienstagnachmittag ist, wenn er einen Termin in Köln hat. Und zwar genau in dem Moment, in dem er am Flughafen sitzt und sein Handy zückt.“
„Aber unsere Vorhersagen sind doch schon immer sehr exakt gewesen!“
„Den Aufwand von mehrmaligen Live-Wettervorhersagen am Tag können wir nicht mehr leisten. Wir haben die Sendekapazität auf ein Minimum zurückgefahren.“ Mike sah plötzlich grau im Gesicht aus. Das lag nicht nur an der schlechten Beleuchtung in seinem Zimmer.
„Und das heißt...?“ Anna wusste nicht, wie sie es formulieren sollte.
„Ich komme gerade aus der Personalbesprechung. Wir müssen Personal reduzieren, Anna. Janet Garcia als einzige Wetter-Moderatorin reicht völlig aus.“
Annas Kopfschmerzen wurden stärker. Sie ballte die rechte Hand zur Faust. Sie war doch immer die wichtigste Sprecherin des Wettersenders gewesen. Jede zweite Vorhersage war mit ihr gedreht worden. Sie war das Vorzeige-Gesicht von Wetter-TV. Ungelenk zog sie ihre Strickjacke enger um ihre Taille und sehnte sich nach einer Decke und Wollsocken.
Mike hatte eine Pause gemacht und in seinen Terminkalender geschaut. Jetzt sah er auf. „Anna, du bist nicht gesund. Wir können dich nicht mehr einsetzen.“
Der Stuhl fühlte sich an, als würde er von links nach rechts schwanken. „Aber ich habe die Transplantation überlebt!“ Anna zuckte bei ihren eigenen Worten zusammen. „Und ich bin einsatzfähig, deshalb sitze ich doch hier!“

Mike kratzte sich an der Stirn und räusperte sich. „Anna, wir beide sind immer mehr als Arbeitskollegen gewesen. Du warst etwas Besonderes, hattest Energie, Power, und Ausstrahlung. Perfekt für die Moderation. Aber diese Stelle kannst du so…“, er wies mit einer saloppen Handbewegung auf ihre zitternden Knie, „nicht mehr ausfüllen.“

„Und das, was ich heute Vormittag getan habe? Diese Online-Daten?“

„Ich will ehrlich zu dir sein, Anna. Ich hatte geglaubt, dir dort noch eine Stelle anbieten zu können. Aber auch die hat man mir heute Morgen gestrichen.“

Der wankende Stuhl schien zu kippen. Als wenn jemand den Boden unter Annas Füßen wegzöge. Es dröhnte in ihren Ohren. „Aber... aber ich bin doch wieder fast gesund! Ich nehme schon viel weniger Medikamente als im letzten Jahr! Mein Arzt ist sehr zufrieden mit mir, du müsstest einmal die vielen Blutwerte sehen, die schon wieder im Normbereich sind und...“ Sie stockte. In Mikes Gesicht zeigte sich keine Regung, kein Verständnis, keine Teilnahme. Maskenhaft blickte er sie an, stumm, hilflos. Anna verstand.

„Okay.“ Sie richtete sich auf und rückte ihre Kaschmirjacke zurecht. Mit harter Stimme sagte sie: „Ich habe unsere Zusammenarbeit immer geschätzt, Mike. Aber, es wird Zeit, dass ich mich neu orientiere.“ Damit stand sie auf und schob den Stuhl an den Schreibtisch.

Mike beeilte sich, aufzustehen und Anna die Hand entgegenzustrecken. Ein Lächeln durchzog sein müdes Gesicht. „Dann ist ja alles gut.“

Anna nickte und ging wortlos an seiner Hand vorbei aus dem Raum.

Kapitel 42

Früher hatte Anna es geliebt zu träumen. In ihren Träumen konnte sie fliegen, manchmal sogar zaubern. Sie schwebte in Raumanzügen durch Cumulus Wolken oder ritt mit Ronja auf Araberpferden durch die Wüste.

An diesem Morgen träumte sie von einem Wald, mit einem Abhang, unter dem sich ein reißender Fluss erstreckte. Ein Sturm fegte durch die Bäume, und Anna wurde mitgerissen. Sie versuchte sich festzuhalten. Oliver schwebte über sie hinweg, reichte ihr eine Hand und wurde im nächsten Moment von einem Orkanstoß weggewirbelt. An seiner rechten Seite tauchte eine junge Blondine auf. Sie winkte ihn verheißungsvoll zu sich. Ein mächtiger Windstoß riss Anna um, sie stürzte den Abhang hinunter ins Wasser und wurde klatschnass. Sie prustete und wischte sich die Tropfen aus ihrem Gesicht. Dabei blieb sie an Lolas Schnauze hängen.

„Lola…“ Es kratzte in Annas Hals, und sie bekam die Lippen kaum auseinander. Sie saß aufrecht im Bett, Lolas Vorderpfoten auf dem Bauch, die Decken bis zu den Füßen heruntergewühlt, das Laken klatschnass.

Mist. Ihre Stirn war heiß, sie glühte. Fieber. Die Klimaanlage im Sender. Mike, die Kündigung. Sofort fiel es ihr wieder ein. Das hier ist dann wohl ein letzter Gruß von meinem Arbeitgeber, dachte Anna zynisch. Lola schubste sie mit ihrer dicken Pfote. Sie musste dringend raus. Anna versuchte aufzustehen, was ihr nicht gelang, so schwindelig wurde ihr augenblicklich. Verdammt, sie brauchte Hilfe. Wie so oft in letzter Zeit. Marie war zu ihrem Sohn nach Köln gefahren, aber Wolfgang müsste zu erreichen sein.

Er ging sofort ans Telefon. „Keine Sorge, ich komme!“ Ein paar Minuten später stand er in ihrem Schlafzimmer, er hatte einen eigenen Hausschlüssel. Er schob seine Drahtbrille in die dünnen Haare und schaute Anna abschätzend an.

„Du siehst ja aus wie das blühende Leben“, sagte er, und ging mit Lola in die Küche. Anna hörte ihn mit den Tellern klappern, mehr nahm

sie nicht wahr. Wie hinter einer milchigen Mattscheibe erkannte sie ihn wenig später mit einer grauen Leinenschürze, und einem Tablett mit einer Kanne Tee und ihren Medikamenten.
„Wie gut, dass du weißt, wo alles ist“, sagte Anna und steckte ihre Nase in die heiße Teetasse. Ihr Kopf dröhnte wie fünf Hubschrauber im Landeanflug.
Und Wolfgang wusste auch, was alles zu tun war. Leise vor sich hin brabbelnd räumte er die Küche auf, ging mit Lola eine Runde Gassi, und half Anna, nach einer weiteren Stunde tiefen, fiebrigem Schlaf aufzustehen und sich auf ihr Sofa zu begeben.
„Wie war dein erster Arbeitstag?“ Wolfgang sah sie erwartungsvoll an. „Anscheinend nicht besonders gesund!“
Anna sah durch ihn hindurch. Zwischen Hitze und Schwindel fiel es ihr wieder ein. Sie hatte ihren Job verloren.
„Der Sender hat mittlerweile ausgezeichnete Klimaanlagen“, krächzte sie. Dann schüttelte trockener Husten sie.
„Und die sind mitten im Fernsehstudio?“
„Nein. Im Großraumbüro.“
„Und da gab es auch viele Kollegen, die nach Weihnachten eine kleine Grippe mit sich herumschleppen?“ Wolfgang runzelte die Stirn. „Mensch, Anna, du solltest gar nicht dahin gehen. Ist viel zu gefährlich für dich.“
Anna rollte sich auf die Seite. „Ja. Ich gehe nicht mehr dahin.“
„Was?“ Wolfgangs Stimme überschlug sich.
„Ja. Ich brauche nicht mehr zu kommen.“ Anna wurde noch heißer im Gesicht als zuvor. „Mike hat mir gekündigt. Man benötigt keine Moderatorin mehr. Alles ist jetzt ‚Online‘.“ Anna zog das O in online besonders lang. In ihr bohrte der Ärger über ihren Chef und die ganze Firma.
„Ach, deshalb liegen hier große Ordner, Bewerbungen und Fachzeitungen herum?“ Wolfgang sah sich näher im Wohnzimmer um. Am gestrigen Tag, vierundzwanzig Stunden nach ihrer Kündigung, war Anna in wilden Aktionismus verfallen. Sie hatte hektische Suchaktionen auf Linkedin, Xing und StepStone gestartet. Vom frühen Morgen an bis zur Dämmerung hatte sie vor dem Computer

gesessen, sich Notizen gemacht, ehemalige Kontakte aus der Universität herausgesucht, und ihre Bewerbungsunterlagen gesichtet.
„Ich brauche dringend einen Job. Oliver wird mich nicht ewig mitfinanzieren.“ Anna begann zu husten.
„Und, wie ist der Plan?“
„Ich versuche, eine Stelle an der Uni zu bekommen. Geophysik. Mein Studienfach. Wissenschaftliche Mitarbeiter werden immer gebraucht.“
„Klar. Und zwar möglichst sofort, stimmt's?“
Anna wunderte sich über die Ironie in seiner Stimme. Wolfgang kratzte sich am Kopf und nahm die Brille in die Hand, um sie langsam mit seinem Hemd sauber zu machen.
„Anna, ich sage dir jetzt einmal was. Du bist frisch transplantiert...“
„Vor einem halben Jahr...“, unterbrach sie ihn.
„...und immunsupprimiert. Du hast eine Riesen-Komplikation, nennt sich GVH-Dings. Wie wäre es, wenn du erst einmal gesund wirst? Bei dem nächsten Job, den du in diesem Zustand antrittst, fliegst du sofort wieder raus.“
Anna setzte sich auf und wankte auf dem Sofa hin und her. „Ich kann arbeiten, Wolfgang. Das ist nur ein kleiner Infekt“, sagte sie und hustete ein viertes Mal ohne Unterlass.
„Hör endlich mit deinem dämlichen Tapferkeits-Getue auf! Mir brauchst du nichts vorzumachen!“
Anna erschrak über die Schärfe in seiner Stimme.
„Wie lange warst du bei Wetter-TV? Zwölf Jahre? Du bekommst eine ordentliche Abfindung. Schau dich nicht nach Stellenangeboten um, sondern such' die Telefonnummer unseres Anwalts. Und die vom Arbeitsamt.“
Anna zog ihre Strickjacke enger um sich. Daran hatte sie nicht gedacht. Ihr stand Arbeitslosengeld zu. Für mindestens ein Jahr. Das Haus war abbezahlt, und noch hatte Oliver seinen Anteil davon nicht verlangt. Sie hatte noch eine Gnadenfrist.
„Bring mir doch bitte meine Unterlagen“, sagte sie und zeigte auf ihren Notizblock. „Und dann machen wir gemeinsam einen Plan, was ich tun muss, wenn ich hier aus dieser Decke herauskomme.“

Kapitel 43

Wolfgang blieb den ganzen Tag. Er hatte von Zuhause viele Globuli und Kügelchen aus der Heimapotheke mitgebracht, und wies Anna an, stündlich zwei bis drei davon zu nehmen. Dazu reichte er ihr Kräutertee in großen Mengen und erhitzte Annas Körnerkissen. Anna dämmerte auf dem Sofa vor sich hin und sah, wie der Winter von ihrem Garten Besitz ergriff. Kleine Schneeflocken fielen leise auf den Rasen, sodass das Meerschweinchengehege eine plustrige weiche Decke bekam. Lola sprang über die weiße Wiese, ihre Ohren tanzten mit den Flocken um die Wette. Sie schnappte nach dem Schnee und schüttelte, von der Kälte überrascht, den Kopf.

Anna war zu müde, um darüber zu lachen. Ab und zu setzte sie sich auf, um dieses Schauspiel zu betrachten, doch der dröhnende Schmerz im Kopf zwang sie, sich wieder unter die Decke zu legen.

Am Abend legte Wolfgang ihr ein Fieberthermometer ohne Worte auf den Nachttisch. Nachdem Anna das Thermometer unter den Arm gesteckt hatte, bekam sie einen Hustenanfall. Sie keuchte und japste und musste nach Luft schnappen. Sie wankte zum Bad und spuckte grünen Schleim in das Waschbecken.

„40,2", verkündete sie, als sie das Quecksilber ablas. Das Badezimmer begann sich zu drehen.

„Anna!" hörte sie Wolfgang noch rufen, dann wurde ihr schwarz vor Augen.

Als sie halbwegs wieder zu sich kam, hatte sie eine Nadel und einen Schlauch mit einer hellen Flüssigkeit in der Vene. Sie roch den sterilen Geruch der Krankenhausstation – vertraute Erinnerungen kamen in ihr hoch. Ihr ganzer Körper schmerzte. Mühsam setzte sie sich auf. Wolfgang stand neben ihrem metallenen Bett, legte seine Hand sanft auf Annas Stirn. „Leg dich wieder hin. Das Fieber ist immer noch sehr hoch."

Sie fragte nicht weiter. Wenn ihr Bruder die Notwendigkeit gesehen hatte, sie in die Klinik zu bringen, musste es ihr wirklich miserabel gehen.

Die Ärzte behielten Anna zehn Tage im Krankenhaus. Sie hatte eine akute Pneumonie, eine Lungenentzündung, gefürchtet bei knochenmarktransplantierten Patienten. Die Ärzte ließen sie nicht aus den Augen. Das Antibiotikum, das sie Anna verabreichten, erwies sich zum Glück als wirksam. Erst nachdem die Therapie sicher angeschlagen hatte, durfte Anna nach Hause.

Marie nahm sie in Empfang, als Wolfgang sie mit dem Auto abholte. Lola sprang begeistert an ihrem Frauchen hoch und hätte Anna fast umgerissen.

„Sie hat richtig getrauert", sagte Marie und brachte die große Tasche ins Haus.

„Danke, dass du sie versorgt hast!" Anna wusste vor Dankbarkeit nicht mehr, was sie noch sagen sollte. Ohne Maries Hilfe hätte sie Lola womöglich ins Hundezentrum zurückbringen müssen.

In ihrem Haus fand Anna die Bewerbungsordner und das Notizbuch noch geöffnet auf dem Tisch liegen. Wieder einmal war sie aus der Klinik entlassen worden. Ihr Leben kam ihr wie eine Achterbahn vor. Während der Woche im Krankenhaus hatte sie genügend Zeit zum Nachdenken gehabt. Sie hatte ihren Job verloren und konnte sich, nach den schrecklichen Stunden in dem Online-Büro, nicht mehr vorstellen, dort jemals wieder zu arbeiten. Sie wollte ihren alten Fernsehsender wiederhaben. Wettervorhersagen moderieren. Die Kameras auf sie gerichtet sehen, das Scheinwerferlicht glimmen fühlen, die konzentrierten Gesichter der Techniker sehen. Sie wollte die Zeit zurückdrehen.

Bevor ihre Kräfte wieder versagten, setzte sie sich hin und sortierte die Zeitschriften auf einen Stapel.

„Was, du liest wieder Fachzeitschriften?" Marie hatte einen großen Korb mit Lebensmitteln am Arm und schob einen Gemüseauflauf, den sie zuhause vorbereitet hatte, in den Backofen.

„Das habe ich ihr schon ausgeredet", mischte Wolfgang sich ein. „Unser Anwalt hat mich übrigens gestern angerufen. Er hat sich deinen Arbeitsvertrag angesehen, dir steht eine Abfindung von einem halben Jahresgehalt zu."

Anna nickte. „Ich bin von unserem Personalchef kontaktiert worden. Man schlägt mir eine Abfindung von zehntausend Euro vor. Das ist zumindest ein Schritt in die richtige Richtung."
Wolfgang schüttelte den Kopf. „Da werden wir wohl klagen müssen. Zehntausend ist ein Witz bei zwölf Jahren Betriebszugehörigkeit."
„Ich muss nur endlich gesund werden. Dann kann ich wieder selbst Geld verdienen. Bis dahin sind zehntausend Euro ein guter Start."
Wolfgang und Marie waren rührend. Sie handelten einen Plan für die folgende Woche aus. Vormittags wollte Marie ihr helfen, am Nachmittag nach der Schule stand Wolfgang parat. Anna hatte einen Kloß im Hals, während sie schweigend mit ihnen zusammen die herrlich dampfende Lasagne verspeisten.
Draußen dämmerte es schon, als sie wenig später alleine in ihrem Wohnzimmer saß und Lola die Ohren kraulte. „Morgen gehen wir wieder raus. Ein paar Meter um die Siedlung schaffen wir, Lola, stimmts?" Lola rollte sich grunzend auf den Rücken und ließ sich die weißen Brusthaare kraulen.
Ein warmes Gefühl, das kein Fieber war, durchfuhr Anna. Sie hatte das Herz der stummen Riesin erobert. Und gleichzeitig die komplette Verantwortung für einen widerspenstigen Bären übernommen. Selbst Wolfgang wurde von Lola angeknurrt. Den Briefträger hasste sie abgrundtief. Wenn Anna das nicht in den Griff bekam, würde sie Lola niemals mit auf Reisen nehmen können oder dorthin gehen, wo viele Menschen waren.
Anna stieß einen leisen Seufzer aus und fragte sich, wie sie in diese Lage gekommen war. Nicht gesund, von ihrer Familie zurückgelassen, ohne Job, aber mit einem ungestümen Hund an ihrer Seite. Ihre Hand wanderte unter Lolas Schnauze und kraulte langsam weiter. Lola lag da wie ein warmer weicher Teppich, schützend, wärmend, anschmiegsam. Anna trank eine halbe Flasche Rotwein alleine aus, und konnte sich danach nicht mehr vorstellen, einen Tag ohne das besonders gelungene Tier der Firma Steiff zu verbringen. In dieser Nacht schlief sie lange und traumlos.

Kapitel 44

Am nächsten Morgen kam sie kaum aus dem Bett. „Verdammt!" schimpfte sie im verschlafenen Zustand vor sich hin. Das Beste wäre es gewesen, die Tabletten abends mit ins Schlafzimmer zu nehmen, doch das hatte sie gestern, leicht angetrunken, vergessen. Lola saß vor dem Bett und schob die rechte Pfote tiefer und tiefer unter Annas Bettdecke. Ihre Augen bettelten wie ein Obdachloser auf der Hohen Straße in Köln. Als Anna sich nicht regte, kletterte sie auf das Bett. „Nein, Lola!" krächzte Anna. Sie wollte sich wehren, doch zu spät, der große warme Körper lag quer über ihrem Brustkorb. Wenn Oliver das sehen würde. Aus den riesigen Tatzen rieselte feiner Staub langsam auf die Bettdecke. Anna, zu schlapp, um sich aufzusetzen, sackte in ihr Kissen. Der Körper der Hündin hob und senkte sich, Anna atmete gequetscht synchron. Sie kraulte das weiche Fell. Es roch nach Tier.

Dann wurde ihr heiß. Mit aller Kraft rollte sie sich auf die Seite und schob Lola von der Bettkante. Sie brauchte dringend ihre Medikamente, die Cortison-Tabletten würden ihr helfen, mobil zu werden. Doch die lagen in der Küche, ein Stockwerk tiefer.

Abrupt setzte sie sich auf die Bettkante. Sie hatte eine Idee. „Lola, lauf! Bring, Lola, bring!"

Jetzt kam es darauf an. Das Kommando aus den Trainingseinheiten, die sie im Wald mit ihr eingeübt hatte, kannte Lola. Aber würde sie tun, was Anna sagte?

Lolas Ohren bewegten sich rauf und runter. Stumm starrte sie Anna mit ihren dunklen Augen an. „Lola, bring!" Anna fixierte den Hund und machte eine Handbewegung Richtung Tür. Die Hündin stand auf, ging zur Treppe, wandte sich einmal kurz um und lief hinunter. Eine Weile war es still, dann hörte Anna das Tapptapp der großen Tatzen auf der Holztreppe. Die Tür flog auf und Lola setzte sich wedelnd vor Annas Bett. In der Schnauze hatte sie ihr Grunzschwein. Sie biss kräftig zu. Das Schwein quiekte laut auf.

Anna lachte aus vollem Hals, schluckte eine Träne hinunter und quälte sich aus dem Bett. „Ich zeige dir noch ein tolles Bring", sagte sie und nahm den Hund mit ins Wohnzimmer.
Den ganzen Tag übte sie dort mit Lola Apportieren. Nach einer Stunde hatte die schwarze Bärin verstanden, den Stoffbeutel mit den Tabletten nicht zu zerbeißen, sondern sachte zwischen die Zähne zu nehmen, gut festzuhalten und zu Anna zu bringen. Nach zwei Stunden wusste Lola, dass sie alles, was sie herbeibrachte, bei einem „Aus" sanft fallen lassen musste.
Am nächsten Tag reagierte Lola schon spontan auf jedes ‚bring' und brachte nicht nur Tabletten, sondern auch den Hausschlüssel von der Fensterbank. „Sie ist total gelehrig, das hätte ich nie gedacht", sagte Anna zu Marie, die sich am Telefon nach ihren gesundheitlichen Fortschritten erkundigte.
„Und du kannst dich auf sie verlassen?"
„Solange wir hier im Haus sind, ja. Ich glaube, sie hat sogar Spaß daran. Aber ich lege meine Hand nicht ins Feuer für sie, wenn wir draußen sind..."
„Du scheinst ja wirklich Talent für Hunde zu haben", lachte Marie.
Anna spürte ein Kribbeln im Magen. Das Lob von Marie tat ihr gut. Sie war auf dem richtigen Weg mit Lola, und vielleicht würde es ihr gelingen, die Hündin doch zu einer zuverlässigen Begleiterin zu erziehen.
„Noch etwas anderes, Anna. Ich bekomme morgen Besuch von meinem Enkel. Dürfen wir dein Meerschweinchen anschauen kommen?"
Anna lachte. Natürlich durfte der sechsjährige Sohn von Maries Johann Pippin begutachten. Sie verabredete sich mit Marie für den nächsten Nachmittag und hoffte, dass sie nach der Lungenentzündung langsam wieder stabiler auf den Beinen sein würde.

*

„Das ist Friedrich!" Marie strahlte übers ganze Gesicht. Der kleine Junge an ihrer Hand schaute verlegen auf den Boden. Er hatte blonde Haare und eine Stupsnase mit Sommersprossen. Eindeutig Maries Enkel.

„Komm mit in den Garten!" Anna nahm den Jungen an der Hand und führte ihn zur Terrasse. Als sie die Tür öffnete, sprang Lola von der Wiese auf.
„Lola!" Anna blieb das Herz stehen. Sie hatte vergessen, dass sie Lola mit einem Schweineohr in den Garten gelassen hatte. Die große Hündin war mindestens doppelt so schwer wie der zierliche Sechsjährige. Anna hatte keine Ahnung, wie Lola auf Kleinkinder reagierte.
„Ein Keks!"
Anna lachte laut, zu oft schon war Lola mit dem Namen des bekannten Fernsehhundes gerufen worden. Inzwischen riss Friedrich sich von Annas Hand los und lief mit ausgestreckten Armen auf Lola zu. Lola ließ das halb zerfetzte Schweineohr fallen und wedelte mit dem Schwanz. Marie, die hinter Anna durch das Haus gekommen war, schrie entsetzt auf. „Friedrich, nein!"
Doch der hatte sich vor Lola hingekniet, ihren dicken Kopf in den Arm genommen und wurde von oben bis unten abgeschleckt. Marie und Anna standen wie angewurzelt auf der Terrasse.
„Das ist ja der Hund aus der Fernsehsendung, die mit dem Löwenzahn!" strahlte Friedrich und versuchte Lolas stürmischer Begrüßung standzuhalten.
Jetzt waren Anna und Marie bei Lola, und schoben sie sanft auf die Seite. Marie sah Anna mit aufgerissenen Augen an. „Was war das denn…?"
„Was hast du denn, Omi?" fragte Friedrich. „Der ist doch lieb! Im Fernsehen findet er immer Bösewichter."
„Ja, und deshalb braucht man auch keine Angst zu haben", beschwichtigte Anna den Kleinen schnell. „Was ist jetzt mit dem Meerschweinchen? Soll ich dir zeigen, wo es ist?" Schwierig
Friedrich lief begeistert zum Stall und begutachtete die kleine weiße Pippin mit großen Augen.
„Ich glaube, du hast deinen Hund unterschätzt…" murmelte Marie Anna zu, während sie Friedrich zeigte, wie man Möhren und Paprikastücke durch das Gitter schob. Anna ließ Lola nicht aus den Augen, doch die Hündin schlich gemächlich um Friedrich und den Stall herum. Das Meerschweinchen wurde angeknurrt, doch als Friedrich

sich umdrehte, wedelte Lola begeistert mit dem Schwanz und schnüffelte an seinen Händen.
Marie und Anna sahen eine Weile der trauten Tierversammlung zu. Als es zu kalt wurde, schlug Marie Friedrich vor, nach Hause zu gehen.
„Darf ich das Meerschweinchen mitnehmen?"
Marie sah ihn erschrocken an. „Das geht nicht. Da wäre Anna doch traurig!"
Anna suchte Maries Blick. Sie zwinkerte ihr verstohlen zu.
„Oder sollen wir die Mama einmal fragen, ob du ein Meerschweinchen halten darfst?"
Anna grinste. Sie gab Marie hinter Friedrichs Rücken ein Zeichen, dass sie beide telefonieren würden. Dann schob sie den Besuch aus der Haustür.
Anna sank auf den Steinboden im Flur und nahm Lola in den Arm. „Erzähle mir einmal, was dir mit kleinen Kindern passiert ist? Du magst kleine Jungs, stimmt's"? Anna steckte ihre Nase in das weiche Fell. Es roch salzig, nach Erde. So ursprünglich. Die Welt ringsum verstummte, und die ganze warme Kraft des Tieres strömte durch Anna hindurch.

Kapitel 45

Es war nur noch eine Woche bis Ostern. Die Schneeglöckchen waren verblüht und hatten Krokussen Platz gemacht. Der schnelle Wechsel von Sonne und Wolken, Winterkälte und Frühlingswärme bestimmte das Aprilwetter, in diesem Jahr mit einem Überhang an Tiefdruckgebieten mit üppigem Regen. Typisch für die Region. Zitrusgelbe Narzissen bahnten sich ihren Weg durch den grünen Rasen, der nach dem Abschied der Meerschweinchen in Annas Garten an Stärke gewonnen. Anna liebte das Erwachen der Natur, an Lolas Seite schritt sie über die Wiese und freute sich, vielleicht bald wieder mit ihren Händen in der Erde wühlen zu dürfen. Sie würde die Ärzte einfach nicht fragen. Fast ein Jahr nach der Knochenmarktransplantation spürte Anna den unbändigen Drang auf ein normales Leben. Heute sollte ein erster Versuch gestartet werden – seit langer Zeit wieder eine Abendveranstaltung mit Wolfgang.

„Ich frage mich jeden Morgen beim Aufwachen – was für Probleme hat mein Körper heute?" erzählte sie ihrem Bruder, als sie zu ihm ins Auto stieg. Seinen Vorschlag, zu Frühlingsbeginn mit dem Motorrad zu fahren, hatte sie ausschlagen können.

„Welche Probleme meinst du?"

„Zu Beginn der GvHD war das Zahnfleisch entzündet, jetzt schmerzen die Zähne, bald werde ich mir die Knochen brechen. Das Cortison hat die Knochendichte in meinem Körper verringert." Anna schauderte selbst bei dem Gedanken. „Ich will nicht mehr." Sie sah aus dem Fenster, wie die Dunkelheit vom Wald der Voreifel Besitz ergriff.

Ich will nicht mehr. Ich will nicht mehr. Wie ein Mantra hatte sich dieser Satz in ihrem Kopf festgesetzt. Jeden Tag, wenn die Erschöpfung sie wieder packte und das Monster ihren Nacken umklammert hielt.

„Nicht aufgeben, Anna. Schau dich an. Du bist schon viel besser dran. Deine Haare zum Beispiel. Die sehen schon wieder richtig pfiffig aus." Wolfgang lächelte Anna aufmunternd zu.

Anna rollte mit den Augen. Ihren Stoppelhaarschnitt mochte sie gar nicht, und sie vermutete, dass jeder sah, dass eine Chemotherapie die Ursache dafür war.
„Lass die Flügel nicht hängen, Anna. Wir gehen jetzt ins Kino. „Ziemlich beste Freunde" soll ein richtig klasse Film sein."
„„Ziemlich beste Freunde" könnte ich auch mal wieder gebrauchen." Anna schmollte in sich hinein.
Ihr Handy klingelte, und sie versuchte, es so schnell wie möglich aus der Tasche zu ziehen. Als sie es entsperrte, war der Anruf vorbei. „Komisch" sagte Anna. „Wieder aufgelegt." Die Nummer mit den vielen Nullen war ihr unbekannt. „Wahrscheinlich verwählt."
Sie hatten die Innenstadt erreicht, und Wolfgang ließ Anna vor dem Kino heraus, um einen Parkplatz zu suchen. Sie reihte sich in die endlose Schlange ein, mit gebührendem Abstand zu zwei wild knutschenden Jugendlichen vor ihr. Eine Frau in einem roten Mantel stand an der Kasse und verhandelte lautstark mit der Kassiererin. Die Menschenschlange wurde unruhig, weil es nicht voranging. Anna trat von einem Bein aufs andere. Trotz des Frühlingsanfangs war es verdammt kalt in der dünnen Jacke. Die Frau verließ den Ticketschalter und drehte sich um. Sie hatte keine Karten in der Hand und einen wütenden Gesichtsausdruck.
„Doris!" Anna konnte es nicht glauben, als sie ihre Freundin erkannte, die an ihr vorbeieilte.
Doris zuckte zusammen und sah sich suchend in der dunklen Menschenmenge um. „Ach du, Anna." Sie machte Anstalten, sich wegzudrehen, da trat Anna ein paar Schritte aus der Schlange heraus auf sie zu. „Hey, bleib hier! Ich habe seit Monaten nichts mehr von dir gehört."
Doris sah Anna entrüstet an. „Ich habe dir zu Weihnachten drei Nachrichten geschickt. Seit Wochen antwortest du mir nicht mehr."
Anna versuchte, das Thema zu wechseln. „Wie geht es dir?"
Doris ging einen Schritt zurück, das Licht der Straßenlaterne fiel auf ihre Gestalt. Anna erschrak. Doris hatte deutlich abgenommen, ihre Haare waren viel länger als früher. Aber es war nicht nur das. Doris Jeans war fleckig, die Frisur ungepflegt, und ihr Blick war wie aus

einer anderen Welt. Anna konnte kaum glauben, dass das dieselbe Person war, mit der sie im Chor in der letzten Reihe wöchentlich ganze Tüten Haribos vertilgt hatte.
Doris runzelte die Stirn und sagte: „Anna, dein Abgang im Chor vor Weihnachten war respektlos. Nach dem Aufwand, den wir zu deinem Geburtstag getrieben haben. Wir waren alle vor den Kopf gestoßen. Und ich bin noch zu Dir gekommen und habe dir Sushi mitgebracht. Danach kein Lebenszeichen, keine Entschuldigung mehr, gar nichts. Nicht einmal im Chor bist du aufgetaucht." Sie schüttelte ihren Kopf und zuckte mit den Achseln.
Es war still, Anna hörte das Gemurmel der Menschen um sie herum wie hinter einer Mattscheibe. Sie fröstelte. Blitzende Augen funkelten sie an.
„Du weißt ja gar nicht, wie schlecht es mir ging. Meine Infekte, der verpatzte Segeltörn, und noch viel mehr. Hättest mich ja mal fragen können…"
Doris sah Anna sprachlos an. Dann platzte sie wütend heraus.
„Und du? Hast du mich jemals gefragt, wie es mir geht? Hast du vielleicht mitbekommen, dass meine Mutter gestorben ist? Dass ich Erbschaftsprobleme mit meinem Bruder habe? Dass Bernd seinen Job verloren hat?"
Anna stockte der Atem. „Oh, das wusste ich nicht."
„Natürlich nicht. Es dreht sich immer alles nur um dich, Anna. Um deine Blutzellen. Und deine Transformation oder wie das heißt. Um deine Krankheit."
Die Luft zwischen ihnen flimmerte. Die Schlange hatte sich aufgelöst, die ersten Besucher verschwanden hinter der Glastür im Kino.
Doris Augen waren schmal. Ihre Gesichtszüge waren nicht mehr weich, warm, vergnügt, wie Anna sie gekannt hatte. Ihre Freundin war hart geworden. Ihre Freundin?
„Es tut mir leid …" Jetzt wäre sie gerne einen Schritt auf sie zu gegangen, aber ihre Beine blieben wie angewurzelt stehen.
„Ach, lass mal. Ich habe versucht meine Kinokarten zurückzugeben. Ich muss nach Hause. Mein Vater ist pflegebedürftig. Ich bin die einzige, die sich kümmert." Doris drehte sich auf dem Absatz um und ging Richtung Straße.

Anna stand starr vor dem Kino mit der Leuchtreklame. Sie zitterte am ganzen Körper. Von weitem sah sie Wolfgang herankommen, in ein engagiertes Gespräch verwickelt mit einem Mann, der noch längere Haare hatte als er selbst. An der schwarzen Lederjacke und der dunklen Hose erkannte sie, dass es ein alter Freund aus Wolfgangs früherer Motorrad-Clique gewesen sein musste. Sie verabschiedeten sich und Wolfgang stand kopfschüttelnd vor Anna. „Stell dir vor, mein Freund Peter hat ein Lymphom. Ich war erschrocken, aber er geht zu einem Geistheiler und sagt, er wäre im Sommer wieder gesund. Ich habe ihm die Klinik vorgeschlagen, in der du bist."

Anna runzelte die Stirn. Das waren ja neue Einsichten ihres Bruders. Lymphom – damit war wirklich nicht zu spaßen.

„Du hättest ihm eine Transplantation ans Herz legen sollen. Geistheiler...Tzz, tzz..." Sie schüttelte den Kopf, nahm Wolfgangs Arm und zog ihn vor die Kasse. Der Abend hatte schon mäßig begonnen.

Im Kino fühlte sie sich gleich besser. Sie drückten sich in die hinterste Reihe mit viel Platz drum herum, um sich nicht anhusten zu lassen. Der Film war rührend, witzig, französisch. Anna verfolgte den behinderten Philippe und den gegensätzlichen Schwarzen Driss und sinnierte über Freundschaft. War sie wirklich so oberflächlich, wie Doris gesagt hatte? Warum hatte sie nicht gewusst, dass die Mutter ihrer Freundin gestorben war? Und dass ihr Mann arbeitslos war?

Sie konnte es drehen und wenden, sie verstand Doris nicht. Warum halfen sie beide sich nicht gegenseitig, anstatt sich Vorwürfe zu machen? Erst gegen Ende des Films gelang es Anna, ihre Gedanken auf das Geschehen auf der Leinwand zu konzentrieren. Als das Licht wieder anging, kullerten ihr ein paar Tränen über die Wangen. Ihr Bruder lotste sie, immer noch schniefend, zum Ausgang.

„Komm, ich spendiere dir einen Drink, das hilft gegen schlechte Stimmung." Wolfgang legte Anna seine Jacke um die Schultern und zog sie in die nahegelegene Bar.

„Was denkst du eigentlich über meine Krankheit?" fragte Anna nach dem ersten Schluck Caipirinha, den sie jetzt dringend brauchte.

Wolfgang wurde stutzig. „Was soll ich darüber denken? Dich hat es ganz schön erwischt, und das tut mir furchtbar leid. Und weil

meine Zellen auch noch daran schuld sind, fühle ich mich verdammt verantwortlich."
„Unsinn. Du hast mir das Leben gerettet. Ich bin dir ewig dankbar. Für eine GvHD kann niemand etwas. Aber warum habe ich meine Freunde verloren? Habe ich etwas falsch gemacht?"
Wolfgang rührte nachdenklich mit dem Strohhalm in seinem Glas. Dann sah er Anna ernst an. „Wer jetzt nicht mehr für dich da sein will, ist vielleicht nie dein richtiger Freund gewesen."
Anna fühlte sich elend. Sie hörte Wolfgangs Worte, glaubte aber nicht daran. Vielleicht hatte sie doch alles falsch gemacht. Vielleicht war sie tatsächlich nur noch um sich selbst gekreist, und hatte ihre Außenwelt nicht mehr wahrgenommen vor lauter GvHD und Medikamenten.
„Anna, ich verstehe, was du denkst. Doch du hast eine schlimme Zeit hinter dir. Es ist kein Wunder, dass du dich nicht um die belanglosen Sorgen deiner wohlhabenden Freundinnen kümmern konntest."
Dieser Abend war Annas Feind. Die vielen Menschen in der Bar um sie herum lachten, grölten, tranken Unmengen an Cocktails und Wein und führten ihr deutlich vor Augen, wie Leben sein konnte. Wenn man nicht transplantiert war und ein Monster namens GvHD mit sich schleppte. Und wenn man nicht gerade eine Freundin, einen Job und einen Ehemann verloren hatte. Anna trank den Caipirinha in einem Zug aus. „Was mache ich denn jetzt?"
„Gesund werden, Anna. Nur das zählt."
Ihr Handy begann zu vibrieren. Sie wollte diesen Moment mit ihrem Bruder nicht zerstören. Aber es könnte Doris sein, und sie schaute auf das Display. Es war die Telefonnummer mit den vielen Nullen.
„Hallo Anna. Hier ist Willi… Der Mann von Gabriele."
Annas Magen begann zu revoltieren. „Hallo Willi. Ist etwas passiert?"
„Ich wollte dir nur sagen, dass Gabriele es nicht geschafft hat. Sie hat mir so viel von dir erzählt. Wie tapfer du bist, und dass sie dich bewundert. Sie wollte, dass ich es dir persönlich sage. Am nächsten Freitag ist die Beerdigung." Dann hörte man ein Klicken in der Leitung.
Anna ließ das Telefon langsam auf den Tisch sinken. Der Schock schnürte ihr die Kehle zu. „Nein", schrie sie laut auf.

Kapitel 46

Die dunkle Creme mit den festen Schokoladenstückchen war angenehm kühl auf der Zunge. Wolfgang hatte eine Riesenschüssel mit Schokoladeneis vor Anna gestellt und einen großen Berg weiße, fluffige Sahne drauf gesprüht.
„Ich hole uns eine Flasche Wein ", sagte er eilig und lief in den Keller.
Es war fast Mitternacht, und Anna saß immer noch zitternd an ihrem Esstisch. Sie legte den Löffel beiseite und schaute sich in dem dunklen Wohnzimmer um. Die Tablettenpackungen türmten sich auf dem Küchentisch, eine Kanne abgekühlter Kamillentee stand auf dem Tisch. Im Zeitschriftenständer lagen verstaubte Stapel Fachzeitschriften, die sie seit Weihnachten nicht mehr angefasst hatte. Auf dem Teppich rollte Lolas verwaister Tennisball, mit dem sie so gerne spielte.
Anna beugte sich zu Lola runter und befühlte das flauschige Fell vorne an der Brust, da wo es schlohweiß war. Lola legte den Kopf in den Nacken und schloss genüsslich die Augen.
„Wer ist Gabriele?" fragte Wolfgang und stellte ein Weinglas neben die Eisschüssel.
Anna sah ihn durch einen Tränenschleier an. „Wir haben uns verabredet, neulich in der Stadt. Da ging es ihr schon nicht gut. Ich habe nicht gefragt, was sie hat."
„Sie ist eine Patientin?" So langsam schien Wolfgang sich einen Reim darauf machen zu können.
„Ja, aus meiner Selbsthilfegruppe. Sie war die netteste von allen. Sie und ihr Mann wollten reisen. Viel reisen. Sie hatten so einen guten Plan, noch viel von der Welt zu sehen."
Anna schlug die Hände vors Gesicht. Der Kummer bohrte sich durch Brust und Bauch. Es konnte nicht sein. „Ich habe mich noch nicht einmal von ihr verabschieden können. Und ich habe vergessen, sie anzurufen." Es schüttelte sie erneut, als sie an den Tag dachte, an dem sie ihre Nachricht bekommen hatte. Sie hatte auf der ganzen

Linie versagt. Ihre Arbeit im Datenpool des Senders war wichtiger gewesen als Gabriele. Jetzt war es zu spät.
„Das Eis schmilzt", sagte Wolfgang und schob ihr die Schüssel näher. „Du bist angerufen worden, weil du wichtig warst für sie. Es hätte nichts geändert, wenn du angerufen hättest."
Anna schüttelte den Kopf. Warum hatte sie das nur vergessen?
Sie versuchte, sich an den Nachmittag mit Gabriele genau zu erinnern. Wie lebhaft sie erzählt hatte. Sie hatte sich wohl gefühlt in Gabrieles Gegenwart, sicher, angenommen. Immer wieder sah sie Gabrieles leuchtende Augen vor sich, als sie von der Reise mit dem Wohnmobil in der Toskana sprach.
„Warum nur?" fragte sie Wolfgang.
„Warum sie gestorben ist? Vielleicht eine Lungenentzündung. Oder ein Rückfall."
Anna wischte sich die Tränen aus dem Augenwinkel und sah ihren Bruder wieder klar an. „Ein Rezidiv ist die größte Gefahr nach der Transplantation."
„Ein Rezidiv bekommst du nicht, Anna. Deine GvHD schützt dich davor. Meine Stammzellen zerstören jede neue auftretende Blutkrebszelle."
„Woher weißt du das?"
Wolfgang zuckte lässig mit den Achseln und schaute verlegen auf die Tischdecke. „Hab' ein bisschen nachgelesen..."
Anna musste lachen. Ihr medizinscheuer Bruder Wolfgang hielt ihr Vorträge über die Stammzellen, als wäre er auch transplantiert worden. Entschlossen probierte sie das Schokoladeneis. Der kühle, zartherbe Geschmack betäubte ihre Seele. Löffel für Löffel schob sie in den Mund.
„Wer war das vor dem Kino bei dir?" Fragte Wolfgang.
„Doris. Die beste Freundin aus dem Chor." Dann berichtete sie ihm von dem Zusammentreffen in der Kinoschlange.
„Sie hat dir Vorwürfe gemacht?"
„Ich habe mich lange nicht mehr bei ihr gemeldet. Aber wir haben viel zusammen erlebt. Fünf Jahre waren wir im Chor zusammen. Es war immer sehr lustig."

Wolfgang rückte seine runde Brille zurecht. „Lustig war wichtig für dich, stimmt's? Ich habe mich oft gefragt, wie lange du dieses Leben noch durchhältst."
Anna sah ihn fragend an. „Was meinst du?"
„Na, das Tempo, das du damals vorgelegt hast. Einen Abend mit Freundinnen ausgehen, am nächsten in den Chor, dazwischen mit Kollegen nach der Sendung ausgehen. Du warst nicht du selbst, Anna. Oliver und ich haben oft zusammengesessen und uns gefragt, wovor du wegläufst."
Anna blieb das Eis in der Kehle stecken. „Weglaufen? Ich habe dieses Leben geliebt. Das bin ich, Wolfgang. Ich liebe es, Menschen um mich zu haben. Viele Menschen. Freunde. Nicht nur Oliver und seine politischen Diskussionen über die europäische Wirtschaft."
„Hast du dich nie gefragt, ob es nicht auch daran lag, dass eure Ehe zerbrochen ist?"
„An mir? Oliver hat sich in ein blutjunges Mädchen verknallt. Das ist doch nicht meine Schuld!"
Wolfgang reichte Anna ihr Glas Wein. „Es tut mir wirklich leid, dass ihr es nicht geschafft habt, ihr beide. Aber denk mal darüber nach, ob Oliver sich das Leben mit dir nicht ein bisschen anders vorgestellt hat."
Anna trank widerwillig einen Schluck Wein. Oliver und seine Erwartungen waren das Letzte, woran sie an diesem Abend denken wollte.
Wolfgang nahm ihre Hand und hielt sie ganz fest. „Ich kenne dich gut, Anna und weiß, was du meinst. Als du klein warst, haben Klaus und ich einen Abend beschlossen, zusammen auszugehen. Wir wollten ins Kino in einen Film, der für kleine Mädchen wie dich nicht geeignet war. Als du davon erfuhrst, hast du einen Tobsuchtsanfall bekommen. So hatten wir dich noch nie erlebt. Du warst sechs Jahre alt und hast den Schrank mit den Weingläsern geöffnet, die teuren Cognac-Schwenker herausgenommen und auf das Parkett geschleudert. Papa hat dir eine Ohrfeige gegeben. Unsere Eltern haben nicht verstanden, was mit dir los war."
Anna schluckte. Tränen stiegen in ihr hoch. „Ihr hattet mich ausgeschlossen. Ich durfte nicht bei euch dabei sein. Es war furchtbar."

„Du hattest Angst, etwas zu verpassen. Ist es nicht das, was dich antreibt, Anna?“
Anna kratzte mit dem Finger Wolken und Blitze in die Tischdecke. Die Linien verschwammen vor ihren Augen. „Ich konnte es nicht ertragen, allein zu bleiben.“
„Natürlich nicht. Du warst ja auch der Sonnenschein unserer Familie, für Mama und Papa, Klaus und mich. Die kleine süße Anna mit den blonden Locken und den bunten Kleidern.“
„Und Papa hat immer den Ton angegeben.“
Wolfgang nickte. „Papa hat alles bestimmt. Und dich übersehen.“
Anna hielt die Luft an. Was Wolfgang da sagte, ging ihr durch und durch. „Er hat sich nur um euch gekümmert. Ihr wart wichtig, Eure Karrieren, Eure Familien.“
„Ja, wir sind aber schneller als du erwachsen geworden. Unabhängig. Denk doch, wie früh Klaus nach New York gegangen ist.“
„Ich habe versucht, Papa alles recht zu machen.“ Anna blickte ihren Bruder versonnen an. „Als ich merkte, dass ich ihm egal war, habe ich bewusst etwas anderes studiert als Medizin.“
„Papa wollte von uns beiden, dass wir die Praxis übernehmen. Aber keiner hat diesen Weg eingeschlagen. Wir wollten nicht so enden wie er. Fünfzig Jahre schuften, immer für die Arbeit leben, kein Privatleben. Zum Glück hast auch du das gemerkt.“
Anna biss sich auf die Lippen. Was Wolfgang da sagte, war so verschwommen, so weit weg. Aber es war ihr Leben und das, was sie als Person bestimmte. Anna hatte das Gefühl, ihr ganzes Inneres auf dem Tisch vor sich ausgebreitet zu sehen. Dann hielt sie inne.
„Ich wollte immer so sein wie Papa. Immer unter Menschen, bewundert, fröhlich, unterhaltsam.“
Wolfgang nickte. Sie saßen eine Weile einfach so nebeneinander, ohne etwas zu sagen. Bis Anna laut weiterdachte.
„Deshalb bin ich weggelaufen. Vor meinem eigenen Ich.“
Lola kam unter dem Tisch hervorgekrochen und schubste Anna mit der Pfote an. Wolfgang stand auf und ließ sie in den Garten. „Vielleicht hat alles seinen Grund, warum dein Leben so gelaufen ist,

Anna. Ich wollte dir schon lange sagen, dass du mir so, wie du seit deiner Transplantation bist, viel besser gefällst."
Anna sah ihn verwundert an. Was meinte er jetzt? Besser? Erschöpft und mit Flecken auf der Haut?
„Du bist ruhiger geworden. Du kümmerst dich um Lola. Du verbringst wieder einen ganzen Abend mit mir und hörst mir zu. Du bist du."
Anna schnaubte. „Ich bin das, was noch von mir übrig ist. Schau mich doch an. Was habe ich denn noch? Nichts mehr. Eine mir lieb gewordene Freundin ist gestorben. Eine langjährige vermeintliche Freundin hält mich für oberflächlich, und mein Ehemann ist verschwunden. Nicht einmal eine Arbeitsstelle habe ich."
„Du hast nichts mehr?" Er rückte seine Brille zurecht. „Du hast Ronja. Du hast mich. Das ist wie eine kleine Familie, die dich unterstützt. Du hast dich an etwas Neues gewagt, mit Lola. Das ist eine ganze Menge. Deine Chancen, wieder im Fernsehen aufzutreten, kann ich nicht beurteilen, aber du bist wertvoll für uns und für andere Menschen um dich herum auch." Anna nickte stumm und dachte an Marie.
„Dass deine Freundin gestorben ist, heißt nicht, dass es keinen Sinn hat. Vielleicht erkennst du dadurch, dass du jetzt nur noch eine Aufgabe hast. Du musst wieder gesund werden."
Die Terrassentür flog auf und Lola machte nasse Fußstapfen auf dem hellen Parkett.
Wolfgang zwinkerte Anna zu. „Und Lola und ich werden dir dabei helfen, so gut wir können."

Kapitel 47

Das Ende des Frühlings brachte das erste dynamische Bodentief des Jahres, Quirinus, auf. Der April versprach, ein nasser Monat zu werden.

Die letzten zwei Wochen hatte Anna wie in Trance verbracht. Wolfgang telefonierte spät abends mit ihr, wenn das Gedankenkarussel startete und sie wieder Gefahr lief, in ein psychisches Loch zu stürzen. Marie versorgte sie mit Marmorkuchen, Osternestern und begleitete sie auf Spaziergängen.

Während ihres Routinebesuches in der Ambulanz reduzierte Dr. Tümmler die Cortison-Dosis von fünfzehn auf zehn Milligramm. Annas Körper reagierte entsprechend. Zwar schlief sie nun besser, aber die GvHD verstärkte sich.

Immer wieder schaute Anna zurück und fragte sich, warum ihr Leben plötzlich eine solche Talfahrt vollführte. Bis vor fast einem Jahr hatte sie in einer kuschelweichen Glaskugel gelebt, unter der sie sich pudelwohl gefühlt hatte. Sie führte ein vollkommen selbstverständliches Leben. Es gab ihre äußere Welt, mit Spaß, Lebensfreude, und tausenderlei Ablenkung. Und es gab ihre innere Welt, ihre kleine Familie, auf die sie stolz war, obwohl sie nie lange in ihr verweilte. Als sie nach der Transplantation nicht mehr aus ihrem Zuhause ausbrechen konnte, geriet ihre Welt ins Wanken, und die hübsche Kugel bekam Sprünge. Erst dünne, kaum sichtbare, dann, größere, solange bis Olivers Affäre die Glaskugel in tausend Scherben zerschmetterte. Jetzt, wo sie vor diesen Scherben saß, hatte sie nur den einen Wunsch, die Bruchstücke selbst wieder zu einem zarten, genesenden Ganzen zusammenzufügen.

Zum Glück hatte sie eine Aufgabe, Lola. Lola strukturierte ihr den Tag, und es gab so viel, was Anna ihr beizubringen hatte. Nach einem Telefonat mit Linda reservierte Anna die Montage der nächsten zwei Monate für die Hundeschule. Gemeinsam mit anderen Hundebesitzern wollte sie Lolas Verhalten in Bezug auf

fremde Hunde und Menschen verbessern. Jede Übungsstunde sollte ein Schritt für eine stabile Beziehung zwischen Anna und Lola sein, sodass sie Kontrolle über ihre Schreckhaftigkeit bekäme.
An diesem Montagmorgen regnete es seit Stunden, jedoch nur schwerelose Tropfen. Anna erkannte Linda schon vom Parkplatz aus. Der weiße Schal blitzte durch den aufsteigenden Nebel, und neben Lindas Springerstiefeln saß Beppo, der kleine Münsterländer mit dem hübschen weiß-braun gefleckten Fell, den Steffen stets bei Übungen dabeihatte. Instinktiv hielt sie nach ihm Ausschau. Aber niemand war zu sehen, weder andere Kursteilnehmer noch Steffen Radwitz.
„Hallo Anna, du bist früh dran!“ sagte Linda, die Annas suchenden Blick bemerkte.
„Lola hat mich geweckt. Als wenn sie wüsste, wo es heute hin ging!“ lachte Anna. „Wusstest du eigentlich, dass Lola mit kleinen Kindern gut umgehen kann? Im Gegensatz zu Erwachsenen…“ Anna nutzte die Zeit und erzählte Linda von der Begegnung von Lola und Friedrich.
„Das kann ich mir sehr gut vorstellen.“ Linda zog die Kapuze ihrer Jacke über die kurzen schwarzen Haare und gab Beppo ein Leckerli, damit er sich hinsetzte. „Lola hatte als Welpe eine gute Zeit mit Steffen Radwitz‘ Stiefsohn. Der sechsjährige Leon hat viel Zeit mit ihr verbracht.“
Anna zuckte zusammen. Sie hätte es nicht für möglich gehalten, dass Steffen eine Familie hatte. Der knurrige Typ mit der Baseball-Kappe und der lustigen Nickelbrille war ihr nie wie ein Familienmensch vorgekommen. „Steffen ist verheiratet?“ fragte sie vorsichtig und hoffte, nicht zu neugierig zu erscheinen.
„Nein, das war er nie. Leon ist der Sohn von Sabrina, seiner Ex-Freundin. Die beiden hatten sogar einmal zusammen eine Firma.“ Linda zog ein Papier mit Zeichnungen von Menschen, Hunden und Texten aus der Jackentasche,
„Was für eine Firma denn?“
„Eine Rechtsanwaltskanzlei. Sie waren beide Anwälte.“
Anna blieb der Mund offenstehen. Jetzt wurde es interessant.

Linda faltete die mittlerweile feuchten Papiere wieder zusammen und sah Annas erstauntes Gesicht. Sie musste lachen und sprach weiter. „Du siehst Steffens Ex sogar recht ähnlich. Die war genauso klein, quirlig und lebhaft."
Anna wunderte sich, dass man sie heute noch als lebhaft charakterisierte. Sie wollte unbedingt mehr von Steffen wissen. „Was für eine Kanzlei war das denn?"
Linda nannte einen Namen, den Anna nicht kannte. Das wäre ja noch schöner gewesen, wenn es auch noch eine Verbindung zu Oliver gegeben hätte.
„Steffen mochte seinen Beruf nie. Vor zwei Jahren bekam er eine Midlife Krise. So nannte er es selbst. Er stieg aus und machte seinen Lebenstraum zum Beruf. Hundetrainer." Linda strahlte, als sie das sagte.
„Und seine Freundin?"
„Die Beziehung zerbrach, sie zog aus Aachen weg. Als Steffen die Trennung verkraftet hatte und das Hundezentrum endlich lief, tauchte sie wieder auf. Nur für ein paar Tage. Sie wollte ihm lediglich Leon aufdrücken, weil sie für ein paar Monate nach England musste. Leon sollte weiter in Deutschland in die Schule gehen."
Anna nickte. Das konnte sie sich vorstellen. „Und Steffen hat ihn zu sich genommen."
„Ja. Und sich Hoffnung gemacht, dass die Familie doch wieder funktioniert. Er wollte schon die alte Scheune hinter dem Pavillon renovieren, damit sie ein neues Zuhause hätten."
Vom Parkplatz oberhalb der Treppe hörte man Hundegebell. Die ersten Kursteilnehmer erschienen auf den Stufen, ein Hovawart und ein junger Schäferhund mit Herrchen.
Bei der Erwähnung der Scheune wurde Anna hellhörig. „Das tolle Haus wollte Steffen ausbauen? Die Lage ist traumhaft, so nah am Wald."
„Ja. Aber Sabrina kam vor einem halben Jahr aus England zurück, nahm sich Leon und verschwand wieder. Ohne eine Erklärung. Das muss schlimm für Steffen gewesen sein."

„Und Lola?“ Anna schaute ihre Hündin liebevoll an. Sie hatte schon eine Menge erlebt, in ihrem jungen Hundeleben.
„Lola hatte sich an den Jungen gewöhnt, sie vermisste ihn sehr. Steffen ging auf Distanz zu ihr. Wir haben vermutet, dass sie zu sehr verwoben war mit seinem Wunsch nach einer Familie. Zuletzt versuchte er noch, sie zur Therapiehündin auszubilden. Doch das ist eine andere Geschichte.“
„Hallo Linda! Guten Morgen!“ tönte es aus dem Hintergrund. Fünf Männer und Frauen hatten sich im Kreis hinter Anna und Linda aufgestellt und schauten erwartungsvoll in die Runde. Es hatte aufgehört zu regnen.
Anna seufzte. Die spannende Erzählrunde war beendet.

Kapitel 48

Gobi, ein hartgesottener Hovawart, stürzte sich auf Lola, ihr lautgrollendes Knurren ignorierend. Anna hatte alle Hände voll zu tun, Lola zu beruhigen, die rückwärts auf dem Bauch bis zum Zaun kroch, die Zähne gefletscht. Zum Glück wandte Gobi sich den anderen drei Hunden zu, einem dunklen Labrador, einem Pudelmischling und dem kleinen Schäferhund mit lustigen großen Ohren.
Ungünstigerweise klingelte genau jetzt Annas Handy. Hastig ging sie dran, doch es machte nur „Plopp", dann war der Akku leer. Mist. Hoffentlich war es nichts Wichtiges gewesen.
Linda begann mit den Übungen. Nacheinander wurden „Sitz", „Bleib" und Abruf geübt. Wenn Lola nicht zu nahe an die anderen Hunde herankam, gelang es Anna, sie konzentriert durch die Aufgaben zu führen.
Den Gesprächen in den Pausen zwischen den Übungen hörte Anna nur teilnahmslos zu: Geschichten von Hunden, die aus einem Tierheim stammten, von Krankheiten und Tierarztbesuchen. Anna verspürte keine Lust, den Kurs-Teilnehmern von der bedeutsamen Rolle Lolas in ihrem Leben zu erzählen. Zu krass wäre der Gegensatz zu den Geschichten der anderen gewesen.
Zuletzt baute Linda eine Gruppe von Stühlen auf. „Was macht ihr mit eurem Hund in einem Restaurant?" fragte sie. Anna beschloss, die Übung als Erste vorzuführen. Sie ging vor, aber Lola schoss rechts an ihr vorbei. Drei von vier Stühlen fielen mit lautem Gepolter um. Am anderen Ende des Parcours angekommen, entdeckte Anna eine rote Baseball- Kappe im Dickicht vor dem Zaun. Mist. Sie fragte sich, wie lange Steffen schon dort gestanden hatte. Sie ging an ihm vorbei und sah ihn selbstbewusst an. „Klappt doch", sagte sie und fühlte, dass sie rot wurde. Oje.
Die Stuhlübung war das Trainingsende, und die Gruppe löste sich auf. Anna fischte Lola aus einem Knäuel Hunde heraus, bevor Gobi sich erneut an ihr vergriff.

„Hast du noch einen Moment?" hörte sie die tiefe Stimme hinter sich. Wie konnte ein Mensch nur einen so angenehm intensiven Bass haben. Wenn sie ihn besser kennen würde, hätte sie ihn gefragt, ob er singen könne.
Anna überlegte kurz, heute war doch noch etwas ... Nein, Physiotherapie war erst morgen. Es gab also keine Ausrede.
„Klar. Was gibt's?" Sie versuchte zu lächeln.
„Du hast noch ein Problem mit Lola. Ich möchte dir etwas zeigen, was dir helfen kann." Steffen war nahe an sie herangekommen und sah Anna selbstsicher an.
Sie gingen um den Pavillon herum, an einem Bauwagen vorbei, vor dem Farbeimer und große Leitern standen. „Wird renoviert, die Wohnung darin", sagte Steffen, als er Annas fragenden Blick sah. Sie zog die Augenbraue hoch und schluckte die Frage, die ihr auf der Zunge lag, herunter.
Sie stapften durch das Tor des Hundegeländes in Richtung Wald. Anna war nach der Kursstunde erschöpft und schleppte sich mühsam die Stufen hinauf. Sie fühlte Steffens Blick von der Seite und wünschte sich auf ihr Sofa zurück. Bloß nichts anmerken lassen.
Am Waldrand nahm Steffen Anna die Leine ab. Er erklärte ihr, wie sie Lola sicher ins „Bei-Fuß"-Kommando dirigieren könnte. „Du nimmst deinen Hund immer auf die rechte Seite, habe ich beobachtet. Lass sie auf der linken Seite gehen, das ist die richtige für alle Ausbildungen. Und sprich mit ihr. Du brauchst für jeden Befehl ihre Aufmerksamkeit. Ein Hund, der dich nicht anschaut, gehorcht dir nicht." Anna blieb stehen und beobachtete Lola mit Steffen. Die beiden bewegten sich im gleichen Tempo, die Verbindung zwischen Mann und Hund war wie eine unsichtbare Schwingung in der Luft, eine vollkommene Symbiose. Mit leiser Stimme sprach Steffen kurze Sätze. Lola hatte die Schlappohren hochgezogen, folgte jeder seiner Bewegungen mit dem Kopf. Mit einer schnellen Handbewegung kommandierte Steffen den Hund in den Sitz. Dann entfernte er sich und ging ein Stück in den Wald. Als er sich umdrehte, saß Lola immer noch unbeweglich an ihrem Platz. Steffen blieb stehen und wartete. Lola hob ihr Hinterteil und setzte an, loszuspringen. Er raunzte aus

fünf Metern Entfernung und runzelte die Stirn. Lola senkte das Gesäß langsam wieder ab. Sie begann zu hecheln. Dann hob er die Hand. Anna hielt den Atem an. Lola legte sich auf den Boden. Gehorsam streckte sie die Pfoten nach vorne und wartete den nächsten Befehl ab.
„Hier!“ Steffen gab der heranschießenden Hündin ein Stück Wurst aus seiner Tasche und kam zu Anna zurück.
„Hm. Beeindruckend.“ Sie wollte nicht zu begeistert klingen. Warum führte er ihr so eine Show vor?
„Du arbeitest im Training mit Kraft. Und ich habe das Gefühl, dass du davon nicht allzu viel hast.“ Er sah sie abschätzend von oben bis unten an. „Aber das macht nichts. Ich wollte dir zeigen, dass du deinen Hund ohne Anstrengung kontrollieren kannst, wenn du seine Aufmerksamkeit hast. Das ist das Geheimnis.“
Anna nickte und schämte sich. Sie hatte vermeiden wollen, ihre Schwäche zu zeigen. „Ich übe fast jeden Tag mit ihr. Aber eine Viertelstunde im Wald ist vielleicht zu wenig“, überlegte sie laut.
„Nutze die Zeit, wenn sie mit dir spielen will. Jede Alltagssituation, wenn du mit ihr einkaufen gehst, oder wenn du nur zum Briefkasten über die Straße gehst. Je mehr du dich mit ihr beschäftigst, desto mehr wird sie sich an dich binden. Und dich lieben“, grinste er unter seine Kappe hervor.
„Danke. Ich muss jetzt nach Hause“, sagte Anna.
„Ich begleite dich ein Stück.“ Steffen gab Anna ihre Leine zurück, und sie gingen langsam Richtung Hundeplatz. Anna überlegte fieberhaft, was sie mit Steffen reden sollte. Vor ein paar Monaten noch, ja, da hätte sie viel zu erzählen gehabt, aber jetzt?
„Ich habe Lola von Anfang an gemocht. Sie war als Welpe unsere gelehrigste Hündin. Leider muss es einen Vorfall in unseren Betriebsferien gegeben haben, durch den sie schreckhaft wurde. Wir hatten gerade mit der Eingewöhnung einer sehr gebrechlichen Patientin angefangen. Das kam dann nicht mehr in Frage.“
Anna sah hoch. „Wer war die Patientin?“
„Lisa. Vierzig Jahre. Multiple Sklerose.“
Anna sah ihn erschrocken an. „Wie kann Lola einer MS-Kranken helfen?“

„Lola mit ihrem Beschützerinstinkt wäre ideal gewesen für Lisa. Lisas Mann war tagsüber nicht zuhause, und ihre Krankheit war sehr stark fortschreitend. Gleich zu Beginn der Therapie hatte die Hündin eine stimmungsaufhellende Wirkung auf Lisa. Ihr Mann bedankte sich schon nach drei Wochen Training bei mir."
„Und dann? Was passierte, als sie sich veränderte? "
„Wir mussten sie komplett aus dem Training nehmen. Sie hätte den Rollstuhl einmal fast umgeworfen, weil sie panisch wurde. Dabei war es nur eine Autotür, die vor der Einfahrt des Hauses zugeworfen wurde."
Anna nickte. Das kannte sie.
„Wir haben dann mit dem Aufbau eines Münsterländers für Lisa begonnen. Komplett neu angefangen. Doch Lisa wurde depressiv, sie konnte sich nicht an Beppo gewöhnen. Gleichzeitig wurde sie durch die MS zum kompletten Pflegefall. In den letzten Monaten ihres Lebens hätte ihr kein Hund der Welt mehr geholfen."
Sie waren an dem Hintereingang des Hundeplatzes angelangt. Keiner von ihnen beiden machte Anstalten, durch das Tor zu gehen. Der Morgennebel hatte sich vollständig aufgelöst, und über den Bäumen lugte die Sonne mit ihren ersten Strahlen des Tages hervor. Es war Mittagszeit, und ein traumhafter Frühlingstag stand bevor. Ein kurzes Zwischenhoch würde Quirinus für ein paar Stunden abschwächen.
„Hattest du viele solche Patienten wie Lisa?"
Steffen lehnte sich an das Tor und sah über seinen Platz. „Solche Patienten sind mir die liebsten, weil sie dankbar sind. Wir können so viel helfen mit unseren Hunden. Die überkandidelten Besitzer mit ihren Lunas und Paulchens, die hier im hochglanzlackierten SUV vorfahren, die möchte ich am liebsten überhaupt nicht sehen."
Anna wusste, was er meinte. „Aber sie bringen das Geld…"
Seine Augen waren klar und ehrlich. „Ja, nur von den Servicehunden können wir nicht leben." Er machte eine Pause. Dann fuhr er fort. „Ich hasse diese Neureichen, besonders die Damen und Herren in ihren Markenklamotten. Ärzte, Rechtsanwälte und ihre Gattinnen aus dem Aachener Südviertel…"

Und die Rechtsanwältinnen. Das Unausgesprochene schwelte in der kühlen Luft zwischen ihnen. Anna sah verstohlen an sich hinunter. Ihre graue Hundejeans und die schwarze gefütterte Regenjacke von Aldi, die sie zum Training angezogen hatte, passte zum Glück nicht zu der Rechtsanwaltsgattin, die sie immer noch war.
„Lola hat übrigens kein Problem mit kleinen Kindern", fiel ihr plötzlich ein. „Der Enkel meiner Freundin konnte sie einfach in den Arm nehmen."
Ein Lächeln ging über sein Gesicht. „Ich weiß. Lola hatte als Welpe viel Kontakt mit Kindern." Er machte eine Pause, suchte nach Worten und schwieg. Sie standen direkt nebeneinander, so dass ihre Schultern sich fast berührten. Steffen war zwar kleiner als Oliver, doch Anna fand es überraschend angenehm neben ihm.
„Ich habe schon einmal daran gedacht, Lola als Schulhund ausbilden. Ein vielversprechendes Gebiet, für das wir früher bereits Hunde vermittelt haben. Aber zurzeit haben wir keinen Trainer frei, und ich habe nicht die Zeit dafür."
Lola als Schulhund. Was für eine tolle Idee. „Vielleicht kann ich das ja übernehmen?" grinste Anna ihn an.
Steffen öffnete das Tor und ließ sie auf den Platz gehen. „Nicht schlecht. Ich könnte mir gut vorstellen, dich als Trainerin auszubilden und anzustellen." Er sah hoch und fuhr fort: „Was machst du eigentlich beruflich?"
„Ach, ich bin Wissenschaftlerin. Zurzeit in einer Neufindungsphase." Sie schluckte und beeilte sich, weiter zu sprechen. „Das war nicht ganz ernst gemeint. Das mit dem Hundetrainer." Anna stolperte unsicher über ein paar Baumwurzeln.
„Neufindung?" Er schaute Anna schmunzelnd an. „Linda hat mir erzählt, du wärest krank gewesen."
Anna hatte ihren Körper wieder unter Kontrolle und ging mit festen Schritten vor ihm her, bis sie kurz vor dem Pavillon standen. Hinter dem Gebäude hörte man einen Hund jaulen, herzzerreißend zerschnitt das Heulen die Stille der Mittagsruhe auf dem Platz. Steffen zeigte keine Regung und wartete Annas Antwort einfach ab.
„Ja, das stimmt. Ich habe eine Knochenmarktransplantation hinter

mir. Jetzt versuche ich, auf der Autobahn des Lebens wieder auf die Einfädelspur der Normalität zu kommen."
Steffen sah nicht überrascht aus. Eher verständnisvoll. Er reichte Anna die Hand. Sein Händedruck war warm und deutlich länger als bei ihren Begegnungen davor.
„Ich wünsche dir viel Glück auf deiner Spur. Lass dich vom Schicksal nicht überholen. Das habe ich schon viel zu oft gesehen in meinem Leben."
Damit drehte er sich um und ging zum Haus.
Lola fiepte und zog an der Leine in Steffens Richtung. Sie wollte hinter ihm her.

Kapitel 49

„Hallo Anna", rief eine Stimme hinter Anna. Sie ließ die schweren Einkaufstüten vor dem Auto fallen und massierte ihre rechte Schulter mit der linken Hand. An manchen Tagen meldete sich die alte Verwundung noch einmal. Die Verletzung, mit der alles angefangen hatte.

„Ist alles in Ordnung?" Marie stand im Garten und hatte Erde im Gesicht. Sie hatte eine olivgrüne Hose mit breiten Taschen an, aus denen eine Harke und eine Schaufel herauslugten.

„Ach, eigentlich nicht. Heute ist nicht mein Tag. Im Supermarkt war es voll, an der Tankstelle war die Zapfsäule kaputt, und heute Morgen habe ich Post von Oliver bekommen."

„Was will er? Kann er nicht zahlen?"

Marie definierte Oliver mittlerweile nur noch als Unterhaltszahler.

„Ja, es wird schwierig für ihn. Er musste seine Stelle in der Kanzlei aufgeben und möchte das Haus verkaufen."

Marie riss die Augen auf. „Oh nein! Das möchtest du doch nicht, oder?"

Anna zuckte mit den Achseln. „Das Arbeitsamt sagt, ich bekomme 12 Monate Arbeitslosengeld. Danach ist Schluss."

„Du brauchst einen Anwalt."

Den hatte Anna bereits. Ein Freund ihres Bruders Wolfgang hatte sich intensiv mit der Klage gegen Wetter-TV beschäftigt und versuchte, eine höhere Abfindung für Anna heraus zu handeln. Bisher war das Angebot eher mager. „Lange werde ich von den zehntausend Euro nicht leben können. Ich brauche eine neue Arbeit."

„Und etwas mehr Gesundheit", fügte Marie hinzu.

Anna sah sie nachdenklich an. „Was hältst du davon, wenn wir den heutigen Abend gemeinsam verbringen?" fragte sie spontan.

„Unter einer Bedingung. Du bringst eine Flasche Hugo mit", lachte Marie.

„Auf gar keinen Fall", sagte Anna. „Ich bringe zwei."

*

Auf den Fensterbänken von Maries Bungalow leuchteten kleine Windlichter in rosafarbenem Schimmer. Mitten im Wohnzimmer strahlte eine Leselampe auf den Couchtisch, auf dem Marie Sektgläser und Käsehäppchen dekoriert hatte. Obwohl Ostern schon seit zehn Tagen vorüber war, hatte sie das Haus noch überall mit bunten Eiern geschmückt. Das Ambiente wirkte genauso verspielt, wie Maries blau-weiß gepunktete Bluse, die sie zu einem dunkelroten Rock und orangenen Strümpfen trug. Anna konnte sich, wie immer, nicht sattsehen an dem farbenfrohen Auftritt.

„Prost, Anna, wir trinken auf dich. Auf deine Gesundheit." Marie war im Schwung. „Was ist dein größter Wunsch in diesem Moment? Was ist es, wonach du dich mit allen Zellen sehnst?"

Ihr größter Wunsch. Anna hielt inne bei einer solchen bedeutenden Frage. Irgendwie hatte sie einen Kloß im Hals.

„Ich möchte mein altes Leben wiederhaben. Nein, nicht das mit Oliver", sagte sie schnell, als sie Maries stirnrunzelnden Blick sah. „Mein Leben bei Wetter-TV, die Auftritte, die Feiern danach. Die Abwechslung und den Trubel."

Marie sah nicht überzeugt aus. „Bist du sicher? Kannst du dich genau erinnern, wie du dich damals gefühlt hast? Erfüllt? Oder vielleicht doch eher rast- und ruhelos?"

Anna schwieg. Ihre Freundinnen, das gute Essen, Cocktails, beschwingte Musik in der Kneipe, Lachen, Spaß. Fehlte ihr das alles?

„Ich glaubte, das zu genießen. Aber ich war unruhig, konnte mich nicht auf den Moment konzentrieren, weil ich im Geiste immer schon bei der nächsten Veranstaltung war. "

„Hast du bekommen, wonach du dich gesehnt hast?"

Anna schüttelte langsam den Kopf. Dann sagte sie leise. „Nein. Ich bin allem hinterhergerannt. Habe mich ins `Machen' verstrickt. Die Suche nach Abenteuer war anstrengend."

„Du hast Abenteuer gesucht? Während deine wundervolle Familie zuhause saß?"

„Vielleicht war es eher Nähe zu anderen Menschen – das, was ich gesucht hatte.“ Anna hatte plötzlich Herzklopfen. „Und das, was ich nun verloren habe.“ Sie sah sich in Maries Haus um. Es war warm, buntes Licht erhellte den Raum, und die Wände strahlten vor Leben mit den vielen Familienfotografien auf der Kommode. „Fühlst du dich nicht einsam, manchmal, so alleine in dem großen Haus?“
„Alleine? Ich habe doch mich selbst, meinen Garten und Herrn Nilsson. Wir verbringen jeden Tag zusammen, ich gehe morgens eine Stunde mit ihm spazieren, kümmere mich darum, dass er zu fressen und Bewegung hat, und abends, nach unserer Abendrunde, jeden Tag um viertel vor 12, gehen wir gemeinsam schlafen. Und den ganzen Tag lang erzähle ich ihm, was mich bewegt.“ Marie stellte ihr Glas auf den Tisch und neigte sich gemütlich in das Sofakissen. „Ich kann dich gut verstehen. Als Burkhard starb, habe ich große Angst vor dem Alleinsein gehabt. Ich habe ein lebendiges Wesen in meinem Haus vermisst, und so kam Herr Nilsson zu mir. Auch dann noch habe ich Kontakte gesucht. Meine Söhne angerufen, alte Bekannte im Rheinland besucht, bin zu Ausstellungen gegangen, ich war immer unterwegs.“ Sie zeigte auf den Garten, den man durch das Fenster sah. „Damals sah das noch nicht so aus wie jetzt!“ Sie lachte und fuhr fort. „Eines Abends habe ich Herrn Nilsson genau angeschaut. Er ruhte so stark in sich, war zufrieden mit wenigen Dingen. Er spielte so versunken mit seinem Tennisball, brauchte nur sein Körbchen, ein paar Streicheleinheiten und war ganz still. Das wollte ich auch. Still werden und zufrieden mit mir.“ Marie sah Anna auffordernd an.
„Still werden? Das könnte ich nicht. Ich brauche konkrete Aufgaben, nicht Ruhe.“
„Stille heißt nicht herumhängen. Nicht dösen oder schlafen. Stillsein in dir, das ist ein hellwacher, präsenter Zustand, Stillsein mit dir selbst bedeutet, dich nach innen zu wenden. Tief in dir findest du alles, was du brauchst, Anna. Du bist im Kern deine eigene Weisheit und Erkenntnis. Du brauchst niemanden, nach dem du dich richten musst.“
„Findest du, dass ich mich nach anderen richte?“

Marie hielt kurz inne. „Was du mir von deinem früheren Leben mit all deinen Bekannten erzählt hast, vermittelt mir den Eindruck, dass du unzähligen Einflüssen ausgesetzt warst. Einflüsse wie deine Familie, deine Bekannten und deren Glaubenssysteme, die du kennengelernt hast. Sie haben deine Gesundheit und deine innere Balance beeinflusst. Ich mache mir Sorgen um dich, Anna. Möchtest du nicht endlich einmal in Kontakt mit dir selbst kommen?"

Anna war verwirrt. Was war das für ein merkwürdiges Gespräch? War ihr Leben wirklich so falsch gewesen, damals, als alles noch in Ordnung war?

„Wie soll das gehen, Kontakt mit mir?" Sie ließ die Ironie in ihrer Stimme nicht zu deutlich hören.

„Lasse das Alleinsein zu. Nicht nur, weil du krank bist. Sondern, weil du es möchtest. Lasse die Gedanken fließen, laufe nicht vor ihnen weg. Suche dir etwas, wo du in den Fluss kommst, dich in deinem Tun verlierst und deine Sorgen, wenn auch nur für einen Moment, vollständig vergisst. So, als wenn Du sie wie eine Kerze auspustest. Kannst du dir etwas vorstellen, was dich in diesen Zustand versetzt?"

„Lola", sagte Anna spontan. Sie dachte an die Lichtung, auf der sie gespielt hatten und so zufrieden waren. Sie beide alleine. „Manchmal, wenn ich mit Lola im Wald bin. Und sie nicht wegläuft", fügte sie hinzu.

„Wunderbar. Bewegung ist ein hilfreicher Ankerpunkt für dich selbst. Laufe einfach los! Fühle deine Beine wieder – und die Ruhe im Kopf! Geh so lange wie möglich. So oft, wie du kannst."

„Das fällt mir schwer. Ich bin oft sehr müde." Anna wollte nicht jammern. Aber die Worte kamen aus ihr heraus, ohne dass sie es verhindern konnte.

„Das wird besser. Wenn deine Seele gesundet wird, dein Körper auch wieder kräftiger." Der Klang von Maries Stimme war wie ein Lied, wie sanfter Gesang. Anna schaute sie gefesselt an.

„Auch Lola wird eine tägliche lange Runde guttun. Am Anfang habe ich gedacht, das wird nichts mit ihr. Aber du hast sie inzwischen so gut im Griff."

Anna nickte. Sie glaubte langsam selbst daran.

„Sei froh, dass du keinen Australien Shepherd hast oder einen Cockerspaniel", fuhr Marie fort. „Wenn Herr Nilsson ein Kaninchen nur riecht, sehe ich von ihm nur noch die Hinterläufe. Da hättest du Spaß beim Hinterherrennen."
Anna wollte sich das gar nicht vorstellen. Aber sie würde Lola fragen. Ob sie morgen mit ihr einen längeren Spaziergang machen wollte. Sie wusste, die Hündin würde begeistert mit dem Schwanz wedeln.

*

Es war nach Mitternacht, als Anna wieder in ihr Haus zurückkehrte. Es wirkte fremd, kahl und düster, denn sie hatte vergessen, im Flur ein Licht anzulassen. Durch das Wohnzimmer sah man, wie die Bäume im Garten sich im Wind hin und her wiegten. Anna wusste nicht einmal, aus welcher Richtung er kam. Seit Tagen hatte sie sich nicht um die Wetterdaten gekümmert.
Ihr Handy brummte, so wie es immer nur vibrierte, wenn eine Nachricht von einer nicht oft gewählten Nummer hereinkam.
S. R. stand auf dem Display. „Du hast mir nicht erzählt, dass du im Fernsehen auftrittst."
Sie ließ sich auf den Stuhl sinken, unter dem Lola lag. Dann tippte sie. „Auftrat."
„Und dass du ziemlich gut darin bist, als Moderatorin."
„Danke. So viele Komplimente? "
„Nur neugierig. Wie ist das so, vor der Kamera?"
Anna stockte. Lola brachte einen Schuh und wollte spielen.
„Toll ist es. Alle schauen dich an, und du siehst nur gleißendes Scheinwerferlicht. Wir können ja einmal einen Film über deine Hunde machen."
„Das wäre übertrieben. So wichtig wie gefährliche Herbststürme sind wir nicht, die Therapiehunde und ich."
Anna überlegte eine Weile. Dann warf sie Lola den Schuh durch den Flur und schrieb: „Ich finde, doch."

Teil VI

Kapitel 50

„Der Umgang mit einem Hund bietet Kindern mit Lernstörungen ideale Bedingungen, um Defizite in verschiedenen Wahrnehmungsbereichen aufzuarbeiten.“ Anna wurde von ihrem Wecker unterbrochen, den sie sich gestellt hatte. Schade, die Lektion Fünf des Lernmoduls für Schulhund-Training musste sie später weiterbearbeiten. Seufzend schloss sie ihren Laptop und sah auf die Uhr. Bevor sie ging, nahm sie noch die neuen Medikamente gegen die GvHD. Seitdem sie diese Tabletten bekam, war ihre Schwellung des Zahnfleisches deutlich zurückgegangen. Endlich. Es hatte über ein Jahr gedauert.

„Lola, bring! Die Tabletten!“ Lola sprang freudig auf und rannte die Treppe hinunter. Der Stoffbeutel, mit allen Medikamenten, fertig abgezählt für eine Woche, lag auf der Fensterbank. Gespannt lauschte Anna den Geräuschen aus dem Nebenzimmer. Mit lautem Hecheln und Tapsen kam Lola wieder zurück. Sie hatte die Hundeleine in der Schnauze.

„Fein gemacht, Lola“, seufzte Anna. Sie musste Steffen unbedingt erzählen, dass die Hündin mittlerweile zu 80 % Erfolg beim Apportieren hatte. Keine schlechte Ausbeute für einen anderthalbjährigen Hund. Ab und zu landete ein Schuh statt des Spielzeugs oder statt der Tageszeitung auf Annas Schoß. „Irgendwann verstehst du das mit den Tabletten auch“, sagte Anna und griff nach ihrem Wölkchenkalender. Diese Oktoberwoche war vormittags mit vielen kleinen roten Sternchen gefüllt. Die standen für die Lektionen des online Kurses, den Anna sich besorgt hatte und niemandem davon erzählt hatte. Von „Aufmerksamkeitssignal bis Übergaberitual“ hatte sie sich schon durchgearbeitet. Jeden Eintrag des Kurses hatte sie im Kalender mit kleinen Zeichnungen von schwarzbraunen Hunden verhübscht. Am Nachmittag eines jeden Tages gab es eine blaue Notiz: „Lola Hexenwald“, oder „mit Lola zum Rursee“.

Der heutige Tag war rot durchgestrichen. Sie würde voraussichtlich mehrere Stunden in der Ambulanz bei Dr. Tümmler verbringen. Pfeifend steckte Anna den Kalender in ihre Handtasche und nahm ihre Jacke. „Komm, Lola, auf, zu Marie!“
Es war ein strahlend schöner Herbsttag, die Blätter funkelten gelb, rot und violett durch das Sonnenlicht der tief stehenden Sonne. Anna nahm eine rosa Windjacke aus dem Schrank und schlang sich ihren weichen Kaschmir-Schal um den Hals. Nicht gegen die Kälte, sondern, um auf dem Weg durch die Klinik einen provisorischen Mundschutz bereit zu haben. Die ersten Grippeviren waren schon unterwegs.
An der Haustür wies sie mit der Hand auf Maries Haus. „Lauf!“ Lola lief drei Schritte vor, drehte sich auf den Hinterpfoten um und kam durch Annas Beine auf die andere Seite. Dann hopste sie auffordernd an ihr hoch und zauberte Anna ein Lächeln ins Gesicht. „Du Clown...“ Marie stand schon in ihrer Tür und grinste. „Sie ist pure Medizin für dich.“
Anna winkte nur und stieg schnell in ihr Auto.
Sie hatte Glück und fand einen Parkplatz in einer kleinen Seitenstraße hinter dem Klinikum. Der Weg in die onkologische Ambulanz war Routine, an der Besucherrezeption vorbei, mit dem Aufzug B3 in die vierte Etage, einen kurzen Gruß an der Leitstelle, und dann zur Anmeldung bei Dr. Tümmlers Sekretärin. „Frau Wunderle, wenn Sie in die Blutabnahme gehen, lassen Sie sich bitte einen Zugang legen.“
Der dicke Pfleger mit dem Bart kam Anna bekannt vor. „Waren Sie nicht vor einem Jahr auf der ME10?“ fragte sie ihn.
„Ja, wir kennen uns. Sie waren Patientin in Zimmer 007, wir haben Witze darüber gemacht.“ Anna nickte und sah versonnen auf die Nadel, die sich gerade den Weg in ihre Vene bahnte. Damals war es Sommer gewesen, sie hatte keine Haare mehr gehabt, ein zentraler Venenkatheter baumelte aus ihrem Hals heraus und ihre Leukozyten waren zerstört. Sie strich sich eine Ponysträhne aus der Stirn. Längst war ein weiterer Sommer verstrichen, es gab viele neue Leukozyten statt Katheter, die Haare hatten die Stoppelhaar-Zeit überstanden und verliehen Anna ein jugendlicheres Aussehen als je zuvor.
„Wie geht es Ihnen denn?“ Die Nadel ging in ihre Vene wie ein Messer durch Butter. Anna zuckte nicht einmal bei dem Pieks.

„Großartig." Anna drehte den Kopf nach links und rechts, um ihren Nacken, der morgens bretthart war, beweglich zu machen.
Auf dem Stuhl neben Anna stöhnte eine alte Frau, deren Vene die Schwester nicht getroffen hatte. „Ich helfe jetzt", sagte der Pfleger und nickte Anna zu. „Alles Gute!" Anna ging mit ihrer Kanüle im Arm zur Chemotherapie-Abteilung, um dort eine Infusion mit Antikörpern zu erhalten, bevor sie Stunden später zu Dr. Tümmler gerufen würde.
„Das erste Mal Power-Infusion heute?"
Anna nickte. Die Infusion sollte Annas Immunsystem in der grippegefährlichen Zeit im Herbst und Winter unterstützen.
Dr. Tümmler blätterte in ihrer Akte. „Ihr letzter Infekt war die Lungenentzündung im Januar?"
„Ich hatte eine fieberhafte Erkältung im Mai. Und im September eine Magen-Darm-Verstimmung." Anna wusste, sie klang knurrig. Das war genau die Woche gewesen, in der Ronja überraschend zu ihrem 51. Geburtstag zu Besuch nach Deutschland war. Anna hatte zwei von den fünf Tagen mit Magenkrämpfen im Bett verbracht. Zum Glück hatte Ronja sich auch für Weihnachten angekündigt. In sechs Wochen würde sie wieder bei Anna sein.
Dr. Tümmler musterte Annas Gesicht. „Das sind wenige Infekte. Nicht schlecht."
Kein Wunder, dachte Anna. Seit Monaten hatte sie kaum noch Kontakt mit anderen Menschen. Marie und Wolfgang waren darauf bedacht, ihr nicht zu nahe zu kommen wenn sie sich erkältet hatten oder sich nicht wohlfühlten. Größere Menschenansammlungen in geschlossenen Räumen hatte Anna komplett vermieden.
„Treiben Sie Sport?"
„Wie man es nimmt. Bin viel mit dem Hund unterwegs."
„Gute Idee. Ihr Gewicht?"
Anna hatte fünf Kilo zugenommen, was Dr. Tümmler einen zufriedenen Ausdruck ins Gesicht zauberte. „Manche Patienten brauchen mehrere Jahre, bis sie wieder ihr Normalgewicht haben. Für ihr Immunsystem wäre es wichtig, weiter zuzunehmen."
Und für die Kontrolle über eine 52-Kilo-Berner-Sennenhündin, dachte Anna.

„Sonst irgendwelche Beschwerden?" Dr. Tümmler hatte heute seine bürokratische Haltung aufgelegt. Das Wartezimmer war voll gewesen, und das Telefon in der Anmeldung klingelte ununterbrochen.
Mein Körper ist ein Kriegsgebiet, dachte Anna. Und meine Haut ist mein Gegner. „Ich bin oft sehr erschöpft. Seit ein paar Wochen verstärkt durch Schwindel."
Dr. Tümmler ließ sich Zeit mit der Antwort, dann markierte er mit einem Filzstift eine fett gedruckte Zeile auf dem Labor-Ausdruck. „Sie haben einen niedrigen Hämoglobin-Wert und ihr Herzwert ist drastisch erhöht. Das kann mit dem letzten Medikament zusammenhängen."
Dr. Tümmler verschrieb ihr ein Herzmedikament und Eisentabletten. „Dann sind es jetzt vierzehn Medikamente täglich."
Dazu erwidert Dr. Tümmler nichts. Aber er musterte Annas Gesicht ausführlich. „Ich muss sagen, die Haut sieht viel besser aus als vor einem halben Jahr."
Anna strich sich mit der Hand über den Nacken. Die geschwollene Haut spannte Tag und Nacht. Aber es war erträglich geworden, und sie wusste nicht genau, ob sie sich an die Tauchermaske gewöhnt hatte, oder ob das Monster sich langsam zurückzog.
„Meine GvHD halt. Es fühlt sich immer noch nicht so an wie früher."
„Das wird auch noch lange so bleiben. Sie müssen einen langen Atem haben, Frau Wunderle. Irgendwann, vielleicht in ein paar Jahren, ist sie vorbei."
Langen Atem haben. Ein paar Jahre. Die Wucht der Worte breitete sich in Annas Gedanken aus. Langsam schlich sie aus der Ambulanz zum Ausgang des großen Klinikgebäudes. Sie war nicht mehr richtig krank, aber Meilen davon entfernt, gesund zu sein. Es blieb ihr gar nichts anderes übrig, als das Monster weiter zu ertragen und vielleicht sogar anzunehmen. War das überhaupt möglich, einen Panzer auf der Haut zu akzeptieren?
„Tschüss, Frau Wunderle! Vielleicht sehe ich Sie bald wieder im Fernsehen?" Dr. Tümmlers Sekretärin nickte Anna freudig zu. Sie zuckte zusammen, hob dann aber die Hand zum Gruß und strahlte. Eine Frage aus einer vergangenen Zeit. Sie wusste nicht, warum ihr dies plötzlich so guttat.

Kapitel 51

Zuhause kam Anna an ihrem Briefkasten vorbei und holte ihre Post heraus. Zwei Briefe, Reklameblätter für einen neuen Friseurladen, einen Baumarkt und eine Gratiszeitung „Bella – Schönheit für sie“. Ihre Beine waren bleischwer, und sie warf sich eine Runde auf das Sofa.

Sie riss den ersten Brief auf. Es war ein Schreiben von Olivers Anwalt. Als sie das Papier auffaltete, durchfuhr sie ein stechender Schmerz in der Magengrube.

„Mein Mandant hat die Scheidung eingereicht. Wir bitten Sie um folgende Unterlagen…“

Das Wort „Scheidung“ flimmerte vor Annas Augen. Bald würde es amtlich sein. Sie war eine geschiedene Frau.

„Du hast nie um deine Beziehung gekämpft“, hatte Wolfgang sie neulich gefragt. „Warum nicht?“

Anna ließ den Brief auf den Teppich fallen. Wenn Lola jetzt nicht bei Marie wäre, würde sie ihn auf ihre Decke tragen und zu klitzekleinen Schnipseln zerbeißen. Schade. Sie hätte sie doch besser sofort holen sollen.

Anna fragte sich, warum sie Oliver nicht zurückgehalten hatte. So, wie das in Hollywood Filmen der Fall war. Wo der Held und die Heldin sich nach einem Zerwürfnis mit Lug und Betrug doch wieder in die Arme fielen und beteuerten, nie eine andere geliebt zu haben. Diesen Schritt hätte Anna nicht gehen können. Zu keinem Zeitpunkt ihrer Trennung hatte sie das Bedürfnis gehabt, Oliver aus den Fängen der jungen Frau zu reißen. Sie hatten sich vorher schon verloren. Sie war zu enttäuscht gewesen, weil ihre große Liebe sich in Luft aufgelöst hatte. Bitter enttäuscht. Ihr Mann hatte sie zu einem Zeitpunkt verlassen, wo sie ehrliche Liebe und Zuneigung am meisten gebraucht hätte. Das Gefühl der Hilflosigkeit hatte nicht mehr gereicht für ihre Ehe.

Anna stand auf und kochte sich einen Tee, in den sie ein Schnapsglas voll Rum hineinschüttete. Dann öffnete sie den zweiten Brief.

Es war ein Schreiben von Oliver. Anna wunderte sich über seine handschriftlichen Zeilen. Doch dann fielen ihr die vielen, nicht geöff neten E-Mails von ihm ein, die sie in ihrem digitalen Papierkorb hatte. „Liebe Anna, wie Du gesehen hast, möchte ich die Scheidung. Die Voraussetzungen hierfür sind erfüllt. Wenn wir uns gütlich einigen, wird es schnell gehen, das ist auch in Deinem Sinne. Ich habe leider einen finanziellen Engpass. Ich gehe davon aus, dass du an der GRACE kein Interesse mehr hast. Um die Gelegenheit zu haben, weiter auf ihr zu segeln, möchte ich sie an Dennis verkaufen. Den Erlös können wir uns teilen.
Du hast nicht auf meine Nachrichten zum Hausverkauf geantwortet. Der Gutachter kommt nächste Woche, damit wir es ab Dezember zum Verkauf anbieten können. Du hast noch zwei Monate Zeit, dich nach einer Bleibe umzusehen. Du siehst, ich mache Dir das Leben nicht schwer. O."
Der Couchtisch, unter dem Ronja mit ihrem Bobbycar dicke Rillen in das Parkett gefahren hatte, schien zu schwanken. Die Küche aus Nussbaumholz, die sie gemeinsam mit einem Schreiner entworfen hatten und einbauen ließen, sah plötzlich düster und triste aus. Wo waren die ganzen Stimmen, die das Wohnzimmer erfüllten, das Lachen, die lauten Diskussionen, die leise klassische Musik im Hintergrund, die Oliver jeden Sonntagmorgen aufgelegt hatte? Annas Blick fiel auf die Terrassentür, die sie nach langen Überlegungen mit Fenstern bis auf den Boden ausgestattet hatten, damit man einen weiten Ausblick in den Garten hatte, der nach Olivers Ansicht ungenügend gepflegt war. Neben dem Gartentisch mit der abgeblätterten Farbe stand ein leerer Meerschweinchenstall, in dem nach Pippins Auszug nur noch Reste von Heu und Stroh aus den Gitterstäben herauslugten.
Das war ihr Zuhause, es roch wie früher, es sah aus wie früher, aber es war still geworden. Leise und stumpf, als wenn das Leben aus ihm gewichen wäre, irgendwohin, in eine andere Hemisphäre der Erde, fort von hier. Das alles sollte Anna aufgeben, oder, schlimmer noch, einer fremden Familie überlassen?
Annas Augen füllten sich mit Tränen, und sie setzte sich abrupt auf. Sie musste etwas tun. Oliver konnte nicht so über dieses Haus

bestimmen. Auch wenn es einmal seines gewesen war. Jetzt war sie die einzige Bewohnerin, und sie ließ sich nicht einfach herauswerfen. Es gab nur eine Möglichkeit. Sie brauchte Geld, um das Haus zu übernehmen. Notfalls mit einem Kredit, so dass sie Oliver in Raten auszahlen konnte.
Anna holte sich ihren Laptop und rief die Seite „StepStone" auf. Fieberhaft klickte sie sich durch die Branchen. Für Meteorologie gab es nicht viele Angebote. Wetter.com suchte eine Werkstudentin für die Erstellung von Wetterprognosen, Vorbereitung von Moderationstexten für TV-Sendungen und das Schreiben von Wettertexten fürs Internet. Da hätte sie auch Mike anbetteln und in dem eiskalten Großraumbüro verharren können.
Auf der hintersten Seite des Anbieters sah sie die Anzeige. Die Letzte von allen. Annas Herz pochte, und ihr Mund fühlte sich trocken an. Eine Fluggesellschaft in Frankfurt suchte einen Meteorologen als Trainer für Piloten. Das Profil passte exakt auf sie. Ihre Berufserfahrung lag an der oberen Grenze, und die Formulierung ließ durchblicken, dass das Gehalt recht großzügig ausfallen würde. Anna klappte den Laptop zu. Es war höchste Zeit, Lola abzuholen. Und dann, eine Bewerbung zu schreiben.

Kapitel 52

Sie hatte nicht erwartet, dass sie überhaupt eingeladen würde. Es dauerte einen ganzen Monat, bis sie einen Anruf erhielt. Die ruhige Stimme des Personalchefs bewirkte, dass sich ihre Nervosität sofort legte. Sie hatte das Bild eines Mannes um die Fünfzig vor sich, seriös und freundlich. Man hätte ihre Unterlagen geprüft. Nach einer Viertelstunde war das Gespräch beendet. Anna war erschöpft. Ihre Finger, die das Telefon gehalten hatten, fühlten sich steif an, und ihr Atem war beschleunigt. Sie kam für die Stelle in Frage. Aber sie müsste zu einer längeren Vorstellungsrunde nach Frankfurt kommen. Mit anschließendem Assessment-Center. Noch vor Weihnachten. Dieser Tag war heute, der 20. Dezember.

Den ganzen Morgen war sie nervös durchs Haus gelaufen. Hatte versucht, mit Lola zu spielen, während sie sich in Gedanken ihr passendes Outfit zusammenstellte. Letzten Endes entschied sie sich für den grauen Hosenanzug von Hugo Boss. Die Hose schlabberte immer noch um ihre Hüfte, doch der Gürtel, den Marie ihr gestern geliehen hatte, vertuschte das. Die schwarzen Schuhe hatte sie am Vorabend geputzt. Die Haare, mit einem dunklen Glanz, waren von ihrem alten Friseur Mario, den sie seit einem Jahr nicht mehr aufgesucht hatte, frisch geschnitten. Sie sah fast wieder wie die normale Anna Wunderle aus, stellte sie bei einem Blick in den Spiegel fest. Der Concealer tat ganze Arbeit. Dann sah sie auf die Uhr. Sie lag gut in der Zeit, um Lola zu Steffen zu bringen und zum Bahnhof zu fahren. Sie wollte den Zug nach Frankfurt nehmen, um die dreistündige Autofahrt in diesem angespannten Zustand zu vermeiden.

Lola sprang aus dem Auto und Anna hatte Schwierigkeiten, sie festzuhalten. Sie fühlte sich steif in dem Blazer unter ihrem dünnen Mantel. Für eine Hundeaktion war dieses Outfit völlig ungeeignet. Auf dem Übungsplatz stand ein gelber Bagger und schaufelte Mauerstücke in einen Anhänger. Mehrere Handwerker in weißen Arbeitshosen strichen um die alte Scheune herum. Das Dach war schon

abgedeckt, ziemlich sportlich für Mitte Dezember. Beppo begrüßte Lola wild bellend und tollte sofort mit ihr an der Leine. Vom Hundeübungsplatz hörte man lautes Gebell.
„Du hast eine ganze Menge am Hals, oder?“ fragte Anna, als sie Steffen Lolas Futter übergab.
„Ich hoffe, wir werden bis zum Abend fertig sein. Zwei Wände werden eingerissen, dann können wir das Dach noch vor Weihnachten wieder eindecken.“ Steffen wirkte atemlos. Er hatte heute schon zwei Hunde-Kurse hinter sich und zwischendurch die Handwerker dirigiert.
„Darf ich einmal hineinsehen?“ Anna stakste auf ihren hohen Schuhen vorsichtig um die Hütte herum. Zum ersten Mal konnte sie einen Blick auf das Innere der Scheune werfen.
„Das ist gemütlich und nett gelegen, direkt am Wald an der Hundewiese“, bemerkte sie. Ein Mann mit fleckiger Hose riss Blümchentapete von den Wänden. „Wie willst du die Innenräume streichen?“
„Hellgrün“, grinste Steffen.
„Frisches Grün für innen, dunkles Tannengrün außen“, sinnierte Anna. „Ganz schön viel Natur. Wer soll darin wohnen?“
„Unser neuer Trainer. Morgen unterzeichnet er den Vertrag und wird am ersten Februar anfangen. Er kommt aus Berlin, deshalb braucht er eine Wohnung.“
„Und da reißt du kurzerhand alles ab und investierst so viel Geld für einen Angestellten?“ Anna dachte an die Geschichte der alten Scheune, die Linda ihr erzählt hatte. Sie blieb an der Tür stehen, um ihren Hosenanzug nicht vollends einzustauben.
„Die Wohnung war seine Bedingung, die Stelle anzunehmen. Ich wollte diesen Umbau schon lange beginnen. Aber...“ Er stockte einen Moment und sah Beppo an, der sich wedelnd neben ihn gesetzt hatte. „...ich habe ein wenig gebraucht, um mich endgültig dazu zu entschließen. Ich brauche den neuen Mitarbeiter und bekomme eine gute Miete dafür. Eine Hand wäscht die andere.“
„Ein weiterer Trainer für Assistenzhunde?“ Anna hatte von zwei Patienten gehört, denen neu ausgebildete Trainingshunde vermittelt werden sollten.

„Nein. Die Schulhundstelle. Du hast mich auf die Idee gebracht. Wir haben Anfragen von drei Schulen aus Aachen, es werden immer mehr Schulhunde für die integrativen Klassen benötigt. Der Neue hat zwar selbst noch wenig Erfahrung, aber wir zahlen ihm eine dreimonatige Schulung in Köln. Deshalb fängt er erst im Februar an."
Im Hintergrund krachte es, als würde ein Baum gefällt. Steffen zuckte zusammen, rannte zwei Schritte zurück und schrie den Bauarbeiter im Führerhaus der Baumaschine an. „Halt! Seid ihr wahnsinnig?" In diesem Moment rammte der Bagger die hölzerne Haustür, die aus den Angeln gehoben an der Wand lehnte.
Kopfschüttelnd kam Steffen zurück. „Keine Augen im Kopf", schimpfte er.
„Kann ich Lola überhaupt bei dir lassen?" Anna hatte ein schlechtes Gewissen. Aber wo sollte sie mit der Hündin sonst hin? Marie war bei ihrem Sohn in Bonn, und Annas Vorstellungsgespräch würde bis zum späten Abend dauern.
„Kein Problem. Linda kann gleich mit ihr eine Runde gehen. Danach darf sie die Welpen Gruppe aufmischen." Steffen grinste über das ganze Gesicht. Dann legte er Anna freundschaftlich seinen Arm um die Schultern. „Wahrscheinlich bekommen wir Lola ja sowieso bald wieder."
Anna zuckte zusammen. Nicht wegen der freundlichen Geste. Aber wegen dem, was er da sagte. Für den Fall der Fälle, dass sie tatsächlich demnächst in Frankfurt arbeitete, hatte sie Steffen nach der Möglichkeit gefragt, Lola an den Wochentagen bei ihm zu lassen. Doch dass es jetzt so direkt ausgesprochen wurde, erschreckte sie.
„Erst muss ich die Stelle bekommen."
„Du siehst wie eine perfekte Pilotentrainerin aus, bis auf den Matsch an deinen Schuhen", wies Steffen auf den Boden. „Ich wüsste nicht, wieso sie dich nicht einstellen sollten."
Anna beeilte sich, ihre Pumps mit einem Tempo trocken zu wischen. Dabei rutschte ihre Handtasche über ihre Schulter und fiel auf den Boden. Sie wischte weiter, nun noch das gute Leder der Tasche.
„Ich rufe dich heute Abend an", sagte sie mit einem Blick auf ihr Handy. „Das heißt, wenn mein Akku reicht." Ausgerechnet heute

hatte sie es vergessen aufzuladen. Die vierzehn Prozent reichten gerade einmal bis Frankfurt.

Hektisch stand Anna auf, kraulte Lola kurz hinter den Ohren und stakste auf ihren Schuhen den Abhang hinauf zum Parkplatz. Es wurde höchste Zeit, ihr Zug kam in einer halben Stunde. Am Auto drehte sie sich noch einmal um. Lola saß hinter dem Gartentor, und schaute Anna mit vorwurfsvollem Blick hinterher.

Kapitel 53

Anna lief der Sonne entgegen. Es war fünf Minuten vor neun. Ihren Mantel auf dem Arm, den Schal um das Handgelenk gebunden, die Handtasche über die Schulter geworfen, fluchte sie über das angekündigte kurze Zwischenhoch an diesem ungewöhnlich warmen Dezembertag.

Abgehetzt stieg sie in den Waggon, nur einen Moment, bevor das Signal ertönte und der Zug sich in Bewegung setzte. Atemlos ließ sie sich auf einen freien Sitz fallen. Sie war es nicht mehr gewohnt, irgendwo zu festen Terminen zu erscheinen, und schon gar nicht in frisch gebügelter Kleidung mit weißen Hemden, auf denen keine Hundetapsen zu sehen sein durften. Eine junge Frau mit einer schicken Louis Vuitton Handtasche saß ihr gegenüber und lächelte.

„Heute haben wir nur fünf Minuten Verspätung“, sagte sie.

Zum Glück, dachte Anna, sonst hätte sie ein Problem. Sie öffnete ihre Jacke und ärgerte sich, dass sie sich schon verschwitzt fühlte, bevor die Reise überhaupt losging.

Annas Handy klingelte. Wer wollte jetzt etwas von ihr? Sie zog das Smartphone hektisch aus der Tasche, die Frau gegenüber reichte ihr mit einem süffisanten Lächeln das Portemonnaie, das auf den Boden gefallen war.

„Hallo, Anna hier“, rief sie in den Hörer. Auf der anderen Seite vernahm sie nur ein Rauschen. „Kein Empfang“ stand auf dem Display. Mist. Sie klickte in die Anrufliste und stutzte „Mike...“. Eilig drückte sie auf Wiederwahl und wartete auf den Ton. Der Zug fuhr durch einen Tunnel. Kein Empfang.

Sie musste in Köln umsteigen, vielleicht konnte sie Mike anschließend zurückrufen. Doch kaum saß sie im ICE nach Frankfurt, klingelte es schon.

„Hallo Mike“, rief sie erfreut, hoffend, dass die Verbindung dieses Mal hielt.

„Nicht Mike, hallo Schwesterlein. Ich wollte dir nur Glück wünschen.“ Mit Wolfgang hatte sie nicht mehr gerechnet. Er hatte sich vor einer Woche für eine längere Motorrad-Tour ins Allgäu abgesetzt.
„Ach, du bist es. Ich bin auch gar nicht nervös.“ Anna verzog das Gesicht zu einer Grimasse.
„Wenn es nicht klappt, habe ich eine Idee für dich. Du kannst doch so gut moderieren und präsentieren. Und jetzt bewirbst du dich sogar als Trainerin. Was hältst du davon, Lehrerin zu werden?“
Anna hielt das Handy vom Ohr und schaute ungläubig hinein, als wenn das Gerät ihre Fragen beantworten könne. „Wieso Lehrerin?“
„Es herrscht Lehrermangel in naturwissenschaftlichen Fächern. Nicht unbedingt Chemie, aber Physik und Mathe hattest du doch auch im Studium.“
„Undenkbar. Ich in der Schule. Dafür bin ich zu alt!“
„Du könntest dann in Roetgen wohnen bleiben. Und das Haus behalten. Und Lola.“
Anna schluckte. Mal wieder sackte ihr Herz in die schicke Anzughose. Doch sie hatte wenig Lust, sich so kurz vor dem Vorstellungsgespräch durcheinanderbringen zu lassen. Schnell versprach sie, darüber nachzudenken, bedankte sie sich bei Wolfgang und beendete das Gespräch.
Der Zug fuhr an Limburg vorbei. An dem Bahnhof funkelte die Weihnachtsbeleuchtung in Silber und Gold. An das Fest hatte sie noch keinen Gedanken verschwendet, das stand erst nach dem heutigen Termin an. Anna holte ihren Laptop heraus und öffnete die Webseite der Fluggesellschaft. „Karriere Cockpit“ führte die unterschiedlichsten Einstiegsmöglichkeiten aus. Alles mit Hochglanzbildern von glücklichen jungen Absolventen, die das Unternehmen in persönlichen Zitaten lobten und überglücklich waren, hier ihre Karriere starten zu können.
Sie kratzte sich die Stirn. Würde sie mit solchen Kollegen um diese Position konkurrieren können? Junge, gesunde, motivierte Menschen? Gut – mit Motivation konnte sie auch aufwarten. Es kribbelte in ihrem Magen bei dem Gedanken, dass sie die Stelle bekäme. Dass sie angehende Piloten bald über das Wetter unterrichten würde. Das war mindestens so wichtig wie das Wetter vorhersagen. Vielleicht sogar

noch spannender. Während sie aus dem Fenster schaute, wurde ihr warm. Sie wollte diesen Job haben, und ja, sie wollte diese Aufgabe antreten. Es war, wie ein neues Leben anfangen.
Noch eine halbe Stunde, dann war sie in Frankfurt. Sie wühlte in ihrer Handtasche, suchte die Tabletten, und fand – nichts. Mist. Sie hatte ihre Herztablette am Morgen nicht eingenommen und in den Tablettenbeutel gesteckt, um sie in Ruhe im Zug einzunehmen. Der lag nun in der Küche. Na gut, dann musste es halt ohne gehen. Anna bestellte sich bei einem Schaffner einen Kaffee, um den ganzen Tag wach zu sein.
Der Zug ratterte über eine Brücke, anschließend durch graue Hinterhöfe, von weitem sah Anna die rauchfarbene, in die Höhe geschossene Hochhaus-Skyline Frankfurts. Vor den Wolkenkratzern scharten sich kleine enge Häuserfluchten, überall Mauern, Beton und Straßen. Tristes grau in grau, wo sie nur hinsah. Wo gab es hier einen Baum oder Wald?
Mit gemischten Gefühlen fand sie sich vor dem wuchtigen verglasten Gebäude wieder, auf dem das Logo der Fluggesellschaft groß plakatiert war. Am Empfang wurde sie auf die 30. Etage gebeten und nach einer Weile von einem seriös aussehenden Mann, vermutlich der Personalchef Herr Brink, abgeholt. Sein Alter hatte sie richtig geschätzt, aber statt des maßgeschneiderten italienischen Anzugs, den sie sich beim Telefonat vorgestellt hatte, trug er eine lockere Stoffhose, ein Hemd und einen dunkelblauen Lambswool Pullover.
Brinks Büro mit einem großen Schreibtisch aus dunkelbraunem Holz war eleganter als die Eingangshalle. Es roch nach After Shave und Salmiak, die Wände waren hellgrau mit übergroßen Fotos von Flugzeugen geschmückt. Zwei Frauen in dunklen Kostümen betraten den Raum und setzten sich in den Hintergrund. Ein junger Mann mit einem typischen Piloten-Hemd stand plötzlich vor Anna. „Wallmark“, stellte er sich vor. Die beiden Damen versteckten ihre Gesichter hinter ihren Smartphones und nannten ihre Namen nicht. Annas Herz klopfte so laut, dass sie Angst hatte, jemand im Raum könnte es hören.

Herr Brink plauderte mit Anna über die Missstände der Deutschen Bahn und lobte die Pünktlichkeit der Fluglinie, die er vertrat. Sie bekam die dritte Tasse Kaffee an diesem Tag und wurde in kürzester Zeit in ein Gespräch über ihre wissenschaftlichen Qualifikationen verwickelt. Brink befragte sie zu ihrer Arbeit beim Sender, wie oft ihre Auftritte pro Woche gewesen waren, und in welcher Form sie die Wetterdaten aufzubereiten pflegte.
„Warum sind Sie nicht mehr bei Wetter-TV angestellt?“ Brinks Blick war forschend, herausfordernd.
Diese Frage hatte Anna erwartet. „Die Medienwelt ist im Umbruch. Heutzutage werden mehr Mitarbeiter im Hintergrund benötigt als vor der Kamera. Zuletzt habe ich überwiegend Wetterdaten für die Online-Community ausgewertet. Sie können sich aber sicher vorstellen, dass mir das nach über zehn Jahren Moderation vor der Kamera nicht unbedingt gefallen hat.“
Herr Brink ließ die Akten sinken. „Ich will ehrlich sein mit Ihnen. Wir benötigen eine perfekte Wissenschaftlerin für die Ausbildung. Aber sie muss auch mit einem Haufen ungehemmter Piloten umgehen können. Glauben Sie mir, Frau Wunderle, die sind schlimmer als Schüler der fünften Klasse.“
Vielleicht sollte sie doch lieber als Lehrerin in die Schule gehen. Anna zuckte kurz zusammen, ihr Blick blieb aber dann an dem Piloten mit dem ehrlichen Gesicht neben Herrn Brink hängen. Er nickte ihr aufmunternd zu.
„Ich persönlich wollte auf dieser Stelle einen jungen Piloten haben. Der die Sprache der Schüler im Ausbildungszentrum spricht. Es gibt aber keine Piloten mit meteorologischer Ausbildung auf dem Markt.“
Anna nickte. Hier wurde anscheinend die eierlegende Wollmilchsau gesucht.
„Dann kam dieser junge Herr“, Brink zeigte auf Herrn Wallmark, „und hat mir Ihre Bewerbung herausgesucht. Sie scheinen die richtige Erfahrung zu haben. Wir schicken Sie jetzt in das Assessment Center, wo Sie Ihr Standing beweisen können. Davon hängt alles ab.“ Damit stand er auf und verabschiedete sich.

Anna versuchte ihr breitestes Lächeln. Ihre Haut spannte, als wenn das Monster ihr nicht nur ihren Job bei Wetter-TV, sondern auch dieses Vorstellungsgespräch verhageln wollte.
Die beiden Damen begleiteten sie in die 29. Etage. Sie ging schnell noch einmal auf die Damentoilette und überprüfte ihr Make-up. Die Tube, mit der sie sonst die Flecken abdeckte, war leer. If something can go wrong, it will go wrong, murmelte sie vor sich hin, zog den Lippenstift nach und schnallte ihren Gürtel ein Loch enger. Dann betrat sie den Besprechungsraum ohne Fenster und mit vielen leeren Metallregalen statt Flugzeugfotos an der Wand.
Das Prüfverfahren der Bewerber für diese Stelle fand unter Aufsicht der Jury, bestehend aus Herrn Brink, den zwei Damen aus dem Vorgespräch und Herrn Wallmark, statt. Lediglich Wallmark sprach, die anderen schwiegen und schrieben, als wollten sie halbe Bücher vollkritzeln. Anna musterte die beiden Mitbewerber. Einer war ein südländischer Typ, grinste ohne Unterlass, auch noch als Anna einfach wegschaute. Der andere erinnerte sie mit seiner Hornbrille, die er nervös auf- und absetzte an Karl- Friedrich, den Streber aus ihrer ersten Schulklasse. Sie mussten eine Einzelaufgabe erfüllen, bei der sie einen Stapel Nachrichten nach Wichtigkeit und Dringlichkeit sortieren sollten. Anschließend führten sie eine Gruppendiskussion über den Emissionsschutz in Großstädten durch. Anna kannte sich nicht aus, schlug sich aber bestens mit zwei Wortmeldungen, in denen sie Schlagworte einsetzte, die ihr aus Diskussionen mit Oliver einfielen. Sie sah ein zufriedenes Lächeln auf Herrn Wallmarks Gesicht. Dann hatte jeder eine Präsentation zu einem selbstgewählten Thema zu halten. Anna hatte nur fünf Minuten, sich vorzubereiten. Nach der Hälfte der Zeit hatte sie immer noch keine Idee, worüber sie sprechen wollte. Ihr war heiß, und die Notizen auf ihrem Tisch flimmerten vor ihren Augen. „Kann ich ein Glas Wasser haben?“ fragte sie eine der Protokollführerinnen.
„Ja, natürlich. Ist ja auch viel zu warm heute für Dezember. Ich bringe Ihnen eine ganze Flasche.“
Dezember. Warm. Annas Stichwort. Sie hatte ihre Diplomarbeit vor zwanzig Jahren über den Klimawandel geschrieben. Damals schwirrte

das Thema schon in den Instituten herum, noch nicht greifbar, noch nicht ernstgenommen.
Sie stellte sich vor die zunächst gelangweilt dreinblickende Jury, und referierte vor den staunenden Zuhörern von den ersten Hinweisen für die Erwärmung aus dem Jahre 1989. Anna deklamierte, betonte, wechselte von lebhaften Thesen zu schlichten, stummen Daten, machte Pausen, holte neu aus und ließ ihren Zuhörern keine Gelegenheit, den Blick von ihr abzuwenden. Mit einer überzeugenden Schlussbemerkung, dass die Welt den Klimaforschern besser damals schon geglaubt hätte, beendete sie ihren Vortrag und setzte sich wieder auf ihren Platz. Die Protokollantinnen blickten kurz auf und schrieben an ihren Notizen weiter. Sie sahen wirklich aus, als gingen sie zum Lachen in den Keller.
Herr Brink rief zum Abschluss jeden Bewerber einzeln zu sich. „Großartig, Frau Wunderle“, sagte er zu Anna. „Die Aufgabe, die wir hier haben, ist sehr anspruchsvoll. Können Sie sich vorstellen, viel zu reisen, und täglich alles zu geben?“
Anna biss sich auf die Lippen und versuchte, ihren Atem zu beruhigen. Dann bejahte sie seine Frage. Das wäre überhaupt kein Problem für sie, und sie wäre kraftraubenden Einsatz gewohnt. So ein Job beim Fernsehen war sehr hart. Das könne er sich doch sicherlich vorstellen.
„Wegen der Dringlichkeit der Angelegenheit möchte ich Ihnen schon jetzt mitteilen, dass Sie unser Favorit sind. Wir müssen aber noch die Zustimmung des Betriebsrates abwarten. Sie erhalten vielleicht noch vor Weihnachten Bescheid.“
Anna sackte zusammen. Es war wie ein Blitz, ein Zusammenspiel aus Erleichterung und Bedrängnis, was sie fühlte. Sie bedankte sich und packte ihre Sachen.
Später am Bahnhof fegte wieder ein deutlich kühlerer Wind über den Bahnsteig, und sie holte tief Luft. Das Wintertief hatte Hessen erreicht, die Kälte kroch von unten durch ihre Kleidung. Eine Nachricht von Ronja funkte durch das Handy. „Uuuund?“ Anna seufzte, schrieb aber nur kurz: „Geklappt!“ Sie wollte nur noch nach Hause, nur noch Lola sehen, nur noch schlafen. Morgen war auch noch ein Tag, um zu reflektieren, was sie heute erlebt hatte.

Erschöpft setzte sie sich in ein Einzelabteil und zog die Vorhänge zu. Hoffentlich kam niemand herein. Der Zug ratterte gen Norden, und Anna versuchte, die Augen zu schließen. Immer wieder musste sie nach Luft schnappen, an Schlaf war nicht zu denken, so sehr fröstelte sie. Hätte sie nur eine wärmere Jacke eingepackt.

Kurz vor Köln klingelte ihr Handy. Zwei Prozent Akku. Steffen. Anna zuckte entsetzt zusammen. Es war bestimmt etwas mit Lola.

„Anna. Wir haben ein Problem."

Anna sass senkrecht in ihrem einsamen Abteil und hielt sich am Tisch mit dem übergelaufenen Mülleimer fest. Sie hörte gerade noch, wie Steffen etwas von „Weggelaufen" sagte, dann wurde das Handy stumm.

Anna dachte an den Mitarbeiter der NASA, der in der Kommandozentrale in Houston stand und Apollo 11 vor dem Untergang retten sollte. Nur, dass es sich bei ihr nicht um eine Rakete, sondern um eine flauschige große Hündin handelte. Aber sie fühlte sich mindestens genauso weit von ihr entfernt.

Kapitel 54

Der Zug brauchte Ewigkeiten bis zum Aachener Hauptbahnhof. Das Tadam-Tadam der Räder auf den Schienen machte Anna wütend und aufgeregt. Ihr Herz raste schneller als der Zug, in dem sie saß. Warum um Himmels willen musste die Regionalbahn zwischen Köln und Aachen auch sechsmal halten?
Als sie um 22 Uhr 39 endlich die weiß-blau blinkende Wettersäule auf dem Verwaltungsgebäude der Stadt sah, hatte sie Rillen in das weiche Polster ihres Sitzes gekratzt, und ihr war schlecht.
Wo war Lola hingelaufen? Anna zermarterte sich das Gehirn, was wohl passiert sein konnte. Ob jemand auf dem Hundeplatz laut geschrien hatte, oder ob die Handwerker die Hündin verschreckt hatten? Sie hätte es wissen müssen, dass Lola nicht den ganzen Tag ruhig neben Steffen auf der Wiese liegen bleiben würde. Nicht bei Baulärm und mit fremden Menschen auf dem Platz. Verdammt. Warum hatte sie nicht daran gedacht?
Der Zug fuhr schleichend in den Hauptbahnhof, und Anna schob sich grob an einem älteren Herrn im Gang vorbei, um als Erste am Ausgang zu sein, wenn der Zug anhielt. Die Bremsen quietschten, die Kälte schlug ihr wie eine Wand ins Gesicht. Schnell sprang sie ins Auto, stellte die Heizung auf Vollgas und fuhr mit schlotternden Beinen aus der Stadt heraus. Auf der Himmelsleiter angekommen überfuhr sie fast eine Katze, die über die Straße huschte. Anna bremste scharf und spürte, wie der Wagen leicht zur Seite rutschte. Bodenfrost. Das Zwischenhoch des Tages hatte sich aus der Eifel längst verabschiedet.
Die Nacht war grau, dunkle Wolken verdeckten die Sicht auf den Mond, und Anna ahnte, dass es Schneewolken waren. Sie musste sich beeilen. Berner Sennenhunde waren zwar kälteunempfindlich, aber ob Lola eine Nacht im Wald bei Minusgraden überstehen würde?
An der roten Ampel am Relais Königsberg warf sie einen Blick auf ihr Handy. Tot. Dunkel. Keine Verbindung. Einen kurzen Moment

erwog sie, zuhause vorbei zu fahren. Ihre Herztabletten nicht genommen zu haben war problematisch. In ihrem Haus könnte sie das Telefon schnell aufladen, oder die Power-Bank mitnehmen, die Oliver ihr vor zwei Jahren zu Weihnachten geschenkt hatte. Doch Anna entschied sich dagegen, weil sie keine Ahnung hatte, wo sie diese suchen sollte. Vermutlich befand sie sich in einem Müllsack, der längst auf der Mülldeponie in Alsdorf gelandet war.
Ihr war übel. Ihr Herz klopfte unregelmäßig. Blöde Tachykardie. Nicht beachten. Anna sprang aus dem Auto, das sie am Waldrand abgestellt hatte. Schon nach dreiundzwanzig Uhr. Sie lief los. Es gab nur eine Möglichkeit, wo Lola sein konnte.
Der Wald war bei Nacht sogar noch schöner als am Tag. Die Geräusche waren andersartig, der nahe Straßenlärm war verstummt und der Klang des Windes deutlich zu hören. Eine fast magische Nacht. Wenn nur Lola nicht verschwunden wäre.
Anna ging so schnell sie konnte, ohne Pause, ohne stehenzubleiben. Sie kannte den Weg im Detail, an dieser Ecke hatte Lola an dem Kaninchenbau geschnüffelt, dort hatte sie einen Sprung auf den gefällten Baumstamm gemacht und mit Pfotenklatscher um Leckerli gebettelt. Annas Augen verschwammen, sie wischte sich mit dem Ärmel ihres Mantels über das Gesicht. Vielleicht wäre sie doch besser nach Hause gefahren, um wenigstens die Schuhe zu wechseln. Mit den halbhohen Pumps stakste sie äußerst ungelenk auf dem knorrigen Waldboden herum. Doch das war jetzt unwichtig. Niemand sah sie und fragte sich, was sie in dieser Nacht, nach einem langen Tag, an dem ihr eine fantastische neue Arbeitsstelle zugesagt worden war, mit ihrem sündhaft teuren Hosenanzug und schwarzen Pumps im Hexenwald suchte.
Da erreichte sie die Lichtung mit den hohen Kiefern, wo tagsüber das Sonnenlicht durch die Zweige zu schimmern pflegte und den Boden in geheimnisvolles Licht tauchte. Die Schneise, in der Anna sich stets auf den Grasboden gesetzt und Lola beim Spielen mit den Blättern zugeschaut hatte. Wie oft hatten sie einfach eine ganze Stunde hier verweilt? Es war der friedlichste Ort, den Anna sich vorstellen konnte.

So zufrieden war sie vorher noch nie gewesen, noch nicht einmal auf der GRACE.

Jetzt sah alles anders aus hier. Die Lichtung und die sie umringenden Bäume waren nur schemenhaft zu erkennen, und ragten groß und bedrohlich über dem feuchten Wiesenplatz. Anna stolperte, taumelte, fiel fast hin.

„Lola!“ Sie stützte sich an einem Baumstamm ab und rief weiter. „Loli, wo bist du?“

Mehrmals wiederholte sie den Ruf, wandte sich in alle Richtungen. Wenn Lola hier wäre, würde sie sofort kommen. Nach ein paar Minuten blieb Anna still. Ihr Herz klopfte wie wild. Es drehte sich alles in ihrem Kopf. Verdammtes Herz. Nur nicht hinsetzen. Da würde ihr Kreislauf bestimmt zusammenbrechen.

„Lola!“ Sie schrie es fast.

Dann hörte sie es.

Es raschelte unter ihr. Rechts neben den hohen Bäumen war ein Abhang. Die Böschung reichte fünf Meter steil hinunter, am unteren Ende war ein kleiner Bachlauf, den sie beide bisher nie beachtet hatten. Es platschte, und Anna sah einen dunklen Schatten. Der Schatten hob den Kopf, die weiße Blesse auf der Schnauze leuchtete bis zu ihr nach oben. Lola.

Anna war nicht zu halten. Kopflos rannte sie zu der Böschung und lief in Serpentinen den Berg hinunter. Sie konnte den Grund nicht sehen, rutschte auf den feuchten Blättern aus und ließ sich auf den Hintern fallen. Mist. Die glatten Sohlen ihrer Schuhe gaben keinen Halt, sie rutschte die ganze Strecke hinunter, so ging es nicht. Anna zog Schuhe und Seidenstrümpfe aus, schmiss sie ins Gebüsch und schlitterte barfuß weiter.

„Ich komme!“

Nur noch ein paar Meter, sie stolperte mehr, als dass sie lief. Sie trat in einen spitzen Gegenstand, schrie kurz auf, knickte mit dem Knie weit nach innen und strauchelte drei lange Schritte senkrecht hinunter. Ein neuer, nie gekannter Schmerz durchzog ihr Bein. Der Unterschenkel klappte weg und sie hatte keinen Halt im Gelenk. Wie eine dicke,

dumpfe Erdkugel rollte Anna den Rest des Abhangs herab. „Nein!“ Ihr schriller Schrei verhallte ungehört in der dunklen Nacht.
Eine nasse Zunge fuhr ihr über das Gesicht, über die Hände, über die Bluse, in die Nase und durch die Augen. Anna weinte, schluchzte und lachte gleichzeitig. Lola. Sie schlang ihre Arme um das weiche Tier, ließ sich die Tränen ablecken und bekam keine Luft mehr.
Eine Weile rollten sie so über den kalten Blätterboden. Die Zeit blieb stehen.
Es war bitterkalt. Anna zog das schmerzende Bein an, um sich hochzuziehen und brach vor Schmerz wieder ein. Ihr wurde schwarz vor Augen.
„Lola, komm her“, sagte sie und lehnte sich mit flimmernden Augen gegen den Hund. Da war etwas kaputt gegangen in ihrem Bein.
Nach einer Weile versuchte sie erneut, aufzustehen.
Der Schmerz, der durch ihr Knie ging, war betäubend. Angst, Wut und Verzweiflung durchzuckten sie. Was nun?
In der Dunkelheit zog ein kalter Wind auf. Die Schneefront kam. Es wurde Zeit. Anna musste so schnell wie möglich aus diesem Wald heraus, bevor ihre Glieder erfroren. Ihr Herz klopfte wie verrückt, immer wieder wurde ihr schummrig vor Augen. Der Tablettenbeutel wäre jetzt gut. Da waren nicht nur die Tabletten, sondern auch Schmerzmittel drin. Fieberhaft ging sie alle Optionen durch. Sie brauchte Hilfe, um den Abhang hochzukommen. Allein unmöglich, sie hatte keinen Halt im Bein, und selbst eine Lola konnte sie nicht abstützen.
„So ein Mist“, fluchte sie den grauen Himmel an. Hätte sie nur ihr Handy geladen, dann könnte sie jemanden anrufen. Steffen. Oder Marie. Ihr Blick fiel auf ihre Uhr.
Es war halb zwölf. Anna wandte den Kopf und schaute Lola an. Marie ging jeden Abend um Viertel vor zwölf die letzte Runde mit Herrn Nilsson. Das war die Lösung. Sie nahm die Kette mit dem silbernen Löwen vom Hals, löste den Anhänger und hängte ihn an Lolas Halsband. Die Figur war so groß, dass sie aus dem Fell herauslugte. Marie würde sofort wissen, dass Lola von Anna geschickt worden war.
Die drückte sich fest an Annas Körper, als wollte sie sie wärmen. Jetzt kam es drauf an.

„Lola. Bring!" Ihre Stimme war eindringlich. Die Hundeohren gingen rauf und runter. Dann legte Lola sich auf den Boden und fiepte.
Den Befehl hatte sie nur zuhause trainiert. Aber es gab eine kleine Chance, dass Lola verstand, was sie tun sollte.
„Lola. Bring. Tabletten!"
Lola legte den Kopf schief. Erst zu einer Seite, dann zur anderen. Sie seufzte, kam näher und schmiegte sich an Anna heran.
Anna griff nach einem Stock. Sie warf ihn zwei Meter weit ins Gebüsch. Lola sollte spielen. Wenn sie spielte, war sie aufmerksam und kam aus dem Kuschelmodus heraus.
„Lola, lauf!" Das Stöckchen wurde gebrachte. Einmal. Zweimal.
„Lola, lauf. Und Bring! Tabletten!" Anna wurde lauter. Nur nicht hektisch werden. Es musste funktionieren.
Lola stand, mit dem Stock quer im Maul, wedelnd vor Anna. Ihre Augen folgten Annas Arm, der nach oben zeigte. Dann wirbelte eine große graue Staubwolke den Abhang hinauf. Lola rannte.

Kapitel 54

Als die Geräusche von Lolas Pfoten auf dem feuchten Laub hinter dem Hügel verschwunden waren, wurde es Anna kalt. Sie rollte sich wie eine Kugel zusammen und nahm ihre nackten Beine in beide Hände. Es war ihr unverständlich, wie man so eiskalte Füße haben konnte. Die Kälte kroch wie eine Welle durch all ihre Glieder. Trotzdem jubilierte es in ihrem Inneren. Lola war wieder da. Sie hatte sie gefunden. Da, wo sie am liebsten gespielt hatte, auf ihrer gemeinsamen Lichtung. Wahrscheinlich hatte die Hündin schon Stunden vorher dort zugebracht und war dann neugierig ein paar Meter weiter zu dem Bach gelaufen.
Wie lange Anna jetzt hier wohl liegen musste? Ihre Beine begannen zu zittern, was nicht gut für das Knie war. Es schmerzte bei jeder Bewegung wie verrückt. Was nur, wenn Lola Marie nicht traf? Wenn die ausgerechnet heute früher mit Herrn Nilsson rausgegangen war? Über ihr krächzte ein Käuzchen. Der Wind wurde stärker, ein paar Äste fielen von oben neben Annas Kopf. Ihre Zähne klapperten.
Was war das für ein Tag gewesen. Sie hatte sich so auf die Herausforderung gefreut und konnte stolz sein, die anderen Bewerber so locker geschlagen zu haben. Sie würde den Job in Frankfurt bald antreten – aber warum fühlte sich das auf einmal nicht so richtig an? Anna dachte an die graue Skyline, die Häuserschluchten, die hupenden Autos, die schlechte Luft. Wie viel schöner war es in Roetgen, zusammen mit Lola, in ihrem Zuhause.
In Frankfurt würde sie vor einem Haufen cooler Piloten stehen, Männer und Frauen, vor denen noch das ganze Leben lag. Was sie in all ihrem Denken, Sprechen und Verhalten ausdrückten. Ausgerechnet sie, Anna, mit einem Monster im Nacken, Luftnot, Schlafbedürfnis und schnell erschöpft, sollte sie managen. Mit Meteorologie füttern. Motivieren für die Wissenschaft. Was, wenn ihr niemand zuhörte? Wenn ihre Beine zitterten, so wie jetzt?

Was ist dein geheimster Wunsch, hatte Marie sie gefragt. Anna wälzte sich unter Schmerzen auf die trockenen Blätter zur linken Seite. In diesem Moment wusste sie es genau. Sie wollte nicht weg von Marie. Nicht weg von Lola. Sie wollte in ausgebeulten Navy-Hosen voller Leckerli mit Lola durch den Wald streifen anstatt in einem Business-Kostüm in Frankfurt stehen.
Ihr Herz begann zu klopfen, wie immer, wenn das Gedankenkarussell sich drehte. Es musste eine andere Lösung geben. Der Sender fiel ihr ein, und ... Verdammt, sie hatte Mike nicht zurückgerufen. Ihr Bein zuckte, sie schrie leise auf.
Was er wohl gewollt hatte?
`Anna, wir haben es uns überlegt. Janet Garcia ist auch schwanger, und du kannst die Vorhersagen wieder machen'.
Quatsch. Eine Garcia würde nie schwanger werden. Sie war besessen von ihrem Job.
`Anna, wir haben eine neue Plattform gegründet. Jemand muss im Poolbüro die Datenauswertung kontrollieren. Wir brauchen dich mit deiner ganzen Erfahrung. '
Blödsinn. Das Großraumbüro war in den Händen der jungen Programmierer und IT-Spezialisten. Das war nicht ihre Zukunft. Sie würde sich nutzlos in diesem Büro fühlen. Eine Nummer unter vielen. Als Lehrerin dagegen hätte sie eine verantwortungsvolle Aufgabe. Physiklehrerin. Wolfgang hatte sich wirklich Gedanken um sie gemacht.
Es kratzte im Hals, Anna begann zu husten. Der Husten erschüttert ihren ganzen Körper und mit schmerzverzerrter Miene hielt sie ihr Knie mit beiden Armen fest. Es schien wieder Zeit für eine Lungenentzündung zu sein.
Schüler im pubertären Alter waren nicht nur laut, unmotiviert und hatten kein Interesse an der Heisenbergschen Unschärferelation, nein, sie brachten auch jede Menge Infekte in die Klasse. Wollte sie das wirklich?
Ein Flugzeug flog in der Ferne donnernd über den Wald. Übermorgen war Weihnachten. Ronja würde kommen. Sie hatte sie so lange nicht gesehen. Sie hatte sogar eine Überraschung angekündigt. Anna war

gespannt und freute sich auf die Weihnachtstage. Doch zuerst musste sie aus diesem Wald hier heraus.
Anna röchelte erneut. Der Husten wurde schlimmer. Die ersten Schneeflocken fielen sanft und stumm auf ihren Mantel.
Wie sollte sie sich entscheiden? Auf einmal fühlte sie sich leer und verlassen. Sie brauchte Geld und einen Job, hatte aber nichts außer ihrem kranken Körper. Was war in ihrem Leben, auf das sie sich verlassen konnte?
Lola. Anna legte den Kopf auf die Blätter. Eine Ameise kroch über ihren Arm. Sie ließ sie weiterkrabbeln.
Lola würde bald zurückkommen. Mit Marie. Marie, die so glücklich war, in ihrem Haus, mit Nilsson und ihrer kleinen, bunten Marie-Welt. Sie war so glücklich mit ihren Erinnerungen an schöne Zeiten jetzt und damals.
Und sie hatte Wolfgang. Der ihr trotz seiner Medizin-Angst seine Zellen gespendet hatte. Und nun auf Motorradtouren fuhr. Der ein Sabbatical angekündigt hatte und ein Jahr durch Europa reisen wollte. Vielleicht könnte sie ihn besuchen, dann und wann.
Dann war da noch Steffen. Mit seinem Hundeverein.
Anna setzte sich schlagartig auf. Die Hundeschule. Das war es.
Steffen hatte von dem neuen Mitarbeiter gesprochen. Der für die Schulhund Ausbildung.
Schlotternd knöpfte sie an ihrem Mantel den letzten Knopf am Hals zu. Sie bekam kaum noch Luft. Aber so wurde es ein halbes Grad wärmer an der Kehle.
Wann sollte der Vertrag unterschrieben werden? War das gestern gewesen? Am Tag des Vorstellungsgespräches? Sie musste dringend mit Steffen sprechen, noch heute Nacht.
Anna wurde es schwindelig, sie konnte nicht mehr klar denken. Unruhig schmiss sie sich hin und her. Die Schmerzen waren unerträglich. Sie tastete mit den Händen ihre dünne Hose hinunter. Das Knie war angeschwollen wie eine pralle Pampelmuse.
Sie wagte kaum, auf ihre Uhr zu sehen. Lola. Wo war sie? Durchhalten. Stell dich nicht so an. Wie oft hatte sie sich das in den letzten Monaten eingeredet? Anna fielen die Augen zu. Es drehte sich alles.

Dann rieselten Äste und Staub auf sie herab. Etwas Großes kam die Böschung herunter. Es raschelte, ächzte, hechelte. Lola war da.
Eine tiefe Stimme hinter ihr. „Ich wusste sofort, dass etwas nicht in Ordnung war. Lola war so aufgeregt, wollte unbedingt ins Haus."
„Steffen?"
„Ich bin zu dir nach Hause gefahren, als du nicht mehr angerufen hast. Mir wurde bald klar, dass dein Handy keinen Strom mehr hatte." Obwohl es dunkel war, konnte Anna sehen, dass er die Augen verdrehte. „Da habe ich gewartet. Irgendwann musstest du ja kommen. Deine Nachbarin ging zu später Stunde mit dem Hund, da kam Lola um die Ecke gerannt. Die Frau hat sofort gesagt, dass etwas nicht stimmt. Sie hat Lola ins Haus gelassen."
Er hockte sich zu Anna, legte eine warme Decke über sie und gab ihr einen Schluck Wasser zu trinken. „Hier, das hatte Lola in der Schnauze, als sie aus dem Haus kam."
Der Tablettenbeutel war nass gesabbelt von Lolas Spucke. Anna lachte und weinte gleichzeitig. „Aua. Ich kann mich nicht bewegen."
Steffen sah den Hügel kurz nach oben und musterte Anna genauer. „Deine Schuhe?"
„Erzähle ich dir morgen." Anna friemelte den Tabletten-Blister aus der Tasche, drückte eine Pille heraus und schluckte sie.
„Wo ist Marie?"
„Sie ist mit dem Auto zum Parkplatz an der Ecke gefahren. Wir bringen dich ins Krankenhaus."
Anna sah ihn wie durch einen Schleier an. „Wie soll ich da rauf kommen? Mein Bein..."
Ohne ein Wort griff er unter ihren Rücken und hob sie vorsichtig hoch. Sie stöhnte vor Schmerzen.
„Welches?"
„Das rechte." Annas Stimme war leise.
Mit einem kräftigen Ruck zog Steffen Anna auf das linke Bein. Dann hob er ihren ganzen Körper hoch und bewegte sich Schritt für Schritt in Serpentinen den Abhang nach oben.

Anna kam sich vor wie auf einer freischwebenden Hängebrücke. Es fühlte sich gut an, getragen zu werden, doch sie traute sich nicht, die Arme um ihn zu legen.
„Schaffst du es auch, dich festzuhalten?“ fragte Steffen unter Schnaufen. „Du musst jetzt mal nicht in ein Handy oder einen Kalender schauen.“
„Kannst du mich auch retten, ohne dich gleichzeitig über mich lustig zu machen?“ hielt Anna dagegen. Dann lehnte sie ihren Kopf an seine Schulter und klammerte sich mit beiden Armen fest um seinen Oberkörper. „Hat der neue Trainer unterschrieben?“ fragte sie leise.
„Was soll das denn jetzt? Hör endlich auf, zu sprechen“, sagte er. „Ich bringe dich in Sicherheit. Dann reden wir weiter.“
Danach verlor Anna das Bewusstsein.

Kapitel 57

Immer noch mochte Anna Krankenhäuser. Sie mochte den sterilen Geruch der frisch gebohnerten Böden und bewunderte die Schwestern und Ärzte, die geschäftig durch die Korridore hasteten. Und sie mochte es besonders, wenn sie Besuch bekam, der Geschenke mitbrachte. Eine Gestalt in kariertem Hemd mit schwarzer Weste stand vor ihrem Bett und trat verlegen von einem Fuß auf den anderen. „Habe ich dich geweckt?"

„Fast gar nicht", brummte sie und erkannte blinzelnd Wolfgang durch die halb geöffneten Augen. Es war schon dämmrig, von draußen schimmerte buntes Licht durch das hohe, bis auf den Boden reichende Krankenhausfenster. Sie musste den ganzen Nachmittag verschlafen haben.

„Fröhliche Weihnachten!" Wolfgang legte eine Packung Bio-Gummibärchen und ein großes, in Sternenpapier verpacktes Paket auf die Bettdecke und setzte sich dazu.

„Aua", machte Anna und schob das linke Knie an den Bettrand. Wolfgang sprang erschrocken auf, doch sie beruhigte ihn. „Ist nicht das operierte Bein, keine Angst!" Sie schlug die Bettdecke zurück und zeigte ihrem Bruder die Schiene am rechten Bein. Innenbandriss, so war die Diagnose in der Nacht vor zwei Tagen gewesen. Steffen und Marie hatten Anna nicht in die Uniklinik, sondern in das nächstgelegene Krankenhaus in der Eifel gebracht. Als sie am nächsten Morgen aufwachte, erkannte sie an der Inneneinrichtung das Marienhospital, in dem sie vor einer halben Ewigkeit fast an der Schulter operiert worden wäre.

Anna bedankte sich für die Gummibärchen und packte das Päckchen aus. Es war weich und raschelte. Sie zog einen weißen Stoffhund mit braunen Pfoten und braunen Ohren aus dem Papier, der aussah wie Lola in Braun. Anna begann herzlich zu lachen. „Das ist aber doch ein Bernhardiner, Wolfgang…"

„Es gab ihn nicht in schwarz. Ich dachte, er gefällt dir trotzdem…"

Anna legte das Plüschtier auf den kleinen Tisch neben ihrem Bett. Es war Weihnachten, und das karge Krankenhauszimmer erstrahlte in festlichem Glanz. Noch vor der Operation ihrer gerissenen Bänder am gestrigen Tag war Marie im Krankenhaus aufgetaucht und hatte es sich nicht nehmen lassen, im Zimmer künstliche Tannenzweige und rote Weihnachtskugeln aufzuhängen. Dann war sie nach draußen gelaufen und hatte die Kiefer vor dem Fenster mit einer bunten Lichterkette geschmückt. „Wenn du schon Weihnachten nicht zuhause sein kannst…"
Ronja und Bruce waren am frühen Abend gekommen. Es wäre ein tolles Hallo geworden, doch Anna war wie in Trance nach der Operation. Nur verschwommen erblickte sie die roten Haare ihrer Tochter, fühlte ihre weiche Haut, als sie von ihr umarmt wurde, und roch eine ihr unbekannte Parfüm-Mischung aus Lavendel und Lapislazuli. „Schlaf weiter, Mami. Wir kommen morgen wieder." Beim Klang der vertrauten, weichen Stimme fiel sie wieder in tiefen Schlaf.
Heute erwartete sie den Arzt, der nach der Operationswunde schauen sollte. „Wo ist Marie?" fragte Anna ihren Bruder jetzt.
„Vielleicht mit Lola im Wald?"
Da klopfte es ans Fenster. Eine hellrot gekleidete Marie mit einer weißen Mütze winkte wie ein Funkenmariechen im Kölner Karneval. Sie hatte Ronja im Arm, dahinter stand ein auffällig großer, dunkelhäutiger Mann, der Lola an der Leine hielt. Das musste Bruce sein. Lola saß brav neben dem Riesen und hechelte. Bei jedem Atemzug kamen weiße Wölkchen aus ihrem Maul. Als würde sie Anna kleine Hundeküsse durch die Scheibe schicken.
„Marie!" rief Anna und gab ihr zu verstehen, dass sie Lola am Baum anbinden und hereinkommen sollten.
Im Krankenzimmer wurde es eng. Wolfgang schob Marie einen Stuhl unter das Gesäß, nahm Ronja und Bruce ihre Weihnachtspakete ab und holte einen Teller mit Weihnachtsplätzchen.
„Mami! Wie geht es dir?" Ronja fiel Anna um den Hals und drückte sie.
„Jetzt fehlt nur noch, dass ihr „Stille Nacht" singt", meinte Anna und blinzelte neugierig über Ronjas Schulter.

Bruce war so breitschultrig, dass Anna bestimmt Angst bekäme, wenn sie ihm im Dunkeln begegnen würde. Sein Lächeln jedoch war so hinreißend wie das von Brad Pitt. „Nice that you are here", stammelte sie verlegen.
„Deutsch, Mami! Bruce muss Deutsch lernen!"
Anna sah ihre Tochter erstaunt an. Jetzt erst konnte sie sie richtig in Augenschein nehmen. Ronja war lässig, aber gepflegt gekleidet und nur wenig geschminkt. Mit ihren im Nacken zusammengebundenen Haaren wirkte sie ziemlich erwachsen.
„Nun erzähl', wie ist das passiert, das mit deinem Knie?" Ronja setzte sich auf die Bettkante und sah Anna neugierig an.
„Am besten wäre es, wenn Lola die Geschichte erzählt", hörte man eine tiefe Stimme in der Tür. Steffen stand da mit einem Blumentopf mit einem riesigen Christstern und einem kleinen Päckchen in der Hand. Die Köpfe drehten sich zu ihm um, und einen Moment war es still im Zimmer.
„Ich bin Steffen", sagte er schnell. Er fuhr direkt fort: „Da war dieser Abhang, genau an der Stelle, die Lola so gerne hat. Und Anna war der Meinung, dass man möglichst senkrecht, auf direktem Wege, ohne Schuhe, dort hinunterrutschen sollte."
„Es musste schnell gehen!" verteidigte Anna sich. Niemand in diesem Raum konnte nur annähernd verstehen, wie sie sich gefreut hatte, Lola unten am Bach stehen zu sehen.
Anna erzählte Ronja von ihrem Sturz und der nachfolgenden Behandlung im Krankenhaus. Sie hatte zum Glück kein Fieber bekommen, nur eine Erkältung, so dass die Ärzte des Marienhospitals beschlossen hatten, sie noch vor Weihnachten zu operieren. Marie holte eine Flasche Sekt und fünf Gläser aus einer Tasche. „Lasst uns auf Annas Gesundheit anstoßen."
„Und auf etwas anderes auch noch", unterbrach Ronja sie. Sie stand mit geröteten Wangen händchenhaltend neben ihrem Riesenfreund und schaute auffordernd in die Runde. „Prost, Mami, auf unsere gemeinsame Zukunft im Rhein-Main-Gebiet!"
Anna zuckte zusammen. „Rhein-Main? Was meinst du?"

„Du hast doch im nächsten Jahr die tolle Stelle in Frankfurt. Bruce und ich, wir beide“, sie stockte und sah ihren Freund verlegen von der Seite an, „wir kommen nach Deutschland zurück. Stell dir vor, Bruce hat sich versetzen lassen in die Air Base nach Wiesbaden!“ Ronja strahlte über das ganze Gesicht.
Das war also die Überraschung, die Ronja angekündigt hatte. Anna wurde es abwechselnd heiß und kalt.
„Oh. Das ist schön.“ Mehr brachte sie nicht heraus. Sie nahm das Glas und verschluckte sich an dem perlenden Drink. Steffen kam neben Annas Bett, parkte seine Augen in ihre, und nickte ihr auffordernd zu. „Ronja, deine Mutter muss dir etwas sagen.“
„Was ist los? Sie hat mir geschrieben, dass es geklappt hat!“
Anna hatte sich von dem Sekt in ihrer Kehle erholt. „Ich habe abgesagt, Liebes. Es tut mir leid.“
Von draußen klang Alarm; hektische Rufe, Gerenne von Pflegern und Schwestern war zu hören. Im Zimmer von Anna beachtete das niemand. Es wurde still, und alle kamen ein wenig näher an Annas Bett. Wolfgang zupfte an seinem dünnen Haarzopf und hatte den Mund geöffnet. Marie riss die Augen auf und sah Anna überrascht an.
„Ich habe mich entschlossen, hier zu bleiben. Hier, in Roetgen. Ich habe von Wetter-TV eine höhere Abfindung bekommen.“
„Dann kannst du das Haus behalten?“ Ronja hob die Augenbrauen und sah hoffnungsvoll aus.
„Nein. Das müssen wir verkaufen. Oliver hat einen Käufer. Die Abfindung brauche ich, um meine praktische Ausbildung als Hundetrainerin zu bezahlen. Sie dauert ein halbes Jahr, und ich kann anfangen, wenn das hier“, sie verzog den Mund und wies auf ihr Bein, „verheilt ist.“
Marie klatschte in die Hände. „Du bleibst bei mir, Anna? Das ist ja wunderbar!“
„Nicht ganz.“ Anna sah ernst in die Runde. „Ich ziehe in eine kleine Wohnung auf dem Gelände des Hundevereins. Dort werde ich ab Mitte des Jahres neue Hundetrainerin.“
„Die ich dringend brauche“, fügte Steffen hinzu. Er legte seine Hand auf Annas Schulter.

„In eine kleine Wohnung?" Anna sah Ronja das Entsetzen am Gesicht an. „Dann bist du der neue Chef von meiner Mutter?" Ronja schien es nicht fassen.
„Ich bin ein Freund", antwortete Steffen. Seine Stimme klang dieses Mal besonders tief. „Ein guter Freund."
Anna wurde rot. Der Satz gefiel ihr. Steffen war ein Freund, der ihr aus der Patsche geholfen hatte. In der Nacht im Wald, und überhaupt. Mehr noch nicht. Sie lächelte. Ihre Augen trafen sich. Steffen grinste zurück. „Ich habe auch ein Geschenk für dich, Anna."
Ungelenk zog er ein Paket hinter seinem Rücken hervor. Anna war gerührt. „Das ist ja wie Weihnachten, hier", sagte sie, als sie die Schleife öffnete. Sie fühlte sich schrecklich beobachtet. Seufzend hob sie den Deckel hoch. Im Karton unter silbernem Papier steckte ein Kalender. Auf dem Ledereinband waren viele kleine schwarz-weiße Berner Sennenhunde gemalt. Anna öffnete die Seiten. In jedem Monat stand ein Zitat von einem Hundeliebhaber geschrieben. Anna schluckte den Kloß im Hals herunter. Mit diesem Kalender konnte sie das neue Jahr schon jetzt umarmen. Und Steffen dazu. Sie sah zu ihm auf und zwinkerte ihm zu.
„Das ist sehr süß von dir", sagte sie leise.
„Die Wolkensaison ist vorbei. Dachte ich." Steffen nahm seine Kappe ab und kratzte sich am Kopf. Anna fand ihn sehr sexy in diesem Moment.
Es klopfte an der Tür. Ein großer Mann mit schütterem Haar im weißen Kittel kam herein. „Conrad", sagte er und schüttelte Anna die Hand.
Anna bekam kein Wort heraus.
„Ich wollte nach Ihrem Bein schauen. Es ist tatsächlich nicht nur das Innenband, sondern auch das Kreuzband gerissen. Die Operation war notwendig." Jetzt sah er Anna ins Gesicht und zögerte einen Moment. „Wir kennen uns doch?"
Anna nickte. „Ich war vor anderthalb Jahren schon mal hier. Meine Schulter…"

Dr. Conrad öffnete den Mund. „Frau Wunderle, jetzt weiß ich wieder.“ Er musterte Annas Gesicht sorgfältig und sah erschrocken aus. „Was ist denn mit Ihnen passiert?“

„Knochenmarktransplantation. Seitdem versuche ich, gesund zu werden.“

„GvHD, oder?“

„Ja. Chronisch, seit achtzehn Monaten.“

Dr. Conrad hatte einen mitleidigen Blick aufgelegt. „Das ist schlimm. Eine chronische GvHD kann Jahre dauern. Manche Patienten haben sie lebenslang.“

Anna wurde es heiß in ihrem Bett. Sie hatte Mitleid noch nie ertragen können.

„Ich weiß. Aber wissen Sie was?“ Ihr Ton war plötzlich sehr scharf. Es war mucksmäuschenstill. Alle sahen sie erschrocken an.

„Es macht mir nichts mehr aus. Ich habe nämlich einen langen Atem.“ Anna sah zu ihrer Familie rüber. „Das habe ich gelernt.“

Epilog

Die kleine Pension in Renesse war im Landhausstil eingerichtet: Die Wände weiß, der Boden mit hell laminierten Holzdielen, selbstgemalte Bilder mit blauen Rahmen, hier und da eine Möwe auf der Fensterbank. Anna saß auf dem Bett mit der blau-weiß gestreiften Bettwäsche und drehte die Einladungskarte in ihrer Hand hin und her. Ein hübsches Cover mit Notenlinien und kleinen Herzen als Noten. „Harmony lädt ein", stand darauf. Singen ist unser Leben. Das Innere eher nüchtern, sachlich. Der Auftritt von Harmony beim Chorfestival in Renesse war der erste von vielen. Am Abend luden der Chor und die Veranstalter zu einer großen Party im Strandrestaurant Seaside ein. Darunter hatte Tabea mit Filzstift darauf geschrieben: Komm vorbei. Du bist doch so oft in Holland. Wir würden uns freuen.

Anna war natürlich nicht mehr so häufig in Renesse. Was sollte sie nach all den Vorfällen noch in Holland?

Es war Steffen, der ihr an Ostern die Karte auf den Tisch gelegt hatte und sie daran erinnerte. „Du wolltest doch immer einmal mit Lola ans Meer. Schauen, ob sie ein Seehund ist." Er grinste, dass seine weißen Zähne blitzten. „Fahr doch hin. Und dann bleibst du einige Tage bis zum Konzert."

So hatte sie gestern ein paar Sachen gepackt, sich ein Zimmer in Renesse gesucht und war mit Lola die zwei Stunden nach Norden gefahren. Neben ihrer dicken Fleece Jacke, einer Mütze und den Gummistiefeln hatte sie eine große Flasche Sonnencreme und eine neue Sonnenbrille eingepackt. „Hüten Sie sich vor der Frühlingssonne", hatte Dr. Tümmler ihr eingeschärft.

In den Dünen ließ sie Lola von der Leine los. Die Hündin raste den Sand hinauf bis auf den Dünenkamm, drehte sich in der Luft herum und kam zu Anna zurückgelaufen. Anna stapfte nach oben, und sah das große Wasser zu ihren Füßen liegen. Der Strand war fast leer, es waren nur wenige Fußgänger unterwegs, der eine oder andere mit einem tollenden Hund. Die Sonne stand hoch am Himmel, das

Wasser glitzerte und bildete kleine Schaumkronen. Anna zog ihre Mütze tiefer ins Gesicht, es war doch windiger, als sie gedacht hatte. „Lauf, Lola!“ rief sie. Lola schoss auf Annas Handzeichen wie von der Tarantel gestochen die Düne hinunter.
Anna musste lachen und lief ihr hinterher. Wie oft hatte sie sich ausgemalt, mit ihrem Hund das Wasser unter den Füßen zu spüren. Sie hätte am liebsten ihre Kleidung abgelegt und wäre mit Lola in die Wellen gesprungen. Doch es war Mitte April, und die Nordsee hatte nicht einmal zwanzig Grad. So warf sie nur Stiefel und Strümpfe auf den Strand und machte ein paar mutige Schritte in die Brandung. Es war eiskalt, und Anna stakste wie ein Storch durch das Wasser. Lola duckte sich in den Sand und bellte die Wellen an. „Komm rein, Lola!“ Doch die Hündin ließ sich nicht dazu bewegen, ihre Pfoten tiefer als bis zu den Knöcheln in die Nordsee zu tunken. Sie war wasserscheu. Lola war kein Seehund.
Anna nahm traurig ihre Schuhe und ging den Weg wieder zurück. Hier am Strand hielt sie nichts mehr. Hinter den Dünen ging es zum Yachthafen. Sie hatte sich den ganzen Vormittag darum gedrückt, diesen Weg einzuschlagen.
Ein Mann um die vierzig kam mit einem kleinen Mädchen an der Hand am Strand entlang. Die Kleine hatte rote Haare, die sie wie Pippi Langstrumpf zu Zöpfen geflochten hatte. Sie hopste beharrlich um ihren Vater herum. „Wo kommt das Meer her?“ hörte Anna sie fragen.
„Von ganz weit her“, antwortete er. „Wenn du groß bist, fahren wir einmal ganz weit hinaus.“ Sie kamen an Anna vorbei, nickten ihr zu.
Der Hafen hatte sich nicht verändert. Die Boote lagen schon für die Sommersaison in den für sie vorgesehenen Boxen, einige noch ohne Segel, fast alle mit klangvollen Namen wie „Bossa Nova“, „Beauty of the Sea“, oder „Seemöwe“. Anna schlenderte mit Lola an den Booten vorbei und atmete die salzige Luft tief ein. Jetzt endlich wurde es warm in der Frühlingssonne.
Am zweiten Steg blieb sie eine Sekunde stehen. Dann ging sie energisch bis zu Box Nummer neun. Mit flatterndem Herzen lugte sie auf die große 12-Meter-Yacht. Sie war fertig aufgetakelt, das Großsegel hatte

eine funkelnagelneue blaue Persenning, und die Luke war offen. Von drinnen gelangte Kaffeeduft auf den Steg.
Anna ließ Lola sich auf den Landungssteg setzen. Das Wasser unter ihnen gluckerte. Dann holte sie tief Luft und versuchte, in sich hineinzuhorchen. Was sagte ihr dieser Anblick? Wurde ihr schlecht? Oder stiegen Tränen in ihr hoch? Verspürte sie den Drang, auf das Segelboot zu steigen?
Nichts von alledem passierte. Anna stand wie angewurzelt, aber sie fühlte förmlich, wie ihre Füße die Planken betraten, und das Boot unter ihrem Gewicht nach links und dann nach rechts nachgab. An Bord würde sie sich an den Wanten festhalten müssen. Lola knurrte. Wie erstarrt stand Anna auf dem Steg in der wärmer werdenden Sonne, und hielt sich an Lolas Halsband fest.
Die GRACE bewegte sich. Eine Frauenstimme von innen rief: „Oliver, holst du noch einen Kanister Wasser?“
Anna zuckte zusammen. „Schnell, Lola. Komm!“ Sie drehte sich auf dem Absatz um und lief im Eilschritt, ohne sich umzudrehen, über den schwankenden Holzsteg. Hinter ihr rief jemand. „Anna? Anna, bist du es? Warte doch!“
Lola und sie rannten durch den Hafen, an dem Hafenbüro vorbei, auf dem befestigten Deich, bis hin zu einer kleinen Wiese, wo Anna sich erschöpft fallen ließ. Sie japste nach Luft, Lola sprang auf sie drauf. Beide kullerten im Gras herum und Anna gluckste laut.
Die Einladungskarte fiel ihr aus der Jackentasche. Anna drehte sich auf den Bauch und nahm sie in die Hand.
Das Chorfestival. Die Party. Das wäre ein guter Abschluss für diesen Tag. Sie würde alle wiedersehen. Sie singen hören. Zu der Party gehen. Lachen, Essen, Trinken, Feiern. So wie früher.
Lola robbte auf Annas Bauch herum und schleckte die salzige Haut an ihrer Hand ab. Ihre Zunge war dreimal so groß wie die von Steffens Beppo.
Was Steffen wohl jetzt tat? Anna dachte an die neue Wohnung in der Scheune, in der sie seit vier Wochen lebte. Ab und zu – nein, täglich kam er vorbei. Auf ein Glas Wein am Abend, manchmal auch schon zum Frühstück. Steffen. Sie kannten sich inzwischen gut, aber

nicht so gut, wie sie ihn gern gekannt hätte. Was sie verband, war die Liebe zu den Tieren, zur Natur. Sie verbrachten zunehmend mehr Zeit zusammen, hörten die gleiche Musik, bei der Anna laut mitsang, und machten miteinander ausgedehnte Spaziergänge mit mindestens drei Hunden. Wer hätte gedacht, dass sie so viele Gemeinsamkeiten hatte mit diesem störrischen Kerl mit der Baseballkappe und den ausgewaschenen Hosen? Steffen hatte sie gesundwerden sehen, sie zusammen mit seiner Hundeschule wieder ins Leben geschubst und hatte sie so sein lassen, wie sie war. Steffen tat ihr gut.

Anna schaute auf die See, die sie früher einmal so geliebt hatte, auf die weißen Schaumkronen, die salzige Luft, alles das, was sie geglaubt hatte, zu vermissen.

Dann gab sie sich einen Ruck und zog ihr Handy aus der Jacke.

„Stellst du eine Flasche Wein kalt für heute Abend?“, schrieb sie in ihr Smartphone.

„Keine Party?“, kam die Antwort.

„Für mich nicht.“

Lange Zeit kam nichts. Dann schrieb Anna:

„Ich komme zurück. Ein gemütlicher Abend wäre nicht schlecht, oder?“

„Ich würde mich freuen. Auf Lola.“ Dahinter kamen drei Smileys.

Lola stand mit ihren dicken Pfoten an der Wasserlinie und bellte die kleinen Wellen an, die gekräuselte Schaumkronen auf dem Sand bildeten. Hinter den hellen Wolken erschien ein transparenter Regenbogen.

Anna warf einen letzten Blick auf die Nordsee. „Lola, sollen wir nach Hause fahren?“

Lola schaute sie an. Anna hätte wetten können, sie nickte mit dem Kopf.

ENDE

Danksagung

Mein ganz besonderer Dank gilt:
Meiner Familie, die immer an mich geglaubt hat.
Insbesondere meinem Mann, der mir nicht nur in den Zeiten während und nach meiner eigenen Knochenmarktransplantation unerschütterlich zur Seite stand, sondern mich stets darin bestärkt hat, eine solche Geschichte aufzuschreiben. Mein besonderer Dank dafür, dass er mir an dem Tag, als ich von meiner Krankheit erfuhr, unsere Hündin Lola zur Seite gestellt hat. Meinem Sohn und meiner Tochter, die Verständnis dafür hatten, dass ich viele Stunden zum Schreiben in meinem Arbeitszimmer verschwand.
Der fabelhaften Tanja Steinlechner, die mich mit Herz und Verstand in die wundersame Welt des Schreibens eingeführt hat. Astrid Ule, der wundervollsten Schreibtrainierin, die ich mir vorstellen konnte.
Meinen Mitstudenten vom Jahrgang VII, für ihre konstruktive Kritik und die unvergesslichen Momente im „Schreibhain“ in Berlin. Besonders Karin Heinzler, Kathrin Welke und Bettina Fichtner, für ihre Motivation und ihr Interesse während intensiver Stunden gemeinsamen Schreibens in entfernten Orten wie Eberswalde, Fürth und an der holländischen Küste.
Frau Elisabeth Simon und ihrem Team für die beherzte Zustimmung zu dieser Geschichte und die Unterstützung, dieses Buch so zu veröffentlichen.
Meinen Testleserinnen Verena Redel und Bettina Eßer, für das sorgsame Redigieren meines Romans. Eure Anmerkungen waren Gold wert. Meinen Freunden und Freundinnen, die mich nicht nur in schwierigen Zeiten unterstützt haben, sondern auch jetzt noch daran interessiert waren an meinem Abenteuer, einen Roman zu schreiben.
Die Geschichte von Anna ist nicht die Geschichte von Annette – aber ohne mein Erleben in den letzten Jahren hätte es sie nicht gegeben. Ich habe diese Geschichte geschrieben, um anderen Menschen in einer ähnlichen Situation Mut zu machen.

Zur Autorin

Annette Mertens *1961 in Leverkusen ist promovierte Biologin. Sie hat über zwanzig Jahre Erfahrung im Schreiben von wissenschaftlichen Texten im medizinischen Bereich. Aktuell arbeitet sie als Fachredakteurin, Autorin und Biologie-Dozentin.

2011 erkrankte sie ernsthaft und durchlebte eine Knochenmarktransplantation. Diese brachte sie darauf, ihren seit Jahren gehegten Wunsch, über etwas anderes als Wissenschaft zu schreiben, aufzugreifen. 2017/18 absolvierte sie die Autorenausbildung am Schreibhain in Berlin.

Auf ihrem Blog https://knochenmarktransplantation-light.de/ hilft sie Patienten vor und nach einer Transplantation mit Informationen, Gedanken und Tipps. Annette Mertens lebt mit ihrer Familie in Aachen.
Weitere Informationen: www.annette-mertens.de